大收藏之

无常寻

凤青钗／著

图书在版编目（CIP）数据

大收藏之无常寻/凤青钗著．—北京：西苑出版社，2016.2
ISBN 978－7－5151－0567－3

Ⅰ.①大…　Ⅱ.①凤…　Ⅲ.①长篇小说—中国—当代　Ⅳ.①I247.5

中国版本图书馆 CIP 数据核字（2016）第 018244 号

大收藏之无常寻

作　　者	凤青钗
责任编辑	李　健
出版发行	金城出版社　西苑出版社
通讯地址	北京市朝阳区利泽东二路 3 号
邮政编码	100102
电　　话	010－64210080
网　　址	www.xiyuanpublishinghouse.com
印　　刷	北京金瀑印刷有限责任公司
经　　销	全国新华书店
开　　本	700 毫米×960 毫米　1/16
字　　数	280 千字
印　　张	19
版　　次	2016 年 6 月第 1 版
印　　次	2016 年 6 月第 1 次印刷
书　　号	ISBN 978－7－5151－0567－3
定　　价	36.00 元

（凡西苑出版社图书如有缺漏页、残破等质量问题，本社邮购部负责调换）

诸行无常，是生灭法；生灭灭已，寂灭为乐。

——《大般涅槃经》

梳头磅礴（代序）

凤青钗的成熟，比想象中来得快。

从都市爱情的弹唱巧手，到文化艺术的妙手，她只用了四年。

无论看颜值还是看气质，“大收藏系列”无疑都是值得期待的写作计划，但我不认为这是她写作的转捩点，这更像是先验、经验、实验的交汇处，一个更阔大更深泓更浩荡的凤青钗呼之即出。

当代艺术收藏，似乎热门，其实小众。自专业而观之，隔圈如隔山，伊人一方；自人性而察之，就那么回事儿，解人难得。

凤青钗既是圈中伊人，也是圈外解人，修成此著，所谓因缘际会也。

这些年来，她以作家、记者、主持人身份出入当代艺术圈。辗转策展、艺术评论也是我日常生活的一部分。我们是圈内相识，圈外相望。

我读过她自己懒于提及的早期小说，半萌半涩淡淡写，脱略锁窗闺怨，泛摩幽怀逸致，许之为都市行吟者，而在生活中，她却是灌顶般的柔和型女王。这种高落差的文艺范，被岁月的羽扇，经验的砂锅，洞见的野火，在《大收藏之无常寻》中熬成了文艺风骨。

作为资深编剧，讲故事是她的专业。将故事讲繁复是大酒店，将故事讲深刻是私房菜，将故事讲生动是大排档，将故事讲走心是路边小吃……她不偏食，却有自己的选择：简单故事要入味，平常词句能搔痒，个性人物起共鸣。这，就是传说中的境界。

这个长篇挺简单，几个高人和几个俗人搭台，两个美人生病；几季浪漫聚会，一帮苦逼做东；一件神作领军，几段爱情合围；几种利欲串场，几颗初心闪光。

传奇的徐笑麟是艺术圈高人，是一个时代的浪漫符号，也是被历史阴影挟裹的苦逼，更是理想化的初心老姜携带者。他的一件价值连城的作品，打翻了众生欲望的瓶瓶罐罐。

神秘的岑先生是体制内高人，讳莫如深的大人物，似乎无懈可击，然发现缝隙，顺藤摸瓜，犹见初心碎。这个配角的设置，是故事需要，也是对那一代人苦逼史牛逼史的祭奠，是作者对渐行渐远的权力底线的凝视。

外企老板夫人是职场高人，深通人性而不近人情，是外企本土化处境和高知被利益绑架的双重代表。

钟司晨是最具代表性的职场苦逼、婚姻苦逼。如果说他的妻子明蓓代表了这一代小女人“不明觉厉”的任性与无知，他则代表了这一代男人自立路上的隐忍与无奈。卷入艺术收藏事件，他是不折不扣的打酱油角色，但他也是故事线索托运者，作为小说中头号配角，随时为读者生产熟悉感，也让作者游刃有余地占有圈外视角，擒拿共性，将收藏溶解为大收藏。

有良好教养的豪门代表倪远诚，畸形的现实撕开他翩翩风度包裹的那颗变态心，看似爱情惹的祸，亦不无对豪门的揶揄。

钟司蕾是优质剩女，她那“忽如一夜春风送白马”的经历，更是有无可奈何花落去的去诗意化。

同样无可奈何的还有零落成两捧泥的何莲、尹燕。

俏也不争春的实习老师其实是主人公背后的元气指征。

经纪人老侯，艺术圈油混子，老炮儿一枚；暴发户唐老板，附庸风雅，土包子一枚，却又似有玄机；风月场高帅富白文凯，竟可怜可憎；自私自利得头头是道的明蓓母亲，俗透膏肓；故事的烟火味全靠他们。

两个主角，海归艺术家、坊间话题人物舒净；当代艺术圈 F4、收藏界炙手可热的方晓天，都是葆有美好品质、才华横溢的病人，恰好最具正能量的几个词：初心，梦想，理性，底线，情怀，构成他们复杂的病因。作者将两个在物质、颜值、思想、创作、市场诸领域都颇有斤两的准公众人物，两个深谙潜规则又未被完全驯服的不甘苟且的高冷派，置于一架精神分析的天平上，陡增跌宕。他们逼近对方，相斥又相吸，铿锵又默契，不是一对，胜似一对，天生一对，各自受难。尤其是舒净，作者不惜笔墨，出场必气场，传音必传神，所到之处，百花惨淡。智藏资深熟女，心有碧涧清泉；裙在红尘之巅，气若空谷幽兰；看似叱咤江湖，疑是精灵化身……作者巧妙化用了油画技法，塑造她的层层笔触，又被层层刮掉，一个灵魂丰满、边界模糊的舒净印象，看不清，挥不去。无常寻之寻，绵绵无绝，反复启动阅读中的二次创作。

排兵布阵之后，所有意义，在结构中落座。

收藏与隐藏。“大收藏”之大，不在外延，无论是收藏有形的物，还是收藏无形的时间，甚至收藏形而上的传统，我们所能领受到的，都是浮出水面的当下观。而收藏的籍贯，原是隐藏。徐笑麟对秘密煞费苦心的隐藏，岑先生对自我动机讳莫如深的隐藏，旺仁对内在缘由的隐藏，方晓天的多重隐藏，实习老师用守候隐藏，尹燕用离开隐藏，李佑文用生命隐藏……遍布江湖的“老侯们”用憨厚隐藏欲望，用合理隐藏利益；艺术江湖虚张声势的功能被发挥得淋漓尽致，还乡的崎岖和远行的孤独彼此放大叹息……隐与藏，分别通向中国味道的高度与深度。唤醒隐藏，文本的精神厚度便会被反复叠加，我们隐藏得最多的，莫过于痛感。

闲愁与痛感。闲愁并非肤浅，它一直是文艺范的远亲，即便动荡年月，以经营闲愁为己任亦大有人在，况乎当下。一切升级都是孤独感的升级，“所有美梦都裹着痛苦的内核”。“快感都是罪恶的，疼痛才能证明一个人真实地活在这个世界上”。有思想处必有痛，无痛不成长。纵观文学史，所有高明的作家，都是痛感的版本学专家。传世的大量诗歌、艺术、爱情，都是痛感的附加值。痛感是陌生的受精，同时伴随着熟悉的怀孕，“只要长久，哪怕痛”。自我和现实的磨砺，钟司晨纠结痛；自我限制自我，岑先生习惯痛；自我回溯本我，徐笑麟怆然痛；自我眺望超我，方晓天、舒净相怜痛。在长满痛的世界，何处落笔？作者对痛感不作悲观观，不作负面观，所以在痛感中获得了一种审美的理解。

理解与无解。因为理解，所以无解。这是个升级问题。理解，无关主张，无关体认，无关个性；理解，是一种悲悯情怀。作者笔下，没有一个完整的坏人，没有一个标准的错误，所有空虚都很丰满，所有意外都有出处，所有庸俗都情有可原，所有青涩都经过风吹雨打。俯视职场，所有对症下药都是小儿科；统计爱情，不过是“一物降一物”。凤青钗展示了她惊人的理解力，理解控制的同时理解反抗，理解独立的同时理解奴性，理解嚣张的同时理解枯萎，理解大树飘零的同时理解天风浪浪……理解大大小小的起承转合。她揭示大人物的小心理，出示小人物的大徘徊，开放无能为力的高发区，都是基于人性，经验只是亲友团。人体的经验都是有限的，打经验的擦边球，是敏感者的专利，当敏感枝丫间掠过人性微风，便催得文字成熟。成熟不是答案，成熟的作家只提供理解，从不提供答案。人生或可通，不可逆。理解是文明的常态，无解是终极的病态。

常态与病态。江湖辞典中的万种风情，都是常态，但那样的视角却是病态的。当我们还在掩耳盗铃般地谈论爱情时，凤青钗在直接刻画暧昧。暧昧，是常态的灰色地带，是病态的观测中心。每个人都会大病一场两场 N 场，这是毋庸置疑的精神潜规则。凤青钗以冷静的剖析办理了理想国的落地签，她的脚步注定会“越来越重”。作家都是灵魂的临床者，当理想与现实的分裂成为常态，她的笔触温柔地铺开，研究分割灵魂的技法，暗示我们走出绝望的泥潭和自足的不堪。人类与自身与万物与天地的相处，繁衍、博弈、消长是常态，所有“成果”都原生病态，当病态成为常态，日常便充满无常。

日常与无常。凤青钗和我都是无神论者，不入宗教不等于无信仰，不信鬼神不等于不懂敬畏。日常与无常，有限与无限，宇宙意识将人类的渺小感照耀得一览无遗，如同我们找不到宏观与微观之间的那条分界线，我们也无法将无常从日常中分离出来，我们唯一可做的，是寻找。老侯投机的段位够高，老板娘狡狯的色彩够厚，深山峨边的宁静易碎，艺术的神圣却患有散光……谁都比不过“老天那种残酷的幽默感”。舒净与方晓天是成色极佳的乌托邦，钟司蕾与白文凯双双在病态中成熟，徐笑麟一把火烧掉心结，烧出一个修行者的幡然，小人物旺仁出现的突然与必然，大人物岑先生的执念与解脱……当无常从世俗泥泞中蹒跚而至，从禅意密室中甩门而出，“无常寻”便获得了哲学的拐棍，逻辑的支点。寻找才能寻见，才有栖居的诗意，才有在路上的质感。

诗意与质感。这是凤青钗文字中最为持久经营的东西。那些寄生于卓越的琐屑，那些蒙羞于贫病的高贵，那些擦肩于颓废的轻狂，那些见弃于流行的冷落……她在叙述中经常从事件中抽身，重返记忆现场，或直扑想象的悬崖，形成她独特的文字分配律，更多趣味分给那时年少，更多温暖分给曾经艰难，更多慷慨分给沧桑渊澄……即便从潮流中捞出的台词，也随机踢回经典中洗个澡，多机趣而少调侃，平生思想的质感。

不经意是境界，经意是功力。凤青钗懒女梳头式的沉静叙述，总能找准如浇的发力点，变速的扭力点，巧妙地避开那些心照不宣的东西，直奔欲望的牛皮癣，梦想的污染源，理性的撕裂处，鸡汤的提取口，将初心代入 N 次元，在行云流水的故事推衍中深挖几个无常洞，广积几仓痛感粮，在青春倒带中众筹宿命，在“华丽隆重的局”中频频含情换挡。古有解衣磅礴，今有梳头磅礴。

生活，经常让我们混成局外人；阅读，偶尔让我们找到幕后的尊严。天地悠悠，生长零落，红尘滚滚而来，风雨萧萧难歇，四围凡庸，一地鸡毛，唯一卷一觞联袂迷人。好友凤青钗《大收藏之无常寻》新著即将出版，我有幸先睹为快，春雨闻风而至，伴我享受这份 VIP 阅读的高贵。

是为序。

汪帅

于退翘关第三书房

2016 年 5 月 3 日凌晨

Contents

目 录

第一章　大消息

如果在一开始，方晓天就知道那个人要说出那个足以震惊全国收藏界的消息，他就不会走神了。

可眼下，方晓天只是百无聊赖地看着工作室的窗外。

硕大的雨点珠玉落盘般砸在肥厚深碧的荷叶上，荷梗舞娘般在风里懒散地转了转腰身，就将满怀的雨水尽数抖落在一池秋水中。

荷花几近凋零殆尽，只有莲蓬们傲然而立，仰望着灰蒙蒙的雨幕苍天，一脸的雀斑渐渐萌生出饱满的、希望的种子。

来年盛夏，放眼又是处处妖娆。

就像二十四年前的那洼荷塘一样。

只是物是人非。

“晓天？晓天？”

方晓天这才回过神，把视线从那层次分明的绿意上挪了回来。

老侯笑眯眯地凑过来，替他续茶，半是玩笑半认真地说：“你看你，真是大师的做派，一到风雨满楼的时节，就魂不守舍，只顾沉浸在你自己新的艺术创作里。”在座的几个半生不熟的人，就赔着笑脸附和起来。

老侯说话从来都是这样，每句话看似废话，其实都很有内容。“你看你”，是在显示他和方晓天的亲近；“真是大师的做派”，是在抬方晓天；“只顾沉浸在你自己新的艺术创作里”，是在放话，被称为中国当代艺术界 F4 之一的方晓天，又将有新作问世。

F4，不是偶像剧里 Flower4 那“四个花样男子”的意思，而是 Furture4。这个称呼，代表着未来市场最有潜力的四个青年艺术家。

资本逐利而行。从某种程度上来说，实业、房产、毒品甚至军火买卖的利润空间，比起艺术品的利润空间，都显得单薄可笑。比如方晓天的恩师徐笑麟，他的一幅作品，在1980年问世时只卖了二百元。这幅油画，30年间几经转手，当它于2010年在伦敦的拍卖会上再次亮相时，起拍价竟然是令人咂舌的七百万，而成交价则将近一千万——英镑。

就那么一幅时尚杂志插页海报大小的画，30年，增值了将近十万倍。

随即，一个又一个的天价作品让各路资本春心荡漾。

其实，此时闻风而来的逐利资本，是无知而肤浅的。他们醒悟太晚，基本已经错过了艺术市场的大师诞生时代。面对那些突然身价暴涨、动辄一张作品几千万的艺术天王们，面对那些眼界极高、只与专业机构打交道的业界大腕儿们，他们只能苍蝇馋肉一样嘤嘤而鸣，却无从下口。

于是这些资本大鳄，就自然而然地把目光放在了方晓天等人身上。

师出名门、业界力捧、风头正健、画价飙升，一言概之，有市场潜力。

市场潜力，就意味着未来不断地增值。事实上，这些资本中的大多数就是想押宝，想用几百万的投入，搏一个千万甚至上亿级的彩头。

只可惜，几百万资金，在购买艺术品这件事情上，杯水车薪。

没有强大到可怕的专业团队年复一年的信息支持，没有负责到变态的专业机构日复一日地各种运作，就凭这些资本持有人在酒肉场里打混的鉴赏能力和控盘能力，只能热热闹闹地买回一堆堆次品、赝品或复制品，然后欢天喜地地挂在别墅里、堆在仓库中，等待着绝对不可能到来的增值。

做什么生意都有风险，艺术品的风险远远大过其他合法或不合法的生意。

其他生意做砸了，最惨的不过是当事人人头落地。

艺术品生意做砸了，能让你生不如死，几代人翻不了身——资产房产都可以降价变现，唯有艺术品，降价的结果，最大的可能是全线崩盘。

只赚不赔？哪有那么好的事情！

可这个最简单的道理，没几个人懂。他们只看见徐笑麟现在每幅画都过千万，却看不见三四十年间，他的多少同窗同年前辈后辈都中断创作，改行度日，又有多少同窗同年前辈后辈的画价，仍不尴不尬地在原地打转。

一将功成万骨枯。

好大喜功的赌徒是看不见这些的。

方晓天扫了那几个人一眼。果然，就见他们的眼睛里，都压抑不住地闪现着渴求的贼光。

都不是善类。

也罢，唯利是图，小人也。和小人，即使苦口婆心，他们也不会懂。何况还有多少混珠的鱼目，要靠这些土老财讨生活，自己何必断了别人的财路？自己洁身自好，但求问心无愧，也就够了。

这些人中略显例外的，只有坐在方晓天对面的这个人。

方晓天以前见过这个人一次。这人姓唐，是在诸暨做仿明清实木家具起家的，据他自己说，是仿着仿着就心里痒痒，对艺术动了真喜好，玩了一阵古董，可这古董行里道道太深、弯弯太多，确实玩不明白。他就想，还是玩当代艺术品吧，好歹搞当代艺术的艺术家都还活着，买对了就赚大了，买错了，也当交个有意思的朋友，钱不算白花。

这番言辞，一听就是圈外人说的，听起来是真切朴实、声情并茂，其实明里暗里犯了不少圈内的忌讳，只是老侯世故、方晓天洒脱，明知和这样的外行谈不成什么事情，就都微微一笑跳过他的话，也懒得点醒他。

不过方晓天倒是对唐老板存了一点好感——仿明清实木家具，听起来正经，其实说白了就是做旧造假，去骗更土的土财主。这人并不忌讳说出来，可见多少有些真性情，不像一些装腔作势的人，弄几块水色不纯的缅甸翡翠摆在店里，也敢吹嘘自己是做跨国珠宝生意的。而且这人还不忌讳说自己吃亏上当，说起买了假古董这种丢脸臊皮的赔钱事来，照样兴致勃勃，毫不扭捏。这种大咧咧的性情，有点儿对方晓天的胃口。

可现在，这个大咧咧的唐老板，见方晓天看他，居然一脸局促，眼神飘忽。

目光不定，必心存异念。

方晓天不动声色，端起面前的茶盅一饮而尽。饮罢，他依然觉得对这些人无话可说，便打量起手中的袖珍瓷盏。

这瓷盏，是方晓天亲自设计、制胚、绘制、涂釉，并且亲手在景德镇最好的窑里烧制出来的。连各式茶壶带配套碗碟，一共烧制了三十套。烧完之后，方晓天挑选了一下，当场砸了二十七套。

当时陪他候窑蹲了几天的老侯心疼得都快跳起来了。他在瓷裂那清脆的噼噼啪啪声中哆嗦着说："方晓天，你钱多得失心疯啦？别说全套工程都是你亲自上手的，就算你最后在上面盖个戳，我都能七八万一套给你卖喽！二十七套，多少钱哪，你给我算算。"

方晓天笑嘻嘻的，根本不理他，继续砸。

老侯带着哭腔说："你花了几个月的时间干这破事儿，人家去年付了定金要的画，早过了取画时间了，万一人家要，你这就算违约……"

方晓天兴致勃勃地朝墙上摔了一个茶壶，一边躲避飞溅过来的瓷片，一边说："我不是机器，说哪天拿出来就哪天拿出来，谁要解约，马上同意，按照定金，双倍赔偿。"

老侯讪讪地说："唉，唉，解约，哪能呢？你的画，还没交货呢，今年的价格就比去年翻了一倍多，他们躲在被窝里偷着乐还来不及呢，哪能解约？可是晓天啊，我帮你算了一下，以你的创作速度的最低限，你这玩一天，也是白白浪费了好几万哪……"

方晓天摔碎最后一个没看中的器皿，心满意足地拍了拍手，说："成了。"他扫了老侯一眼，"要不是多年的兄弟，就冲你把什么都折算成钱的境界，我早就换经纪人了。"

老侯缩着脖子不吭声了。

剩下的三套茶具，方晓天一套自用，一套送给父母，一套锁在工作室的保险柜里。

老侯到底是心里惦记着这件事儿，几次圈拢方晓天把第三套茶具卖了，说是物以稀为贵，又说哪个哪个老总听说了心有所好，已经开价到多少多少了。说到最后一次，方晓天终于烦了，让助手小何去银行取了五万块钱给老侯，然后一字一顿地对他说："老侯，你要帮我卖了那套茶具，你得的酬劳肯定比五万块多得多，但那套茶具我是留着带进棺材里的洁净之物，听清楚了吗？我死了都不会卖。这五万块，就当是兄弟一场，我买个耳根子清净。你放过我，行吗？"

老侯无比难堪，但到底没收那笔钱，也不再提这档子事儿。

不过方晓天也知道，他没有骗过老侯。

第三套茶具不是什么陪葬用的。

那套茶具绿色淡淡，边线波折倾斜，圆润欲滴，仿似荷叶的形状。器物底下，都有一个小小的“莲”字。

方晓天把名叫“清心”的工作室，凌空构建在荷塘正中，终年与荷叶莲花为伴。

方晓天凡事苛求，追求细节完美，却一听小何姓何，连资料也不看地指定他做自己的助手。

稍微留心的人，都能看得出些端倪，何况是一拍头顶脚底下就叮当乱响的老侯。

可老侯的聪明之处就在于，他看得透，却能忍住不说也不问。

在方晓天眼里，守口如瓶和给别人留空间，都是这个操蛋的八卦世界里最美好的品德。

所以不管有多么上档次的金牌经纪人或经纪机构出现，方晓天都没动过心。

老侯是兄弟，是过去二十年里有难同当的兄弟。现在，既然依然是兄弟，那就应该有福同享。

就在这时，方晓天搁在一旁角桌上的手机响了。

老侯忙不迭地把手机递过去时，顺了一眼，就忍不住笑着说出来：“哟，舒净。”

在座的另外几个人脸上就呈现出细微的诡谲表情。

他们大概是听哪个圈里从未与方晓天打过交道的混子说起过一些所谓的秘闻。

方晓天对舒净一切需要有求必应之类的。

×他妈的一群龌龊男人，稍微听说个有头脸的女艺术家，就露出猪拱食一样难看的嘴脸。

方晓天心里一直存在的反感终于涌上了脸，他站起身来，走出工作室，一边看着由屋檐倾泻而下的密密雨线，一边接通了电话。

“干吗呢？”舒净慵懒的声音从手机那端传了过来。

她从来不会有任何寒暄问候，这让方晓天觉得干净温暖。

方晓天心里熨帖了，无声地笑了：“浪费生命呢，你呢?”

舒净大概是在床上翻了个身，声音依然慵懒：“想到你那里坐坐。”

方晓天笑出声来：“你和我客气什么？还打电话，想来就来呗。我不在你也可以喊小何给你开门啊。”

舒净就带着笑意说：“还是你在的好啊。”她稍微顿了顿，继续说，“今天想给你拍几张照片。”

方晓天愣了一下，想了想说：“天下雨呢，光线不好，你要带的东西有点儿多，不太方便吧?”

舒净真的笑出声来：“我就知道你会拒绝。”她似乎趴到床沿上，声音变得认真而锋利，“就像之前的那次一样。晓天，一到下雨天，你的情绪就特别不稳定，你怕我的相机捕捉到什么你不想被捕捉到的东西，是吗?”

当初方晓天和舒净成为密友，就是因为这个女孩的聪颖与直接。从看到她的第一眼，方晓天就知道，她比老侯更能看透他，她能一眼看到他最隐秘的内心。

这很刺激。

就像迷宫游戏，方晓天布下迷宫，虽然不希望人人都解得开，却也需要对手。

所以，就在当时，已经声名鹊起的方晓天，在一次自助晚宴上，看见刚刚大学毕业、在合作画廊当实习生的舒净，立刻就笑了。他走过去，站到了正忙碌准备自助餐点的舒净旁边。

任谁看来，这都像是一个单身艺术家泡妞儿的本能反应，只有方晓天自己知道，真不是。

舒净也知道。

舒净当然知道方晓天是谁。可她只是用毫无笑意的眼神，漫不经心地扫了他一眼，点了点头；又漫不经心地扫了餐点一眼，然后用碟子装了两种糕点给他——方晓天最爱的口味。

方晓天瞬间心花怒放。

他找对人了。

虽然他热情而舒净冷艳，但他们却是气味相投的同一类人，就像截然相反的南北两极，但同存于地球并构成磁极是绝对合理的。他们相处和谐，就像自然造就的那么自然而然。

那天晚上，方晓天完全不在乎周遭的其他人，一直腻在舒净旁边说话，甚至在冷餐会结束后还步行三个小时送舒净回家，兴高采烈地说了一路。事后老侯对方晓天那晚的评价是“完全失控”“表现得相当傻×”。可方晓天自己不这么觉得，因为舒净听他说了半个晚上，也陪他走了半个晚上。其实半个晚上，舒净连一句话都没有说。

最后，方晓天把自己的手机号码输入舒净的手机上，让她有空就打。

方晓天这种级别的艺术家，提携个后辈，就像玩儿似的。可能比玩儿都简单。

可舒净从来没拨打过他的手机。

很多天之后的一天凌晨，方晓天才想明白，他觉得自己的确“完全失控”“表现得相当傻×”，因为留完手机号码顺手按一下拨通键这么简单的事情，他都晕头涨脑地忘了做。而且他只是在耐心地等着舒净打过来，居然从来没想过，可以直接给画廊负责人打个电话，问一问舒净的电话。

画廊负责人在方晓天急促得前言不搭后语、夹杂着“操、操”的叙述中，终于渐渐从酣睡中清醒，捕捉到了他话中的重点，然后一举击溃了他的激情：“舒净啊？出国结婚去了。”

方晓天如丧考妣地沮丧了半宿，突然又振奋起来。

我靠，这是个多有个性的姑娘啊，这必将是一段伟大友谊的开始！

后来整整四年，方晓天和一面之缘的舒净没有任何音讯互通，方晓天甚至觉得自己已经忘记了她的存在。可是一年前，一个花好月圆的夏夜，方晓天正在远郊的一个农家院里和几个圈里的好友专心致志地围成一圈吃着火锅，手机突然响了。他接了，那端淡淡的一声“喂”，他就把刚放进嘴里的羊肉卷“噗”的一声吐回锅里，溅了对面老侯一脸的油汤，然后他极度兴奋地喊：“舒净！”

方晓天的这种表现，实在没办法不让别人胡思乱想。尤其是喊叫了那一声后，方晓天就连句解释都没有地冲出门去，扔下一屋子捏着筷子、面面相觑的老朋友。

他们居然都不知道这个“舒净”是哪号人物，竟然可以让方晓天失态至此。于是他们盯牢了满脸油汤、一脸坏笑的老侯。

老侯捻起一片纸巾，一边擦拭额头、脸颊，一边说：“舒净是一个漂亮的姑娘……故事发生在四年前……”见众人都竖起耳朵，他把纸巾往桌上一甩，笑眯眯地说，“后来，我就真不知道了。”

老侯真的什么也没说，他的“真不知道”也是实话，可这话在不明就里的旁人听来，很有点儿欲盖弥彰的味道。

于是众人皆是一副心中了了的表情。

可事实上，那天方晓天立刻心急火燎地驱车回城，也不过是站在路灯底下对着舒净侃了整整半夜。就像四年前的那个晚上一样，方晓天说自己的创作构想，说自己的生活琐事，说自己的工作室外能看见的簇拥竹林、袅娜白鹭。

舒净就那样安静地站在口若悬河的方晓天的对面，燃了一支烟，又一支，始终一言不发。她的眸子比夜色还要幽深，几乎就是两颗黑亮的宝石。方晓天就盯着这两颗宝石，像被催眠一样愈加亢奋，完全忘记了自己是如何讨厌烟味，喋喋不休。

他们之间好像从来没有经历分开的那四年时光。

直到路灯突然“扑哧”一声熄灭，灰白的天色洒了他们一脸一肩。方晓天这才恍然大悟，他看了看这条偏僻萧条的小巷，一脸愧疚：“我们怎么不找个咖啡馆坐坐呢？我们为什么不去我的工作室呢？”

舒净取出最后一支烟，又将空烟盒塞进一旁的垃圾筒，然后拎起脚下的黑色双肩包，淡淡地说：“那就去你的工作室吧。”

舒净出国前学的也是油画，可盘膝坐在“清心”外面的大蒲团上后，她从双肩包里取出的，是一个相当专业的数码单反相机。她并不说什么，只是看了看稀薄的晨曦，又调了调焦距，就将镜头对准了方晓天。

方晓天不爱出镜，是多年前就出了名的怪癖。他刚出道时，高档杂志媒体稀缺，电视媒体也不甚注意娱乐文艺新闻，偶然有一本舶来的时尚杂志有版面要宣传新生代艺术家，翻了一圈资料后，空降而来的法国女主编点名要求采访方晓天。在旁人眼来，这是殊荣，至少也是一次不错的宣传机会。合作的艺术机构一得到消息，老板就报喜一样亲自找上门来约时间。

那时还是无名小辈的方晓天，蹲在四处漏风的弄堂画室里，一边聚精会神地点着蜂窝煤炉子，一边慢悠悠地说："哦，吃了蛋，还想看鸡？妈的，喜欢蛋就喜欢蛋，关鸡屁事儿。"说完他挠了挠头，"这比喻相当不好，我这么大的块儿头往这儿一站，怎么也不像鸡啊。"他露出极其天真无邪或者说白痴的笑容，"嘿嘿，是火鸡，要不就是鸵鸟。"他又陷入了沉思，"哎，说真的，火鸡下蛋不啊？"

对方掐死他的心都有。

方晓天坚持认为画画的，画出好画就是正理，不必混脸熟。

最终，合作方老板丧失耐心，翻出了刚签完的合同，也懒得废话，"啪啪"地敲打着"乙方有义务配合甲方进行必要的宣传"的条款，又"啪啪"地敲打着"在乙方违约的情况下，甲方均可提前终止合同，乙方双倍赔偿甲方一切损失"。

方晓天一脸痛苦地看了看旁边刚拉来的一堆崭新而整齐的蜂窝煤，说："就像是，我和煤老板闹翻了，我得退回去一车，再搭一车？"

合作方老板哭笑不得，却也只好点了点头。

那年冬天上海特别冷，害怕被活活冻死的方晓天最后妥协了。

在杂志社签拍摄合同时，他甚至主动要求裸露漂亮的上半身肌肉。

女主编相当满意，一口优雅的巴黎腔，大概意思是——"小伙子很上道嘛！"

合作方老板松了口气，可等拿到杂志样片，他的眼珠差点儿迸出来——方晓天不知道给对方的摄影师灌了什么迷汤，拍出来的半裸照片虽然男性诱惑气息十足，但都是侧面、背影或者只露下半边脸。他忽然想明白方晓天为什么要求赤裸上身了。他本想发作，可看了看旁边搭配得当、篇幅超大的油画作品图片，他忍了——可以宣传手头的作品，方便自己对藏家做推广，才是做这个采访的最终目的。

不过仅此一次，反响绝佳，方晓天算是连正脸都没露，就一战成名。

他的三桩趣谈为此奠定了主要基础——“火鸡下蛋不”，“两车蜂窝煤”，“卖身不卖脸”。

这个时代，从来就不缺少才华横溢的各行精英，缺少的就是鲜活有趣的血肉真身。

从那以后，仿佛是大家商量好似的，再没有任何平面媒体要求拍摄方晓天的面部特写。他们拍合影、背影、局部。猜测方晓天这次会以什么形象见报见刊，也成了一些关注艺术新闻的读者乐在其中的娱乐项目——就像希区柯克的拥趸在电影里寻找他每次扮演的角色。

电视媒体就更有笑点了，一到采访方晓天时，画面就是各种空镜头，有的像是镜头拍歪了，有的像是在保护私密事件当事人的隐私。方晓天也在电视台的记者圈里得了个“旁白方”的绰号。他自己也乐：“直接电话采访，然后你们随便站在楼下拍拍天空绿树什么的，多有意境、多带劲儿啊，上海车多人多，省得你们来回跑!”

方晓天成名十五年，这规矩从来没破过。

一年前，方晓天猝不及防地正脸对着舒净的镜头，他听见自己心里真真切切地“咯噔”了一声。他讪讪地干咳一声，正打算说点儿什么或者扭开脸，就听见舒净淡淡的一句：“别动。”他一愣，就僵在了那里。

舒净按下了快门。

方晓天忽然如释重负一般，自顾自地做着自己手头的事情，洗茶、冲泡、轻斟。

舒净也自顾自地按着快门。

许久许久，舒净把相机放回双肩包里，拿起方晓天为她新斟的淡茶，一饮而尽。

一直沉默的方晓天说：“我最后一次拍脸部特写，是 24 年前。”他的声音有点儿涩。

舒净淡然道：“我知道。”

方晓天点了点头，清了旧盏，换了新茶。

二十四年前，舒净还没读小学，方晓天也不过十五六岁的年纪，两人彼时远隔千山万水，各居天涯一隅，不可能相识，彼此的生活自然从未有过交集。可舒净的那句“我知道”，却说得行云流水，仿佛曾静静地停留在方晓天过去的生活里；方晓天听在耳中，也是觉得毫无异议，熨帖暖心。

这句话之后，方晓天就像把所有的话都说完了一样，专注于杯盏之间。

两个人就那样默默地对坐了一整天。

直到天色擦黑儿，为方晓天整理创作素材的小何急匆匆地赶回来，他不做他想地打开了所有的顶灯，抬眼就看见旁边露台上、影影绰绰正在强光中遮着眼睛的两个人。

方晓天问舒净：“你刚回来，要不要个助理?”

舒净摇了摇头。

方晓天说：“需要的时候，说一声，我让他过去。”然后他站起来，“我真饿了。舒净，我们去吃点什么?”

大概一个月后，一家艺术杂志的圈内动态栏目里，突然出现了一个看似陌生的艺术家的正面近照，旁边的标题中有个名字赫然在目：方晓天。摄影署名：舒净。

之前，在邮箱里看到这组照片时，这个栏目的编辑是无比震惊的，立刻就拨通了老侯的电话，问他这组照片可不可以用。老侯得知拍摄者是舒净，他哼哼着笑了一声说：“用啊，随便用。”

成名成腕儿的艺术家，谁没有几个特立独行的怪癖?没有怪癖的才叫不正常。可规矩，立起来不是件稀罕事，被破了才是件稀罕事。

恰逢方晓天有个规模不小的展览，各路媒体蜂拥而来，想抢先拍到方晓天的脸部特写。每次接待这些记者时，老侯都皮笑肉不笑地说：“对不起，只能用舒净拍的。”

舒净的作品构图简洁、捕捉到位，艺术水准不俗，以此获得了方晓天的信任，也是说得过去的。可等到有圈内人发现，舒净是如此高挑妖娆的美人，而方晓天几个助手里最得方晓天倚力的小何，竟然经常出现在舒净身边打下手时，江湖传闻便如从被捅蜂窝中倾巢而出的马蜂，铺天盖地。

蛇儿口，蜂尾针。

就是当着方晓天，甚至两个当事人都在场时，也会有一些自以为与方晓天颇有交情的人五人六，半调侃半真地问。

遇到这样的人，方晓天脸上不生气，有时还笑笑，眼角眉梢却藏了怒意，内心也要不由自主地骂一句：“傻×。”等到他转过脸，看到旁边一脸淡然的舒净，什么也没听到一样做着自己的事情，他就要在心里暗暗惭愧一下。

一个人的高贵与否，不在于遇到什么样的事情、陷入什么样的处境，而在于遇到这样的事情或陷入这样的处境，会做出什么样的反应。

方晓天每次都为自己的择友眼光洋洋得意。

然而今天，当舒净说出这些话时，方晓天第一次觉得，自己已深深懊悔结识她。

这个女人的洞察力，实在太可怕了。

焰火固然令人赏心悦目，可要是就快烧了房子，就不再好玩了。

只是还不知道，这到底是无意而成的事故，还是预示着一场可怕而残酷的战争。

萧瑟秋风中，方晓天一头冷汗。

舒净说：“我马上过来。”没等方晓天说话，舒净又说，“别想说什么‘哎呀临时有事要出去’这种话。”打火机“啪”的清脆一响，她慢悠悠地吐了口烟，不带丝毫情绪地说，“事实上，我的车就在你工作室外面。”

方晓天的第一个反应是挂了电话。

方晓天的第二个反应是从平台上疯狂地向工作室的正门冲去。

脚步声比雨点还要稠密，最后方晓天索性甩了两脚的人字拖，光脚狂奔。

正轻声慢语地想从老侯嘴里探口风的土老财甲乙丙丁目瞪口呆。

可方晓天还是迟了一步。

就在他冲到工作室门口，伸手去关那缀着铜钉的大铁门时，一只白皙圆润、穿着锋利的高跟凉鞋的脚踏了进来，挡在了门与门框之间，环绕脚踝的银链子上缀着的一圈小小的水晶玫瑰，在灰色水磨石的地面上，映出不动声色的冷冷光影。

脚趾甲上的丹蔻，艳丽鲜红，诱惑风情，可此时看在方晓天的眼里，却刺眼如血。

门外，舒净唇角叼着烟，目光幽幽远远、内容层层叠叠。她微微眯起眼睛说："事实上，我也不在车里，我就站在门口。"她把摄影包丢在门口的地上，"等你张皇失措地冲过来。"

方晓天咬着牙说："我真应该下点儿狠手，把你的脚脖子夹个粉碎性骨折。"

舒净慢悠悠地说："本来，我真的不确定你只要是在下雨天都会情绪不稳定……我只是在试探你。毕竟，我只见过你唯一的一次失神——但那次却是你唯一一次拒绝我拍照。后来我细细回想，那天所遇之事、所处之地与平时无异，非要说不同，也只有天气而已。可是现在，方晓天，我无比确定，下雨天，你会露出你至情至性之下的致命软肋。"

方晓天瞪着舒净："到此为止。"

舒净的笑靥，破冰寒梅一样冷艳，八颗洁白整齐的牙齿让她的笑容明星般炫目。

她说："我不。"

方晓天眼皮跳了跳，一字一顿地说："姑娘，你笑起来真的比什么花儿都好看。这是我第一次看见你笑，这本该是个留在备忘录里的纪念日，你千万不要用你的任性破坏了它。"

舒净挑了挑眉梢，身体重心一移，整个人便进了"清心"，与方晓天正面相对。她尖翘的鼻尖挑衅着方晓天的下唇，眼眸凛然上视，一字一顿地对方晓天傲然道："我就是要破坏它。"

方晓天不自觉地后退了一步。

"清心"实在是太大了，靠近最内侧茶台附近的人，是听不清甚至听不见他们的对话，而且方晓天站立的位置，也恰好遮住了舒净那只娇嫩诱人的脚。现在方晓天稍微移动位置，舒净又进了工作室，她那玲珑有致的魔鬼身材和俏丽精致的天使面孔，众人就一览无余了。

他们不约而同轻轻地"咦"了一声。唯有老侯微微一笑，轻轻送出两个字："舒净。"众人恍然大悟，又不约而同长长地"喔"了一声。

在座的虽然都是土财主，但能坐在“清心”的茶台旁，自然也都是察言观色、揣摩人心的高手。看出此地不宜久留，他们纷纷站起告辞，老侯也就跟着起来，一脸笑容地送他们出去。

所有人经过舒净和方晓天时，都不由自主地斜着眼睛瞥他们一眼。

舒净和方晓天一点不像传说中那么“恩爱”。

他们一个像追了三生三世的讨债鬼，一个像死不认账的赖账鬼。

说有杀气，都不过分。

老侯倒是镇定自若，满脸笑容地自说自话，“小小茶室，没什么好的招待，怠慢了怠慢了”“某某兄下次一定赏脸再来”之类的话，目不斜视地出得门去，还顺手拉上“清心”的门。

“清心”临水的三面都是落地玻璃窗，光线甚为通透，可在这门旁玄关处，却立了几个直到天花板的厚实资料柜，铁门一关，这里立时一暗。

两个人继续雕塑般僵持。

外面几辆车轮胎碾过石子路的声响渐渐远去。

一片安静。

暗淡光线中，方晓天浓眉下的一双大眼，凶光毕现。他咬牙切齿地问：“舒净，你到底想找什么？”

舒净毫无惧色，字字针尖麦芒：“方晓天，那要看你藏的是什么。”

方晓天微微低头，急促的鼻息喷在舒净脸上，眼角似要迸出血来：“不管我藏的是什么，都和你没有一点儿关系。”

舒净“哧”的一声冷笑，骄傲地扬起了脸：“现在我要把它找出来，我就和它发生关系。”

方晓天仿佛被激怒了。他十指插入舒净的长发，牢牢捧住舒净的脸，他的鼻尖抵拢她的鼻尖，他的声音低哑得断断续续：“舒净，你知不知道你说的是什么？”

舒净毫无退缩。如果冰可以燃烧，那它的火焰一定就在舒净此时的眸子里。她左侧唇角微微上挑，形成一个蛊惑人心的邪笑：“我不但知道我在说什么，”她慢慢地说，“我还知道你想做什么。”

方晓天一手扶定舒净的后脑，一手揽住了她的腰肢，自己迎上去，将舒净牢牢压在资料柜上，呼吸急促地说："所以你还不收手？"

舒净的后腰正抵在一个金属把手上，隐隐的疼痛让她的眼角挑了挑，但在这个谁都知道可能要发生什么的当口，她居然毫无惧色。她高傲地说："你不敢！"

不是怯懦的"你不要"，不是信任的"你不会"，不是提醒的"你不能"，而是"你不敢！"

对于眼前这个火药桶一样充满能量的男人，还有比"你不敢"更赤裸裸的导火索吗？！

方晓天揽在舒净腰上的手臂猛地一扣，使将舒净抱离了地面。他的脸颊压在舒净剧烈跳动的颈动脉上，梦呓般语频错乱地说："你知不知道……我最恨你什么……"

舒净动弹不得，呼吸艰难，却以最平静的口吻，似笑非笑地问："什么？"

方晓天说："骄傲！你的骄傲！"他的眼睛闪闪发亮，"每个男人都想摧毁的骄傲！"

舒净笑出声来："那你试试看。"

方晓天恼怒地吼了出来："就是你这种什么都不惧怕的镇定自若！"他将舒净的身体猛然一带，两个人互换了位置。方晓天借着力道，顺势拉起了舒净的一只脚，充满嘲讽意味地说："你以为凭借差不多的高度，就有和我对峙的资格吗？"他一只手仍抱紧舒净的腰，另一只手野蛮地去扯舒净凉鞋上那根细细的皮带子。

舒净背后失去了资料柜的支撑，又仅靠一只脚踮着脚尖站立，不得不环住了方晓天的脖子。她也有些气喘，紧贴在方晓天身上，眯着神色变幻的眼睛，忽然喊："方晓天，你敢！！！"

由"你不敢"到"你敢"，舒净的语气也由充满诱惑的挑战，变成了饱含责怪的诘问。

可这声"你敢"，在男人听来，与其说是怒意的叱责，不如说是变相的激励。

方晓天彻底失去了理智。他咬着牙，一把将舒净推倒在地上，用膝盖紧紧地压住了她那两条洁白修长的腿，再次去扯她凉鞋上的带子。他全身的重量都压在舒净的大腿上，骨头相硌的疼痛让舒净瞬间满眼泪光。她低声叫着，拼命扭动着身体，双脚死命地踢着。

激烈挣扎中，舒净脚踝上的银链子骤然断裂，十数朵水晶玫瑰“噼噼啪啪”地跳了一片。

一次又一次，舒净那尖锐的鞋跟在方晓天的手臂上划出一道又一道撕裂的血口。方晓天真的怒了，他用尽全力，狠命一扯。

舒净幼兽般凄厉的一声惨叫。

“啪”，鞋带上的金属扣子子弹一样飞出去，细细的皮革带子活活磨下舒净半圈脚腕的皮肤，血珠立刻渗了出来。方晓天并未迟疑，如法炮制，扯下她另一只鞋子，远远地丢了出去。接着，他把两脚淌血的舒净从地上拎起来，就像得意的猎人拎着被射杀的狐狸。他紧紧地搂着舒净，俯视着矮下去8厘米的舒净，凶神恶煞般地吼叫着说：“失去了高度，你还怎样与我抗争？”

舒净明明在剧痛中浑身发抖，却不再呼痛。她倔强地瞪着方晓天，忽然踮起脚尖，在方晓天的下巴上狠狠咬了一口。

方晓天剧痛，怒焰冲天，喝一声“不知好歹”，重新把舒净推倒在地上。他不顾舒净的挣扎，双手一扯，舒净的衬衣纽扣就爆竹样炸开，绷得紧紧的黑色贴身小背心露了出来。他激动地呻吟一声，紧紧地抓住了那件小背心的下摆。

舒净忽然停止了挣扎，凝视着方晓天，高耸的胸脯如涨潮的海浪一样一波一波地涌动。

方晓天的手僵硬在那里。

舒净突然笑了：“你继续啊！”

方晓天愣了半天，突然沮丧起来，松开手，坐在地上揉了揉沁血的下巴：“操，又被你看穿了。”他长吁一声，一副百思不得其解的样子，“该有的生理反应都有，我觉得没有破绽啊，是哪里穿帮的？”

舒净坐起来，冷笑着说：“破绽太多了。”她将衬衫拢在肩上，又从牛仔短裤的口袋里拿出被压得变形的香烟，悠然点燃，吐了口烟雾，黑亮的猫眼才盯牢了方晓天。

方晓天讪讪一笑：“指点一下吧。”

“你愤怒的时间太长了，这种怒发冲冠式的愤怒，如果是真的，只能保持几秒钟。”舒净说，“当然，刚才那一瞬间，你是真的吓到我了。是的，你差点儿骗过我，直到我忽然想明白几件事。”看着方晓天接近绝望的等待眼神，她一字一顿地说，“如果你真的对我有企图，你不会等到今天才下手，不会大费周章地去对付我脚上的鞋，也不会几次警告我并提醒我要讨饶。”她满满一口烟吐上方晓天的脸，戏谑地说，“一个睾酮上头的男人不会有那么多废话，也不会那么清醒。”

方晓天咳嗽一声，挥手让烟雾散去：“你就不怕我真的继续？”

舒净跪在地上，微微低下胸口，做了个相当诱惑的姿势，挑逗地说：“那你继续吧。”

方晓天移开目光，搓了搓脸，无奈地说：“靠，什么世道。”

舒净恢复了坐姿，抱着膝盖说：“你也不必太难过。其实，你的反应相当快，演技也不差。只是，我更聪明而已。”

方晓天叹了口气说：“舒净，以后你不要再这么和男人玩，太危险了。”

舒净意味深长地一笑：“或许是在一点上我看穿了你，才敢这样冒险。”

方晓天有些愕然：“在一点上你看穿了我？看穿了我什么？”

舒净看着他，调皮一笑：“可以调情的姑娘，到处有；可以交心的姑娘，不是那么好找的。”

方晓天心里一暖，温柔地看了她一眼。

不料舒净立刻冷了脸：“那么，交心吧，你这么棋用险招、不惜尊严、大费周章掩饰的，到底是什么？”

方晓天心里一沉，挪开了视线。

舒净说：“方晓天，你看着我！”她语气强硬如命令。

方晓天只好转过头来。

一记沉重的耳光响亮地扇在方晓天的脸上，打得他身形一歪。

方晓天眼冒金星，错愕地捂着脸，一脸不可置信地看着舒净。

就在这时，铁门忽然被猛然推开，一贯处事沉稳的老侯冲了进来，声音颤抖着说：“晓天，有个急事要和你商量，马上！”

第二章　小女人

微微飞散的雨粉中，钟司晨紧了紧风衣的领口，抬腕看了看表，发现已经过了七点。

明蓓一如既往地迟到了。

这两三年来，钟司晨已经习惯了等待。明蓓那明媚的笑脸、软软的道歉，就是支撑他等下去的耐心。

但即便明蓓的迟到已经成了常态，钟司晨依然会想尽办法，以确保自己准时出现在约定的地点。这倒不是钟司晨有多强的守时观念，而是有一次——两三年里仅仅是有那么一次——钟司晨陪一个客户多聊了几句，等赶到约好的餐馆时，他发现明蓓出人意料的先到了。

其实钟司晨只比约好的时间晚了五分钟。

可明蓓站在门口，脸阴沉得像在酝酿一阵顷刻就可以掀翻巨轮的惊涛骇浪。

钟司晨赔着笑脸去拉明蓓的手："陪个客户……"

猝不及防间，明蓓猛地甩开了他的手，尖着嗓子叫了起来："什么鬼难缠的客户非要你临到下班时陪呀？钟司晨，你不想出来约会就早说啊，早说好不啦？我就孤零零地站在这里等你，我是站街的小姐不啦？"

原本低低笑语萦绕的餐厅顿时鸦雀无声，男男女女或是侧转过头，或是伸长了脖子，齐刷刷地看了过来。那些眼神，好奇居多，间杂幸灾乐祸，也有鄙夷和不屑。

浪漫隐约的钢琴曲，每一个音符都响亮地砸在钟司晨的心上。他默默地吞咽下难堪，继续赔着笑脸："小蓓……"

呼的一声，明蓓那个挂满金属小饰物的坤包，叮叮当当、结结实实地砸在了钟司晨脸上。

那次，钟司晨的眼角加耳角，一共缝了七针。

就算是这样，钟司晨还是没办法对明蓓生气。

坐在急诊室里等着缝针的时候，满脸是血的钟司晨还在低声下气地向明蓓道歉。

不管外人看来，这一切多么不可思议，钟司晨都提醒自己，要记住一些其实他从未忘过的事情。

——在他被迫辞职、事业陷入最低谷时，明蓓站在他家门口对他说“我要和你在一起”；在他没找到工作时，明蓓把本该交给家里的、两个月的三千多块工资给他交房租，自己差点儿被嗜赌成性的父亲活活打死；在他找工作屡次受挫、茶饭不思时，明蓓变着法儿地用最廉价的菜蔬给他做最有营养的饭菜；在他接到现在这家公司的面试通知时，明蓓欢天喜地地捏着一卷纱布和一管增白牙粉跑上楼来，认认真真地帮他一颗一颗地擦洗牙齿……

每当想到这些，钟司晨心底最柔软的地方就会火辣辣地痛，眼底就有泪涌动。

只有最真诚美好的爱，才会让一个明媚女孩这样奋不顾身地对一个穷小子好吧。

两三年来，钟司晨颓势全退，渐渐事业有成，可他从来没动过要和明蓓分手的念头。反倒是出入灯红酒绿之际，他时时刻刻地告诫自己，既然明蓓那样勇敢地做陪着他吃苦的女人，那么自己就一定要坚定地做陪着她享福的男人。

所以，钟司晨愿意等待。

钟司晨等明蓓，最长的一次，是整整两个小时，足够看一部超长版的电影，他却能够不催不问，无比安心。

可是今天，虽然才多等了几分钟，钟司晨却有些心神不宁。

霓虹在黄浦江里抖成破碎却璀璨的光影，人们静坐在露天咖啡馆里，彼此交谈。

钟司晨再次看了看腕上的表，摸了摸胸前的风衣口袋，取出了一个小小的天鹅绒盒子。

铂金的环托上，那颗闪亮的石头就像爱人剔透的心。

许爱人一个稳定而美好的未来。

我终于可以做到了。

钟司晨无声地笑了。

就在这时，一阵若有若无的淡香袭来，一个清澈磁性的声音在他的旁边响起。

那是一个陌生却极富吸引力的女人的声音。

“你不会幸福的！”

钟司晨一愣，侧转过头去，看到旁边的那个冷艳女子，侧脸上，是目光淡淡的杏核大眼、直削修长的鼻梁；涂着艳红唇彩的两片薄唇间，叼着一支纤长洁白的香烟。伏在栏杆的姿态，勾勒出她婀娜妖娆的胸线和腰身。

她重复了那句冰冷冷的话：“你不会幸福的！”

钟司晨有些不快，生硬地说：“我不认识你。”

女子微微歪了歪头：“千万不要向你现在的这个女人求婚——我会看面相，你真的不会幸福的。”她的眼睛忽然一亮，迈开修长的双腿，迎向远处，只留下那种绝非专柜卖品的淡淡馨香。

钟司晨转过身看去，只见这个高挑妩媚的女子，正与一个俊朗阳光的青年男子十指相扣，面对面地低声交谈。两个人对视的目光缠绵如糯，那男子疼惜地抚摸着女子的长发，随即他们便牢牢地牵着手，快步消失在远方。

他们也是深爱着的吧。

深爱中的人，永远看不见别人的幸福——他们没空去观察和祝福别人。

可是，“你不会幸福的”……

钟司晨这时才回过味来，这是钟司蕾第一次见过明蓓后，曾经对他说过的话。

钟司蕾是钟司晨的姐姐，只比他大两岁。十几年前，当钟家无力供养两个高中生时，即将高考、成绩优异的钟司蕾主动选择辍学，把读书的机会让给了钟司晨。

钟司蕾认为这是作为长姐应尽的本分，可钟司晨始终内疚，所以一直敬重着姐姐。

去年秋天得知钟司蕾要调派来上海工作后，钟司晨不止一次地叮嘱明蓓："你和姐姐都是我最重要的人，你们一定要好好相处。"每次，明蓓都应着，可让钟司晨始料未及的是，钟司蕾和明蓓的第一次见面，就硝烟弥漫。

那时钟司晨还没买车，中午早早就出门候在机场等钟司蕾。等他带着钟司蕾折腾半天回到家时，已经到了晚饭时分，而明蓓却不在家。

屋子里一片狼藉。钟司晨早上从超市买好了各种净菜，原封不动地放在冰箱里。

趁着钟司蕾到客房整理行李，钟司晨偷偷地给明蓓打电话，可明蓓没接也没回。

钟家姐弟做好了饭菜，又等，转眼两个小时过去了。

想到自己挚爱的姐姐一到上海，就受了这样的委屈，钟司晨难过得不行："姐，不等了。"

钟家姐弟热了两个菜，刚坐到餐桌旁，明蓓便回来了，看都不看他们一眼，就进了卧室。

不管平时钟司晨怎样纵容明蓓，那一刻，他的血都涌上了脸。

钟司蕾拦住了要发作的弟弟，说："司晨，不要和小蓓吵，她在你最苦的时候跟了你，你要珍惜她，要对她好。可是——"她犹豫了一下，微微低了头，"看到你们这个样子，我很害怕。我隐约觉得，和她在一起，你不会幸福的。"

回忆就在这里戛然而止。穿着一件正红色呢子大衣的明蓓，像火焰一样跃入了钟司晨的视野。钟司晨觉得，她就像这个宇宙安排给他的固定轨道。

钟司晨不由自主地单膝跪倒，虔诚地托起了那颗和他的心一样闪亮透彻的钻石。

"嫁给我，好吗?"

爱情病毒般地肆虐在时尚都市里，相伴一生一世的郑重许诺，却比河床上的金砂还稀少。

明蓓反应混乱，结结巴巴地说："我们……是不是该交换戒指啊?"她手忙脚乱地掏出钥匙圈，微微蹙着眉头，担心地说，“要不，就拿这个将就一下？”

钟司晨没有纠正她，充满怜爱地把戒指戴在了明蓓的无名指上，然后拿过那个挂满金属小玩偶的钥匙圈，认真地套到自己左手无名指上。

那个钥匙圈上的几个玩偶，都在做着戏谑的鬼脸。

在以后的岁月里，钟司晨不止一次地想起这个细节，他觉得老天有一种残酷的幽默感。

虽然过了一夜，明蓓就回过神来，开始抱怨钟司晨求婚的各种不周，但她还是欢乐得叽叽喳喳，燕子一样在商场与新居之间翻飞，衔回自己中意的东西，全然不管那些颜色热闹、售价不菲的东西，是如何的品质低廉。

其实，原来明家一直反对明蓓和钟司晨恋爱，可临到了谈婚论嫁，已经准备打个攻坚战的钟司晨却发觉，事情进展得出乎意料地顺。明蓓父母的态度居然来了个大逆转，尤其是明蓓的爸爸，钟司晨就撞见过他笑逐颜开地对弄堂里的老邻居吹牛，说明蓓是如何如何的有眼光，钟司晨是如何如何的青年才俊，大有把钟司晨吹成上海滩一线人物的架势。即便是一转脸就看见面带尴尬的钟司晨，明蓓的爸爸也是一脸骄傲，满眼坦然。

女儿的男朋友是外人，就是用来敲打挑剔的，免得小兔崽子蹬鼻子上脸、没个忌惮；女婿却是家里人，是用来光耀门楣的，当然要在旁人那里抬一抬他的地位、树一树他的威风。

钟司晨觉得这样没什么不好，至少这个婚可以顺顺利利地结了。

转眼就到了婚宴当天。

已经是暮夏初秋时分，上海还是热得让人恨不得钻进空调房不出来。宾客们陆陆续续地进入饭店，钟司晨满脸堆笑地接待，敬烟、发糖，不敢怠慢了任何一个。

钟司蕾也早就在现场忙活了。快要开席时，她忽然把钟司晨拉到一边，羞赧地说：“我去接他。”

去年夏天钟司蕾来上海不久，钟司晨就知道姐姐有了男朋友。这么多年来，钟司蕾连个像样的恋爱都没有好好谈过，钟司晨有能力顾家之后，最惦记的，就是姐姐的情感归宿。那时钟司晨在开心之余，很想见见这个叫白文凯的未来姐夫。可当时姐弟俩都经常拜访外地的客户，忙得连个囫囵周末都没有，竟然就这么拖了差不多整整一年。

其间，钟司晨向钟司蕾要白文凯的照片看，钟司蕾说白文凯从来不照相。于是，钟司晨经常在电话里开玩笑，说钟司蕾要么是撒谎编造了一个完美的男朋友，要么就是找了一个会隐形的男朋友，别人看不见。有一次他说："哎呀呀，钟司蕾，你该不会是遇到骗子了吧？现在有一路小白脸，专门寻找你这样的大龄优质女白领，骗财骗色。"

钟司蕾就呸了他一声，挂了电话。

现在，看着钟司蕾慌慌张张地奔出饭店的背影，钟司晨觉得很安心。

只有在所爱的人面前，成熟能干的人才会雀跃得如同孩子吧。

钟司晨正想着，酒店的经理忽然过来，和他说刚接到消防队的紧急通知，说酒店内不能燃放室内烟花。

钟司晨怕明蓓听见会当场发作，就拉着经理去了别处，又找婚庆公司商量对策。

钟司晨请婚庆公司承认技术故障，双倍赔钱。其实钱是钟司晨掏的，他只是摸透了明蓓爱钱如命的个性，想息事宁人罢了。

处理完毕，钟司晨刚转回迎宾台，明蓓就急煞煞地说："哎呀，你钻到哪里去了？我那个远房表姐，还有我那个表姐夫，才进去，都说了要介绍你认识的啦。"

钟司晨知道，明蓓有个学艺术的远房表姐，五年前嫁给一个美籍华人去了纽约，她的美貌、优秀和好福气，一直是明蓓家在邻居那里炫耀的谈资之一。婚宴前，明蓓父母早就趾高气扬地放话出去，说这个高贵的远房侄女会为了明蓓的婚宴专程回国。他们无比骄傲地说："也只有我们明蓓和钟司晨出色，人家才看得起呢。"

正说着，婚庆公司的司仪一路小跑过来——结婚仪式即将开始。

钟司晨深吸了一口气，紧紧地握住了明蓓的手。

明蓓也紧紧地回握住他的手。

她纤细修长的手指，在他宽厚温暖的手心里微微发抖。

钟司晨望着明蓓，深情地说："我不会让你后悔的。"

明蓓用力点了点头。

仪式上，钟司晨很激动。这是他人生中最该幸福的时刻，可不知为什么，他却有深深的孤独感。父亲身体抱恙，母亲陪他留在遥远的北方故乡，姐姐也没能及时赶回来。他觉得自己就像随波逐流的河灯，光彩夺目，却没有照亮黑夜的底气，更没有可以连接河底大地的稳固的根。

我是在漂浮。

这个可怕的念头慢慢爬进钟司晨的脑海。

钟司晨目眩神迷地看着明蓓嘴角的笑容，开始担心这一切是裹着痛苦内核的美梦。

雪亮灼热的灯光中，周围的一切呈现出一种强曝光的效果，刺眼、黑影斑驳。

幸好这一刻很快就过去了。

是这么多天来又累又紧张的缘故吧！

新郎的白酒杯里永远盛着白开水，红酒杯里永远倒的是冰红茶。大家都知道，但宾客们都装作不知道，新郎自己也装作不知道，一起做出同饮同醉、宾主尽欢的喜悦场面。毕竟是恪守分寸的都市，没有那么不懂事的人，一定要逼着新郎喝醉出丑。

姿态得当好看，是都市人起码的生活标准。

不知敬了多少桌，明蓓忽然小声说："看，对面那个，我表姐。"

钟司晨看了过去。

钟司晨瞪大了眼睛。

居然就是那天钟司晨向明蓓求婚之前遇到的那个女子！

女子显然也认出了钟司晨，可她只是轻轻挑了挑细长入鬓的眉毛，就收敛了只是淡淡的惊讶。明蓓用压抑不住的骄傲语气说："司晨，这是我表姐，舒净；这是我表姐夫，倪远诚。"

钟司晨终于注意到舒净身边的男人——可他有点懵了——他不认识。

就在这时，钟司蕾微微气喘的声音喜悦地响在他身后："司晨，他来了。"

钟司晨晕头涨脑地转过身来，一眼就看见了钟司蕾身边的白文凯。

一个容貌清隽如希腊雕像的美男子！

一个曾在外滩和舒净含情脉脉、耳鬓厮磨的美男子！！

钟司晨手中的红酒杯“啪”的一声碎了，伴随着迸飞的冰红茶，他的诸多思绪如惊涛骇浪般叠叠翻滚，一句绝对不合时宜的话无可抑制地从他的嘴里脱口而出：

“我操！”

钟司晨睡意一凛，猛然睁开眼睛。

半年前的一切烟消云散。

明蓓小猫一样蜷缩在被窝里，脸颊上有湿润的红。

钟司晨顺手抄起床头柜上的手机，看了一眼时间。

明蓓忽然一转身，搂住钟司晨的脖子，撒着娇说：“不去上班嘛！”

每次明蓓这么说，钟司晨都只有无奈地笑一笑。

在“明蓓们”的眼里，男友或老公是万能的，她们觉得他们赚薪水就像人会呼吸那么简单，干吗还需要朝九晚五、加班熬夜？她们觉得他们一定能在所有场合呼风唤雨，让周围所有的人对他们俯首帖耳，干吗还要对同事下属保持礼貌、对客户的召唤随叫随到？

钟司晨觉得，这大概就是传说中的公主病的一种症状，而且好像越是寻常人家出身的小女孩，在这一点上就越幼稚得厉害——这可能是因为她们距离公主的生活实在太远，就很不科学地自动用幻想填补了空白。他不止一次在公司的食堂里听见刚入职没多久的小女生不屑地说：“我将来要找的男朋友啊，如何如何……”好像满世界的好男人都会自动排成一排，乖乖地萝卜白菜一样等着她们挑挑拣拣。

还有一种公主病，钟司晨认为更可怕，就是小女孩对两个人腻在一起这件事的近似变态地热衷。

职场凶险，远胜战场，虽无硝烟，却明里暗里少不了人际纠葛、致命争斗。尤其一旦坐在一定的职位上，就更是逆水行舟，不进则退。再逢上稍有成绩，别说是有利益牵扯的当事人，就是毫无利益牵扯的旁观者，也难免眼红心热，暗地里使个绊子。钟司晨自己就是一个最好的例证——谅是他当初初入职场时那样少年老成、为人低调，还是因一个业绩出众、一个恪尽职守，在浑然不觉中得罪了宵小之辈，被人狠狠地设了个局，不得不狼狈辞职，对方犹不罢休，在业界大肆吹风造谣，逼得他几近身败名裂，差点儿仓皇离开上海。若不是现在这家公司恰好更换了个德籍中国区老总，那干人等无缝可入，他也不可能迅速翻身。

自此一事，钟司晨更是深知韬光养晦之道、深得兢兢业业之髓。凡事，勤思慎行方可成，不多言语方可成，处事周全方可成，但遇一“随”一“惰”，即毁。

那么，当一个男人认真负责地在他的事业上勤勉布局时，他能有多少时间去打理情感呢？这句话反过来，就是钟司晨一直想问这些女孩的话——一个时时刻刻关心你的喜怒哀乐、巴不得一天二十四小时都追随着你脚步的男人，又能有多少时间放在事业上呢？

钟司晨看见在上班时间一脸绯红的女下属偷偷煲着电话粥甜蜜聊天，就会不由自主地看见她们在三五年后为了房贷车贷生子手头拮据、七八年后为了父母的看病养老窘迫缺钱而对着男友或老公哭喊叫骂的场景。

舍，得。先舍，而后才有得。广告里天天喊着的话，这些小女人从来没去思考过；咎由自取，也就罢了，令人难以理解的是，竟然还有糊涂男人陪着她们胡闹！

所以，钟司晨很反感那些因为情感原因影响工作的男人，尤其是自己的部下。

去年，有个原本得力的下属突然情绪低沉，做事心不在焉。钟司晨扫了他一眼便心中有数，把他叫进办公室一问，果然是情感原因。

公司支付一个人薪水，到底是为了什么，有些人大概一辈子都不会想明白。

那么这些人也就只配一辈子拿那么点儿薪水。

钟司晨没有再多说什么，拍拍肩膀让他出去。他知道，不管这个人以前多能干，从这一刻开始，他把工作发展成事业的可能性已经到此为止了，他的余生，多半就此碌碌无为。

一个人对赖以维持生存的工作都不认真，命运的安排又岂会对他认真？

天道就是天道，从来不会因人而异。

钟司晨对此深信不疑。

只是天道之外，还有造化。就算一个人再洞悉天道、遵循天道，也躲不过造化弄人。

比如，钟司晨遇到了明蓓。

其实钟司晨不止一次地想过，自己对公主病的种种症状早就嗤鼻侧目、厌恶至极、极度警惕、避而远之，可最后，怎么就偏偏娶了明蓓这么一个严重的公主病患者呢？还娶得兴高采烈的。

每当明蓓犯一次病，钟司晨就要想一次。

想不明白。

明蓓嘟着嘴说："才结婚三天，就要上班，你们老板也太不人道了，法定婚假那么长呢。"

钟司晨还是只有无奈地笑了笑。

十四天。

除了没心没肺的职场菜鸟和可有可无的办公室闲人，谁敢真正放心地一口气休那么长时间？

何况钟司晨的公司最近遇到了一个很大的问题——他们在中国内地扩张的一个关键性合作方的关键性人物，忽然去世，而接替他职位的人，整个上海公司总部竟然没有人认识。在那样重要的位置上的人"来历不明"，只能说明他背景扑朔，身份特殊。偏偏这个人，还处处表现出公事公办的态度，对前任遗留下的事务，不否定，不许诺，按部就班，不冷不热。

这就是生意场上最可怕的"太极高手"。

一个巨型项目，只要多拖上一两年，就已经是失败了。

圆滚滚滴油的肥猪腿，不立刻下肚，很快就会成了干瘪乏味的鸡肋，搞不好还会发霉长毛，害得食客上吐下泻——好项目滚成烂摊子，不是损失一个好项目本身那么简单，因为还得收拾一个烂摊子。

对于钟司晨所在的这样规模的公司来说，要么是因为这个项目一举成为行业巨头，要么是因为这个项目直接萎缩成苟延残喘，甚至就此导致全线撤离中国市场也不是不可能——一个不需要招人的企业，离辞退员工就不远了。

钟司晨是主动提出提前上班的。

或许是因为两三年前解救他于危急，钟司晨对这个公司和这个老板都有很深的认同感。他已经打定主意，除非将来自主创业，否则不管有没有升职和加薪，他都会一直留在这里，以尽忠义之道——问题是，实现这个想法的前提，是这个公司的中国区还存在。

可这些钟司晨没法和明蓓解释。她听了，只会引发她公主病的另一种症状——杞人忧天。或许接下来的几天，她都会一脸绝望地问："你们公司倒闭了，我们怎么办啊？"

钟司晨说："那，宝贝儿，我今天有个会，先上班去啦。"

明蓓忽然瞪大眼睛，仔细地盯着钟司晨。

根据以往的经验，钟司晨有一种不祥的预感。

果然，一个枕头忽然飞过来，正中他的脸。

羽绒枕头并不重，却砸得钟司晨一蒙。

明蓓逮着什么理由砸他了?!

这时，明蓓带着哭腔撕心裂肺地吼出来："钟司晨，你为什么从来不敢叫我的名字？因为你怕叫错了是不是？你怕叫成尹燕是不是?!"

"尹燕"这个名字一出来，钟司晨就觉得脑子里"嗡"地一响，他恨不得立刻狠狠给自己两耳光，为了自己的很傻很天真。

尹燕，是钟司晨的前任女友，也是他的初恋女友。

他们是同系同年级的校友，两个人从大一开始爱情长跑，一路恩恩爱爱地跑到毕业两年后。就在钟司晨在原来那个公司的业绩刚有起色时，尹燕忽然不声不响地嫁给了别人。

钟司晨始终没有明白，尹燕为什么就这样嫁给了别人。

他们从来没有吵过架，甚至没有过任何小误会。他们刚毕业时只能和人合租个城郊的清水房打地铺，即便如此，两个人都快快乐乐地一起剪开一床被套当窗帘。那时他们实习期的薪水都很微薄，买个一百块钱的小电饭锅都得省吃俭用。月底饿着肚子等工资的那两天，两个人分着一袋方便面、一个茶叶蛋，也是坐在楼顶的露台上，就着满天星光或一轮明月，吃得有滋有味。

相敬如宾，举案齐眉，相濡以沫，就是他们那段生活的写照。

那段日子，虽然穷，可钟司晨觉得很踏实。他无法理解的，就是为什么这样的日子都熬过来了，尹燕却在他终于买得起一条白金项链做她的生日礼物后不久，就另嫁了。

如果尹燕嫁的那个“别人”非富即贵或者是个顶级帅哥也就算了，偏偏是个让人看多少次都记不住长相、无家世、无职业前途的普通小市民，普通得钟司晨都没有质问尹燕的心情。

他甚至靠最后一丝勇气支撑，去尹燕的公司找她。他站在大门口，问她是不是出了什么事情，被那个人要挟了。这是他觉得唯一合理的解释。

尹燕看了他一眼，什么都没说，转身走进公司的大门。

那天尹燕利落整齐地梳着一个高髻，额头明净，眼神闪亮，深蓝色的西装裙衬得她皮肤白皙，身材匀称。可这一切钟司晨都记不住了，他只记住了尹燕目光里的陌生感。

他宁愿看见怨恨，也不愿看见这种不带一点温度——哪怕是冰冷——的目光。

从此你是你，我是我，就此别过。

钟司晨不是喜欢纠缠的人，哪怕心头有天大的疑问，他也没有再去找过尹燕。

但这并不意味着他可以完全放下这段旧事。

婚宴结束的当晚，钟司晨送走最后闹洞房的亲友，疲惫不堪地洗完澡出来时，明蓓已经整理好一切，安静地缩在床上。看见他出来，她的脸上忽然出现粉粉的红晕，甚至好像不敢看他。

就算他们在一开始就已经有了亲密、就算他们已经在新房里同居了一年，可新婚之夜，到底是特殊的。

钟司晨心里，如同金秋长风吹拂的麦浪一样，沉甸甸地温柔波动着，连绵不休。

他们从来没有这么好过。

只见明蓓松松垮垮地套着钟司晨的一件T恤，裸露着漂亮的锁骨，她对着钟司晨孩子气地一笑，举起两个红酒杯。旁边的床头柜上，是一瓶喝了一点儿的红酒。

平时钟司晨想放松自己时，总会喝上一点儿红酒，他让明蓓陪他喝时，明蓓总会皱着眉头说酒是苦的。现在明蓓这样柔顺乖巧地遵从了他的爱好，他心头的幸福感水涨船高。

他们靠在床头，一口一口地抿着红酒，有一搭没一搭地聊着天。

明蓓到底是不喜欢喝酒，每抿到嘴里一口，就会微微地皱着眉，嘟着嘴凑到钟司晨的唇边。

何等风情旖旎。

钟司晨无法拒绝。

不知不觉，钟司晨几乎喝光了一杯酒，而且之前为了筹备婚礼又接连奔波，再加上刚与明蓓云雨一番，他确实乏累了，既有些飘飘然，又有些昏沉沉。

这时，明蓓靠在他的肩上，轻轻软软地说："司晨，我们都是夫妻了，应该相互都要交个底啦。"见钟司晨点了点头，她抚着他的前胸说，"你晓得我的过去是一清二白的，你经历过什么，我从来没问过你。可现在，我觉得，你总要对我坦白清楚，我们才好快快乐乐地过日子，对吧？不然我心里总是有什么的。"

明蓓说的倒是实话，她初高中时家里看得严，后来去读中专，学校是封闭式管理，她读的又是基本没有男生的护士专业，自然没机会恋爱。二十岁时毕业了，她进入一家大医院实习。那时，她自己也好，家人也好，都巴望着她碰上一个又帅又有前途的外科医生。可惜没几天，她就发现，稍微有点儿市场的外科医生，周围早就花枝招展地围了一群笑起来胸脯乱颤的护士之花，哪容得她近前？再加上护士的工作繁琐，待遇不高，责任却很重，值班时间还多，有时也会碰到莫名其妙的坏脾气的患者，她实在没耐心再待下去，所以实习期未满就辞职了。

她的第二份工作是在一家超市当收银员，滴滴扫描的时间短得没有和顾客发生浪漫的可能。她父母眼界又高，哪里会允许她和同事谈恋爱，看她看得比高中时还要紧。

她第一眼就看上了钟司晨。

钟司晨只是进来买一份职场类的杂志。

鬼使神差的，和明蓓交接班的同事竟然提前一个小时来了。

明蓓就偷偷地一路跟着钟司晨，记住了他家的位置。后来她假装送货送错，敲开了钟司晨家的门。后来她带小吃给钟司晨，说是为了表示自己敲错门的歉意。再后来，两个人就那么顺理成章地走了下去。

在爱情的激励下，小女人明蓓变成了足智多谋、攻城略地的强者。

钟司晨问过她，为什么那时他明明一脸衰相，她还那么坚定地倒追他。他以为她会说一见钟情之类的缠绵情话，她却老老实实地说："我妈妈说，鞋子干干净净的男人，不会差到哪里去。"

在明蓓幼稚的大脑面前，钟司晨的理智溃不成军。

钟司晨是明蓓的第一个男人。

钟司晨倒不是很看重这个，他觉得只有对自己的能力自卑的男人才会格外计较这个。可即便是如此，真的遇到了，他总不可避免地也有些意外的惊喜感。

所以，此时明蓓这样说出要求来，钟司晨也就有些小小的内疚，仿佛自己真的欺瞒了明蓓很多。人难免有倾诉的欲望，他就借着酒劲儿，紧紧地抱着明蓓，滔滔不绝地讲起他和尹燕的故事。

由始至终，明蓓都像绵羊一样软在钟司晨的胸口上，一言不发，他几次认为她睡着了。可他一停下，明蓓就声气细软地问："后来呢?"直到最后，钟司晨实在是困意来袭，就草草结束了故事，抱着明蓓睡了。

第二天一早，酒醒的钟司晨真的是惊恐地醒来的。他回想一下自己长篇大论的讲述，觉得以明蓓那种一惊一乍和偏执决绝的个性，就算她此刻拎把菜刀站在他面前，他都觉得相当正常。

明蓓不在他身旁的床上。

钟司晨心虚地坐起，穿好睡衣，喊了一声"乖乖"，可整个房间静悄悄的。

总不会婚宴第二天，明蓓就气得回娘家了吧？

钟司晨在房间里巡视了一圈，提心吊胆地回到床边坐下，正六神无主地考虑要不要打个电话问问时，就听见明蓓欢快的声音伴着开门声传进来：“懒鬼老公，吃早餐啦！”

油条和豆浆原来可以这么好吃。

整整一天，明蓓压根儿没提关于尹燕的事儿——要知道，在以前，钟司晨就是多看电视上的女明星一眼，她都是不依不饶的。钟司晨充满爱意地看着明蓓忙东忙西，心想：“早知道结婚以后，明蓓会变得这么大度温柔，真应该早点儿结婚。”虽然这样想着，他到底是心疼明蓓，加上要提前上班对明蓓心怀愧疚，他还是决定把家务活儿全部承担下来。

可是今天，就在钟司晨以为生活步入正轨，从此再无波折时，明蓓忽然就爆发了。

是的，钟司晨从没想到过，这种激烈的反应还带延时器的。

明蓓哭叫着喊：“钟司晨，你和她好了六年，直到新婚之夜还念念不忘，你太欺负人了。”

“我说还不是因为你问吗？！”

钟司晨充满了猎物被下暗套的委屈感和愤怒感，一时间，火气攻心，气都短了一口。幸而他到底是冷静理智的男人，暗暗松开了紧握着手机的拳头，平心静气地走到床边，伸手去抱明蓓。

明蓓一边哭一边推搡他，嗓门越发尖利：“怎么，说到你心里去了？你说……”

钟司晨不顾明蓓真心用力地挣扎，抱紧了她，给她一个严严实实的舌吻，然后在她耳边说：“不管过去遇到过什么人、发生过什么事，都已经过去了，只有你才是我的未来，永远都是。”

明蓓忽然就从吵闹中安静下来，眨着眼睛痴痴地看着钟司晨：“真的？”

钟司晨以重大谈判时的沉稳心态注视着她，目不转睛，同时用力点了点头。

明蓓破涕为笑，搂着钟司晨的脖子撒娇说：“你的心里只许住我一个人，只许!”

钟司晨以一个无可挑剔的法式湿吻做了总结，然后趁着明蓓还没回过神来，迅速换好衣服、穿好鞋子出门。一直走到地下停车场，他那头冷汗才伴着下楼的热汗流了出来。

他真的对明蓓这种没有底线的纠缠怕极了。

钟司晨坐在车里，忽然失了神。

尹燕。

分手这么多年，尤其是有了明蓓之后，他真的从未认认真真地想起过她。有时这个名字跳出来，他也觉得像偶尔想起某个大学同学一样，别无二致，一闪念，也就过去了。甚至新婚之夜对明蓓讲起他们的故事，他也觉得像是在讲别人的故事。

可今天，明蓓的一句“你和她好了六年”，就把那些他如同深埋地下的情感，尽数释放出来。

钟司晨呻吟一声，伏在方向盘上，心里刀绞一样，每一丝抽动都痛得分明。

六年。

一生有多少个六年?

何况是溪水一样清澈、阳光一样明媚的六年。

尹燕温柔地为他系好鞋带，给他一个出门前的轻吻；尹燕把简易衣柜里的每一件衣服都熨得平平整整、叠得四四方方……钟司晨的思绪里满满登登的，全是尹燕不言不语、微笑着为他忙碌的样子。仔细想来，相爱六年，钟司晨竟然连一件事都没为尹燕做过，她总是把所有的事情都想得周全、做得圆满。

这么好的女人，怎么就错过了呢?

是的，刚遇到明蓓时，明蓓也这样照顾过他，可那段时光很短暂。钟司晨不知不觉间就接过了所有的事情，心甘情愿地操心着明蓓的衣食住行、喜怒哀乐。他是乐在其中的，他觉得这是因为自己心疼明蓓。

可自己怎么就没有好好地心疼过尹燕呢?

这个念头一起，顷刻之间，钟司晨就泪流满面。

泪一出来，钟司晨也就惊醒了。他立刻抬起右手，用手掌抹去眼泪，在心里严厉地说："钟司晨，你已经结婚了，你的事业还没有真正起步，没有时间让你儿女情长。"随后，他定一定神，驾车驶出了停车场。

只是一路上，他都觉得右手的掌心，始终是湿漉漉的。

像泉涌的泪眼。

钟司晨一走进会议室，就注意到老板身侧坐着一个精明干练的女子，他在老板的办公室见过她的照片——老板的中国太太。

此刻，她正若有所思地打量着所有与会人员，和钟司晨视线相对时，她分寸得当地送上一个淡淡的笑容。

钟司晨听说她曾是一家跨国公关公司的骨干，业务、为人、处事都颇有口碑，结果遇到老板后就火速离婚，又火速结婚，而后前途一片大好的她居然就那么淡出职场，安心在家里带带孩子、做做家务。说这个的同事当时一脸的羡慕："这就是真爱啊！"

现在，一向公私分明的老板既然把他淡出职场的老婆请进了会议室，可见对那个人的公关，难到了什么程度。

老板把太太介绍给大家，就不说话了。

老板太太微笑着开口了，第一句话就让在座的中高层一愣。

她轻柔地问："在座的各位同事，请问哪位的太太是全职在家？"

一半的人迷惑不解地微微举手示意，包括钟司晨。

老板太太继续轻柔地问："那么，请问这几位同事，哪位的太太从来没有在大中型企业担任过中高层职务？"

一小半的人又举了举手，钟司晨同样在内。

老板太太微笑着问："那么，很冒昧地请问这几位同事，有没有哪位的太太从来没受过正规的大学教育？"

众人错愕。

这个问题实在是太出人意料了，能在这种公司做到中高层，自身所受的教育程度最低也是国内名牌大学的重要系别。这样学历在身的男人，鸿鹄之志早就成型，择偶的眼界绝不会低到哪里去，他们对伴侣的智商与情商的要求，远在外貌、家世之上，怎么会……

钟司晨缓缓地举起了手。

一片彻底的鸦雀无声。

钟司晨心里倒很坦然，对明蓓的选择，是他对她真爱的回馈，是他从未犹豫的决定，他不觉得有什么丢脸。

让钟司晨没想到的是，老板和老板太太脸上居然都流露出一丝惊喜。

嗯?

当偌大的会议室只剩下钟司晨和老板夫妇时，老板太太迫不及待地问："尊夫人是不是能说会笑、喜欢买东西、懂得美容、打得一手好麻将?"

钟司晨一边点头一边心生警惕——什么意思?该不会为了公司的项目，逼迫他把明蓓献给那个人吧?

不是的。

是老板太太动用了大量的人脉，找到了那个人的软肋，或者说空门——他至孝。至孝的结果，就是多年前在父母的安排下，娶了一个不那么乖巧、没见过世面却率真的老婆，并遵照父母之命，对她倾尽全力地好。三十五年后，他的老婆本性难移地成了一个率真的老总夫人——虽然她已然显得雍容华贵，也见过了各种大场面，但她骨子里的东西从未变过。

老板太太对这个信息如获至宝。

当正面前进山穷水尽时，就只有靠旁敲侧击以求柳暗花明。

——走夫人路线。

何况那个人又是那样真心爱他的老婆。

而那个人的老婆的性格与经历，注定她对妖娆的女人蔑视、对聪明的女人警惕、对能干的女人无视，同类喜欢的从来是同类，不是同类，那气味是装不像的。只是老板太太真的没想过，她居然一下子就能如愿以偿，找到了可以陪这个女人的最合适对象。

逛街打牌、美容聊天都是幌子，套出那个人的心头好，才是最终目的。

——还有比老婆更了解一个男人的人吗?

只要明蓓找到突破口，大抵搁浅的项目就可速成。

钟司晨却没有老板太太那么乐观，他尽量斟词酌句："我太太的性格，很像小孩子，说话做事，不是很有分寸……"他心里想的却是，明蓓就像一匹野马，任她肆意奔腾，还有几分生命本原的美感；可要是给她什么约束，她立刻就会像野马乍被套了缰绳一样，抓狂到无法收场。别说这个任务重大而艰巨，就她那个说话没遮没盖的劲头，去当间谍，说不定见面第一句话就是："我老公他们公司想知道你老公喜欢什么……"

何况，他们清晨刚闹过不愉快。

老板太太却显得轻松愉快："让我见见她吧。"

钟司晨只好给明蓓打电话，说回去接她来公司见老板娘。

明蓓半睡半醒的，没头没脑地说着调侃的话："该不会是骗我去离婚吧？后悔没娶尹燕吧？"

这个话题不是已经结束了吗？

钟司晨气结，只得使出了撒手锏："有份工作，逛街打牌做美容，还能赚钱，你来不来？"

老板娘说完，明蓓已然心神荡漾。她天真地说："哇，真的吗？"

老板太太微笑着说："嗯。开销不计，酬劳另算。"她没提聊天套话的事。

钟司晨也明白了，没有事业寄托的女人们在一起消耗时间，无外乎就是谈谈孩子老公，何必再交代这一层？

老板太太看了看时间说："今天好不容易才约到了牌局，我们先去等着吧。"

明蓓就开开心心地说："好的，老板娘。"然后转脸就吊在钟司晨的脖子上撒娇。

老板夫妇都笑眯眯地看着他们。

钟司晨觉得有些尴尬。他费了好大力气才把明蓓的两条胳膊扯下来，明蓓顿时就虎起眼睛。钟司晨截住明蓓的话头，俯下头在她耳边轻轻说："再让老板娘久等，小心拿不到薪水。"果然，明蓓立刻乖乖住嘴，转身去和老板太太聊天。

钟司晨舒了口气。

有时，他真庆幸明蓓爱钱如命。

老板太太真的不是寻常人物，算得上是智勇双全，看得准，也有勇气用明蓓这么一颗最微不足道的棋子，当然收到了立竿见影的效果——牌局上，明蓓说说笑笑时带着傻气，手底下的牌技却精湛，两圈还没打完，岑夫人已经对明蓓刮目相看，就连对老板太太，脸色也稍微和缓了一些。老板太太索性就告辞了。

明蓓就大咧咧地陪着岑夫人继续打牌。接连几天，岑夫人一开牌局，就要亲自打电话叫明蓓，眼见牌搭子换了一茬又一茬，只有明蓓还是稳坐在岑夫人旁边，没心没肺地说说笑笑。也难怪明蓓这么高兴——岑夫人出手阔绰，输了就输了，赢了有时还会甩回来，明蓓简直爱死和她一起打牌了。

岑夫人渐渐话多。

钟司晨看见老板脸上日渐带了微笑。

谁能料到，连前台实习生都是重点大学高材生的公司，竟然要靠明蓓这样一无学历、二无像样工作经验的纯粹小女人提供帮助?!

钟司晨感慨着世事的奇妙。

每天明蓓回来，不管几点，她都会给老板太太打个电话，哇啦哇啦地说上半天，事无巨细地讲述她今天和岑夫人做了什么事，见了什么人，说了什么话。放下电话，她还要兴致勃勃地把一些她觉得有趣的细节再对钟司晨复述一遍，然后每次她都会说：“哈，你们老板娘真有意思，花钱让我陪别人玩，还那么关心我们。”

明蓓丝毫没有理解这个看起来根本就是特别明白的事情。

钟司晨也不想跟她解释，他只是很高兴看到明蓓那种充满活力的喜悦，即使是凌晨两三点被她推醒，还要听一堆无聊透顶的家长里短，他也开心。

这天清晨，明蓓回来还没来得及打电话，就忽然来了兴致，哼哼唧唧地赖到了钟司晨身上。

钟司晨马上要出差，早班的飞机。他看看时间也睡不了太久，就很配合地和明蓓缠绵在一起。

酒过半巡，菜走五味，明蓓突然问：“你和尹燕也是这个姿势吗?”

钟司晨僵住了，强压着怒火，也忍住了破口大骂的冲动，但他实在没了欲望，闷不作声地松开了明蓓，翻落在一旁。

明蓓却“嗷”的一嗓子就喊了出来：“一提尹燕你就对我没感觉了，是吧？钟司晨，我就知道你从来就没忘记她。”她一边大喊大叫，一边疯狂地踢着他的腿，咬着他的胳膊。

钟司晨没有躲，也没有说话。他第一次没有去抱明蓓，而是愣愣地看着被隐隐透进窗帘的路灯光照亮的天花板，心头满是悲怆的绝望。直到明蓓喊累了，也踢咬累了，他才长长地出了一口气。

仿佛听到了战斗的号角，明蓓又被激起了斗志，她咚咚地捶打着钟司晨的胸膛，声嘶力竭地喊着：“钟司晨，你说话呀，你不心虚的话，为什么不说话呀?”

钟司晨“腾”地一下翻身坐起来，迅速换上衣服，然后一声不吭地走到客厅，拎起早就为出差而收拾好的箱子。他再一次无可抑制地、悲伤地想起，和尹燕相处的六年里，他从来没有自己动手收拾过一次行李箱。

钟司晨过安检时，原本面无表情的安检员忽然露出一丝惊讶，她小声地说：“先生，你胳膊上有血。”她旋即职业性地、有些警惕地问，“怎么会有血?”

钟司晨顺着她的目光看去，只见自己左胳膊靠近肩膀的地方，有一块血渍，旁边还有鲜血正在慢慢地洇透白衬衫。

是明蓓咬伤的地方。

出门时钟司晨急着赶时间，虽然觉得整条胳膊都在火辣辣地痛，但也丝毫没有注意，一定是刚才下出租车开后备箱拿行李时，被赶时间的人狠狠撞了一下，撕裂了原本已经合拢的伤口。

钟司晨好脾气地笑了笑，很无奈地说：“婚姻嘛，你知道的……我很爱我的太太。”

那个安检员就露出恍然大悟的表情，又是同情又是敬佩地看了钟司晨一眼，放他过去。

离登机还有一会儿，钟司晨走进洗手间，想检查并包扎一下伤口，顺便再换件干净的衬衣。就在这时，电话响了，是老板的号码。钟司晨接了，却传来老板太太的声音。

老板太太恬静的声音里透着隐约的兴奋："钟先生，请您立刻返回公司，好吗?"她没有给钟司晨任何说话的时间，"您的出差任务已经安排给另一位同事了。请您务必尽快回到公司，尽快!"电话就这样挂断了。

钟司晨不明所以，却也不愿多想。他懂得如何做一个好下属。

他脱下了半边衬衣，侧头去看明蓓咬过的地方。

整条胳膊上，齿痕累累，浅些的，是乌青的两排血印；深些的，是触目惊心的两道血沟；最重的一处，血正不紧不慢地向外洇。

钟司晨忽然想起，有次尹燕为他剪指甲，因为他故意逗弄而剪歪了一点儿，他的指尖微微地沁出一点儿血丝时，尹燕心疼得蹙起的眉头和差点儿掉出泪来的眼睛。

钟司晨失神地靠在木质隔板上，呆呆地想着。可到底在想些什么，他真的不知道。

爱情，究其实质，也不过是一物降一物。

出来混，迟早是要还的。

第三章　又一个三千万？

等老侯看清了方晓天和舒净的样子，饶是他江湖老辣，还是不由自主地一愣。

这两个人也实在是太有得看了。

舒净的双脚在淌血，鞋子远远地丢着，衬衫纽扣和水晶玫瑰飞得到处都是；方晓天脸上清晰地浮着五个鲜红的手指印，下巴上的齿痕还在沁血，手臂上满是血肉模糊的口子——怎么看，这都像一桩非礼事件的第一现场。

方晓天倒不在意，慢慢地站起来，又把舒净拉起来，然后才问：“什么事?”

老侯说：“外面还有个人，我想你应该立刻见他，可是……你们这样子……”

方晓天不以为然地笑了笑说：“我们？我们这样子没什么。这个人，你判断该不该见吧!”

当然该见，而且是马上见，不然明知方晓天和舒净有不愉快的事情要谈，向来处事周全的老侯怎么还会门也不敲就贸然闯进来?

趁着老侯出去叫人，方晓天将舒净横抱起来，边向沙发走去，边心疼地说：“脚疼吧？唉，我的确是下手太没轻重……我记得哪儿有碘酒和棉签来着……”

舒净眯着眼睛，冷冷地说：“你以为放进一个人来，就可以混过去了？方晓天，你不给我你藏的东西，我不会就此罢休。”

方晓天没有看舒净，眼睛里目光波动。

舒净呓语般地说：“你藏不住了的……我已经发现它了……要么，你心甘情愿地交给我，要么——”她把脸靠在方晓天的肩膀上，冷冷地说，“我血淋淋地把它挖出来。”

方晓天沉默不语，郑重地抱着舒净向前走着，若有所思。

终于，方晓天把舒净放在沙发上。他捧着舒净的脸，凝视着那双冰冷而不羁的眼睛，意味深长地问：“姑娘，那你告诉我，你为什么对我心里藏的秘密，如此渴望和好奇？”

舒净愣住了，不由自主地挣脱方晓天的手，低下头去。

方晓天叹了口气说：“看，你也有你不想说的。”

舒净傲然抬起头来，冷冷地说：“也许除了我，再没有人敢对你说这样的话。”她字字冰冷地说，“方晓天，你已经在艺术创新上卡住了，如果你不把自己向内挖掘一层，你就会永远地卡在这里。”她眼神坚定，“而我知道，你不愿挖的地方，只剩下那个我不知道是什么的秘密。”

油画大师徐笑麟唯一的入室弟子方晓天、新生代画家代表 F4 中势头最健的方晓天、国际机构与收藏巨头争相热捧的方晓天，在艺术创新上卡住了?!

旁人听了这话，只会当做一个笑话。

可方晓天闻言，如坠冰窟，一脸的震惊，满眼的难以置信。

舒净的字字句句，竟然都铿锵有力地落在了他的心头。

这是方晓天自己都不曾清晰涉足的思考领域，可当舒净说出来时，他真的无力反驳。

他唯有承认，这个心思锋利如针的姑娘，刺穿了他的内心，说出了他都没想到的情形。

方晓天，此时俨然如日中天。可如日中天，也就意味着天将过午。而过了晌午，就算是高悬中天的太阳，也要走下坡路了。

对于艺术家来说，比江郎才尽更可怕的，就是每况愈下的过程。

艺术上的生死界线是那样的残忍——不能创新取得新的高度和辉煌，那就剩下行尸走肉般的彻底毁灭。哪怕依然声名在外，哪怕依然收入不菲，但在艺术上，这个人已经死在那里了——社会的荣誉、业界的尊重……一切的一切，都救不了他，唯有他觉悟、自救。

可严格说起来，那条生死界线，是否遇到了，只要艺术家本人缄默不语，就算是再专业的同行、再亲密的朋友，也是不可能有丝毫觉察的。甚至有时艺术家自己也得再三分析，才会意识到自己触线了。

舒净，居然抢在方晓天之前，发现了方晓天自己都没有发现的困境！

而方晓天也立刻意识到，舒净没有说错一个字——自己，的确已经触及那条线了。

或许，这就是为什么自己会暂停画画，花了几个月跑去玩瓷器的真正原因。

之前，他自己竟然一点儿都没有意识到！

看着沉默的方晓天，舒净幽幽地说："晓天，这是你在人生旅途上自由奔跑如麋鹿的最后磨难，这是你在艺术创作上如入无人之境的最后关隘，而那个秘密，那个你藏起来的秘密——"她近似呻吟地说，"就是你需要用极度的欢愉或者绝伦的痛苦去打通的任督二脉！"她的脸上带着因兴奋而涌起的潮红，还是目光冷冷，但嫣然一笑，"如果一个耳光还无法打醒你，我会试着用其他办法的。"

方晓天带着震惊后的余悸，看着舒净傲雪海棠一样娇柔的笑容，还没来得及说话，门口就传来老侯很用力的一声咳嗽——意思是他在外面已经等得足够久了！

舒净看着方晓天，说："那个秘密，你不给我，这事儿就还没完！"

方晓天看着舒净，眼波闪动，旋即移开了视线。

进来的这个人，就是刚才离去的那些人中的一个，唐老板。

方晓天把舒净的脚放在腿上，一边给她涂碘酒，一边纳闷地看着他们："到底什么事？"

唐老板和老侯都不说话。

方晓天就带着一贯的笑容，问："怎么，这场面太香艳了？"

唐老板讪讪地笑了笑，看了老侯一眼。

舒净斜靠在沙发扶手上，咬着一根手指头，眯着眼睛看对面的两个人："人家是来找你谈机密事情的，嫌我在这里多余了。"

方晓天看着老侯，一向会打哈哈的老侯没有反驳，只是微微垂下了眼帘。

舒净淡淡地说："这么安静的地方，我却没听见任何车的声响，可见他们是步行来到这里的。这样谨慎，是怕刚才同来的其他人发现他们折回吧？这也可见要谈的事情有多重大。”她把脚收回来放在地下，瞟了方晓天一眼，“自己胳膊上的伤记得处理下，最好去打破伤风针，我那可是金属的鞋跟，别回头再感染了。”她刚站起来，就被方晓天拉住。

方晓天说：“舒净，我在你面前没有秘密。”

舒净看着方晓天，眼睛里有一瞬间的温柔，而后她说：“我要的，是那个秘密！”

方晓天眼神复杂地看着她。

方晓天刚才的话是说给舒净听的，老侯和唐老板却也听了个清清楚楚。他们对视一下，老侯微微点点头，唐老板的话就冲口而出：“我找到了一张徐笑麟的画。”

方晓天哑然失笑：“从恩师成名的那天开始，这三四十年来的每幅画是被私人收藏还是被美术馆收藏，都是登记造册、有迹可循的。恩师的画虽然昂贵异常、数量极少，但说实话，找到恩师的画，实在不是什么大不了的事情。”

老侯开了口：“是徐老师成名之前的作品。”见方晓天仍一脸的不以为然，老侯慢悠悠地说，“一九七五年，”他瞥见方晓天和舒净都是目光闪动，很满意自己成功地吸引了两个人的注意力，就把语气更加重了几分，“领袖像！”

果然，方晓天和舒净同时瞪大了眼睛。

老侯心满意足地收了话头，唐老板就唠叨开了：“我去四川峨边收旧家具时，有个老头问收不收画，我就和他攀谈起来，他就问我知不知道一个叫徐笑麟的画家……”

其实方晓天和舒净的反应是一样的——他们根本没听他在讲什么。

一九七五年，农历兔年，十年多事之秋中的一年，天下民生凋敝，举国愁云惨雾。

那个年代，没有什么艺术，甚至连艺术这两个字本身都被清除得干干净净。

徐笑麟不止一次给方晓天讲过，作为知青的那几年，是他对艺术理想最为投入的几年。

但除此之外，他不多谈一个字。

方晓天是在徐笑麟的故交们彼此的言谈之间，得知了一些事情。

徐笑麟被破格录取进入那所美术学院时，已是头上光环萦绕，无数荣誉缠身。这个白衣胜雪、踌躇满志的英俊少年，恨不得立时傲睨天下，唯我独尊。直到在他初见名满天下的老师，在不悬一张画作的室内，那个青衫布鞋、满头白发的老教授看过他的画，淡淡地说出那句让他幡然醒悟的话："你就是个画匠，匠人。"

千世繁华，终不如修己修心。

徐笑麟就此敛心养性，跟随恩师吟诗作画，一派不问世事、唯见云淡风轻的逍遥自在。

只是天地乱象由不得人，所谓运动、所谓革命，竟潮潮涌涌地袭来。

出身旧式大家、曾留洋英法的老教授，忽因有几个远房亲戚当年去了台湾，他便成了罪大恶极、藏身人民的大汉奸、大间谍。

穿着绿军装、扎着武装带的学生来揪斗老教授，徐笑麟因死命反抗，试图护住恩师，也被捆绑起来；因他辩驳不休，又被堵了嘴。

半大孩子们搜出了一沓沓精彩飘逸的画作，哄闹着让老教授画他们的飒爽英姿。

老教授扭头不理。

有一个领头模样的青年，从斜挎的军包里摸出一块砖头，穷凶极恶地问："你画不画?"

老教授不卑不亢："画画是我个人的事，我可以选择不画。"

砖头狠狠地砸在了他挺立的头颅上。一群人叫嚣着："砸死他，臭画画的！大特务！"

一下又一下，老教授头颅炸裂，仰面摔倒。

目睹着老教授那头曾经整齐洁净的苍苍白发，变得飞扬蓬乱，渐渐猩红一片，徐笑麟震惊和愤怒得手脚冰凉，他几乎无法呼吸，心里涌起了无尽的悲凉，深深地、厌恶地注视着身边的每一个人。他们扭曲的笑容、喷溅的口沫、尖锐的呼喊，都被徐笑麟那双清澈敏锐得近似于神的眼睛记录下来，刻录进他悲天悯人的艺术之心里，在之后十二年的每日每夜，在这一个轮回的每分每秒，都在蒸腾发酵。后来，这一切，都变成了一九七九年他那幅轰动全国的《一九六七·血红》。

知青时期，作为一个有着极高天赋、又受过正规训练的年轻画家，徐笑麟完全可以运用自己的专长，轻而易举地为自己获得好的生活条件和政治地位。可老教授惨死时那头染血的白发，却时时刺痛着他，他自问不屑与禽兽为伍，他自律，不甘让理想染尘，于是他矜持而重，埋藏了自己会画画这个秘密。

一九七四年，徐笑麟昔日的一个同窗，因为领袖像画得好，趾高气扬地被簇拥着来到峨边画墙上的大画。在漫天的朝霞下，在扛着铁锹的人群中，那个同学一眼就认出了黑黝黝的、昔日画技足以傲视整个学院的徐笑麟，他的气焰立刻低了下去。可是，那个倜傥潇洒的徐笑麟怎么会粗粝到这种地步？他错愕迷惘到手中的刷子都掉落在地上。他很快捡起刷子、扭身作画——直到离开峨边，他都没有与徐笑麟相认，不知是在羞愧于自己逢迎所谓的时势，还是在担心画技高超出他不知多少倍的徐笑麟会抢了他的饭碗。

这次相遇，同学受到的种种优待，并没有让徐笑麟的内心掀起什么波澜。可他自己知道，他对画画这件事动了心，动了其实从来没死过的心——他目不转睛地盯着那些画具和颜料，虽然眼珠旁边涌动着的是泪，可目光中夹裹着的，却是快要冒出火来的贪婪。他的指节紧握着滑溜溜的铁锹把，握得皮肤发白，握得骨节咔咔作响。

从那一天开始，徐笑麟修行般心平气和的心里，呼啦啦地蹿升出欲望的野草，哔哔剥剥地腾燃起渴求的火焰。在无聊而繁重的体力劳动之余，他是那样强烈地渴望画画，渴望闻到松节油和颜料那火辣辣的气味，渴望抚摸到油画布那热闹闹的纹理，渴望触碰到画笔那直撅撅的杆子。

得到这一切，只有一条路可走——画领袖像，画各种运动题材的宣传画。

硬骨铮铮的徐笑麟，与内心的欲望抗争了几年，终于败下阵来。他领到那些东西，在山沟里嗷嗷地大哭了一场，然后一声不吭地开始埋头作画。

他就像不要命一样，没日没夜地画，生产队做的简易画框用完了，他就在旧纸板上画；纸板用完了，他就在村里的墙上画；墙上画满了，他在门板上画，在路边的石墩上画，在松树下的巨石上画……领袖像、五角星、祖国山河一片红、革命生产两不误、知识青年有朝气、农家小院欢乐多……

颜料用完了他就捡几块火塘里的灰炭，画笔磨秃了他就在树枝上裹一团旧布；繁星明月时他眯着眼睛画，乌漆墨黑时他燃条火把也要画。

村里人和知青一样，都背地里嘀咕着徐笑麟怕是疯了，可谁也不敢去问，谁也不敢去劝，疯子的眼睛特别有神，亮得让人胆战心惊，亮得让人只能用眼睛的余光去飞快地瞥上一眼——那瞳孔竟有了温度，弥散出火一般的灼热。

直到一九七六年十月的一天，一切突然就天翻地覆了。不，应该说，是翻过去的天又翻了过来，朗朗晴晴；是覆过去的地又覆了回来，敦敦厚厚。

徐笑麟知道发生了什么，可他并没有意识到这将带给他和更多的他怎样的变化。除了画画，徐笑麟无暇顾及其他，他对周遭的一切保持着自然而然的迟钝和漠然。

其他的徐笑麟们没有这种淡然，他们时不时就灰蒙蒙地聚成一片，压低了声线嘁嘁喳喳。

终于，这年冬天的一天清晨，山村的土路上忽然一拨拨地涌来了衣着整齐、精神亢奋的徐笑麟们，他们聚拢在这个小村后面的树林里，情绪激昂地讨论着什么。

太阳慢吞吞地爬上苍穹，又慢吞吞地滑了下去。

即将黄昏，人群变成了几支整齐划一的队伍，炸裂的焰火般散开来，奔向不同的方向。大多数，是散向更多的徐笑麟们插队的各个村庄，而他们，都不时激动地望向蜿蜒在山路上、胸脯挺得最高的两路人马——这两路，一路通向省城，一路通向北京。

徐笑麟一直站在梯子上给一堵老墙上的旧画着色，眼皮底下发生的事情，进了他的眼，进不了他的心。

他若有所思。

接下来的三天里发生的事，状态激烈而规模巨大，它震惊了当时所有的官方知情者。

这些被动的知情者决心让这个事件永不被人提起。

他们用一项足以掩盖它的决议来掩盖它。

——徐笑麟们开始被正式允许返城了。

尽管在一年之前，就有几个有些背景的知青以这种或那种名义返城了，但那不过是背地里的行为。现在，虽然要分批次，虽然要审批通过，但毕竟是名正言顺的官方行为。

浪潮卷动躁动的鱼群，卷动漂浮的水草，也卷动静默的蚌壳。

徐笑麟拎着比几年前去峨边时还要空的行李——那些破旧的衣被已不值得再要了——返城了。

他就这么返城了。

他是第一批被正式审批通过返城的知青。

坐在绿皮火车里，坐在一群又哭又闹但目光喜悦的同龄人中间，沉默寡言且失魂落魄的徐笑麟显得格格不入。从成都到上海的五十个小时车程中的最后一个小时，终于有人注意到了徐笑麟，注意到他干裂出血的嘴唇，注意到他血丝遍布的眼睛，注意到他因没有吃任何东西而显得灰涩的脸色。

就算是兴奋到不眠不休，也不至于兴奋到不吃不喝吧？

是没做准备吗？是没钱吗？

那个人带着对老乡、对同伴、对一个才华横溢的画家的同情、怜惜和尊敬，凑过去，递上一个从彝胞那里偷来的干瘪苹果：“给。”

徐笑麟抬头看了他一眼。

那个人打了个哆嗦，苹果掉落在地，滚到了座椅底下。

那是一九七七年年初。

直到二零一五年年底，每逢看到报道、听到消息或者和共同的熟人谈起徐笑麟，那个人总要提到这一眼。

“那是死人的眼神。”

他说。一脸的心有余悸。绝无做作。

好画是有灵魂的。

好画会分割走画家的灵魂，贪得无厌，毫不留情。

好的画家画出一幅好画后，总会病上一场。

如同灵魂受伤，创作的兴奋也无法埋没残缺的痛，纵使心理上觉察不出，肉体上也会纤毫毕现。

所有人都觉得徐笑麟被那些虽出自宣传需要却又疯狂而天才的画给掏空了，就此行尸走肉。

徐笑麟也以为自己就这样死去了。

可他没有。

一九七七年这一年，中国恢复了高考。

徐笑麟考入了他曾经读过一年的那所艺术高校。

同一个系别，同一个教室。

只是，再也不会有同一个须发雪白、衣衫整洁的老先生，严厉地训斥他的循规蹈矩："匠气十足。"

每每念及至此，徐笑麟都心肺欲裂。

他也不再是那个惹人瞩目、温文尔雅、笑容淡然的天才少年。

他比班上的同学大了许多岁，沉默、谦和、安静、内敛到这些自诩为天之骄子的年少同学完全忽略了他。

偶尔心血来潮，他们才会发现他的存在，这时他们就叫他"徐老"。

徐笑麟也会回应，语气平和，就像他们叫他"老徐"。他仿佛听不出再明显不过的戏谑。

直到一九七九年，《一九六七·血红》横空出世。

画竟然可以这样画?!

画竟然可以这样画!!

整个中国都为画的内容而震撼而悲戚，又为画的诞生而赞叹而沸腾。

从那时起，徐笑麟在中国美术史中的位置，便已举足轻重。

而后，越来越重。

无关金钱，无关名望。

徐笑麟却从没笑过。人前，背后，皆如此。

"冠盖满京华，斯人独憔悴。"

盛唐的杜甫，是懂这不笑的。他若活着，大概会是徐笑麟的知己好友。

这一年，除了创作这幅鸿篇巨制的油画，徐笑麟还做了其他两件事。两件对他的艺术生涯、乃至对当今的艺术市场都影响重大的事。

第一件——他拒绝了欧美多家顶级美术馆要求收藏这幅作品的书面请求和巨额款项，将《一九六七·血红》送进了中国国家美术馆。

第二件——他重返峨边。

即使偏僻闭塞如峨边，徐笑麟的冲天名气也丝毫未受影响。甚至，在他居住过的那个小村子，因为他在这里有过几年的插队生活，这里的人就想当然地把他当做了自己当中的一员，一遇到背着花篓赶场、提着竹筐赶圩，不管说什么话题，他们都会突然曳斜着眼睛，满脸骄傲，语调里更是饱含着对其他村村民的提点般地说："徐笑麟，徐笑麟听说过吗？就是上海的那个大画家……"说到"上海"一词时，他们的目光会凭空一亮，然后渗透出某种神往——因为徐笑麟，他们觉得自己的小村子和那座遥远的国际都市是血脉相连的。然后，他们就会讲起徐笑麟在村里是怎样疯狂地画画。再然后，他们就在心里隐隐地想，"恐怕，他也就是个传说中的人物了"。

可是，在一个再普通不过的务农的日子，徐笑麟回到了峨边，回到了这个小村子。

村口晒太阳的老村长一眼就认出了他。

孩子们嚷嚷着跑回去找各自家里的大人，这消息同样让大人们热血沸腾，他们或是扛着锄头或是放下碗筷，围拢住徐笑麟。他们无比激动和惊奇地得知，徐笑麟居然是一个人来的。

在热情村民的簇拥下，徐笑麟在村子里走走停停，看着自己生活过的地方，看着自己画出的作品。他蹙眉，村民们就跟着蹙眉；他叹息，村民们就跟着叹息。而后，徐笑麟平静地提出，他要买画，买走所有他画过的画。

村民们都淳朴："怎么是买呢？本来就是你画的画呢，要拿就拿回去吧。"

徐笑麟润了眼眶，却执意要买。他说："这件事对我真的很重要。"

村民们看出了他的诚意，就把家里存放的、公社墙上挂着的画都搜罗出来，布面油画、炭笔速写、铅笔素描……竟浩浩荡荡地铺了一地，可细细数起来，却没有多少张。

徐笑麟一张一张地慢慢看，看了许久才看完，而后失望地问："就这些吗?”

村民们就不好意思起来，那些失去踪影的陈年旧画，或是保存不善破了相受了潮，或是干脆就入不了村民们的眼，早就被尽数卷进灶膛。只有这些领袖像，村民们不敢随便处置，才留存下来。他们虽然不好意思，但并不扯谎，实话实说。

徐笑麟沉思片刻，似乎心有不甘，但最终还是点了点头，从随身携带的挎包中取出钱，逐个发给送画的村民。

村民们都吃惊地看着自己或别人手里的钱。

虽然成名之作并未变成巨大财富，但徐笑麟的画价已非往昔。那个年代，他是绝对的有钱人。

村民们拿到的钱，委实不菲。

他们急忙要退，徐笑麟不收；几次来回推让，他们才红着脸收下，谢了又谢。

徐笑麟说：“我想念寨子里的舞蹈，我们跳一个吧。”

就有人张罗着抱柴，大家热热闹闹地回家换衣服，烤肉、喝酒、载歌载舞。

酒酣耳热。

徐笑麟端着酒碗，并不喝，又放下，清澈的眼睛静静地看着村民们癫狂地吟唱着、舞蹈着，忽然抱起放在一旁、已经摞成一摞的大小作品，一扬手就丢进了被羊油撩拨得正旺的篝火，那些纸的、布的、木的，“腾”地一下就伸出无数从火焰燎形成的巨大火舌，火热地舔着夜空的胸膛。

村民们没有惊呼，他们或站或坐，都直瞪瞪地愣在那里。

那些拼了命画出来的画，用了那么多钱重新买回去的画，怎么说烧就烧了呢?

徐笑麟也不解释，端起酒碗，一饮而尽。又饮，再饮。

那自家酿制的纯粮酒，入口绵软，后劲刚烈。

终于酩酊。

第二天一早，小村子忽然就热闹起来。

村民们站在闻讯赶来的省、市、县各级领导和他们的随从之外，形成一个眼巴巴的圆圈。

文化大省，自然看重文化人。何况是声名大噪、刚被重要领导人接见并赞扬的徐笑麟。

从前村民们心中隐隐的想法，终于变成了眼前的现实——恐怕，他也就是个传说中的人物了。

徐笑麟峨边之行的是与非，外界多有争论，或赞他毁去那些顺应政治的违心之作，或诋毁他是在心虚地焚掉他弯腰的历史，大众媒体上在吵，业内论坛也在吵，可众人吵得热闹，徐笑麟却都置若罔闻，不置一词。

方晓天给徐笑麟行了拜师大礼、成了入室弟子十年之后，一日家宴，徐笑麟似乎心有所感，忽然说了这么一句：“艺术家，若不能冷静地控制自己的创作情绪，纵使才华倾城，也不过是信马由缰，难成大器。”

这句话，上不接闲谈，下未续后文，但方晓天立刻觉得自己悟到了当年恩师焚画的原因。

激情，是创作者最难能可贵的品质，也是创作者最难掌控的因素。

成也是它，败也是它。

它就像三昧真火，可以给你炼出锦天绣地、真金瑰宝，也可以把你烧个魂飞魄散、惨不忍睹。

会用的人，毕竟是少数。

方晓天想，恩师当年的激情，大约也是不稳定的。

可之后不久，方晓天意识到自己完全错了——二零零七年，香港某顶级拍卖行，忽然现身徐笑麟作于一九七四年的一张小幅领袖像，起拍价为人民币五百万元。

拍卖画册上的那张图片，虽然是超高精度的印刷，而且有高清的局部放大，但到底是印刷品，比之原作，当然少了难以估量的精彩细节。可即便如此，还是震撼了所有懂行的人。

那是一张技法成熟老到且毫无来历、画风自由洒脱而独成一派的人物肖像。

即使没有《一九六七·血红》，就凭这张领袖像，徐笑麟依然足以傲视同仁。

收藏界陷入疯狂，别说眼界甚高、财力雄厚的传统藏家和机构，就连那些素来喜欢收藏新秀作品、走长期发展路线的热钱收藏机构都按捺不住了。这场拍卖会像一次盛大的嘉年华，所有参与者都陷入了血脉贲张、情绪亢奋的狂欢之中。

最终，一家国际金融大鳄麾下的艺术馆将这张普通桌面大小的肖像画纳入了自己的藏品手册——以三千二百八十万元人民币的价格。

眼红者众。

对徐笑麟最恶毒的攻击，终于从幽暗的水底浮上了晃动的水面。

“徐笑麟自己是最大的炒家，当年他在峨边烧画，就是为了物以稀为贵。”

一时甚嚣尘上。

这说法，听起来很不像内行人说的，因为艺术品本身就是奢侈品，而奢侈品正是“物以稀为贵”；但这种说法，肯定是内行人说的——当以艺术本身的角度无法攻讦时，就转而质疑艺术家本人的人格品质，将其涂抹得居心叵测、阴暗不堪。

徐笑麟作息照常，种花画画，爬山访友，一派洞察世事后的洒脱悠然。

就有与徐笑麟交好的记者打抱不平，几经深挖，挖出背后的故事。原来这画最初的主人是那个峨边小村的一个独居闲人，徐笑麟买画烧画那次，此人正因盗伐林木被关在森林派出所，所以这幅充当他家小衣橱柜门的油画，才得以保存，后来几经易手，最终辗转出现在香港。

中伤谣言并未终止，换了个方向，浑浊又起。

徐笑麟仍静如止水。或者，他从来就是那个岸边独坐、观风起云涌的出世之人。

方晓天当然理解恩师的处事淡然，但他越发参不透当年吞噬了神来之笔的那一旺蓬勃的火：从这一幅存世之作，不难推测出，那些作品本身肯定是完美的，并没有任何冲动或随意的痕迹，那么，毁去，为何？

方晓天并没有想过要问徐笑麟。

恩师不说，大概就是把这些归为细枝末节的琐事吧。

但不管中间发生几多波折，有一件事是再明显不过的：徐笑麟在动荡年代所创作的作品尤其是领袖像，无论是艺术价值，还是历史价值，都获得了巨大的肯定，而这类作品的几乎绝迹，更显出了它的价值连城。

现在，从这位唐老板的喋喋不休中得来的信息看，他从那个识得几个字、心眼又多了几分所以才匿下这幅画的老头那里以几十万的价格收来的，居然是一幅两米高的领袖全像，而且还是徐笑麟在阅历更加沉厚、技法更加精进的一九七五年创作的。

又一个三千万？

何止三千万！

何止一个三千万！！！

难怪连见惯大场面的老侯都乱了方寸。

方晓天打断了唐老板且欢且喜、细节重复的唠叨，淡淡一笑："恭喜唐老板得到恩师的早年作品，可是——"他的澎湃心境已经平复，明亮的眼睛看着唐老板，"这事儿和我有什么关系吗？"

唐老板猛地一顿，有些支吾，目光飘向了老侯。

这会儿老侯反倒聚精会神地刮着茶具上的残叶，不管是真的还是装的，总之没接话。

唐老板只好硬着头皮，迎上了方晓天的目光。

唐老板是有点儿土，但并不笨。

他知道自己并不是什么有名有姓的艺术藏家，且发家史并不怎么干净。这样一幅稀世奇画在他的手中，有人质疑其真伪，是再平常不过的事情。他也不敢去找任何专家鉴定，因为只要传出一句否定的话，价格上可能就要大打折扣。而且他更要提防一些专家异口同声地把真的说成假的，然后逼他低价出手，就有人低买高卖，赚一个大大的差价。

他想找徐笑麟来证明这幅画真的不能再真。

他不怕徐笑麟否认，大师自有大师的风骨。当年徐笑麟连那些目不识丁的村民都没有骗，如今又怎么会骗他？可众所周知，徐笑麟自二〇〇八年移居瑞士后，闭门作画，早与所有人断了联络。这个"所有人"，不仅包括他的所有合作者，甚至包括他的家人。

唐老板说，他知道自己是异想天开，可经商就是靠几率赚钱的，他也算是病急乱投医，直接就来找徐笑麟唯一的入室弟子方晓天。

方晓天却明白，唐老板绝不是异想天开。

异想天开的人目光不但不会飘忽，反而一定会充满灼热如火的期待。

方晓天斜了若无其事的老侯一眼，心想八成是老侯见这事儿有利可图，或者干脆已经收了人家的好处，就透露出他绝不该透露出的秘密来了。

方晓天的确能找到徐笑麟。

方晓天有徐笑麟的一个固定电话号码，徐笑麟偶尔会打电话来，和方晓天聊上几句。

老侯见方晓天拿眼斜他，不慌不乱，用小夹子夹了盏新茶递到他面前，唇角一翘，把话说得四平八稳："徐老师当年那么急着去找画，说不定就是在找这幅，找不到，一生气一着急，心灰意冷，就把其他的画都烧了。"他又不紧不慢地给舒净递过茶，话却仍是说给方晓天，"要真是这幅，徐老师得多高兴啊！于情于理，都得让他见这一面。"

明明是自己见利忘义、心里小算盘噼啪乱响，可老侯就是有办法理直气壮。

这份厚着脸皮的机智应变，真不是一天两天、十年八载的后天功夫。

这完全是与生俱来的。

方晓天心想，一幅已有归宿的画，与创作者关系不大，况且他深知恩师近些年来与世无争、只求心静。他正想回绝，舒净却说："老侯说得有道理。"

舒净孤高冷傲，老侯圆滑诡谲，两个人历来没话好说，一年来虽然常常见面，也只是不冷不热地点点头——老侯自知自己吹拉弹唱那一套，对付谈判应酬绰绰有余，在心思尖锐干净的舒净面前是使不上半分气力的，索性也就不多此一举。

所以舒净这样说，不可能是在做顺水人情。

方晓天原本的坚定就散了，垂头沉吟："如果恩师并没有这样的夙愿，你们不能勉强。"

老侯何等聪明，一听"你们"，立刻就笑眯眯地撇清自己："唐老板自然明白这个道理。"

舒净猫一样蜷在沙发里，枕着自己修长的手臂。

方晓天取出手机，正要调出号码，老侯突然一拍额头说：“哎呀，唐老板，你怎么把那么重要的事情给忘了？”说罢，递出一个意味深长的眼神。

唐老板闻言就做出恍然大悟的表情，跟着也拍了一下额头，但他显然做不出老侯那种行云流水的自然。这一拍，力道略大，已见发际线高移的脑门就暗暗地红了一块，也越发显得他胖脸上的郑重其事假了又假。他前倾了身子，放低了姿态：“方老板，在请徐老师见画之前，我想拜托您……”他的声音里充满了试探，“这幅画，年代实在是太远了，再加上那个年代的绘画材料……唉，质量也实在是堪忧。您看，这些年，这幅画也没有受到很好的保护……所以……要不然徐老师见了，恐怕难免伤心。您看，您是徐老师的入室弟子，对他的笔法再熟悉不过……要说修复他的作品最合适的人选，那是非您莫属。”

原来，生生兜了一圈，那样漫长和巧妙的铺垫，奔的是这个最终目的。

方晓天笑了笑，眼神却是冷的。

舒净也很难得地笑了：“先提出‘找徐笑麟鉴别真伪’这个看似不可能完成的大任务，待到已经说服了晓天，再退回一步，退到‘这画修复了才好见徐笑麟’。”她饶有兴致地看着老侯，“恐怕连我刚才的反应，也在你的计算里吧？”

老侯微微扬起下颌，打了个哈哈：“人心哪有那么险恶？”他转向方晓天，“晓天，”他分寸拿捏得当地说，“可以这样近地触碰徐老师的早期作品，揣摩他每一笔的起始、走向与用意，你应该知道，这对你意味着什么。”

方晓天目光一动。

艺术品是带着艺术家的气韵的。优秀艺术家的作品，每一笔、每一件、每一系列之间，都是起承转合、一脉相连的。他们如成竹在胸的围棋高手，每一个举动都深思熟虑，有方向、有目的、有意义，哪怕几十年间的持续创作，也断不会有任何细节显得突兀、剥离而出。

从一个艺术家那里学习思考模式和工作方法的最佳途径，就是读懂这个艺术家。

而读懂一个艺术家最好的方法，就是读懂他所有的作品。

作为这个时代最有成就的当代艺术家之一，徐笑麟的作品在一九六七年之前和一九七七年之后呈现出的，是截然不同的题材、技法、画风，这让他的研究者们不解、耿耿于怀，但又无能为力——他们知道这十年间发生了什么，可他们没办法知道徐笑麟的这十年间发生了什么。长达十年，徐笑麟作品近似空白，让他们只能做出各种想当然的揣测，不过这些猜想从来都没有得到过徐笑麟任何只言片语，不管是肯定还是否定。他们相当悻悻然。

徐笑麟的这十年，对于方晓天来说，也是空白的——那唯一亮相的肖像小画，根本不足以弥补这样漫长的时间所造成的巨大空白。

现在，竟然有一个机会，可以接触恩师空白期的大幅作品，而且，还是亲手修复。

接触和修复之间的差别，就像你是被允许远远地眺望一眼思慕已久的爱人，还是在花前月下与其朝夕相处、耳鬓厮磨。

这是任何人都无法抗拒的诱惑。

何况方晓天刚刚意识到，自己进入了创作上的瓶颈期。

他需要启示，需要被拯救，需要摆脱令人窒息的黑暗，让肺叶、眼睛和灵魂一起解脱。

而徐笑麟是怎样在类似的绝望中挣扎着脱胎换骨的，这幅画都会毫不隐瞒地告诉给他。

方晓天与舒净对视一眼，他们在对方的眼睛里看到了自己的想法。

方晓天平静地说：“只要恩师不反对，我愿意修复这幅画。”

唐老板长舒了一口气，有那么几秒还呈现出心满意足后的短暂虚脱，旋即就眉飞色舞地想说什么。他却见老侯垂着眼帘在沏新一轮的茶水，一派不听、不看、不想、不说的心如止水，就觉得比起老侯，自己是太稳不住了，难免讪讪。

方晓天找到那个固定号码，按了拨出键。

唐老板仿佛看见，银行账户上多了一串他从没见过的巨大数字，再也忍不住了，低低地笑出声来。

第四章　冤家总是路窄

堵了一路的钟司晨赶到公司会议室时，老板的眼角眉梢还带着笑意。他并没有说自己兴奋的原因，只是和钟司晨聊了两句天气，又亲切地拍了拍他的肩膀，就离开了。

老板娘端坐着，微笑着看钟司晨，姣好面容上带着愉悦的红晕。

钟司晨不明所以，也笑了笑，却见老板娘鬓角的一缕卷发，正随着空调的冷风微微颤抖。此情此景，似乎在哪里见过。他稍一转念，尹燕站在堆满杂物的小阳台里梳头的笑脸便闪现出来。钟司晨突然意识到自己在想什么，一惊，也有些酸楚。

老板娘示意他坐下，笑着说："钟先生，接下来，只能拜托你了。"

她指的必定是岑先生的事。是明蓓把事情办砸了，要钟司晨来收拾烂摊子？可从老板夫妇神情举止来看，又不像。钟司晨惯常行事的路数是谨言慎行——该知道的总会知道，不必多做臆想。他笑了笑。

老板娘微笑着说："在这之前，还真得谢谢尊夫人小蓓。这么短的时间，她就办到了。"

这天清晨回家时，明蓓并没意识到这个信息多有用。她只是赢了好大一笔钱，还得到别人送给岑夫人而岑夫人看不上眼的一件琉璃把玩，满心欢喜地回了家。因为急着和钟司晨恩爱，两个人又闹了些不愉快，明蓓就忘了这件事，直到睡醒。

想起来的事情，明蓓从来不拖。她马上给老板娘打电话。

她第一次见到了岑先生。

昨天晚饭后，明蓓陪着岑夫人刚坐进花园里的麻将房，岑先生就回来了。

刚接触岑夫人时，明蓓是不知道岑先生身份的，可这么多天麻将打下来，饶是她再不经心，听打牌时恭维岑夫人的人说得多了，也知道岑先生是位高权重的大人物。隔着落地玻璃窗看见岑先生进了大门，明蓓就好奇地多看了几眼。

岑先生直接进入花园，绕着幽深的池塘散步。黄昏时分的光线里，岑先生的脸色显得非常不好，随行的年轻秘书有点儿紧张地跟在他身后，他就很不耐烦地挥了挥手，秘书立刻就远远地走开了。

岑夫人并没有停下来迎出去的意思，而是驾轻就熟地码着牌垛子——她极端厌恶机麻，觉得那是在剥夺打牌的重要乐趣。在交际应酬的场合，她的理论是对的：每次码牌那短短几十秒的时间，宝贵异常，懂得抓住时机的人，往往三两句交谈，就能定了大事的乾坤。

明蓓照例不知深浅，心直口快地说："我还是第一次见到岑先生这样的大人物呢！"她天真地歪着头，"可是他好像有点儿不开心！"

牌桌子上另外两个女人见明蓓这样没有分寸，都有点儿吃惊。

岑夫人"哼"了一声，却并不是在怪明蓓。她丢出两粒骰子，有些不快地说："他这心病一晃儿三十多年了，每年都要犯几次。"

那两个女人明显精神一振，想听个仔细，又急忙掩饰了这种不得体。岑夫人停了手里的牌站起来，对明蓓说："走，到旁边花房去看看花……前些天植物园刚送来一些品种，我连名字都叫不上来呢！"

两个人挽着手，自顾自地走了。

明蓓说得兴奋，瞌睡也不见了："姐，你肯定想不到，原来岑先生那么厉害的人物，也有得不到的东西。哎呀呀，真是，他那个样子啊……岑夫人说他是犯了相思病……"

做公关出身的老板娘原本是有耐心的，但苦苦等了许久，即将见了分晓，她也有些沉不住气了，问道："他得不到的，是什么？"

明蓓说："他是一个什么画家的粉丝，迷他的画迷得不得了，满世界去看他的画，可是有张画他始终没见到。唉，姐，你说画有什么用啊，再喜欢也不能抱着睡觉……"

老板娘果断追问："哪个画家？"

明蓓说："好像叫徐什么麟……"

徐笑麟！

并不孤陋寡闻的老板娘暗舒了一口气——徐笑麟是中国画家，还活着，赫赫有名，这样人的作品，不难找。如果是哪些死了一两百年的欧洲小国的非著名画家，那追索起来就要大费周章了。

钟司晨明白，一个人的嗜好，就是一个人的弱点。嗜好越深，弱点就越致命。

明蓓带回的，就是防护严密的岑先生的心结和空门。

若能解了岑先生的烦恼，他的能量场稍一支持，眼前的项目马上会给公司带来长久而巨大的利润。

难怪一向从容的老板也会喜形于色。

老板娘微笑着说："钟先生，能娶到小蓓这样的福将，真是你的福分。不过，这可不是小蓓唯一的贡献……"

钟司晨忽然有不好的预感，胸口发闷。

老板娘说："我真没想到，小蓓紧接着就又给了我一个大惊喜……"

老板娘正在迅速思考哪些朋友可能与徐笑麟有交集，冷不丁儿听见明蓓说："……我表姐舒净也是个艺术家，也不知道她在美国有像岑先生这么显赫的粉丝没有……"

舒净。艺术家。美国。

老板娘一激灵。

她抑着内心的惊涛骇浪，从一堆杂志里扯出一本厚重的时尚刊物，凭着记忆翻动着，然后，准确无误地在一篇《艺术与时尚》访谈附带的图片当中，看到了那对十指相扣、默契亲昵的般配男女：女人神情冷艳，盘发黑裙；男人唇角的笑容略带邪魅，衬衫随意地解了两颗纽扣，微露着厚实的胸膛。人物介绍中，女人的身份是"舒净，美籍艺术家，知名人物摄影师"；男人的身份是"方晓天，著名艺术家，油画大师徐笑麟唯一入室弟子"。

命运的安排犹如拉链，看起来毫不相干的颗颗粒粒，总有一刻会被镶嵌得严丝合缝。

那一刻，记忆力过人的老板娘“唰”的一声拉上了这条拉链。

她涂着深紫色的指甲，在舒净的名字底下，重重地划下一条痕迹。

老板娘说：“钟先生，舒净是艺术圈出了名的冷美人，绝对不是公司的人短时间内可以接近的，而这个项目每拖一天，都意味着难以估量的利益损失——不仅是金钱上的——它关系着公司的生死存亡。”她捕捉着钟司晨的细微表情，“我们只有仰仗您了。”

老板娘说出“舒净”时，钟司晨就已经明白了。他强迫自己集中精神，内心却还是敲起了边鼓、开起了小差。

钟司晨并不是八面玲珑的场面高手，但对陌生的人与事都是真诚和热情的。不推拒可能性，这是做人起码的准则和态度。

可舒净，是个例外。

当他在婚宴上发现舒净和白文凯的秘密时，钟司晨捏碎红酒杯的那声响，就像是惊炸的雷，把他劈了个灵魂出窍。

半年前。

这说明舒净并不是大家所说的那样，是为了明蓓结婚回国的，她早已回来。

这且是小事。

彼时钟司蕾和白文凯恋爱差不多刚好一年，那时的半年前，两个人正该是如胶似漆，何以白文凯和舒净会那样恨不得融入彼此？

只有一个解释。

一个不需要解释的解释。

姐夫和小舅子，是这世界上除了亲兄弟之外亲热度最高的同辈关系，但两者之间关系的好与坏，是取决于姐夫对姐姐情分的厚与薄的。当姐夫做了对不起姐姐的事情时，小舅子唯一能干、会干和应该干的事情，大概就是义愤填膺地冲上去胖揍他一顿。

那时，钟司晨浑身发抖，内心愤怒涌动，让他想咆哮着揭穿白文凯、质问白文凯。可他微微侧脸，就看见了姐姐笑脸上溢出的幸福。钟司晨动摇了，狠不下心来了，他犹豫着猜度舒净和白文凯或许只是朋友，可他们那时的对望是深情的，何况此刻的白文凯惊诧而慌乱。

钟司晨脑子里“嗡”的一声。

管它什么婚宴，管它什么关系，管它以后怎么处理，钟司晨下定决心先打白文凯一顿再说。

就在他刚想伸出血淋淋的右手去抓白文凯的领口时，他突然听见钟司蕾说：“舒净吧？我在文凯的手机里见过你的照片。”钟司蕾的声音，温柔平和，诚恳由衷，还带着一点淡淡的笑意。

钟司晨攥紧的左拳就不由自主地松开了。

一直傻傻看着的明蓓缓过神来，捧起钟司晨的血手，惊抓抓地叫起来：“这杯子是什么烂质量呀？把我老公的手都戳烂了的呀。经理，经理呢？这是一定要赔钱给我们的呀！”

钟司蕾那么淡定，明蓓再这么叫嚷，钟司晨就只剩下若无其事一条路可走了。

钟司晨眼里带着怒意，瞪了白文凯一眼。

在外滩时，白文凯并没有注意到站在一旁的钟司晨。他看不懂钟司晨眼中的怒意，他对这个未来的小舅子示好地笑了笑，英俊的脸上带一个浅浅的酒窝。

钟司晨又看向舒净。

舒净正看着他。

乍一兵戎相见，钟司晨就闪躲开眼神，溃不成军。

舒净的气场就是那样强大，强大到让钟司晨心虚。

她是明白的，他捕捉到了她与白文凯之间的秘密，可她没有仓皇，干净清冷如高高在上的女神，对人间的姻缘际会了如指掌。

这让钟司晨心里很不舒服。

可他无计可施，他不可能有与她对阵的气势与气力。

舒净身上带着一种神秘而危险的气息，地底世界般引人遐想，却凶险异常。

钟司晨对自己的直觉一直很有信心，所以，有生之年，他只想和这个谜一样的女人再无瓜葛，有多远，躲多远。

到底人算不如天算。

兜兜转转，舒净竟这么再次出现，让钟司晨躲不开、绕不过。

钟司晨无可奈何，苦笑一闪而过。

老板娘何等敏锐："怎么，有难度？"

也是在职场上打拼多年，钟司晨当然知道，这话不过是老板娘客套的口头禅，并不意味着老板娘真的关心这件事情到底有没有难度。解决"难度"本来就是员工的本分，老板娘要的只是结果。

钟司晨决定尝试拒绝这个任务——哪怕他明知这不太可能——他斟词酌句："舒净只是小蓓的远房表姐，我们几乎没有什么来往……"

老板娘微笑："钟先生，方晓天才是我们的目标。徐笑麟刻意避世，直接找他是不可能了，只有通过和他亦师徒亦挚友的方晓天。"她揣摩着钟司晨的表情，"舒净只是你接近方晓天最快的途径。"

钟司晨还是皱了眉头："可是……"

老板娘收住了微笑："我知道，你肯定有不愿意接近舒净的理由。可是，钟先生，"她的目光多了更深一层的诚恳，"我求你了，中国区公司和他的地位都岌岌可危，或者，我让他自己来求你？"她的话语不带胁迫，钟司晨甚至看见她的眼睛开始微微泛红。

钟司晨见不得女人的泪眼，哪怕对方是与他没有任何关系的老板娘。

何况她还抬出了对他有伯乐知遇之恩、雪中送炭之恩的老板。

钟司晨败下阵来，垂下眼帘："我会尽力的。"

钟司晨提前回家，让明蓓倍感疑惑，她甚至忘了早上两人还在冷战，拿着指甲钳愣在那里："你不是到外地出差吗？"

钟司晨一路都考虑如何接近舒净，被她一问，实在懒得解释，就顺口说："航班取消了。"

这时明蓓叫的比萨也送到了，钟司晨就净了手，和明蓓一起吃。

钟司晨到底有些心事重重，想来想去，他还是相信自己的判断：对心思通透的舒净，直来直去的成功率也许是最高的。他就对明蓓说："我们请表姐表姐夫吃顿饭吧。"

明蓓专心地盯着扯成丝状的起司，含含糊糊地问："哪个表姐、表姐夫？"

钟司晨说："舒净和倪远诚。"他强调着说，"我们四个。"

明蓓有些惊讶。

明家是精明的，舒净两口子有给明蓓小两口帮忙的能力，明家就和他们走得很近。婚宴后短短的两三个月里，明家和倪家聚了三四次，但钟司晨均借故没有出席。明蓓从他的笑脸上和日程安排上都找不出刻意拒绝的线索，但也感觉得出来，钟司晨并不是很愿意接触这对夫妇。明蓓的爸爸说是因为倪远诚太事业有成了，钟司晨伤了自尊。接着明蓓的爸爸就会说钟司晨不会抓住机会，不懂得和成功人士多联络感情，"傻得来"。

现在钟司晨这样提议，明蓓惊讶之余还有些兴奋，她觉得是钟司晨想通了，要虚心学习了。她乖巧地说："我这就给表姐打电话。"

钟司晨看着明蓓，内心疲惫："一直是这样，你只不过顺口多说了一句话，我就得绞尽脑汁跑断腿……这就是命吧……"人认了命，也就不再有抱怨。钟司晨喝了一口他从来不喝的可乐，顺着气泡在他喉头的爆炸，长出了口气。

公司给钟司晨放了一段没有截止日期的带薪长假，各种福利待遇照旧，工作也都移交出去，以便他能安心加专心地处理岑先生这件事——这件重要、棘手和迫切的大事。

这看似周全的一切，却让钟司晨心里很不踏实。他向来以为自己是老板鞍前马后的得力大将，是公司不可或缺的重要中层，可这次老板当场就将他的工作分解并分配了个干净。

如果自己未能达成目标呢？引咎辞职吗？

钟司晨觉得恍惚，亦有失落，但他还是稳住了心神。比较起来，他更关注现实问题。

舒净。

钟司晨不自觉地转了转自己的婚戒。

他意识到自己是紧张了。

可这个女人就是让他紧张。

这段时间，钟司晨怀揣着舒净和白文凯的秘密，心里并不好过。前些天的一个周六，他还曾专程去姐姐家，想找个机会和姐姐聊聊白文凯。他是打定主意要漏点儿口风的，可他刚到，白文凯的电话就打过来。不知白文凯说了什么，他只看见姐姐躲在阳台上听电话，咬着嘴唇渐渐绯红了脸，最后笑得眉眼都融化开来。

钟司晨看见那笑容，就愣怔住了。

在钟司晨的印象中，钟司蕾的闲暇时间少得可怜，总是来去匆匆，语速飞快，连笑容也都是不常见的一闪。

如今，她的笑花田一样灿烂，纯蓝天空一样持久。

钟司晨竭力压回眼里的泪，抿了抿唇。

钟司蕾知道或不知道，真的很重要吗？她知道了，平静与幸福都会被打乱，甚至可能会被彻底摧毁——以钟司蕾的脾气和个性，不是不可能和白文凯分手。

钟司蕾和白文凯分手，真的就是最好的结果吗？这么多年来，钟司蕾从未有过真正的恋爱，而现在，白文凯给了她久违的、真实的、巨大的欢乐。离开英俊儒雅且事业有成的白文凯，钟司蕾还会遇到第二个让她这样笑的男人吗？

钟司晨决定保守这个秘密。

可越是想保守秘密，钟司晨就越是对舒净心有恨意。

钟司晨是一个成熟的男人，他一直认为恨是负面能量的，只能反衬出敌对方占据优势，并增加了自己的挫败感。就是当初那些前同事逼他到山穷水尽，他也只是默默地总结得失，无怨无恨。后来，当他重逢这些人并看到他们居然带着对他的恨意时，他就清醒地知道，自己的能力、地位、涵养……已经超出他们不止一个等级——与其将时间、精力和心情放在恨上，还不如把注意力集中在自己身上，以图未来劈山开石。

恨，就是示弱。如此而已。

可钟司晨就是恨舒净，越加浓厚。

她妨碍了钟司蕾的幸福。

她违反了世间约定俗成的东西。

她的这种违反，是以一种漠然而无畏的姿态。

钟司晨还没意识到，舒净这种漠然而无畏的姿态，有朝一日，会使他心头的恨以巴比伦塔坍塌的速度崩溃，并以排山倒海的壮烈气势，彻彻底底地改变他的生活。

最终会有那么一天。

可现在钟司晨一无所知。

钟司晨到得稍早了一些。明蓓头发还没做完，要等一会儿才到。

钟司晨进入咖啡厅的院子，就看见了独自临窗而坐的舒净。

这天舒净没有盘髻，长发自然卷曲，微微盖住一侧脸颊。她指尖夹着一支烟，袅袅的薄烟升腾弥散，遮蔽着她低垂的眼睛。

就算钟司晨再怎么不喜欢舒净的为人与做派，他也不得不承认，她确实神秘而迷人。

只是那眼神深不可测，拒人千里。

钟司晨不打算独自面对舒净，只好在庭院里走一走。他一抬眼就看见了倪远诚。

其实他们连熟人都算不上，仅仅是在婚宴上有一面之缘。但钟司晨感觉得出倪远诚的安静与笃定，这让他对他充满好感。钟司晨和倪远诚打了个招呼。

倪远诚的咖啡已饮用过半，显见坐在那里有一会儿了。他主动说："舒净喜欢自己一个人。"

钟司晨叫了一杯柠檬水，两个人慢慢地聊起来。

倪家是在几十年前整族搬迁到美国的。倪远诚算是正宗的ABC，但他看上去反而比标准的中国人还多了一些稳重内敛、老成持重。这大概是因为身在异国他乡，自我封闭的家族意识被强化到了极致。这个庞大的商业家族内部，反而严格延续了最为传统的中国规矩。

倪远诚终于显出了一丝美利坚的幽默："我被那个大笼子关了很多年，所以，当我遇到自由自在的舒净，看到她的第一眼，我就知道，她是我的救星。”

钟司晨晃动一下水杯，顺口问道：“追表姐这样外形和内在同样出色的女人，大费周章吧？”

倪远诚的回答却大大出乎钟司晨的意料：“开始我也是这么认为的。但事实上，就在我为她心神不宁、茶饭不思时，就在我觉得没有任何接近她的可能时，上帝帮了我。”他的脸上带着虔诚的表情，“有一天，她突然对我说，‘我们结婚吧’。你知道吗，当时我们才认识三天，三天而已！除了是神创造了奇迹，我找不出任何其他合理的解释。”

钟司晨错愕。

他原以为是倪远诚费尽心思、机关算尽才得到舒净，原来是舒净轻描淡写、举手之间就降住了倪远诚。倪远诚也该是被异性苦苦围追堵截的优秀男人，但在自己的女神天大恩赐面前，照样卑微如蚁，乖顺异常，幸福得不知所措。

三天时间，就可以决定自己的婚姻并主动提出。

舒净的直来直去、特立独行，只能说明她的内心，比钟司晨想象的还要强大。

和舒净这样的女人打交道，拐弯抹角是愚蠢的，开门见山一定是最好的选择。

这时，明蓓出现在大门口的梧桐树下，高高兴兴地喊：“老公，表姐夫。”

时间推回到中午时分。当明蓓的请求立刻得到舒净的肯定答复时，钟司晨是很不解的——以舒净的孤傲清冷，以倪远诚的应酬繁忙，怎么会每次都对身为远亲的明家和明蓓有求必应？这对夫妻绝不是会受制于情面的人，若真不想见谁，肯定有的是光明正大、无可挑剔的理由。

明蓓倒是曾经不止一次炫耀说，他们一大家子在上海的表亲家里，年龄相仿的姐妹有十几个，舒净和她是最谈得来的。可超凡脱俗的艺术家和热衷购物的小女人能谈得来什么呢？明家人说话一向夸张，钟司晨是不太相信的。

现在，钟司晨发现，当舒净看着明蓓时，这个冷美人的瞳仁深处居然泛出柔和的笑意。钟司晨终于相信明蓓所言不虚。这是为什么呢？仅仅是因为说起来都遥远得有些勉强的血缘关系？

聊了一会儿，明蓓去了洗手间。

叽叽喳喳的她一走，热络的气氛一下子沉寂下来。倪远诚主动给了他们空间，说要到外面吸支烟。其实他们就坐在吸烟区。

舒净叼着烟，不看钟司晨，淡淡地问："什么事？"

钟司晨非常直接地说："我希望你介绍我认识方晓天。"

舒净好像并不惊讶，语气还是淡淡的："我猜也是这么回事。"

这应该算是他们的第一次正式交谈。舒净那种洞悉世事的清醒和那抹魅惑众生的冷艳，都让钟司晨心中一悸，不自觉地挪开目光，却听见舒净慢慢地问出这样一句话来："和徐笑麟有关？"

钟司晨真真正正地吃了一惊。

舒净说："那就没错了。"

钟司晨忍不住问："你怎么知道的？"

舒净把那支只吸了一口的烟掐灭了，看着水杯里浮游的絮状柠檬，并不回答。

钟司晨也不再分析，言简意赅地说了实话："有一个对我来说很重要的人，是徐笑麟的狂热粉丝，三十多年来他寻找着一幅画，但没有下落。而徐笑麟隐居瑞士，我希望能通过方晓天……如果有可能，找到它。"

舒净慢慢地说："就这些吗？"

钟司晨点了点头："就这些。"

舒净忽然笑了。

钟司晨不明所以。

舒净说："我不知道你所说的'对我很重要的人'是谁，但是——"她纤细的指尖抚摸着水杯的边缘，眼神飘向了窗外，"他是在戏弄你。这件事你根本没办法做到。"她看着钟司晨，"这幅画根本就不存在！"

钟司晨结结实实地大吃一惊。

舒净并没有卖关子："徐笑麟的作品向来是收藏有序的。三十多年都找不到下落，只能说明这幅作品未曾公开，而这个人却明确知道有这么一幅作品，那只能说明——"她笑着说，"他与徐笑麟私交甚好。一个与徐笑麟私交甚好的人，居然要迂回了解画的下落，这说不通。”

钟司晨正想反驳，舒净已经继续说下去：“对，这个人可能无法维持和徐笑麟的关系，甚至就是闹僵了，绝了交情，才会这样费尽周折。可是——”她淡淡地说，“这是一幅什么样的画呢？风景？人物？动物？植物？有多大？是速写、是素描、是油画、是水彩，还是丙烯？”

钟司晨猛然顿悟。

整整一天，他都在纠结该如何面对舒净，居然没有想想，一个执着于追寻一幅画的人，为什么从来没有提过有关这幅画的一点儿详细信息呢？

任何以找到为目标的寻找，都应该有尽可能详尽的资料支撑，绝不该是含糊其辞的泛泛所指。这是起码的常识。

就连思虑周全如老板、为人精明如老板娘，也忽略了这一层。

那他该如何向公司复命？又该如何向老板交差？

舒净看着钟司晨脸上毫不掩饰的无奈，微微一笑，挪开了视线：“我大概能猜到这件事对你有多重要。可有的画，能不能看见，是要看缘分的。苦寻无益，还是不要勉强的好。”

由始至终，舒净没有为人所求时的倨傲或矜持，话语简单平和、直指要害，甚至不需要钟司晨的试探与询问。这份坦诚直接，让见惯了商场之上唇舌往来、尔虞我诈乃至包藏祸心的钟司晨很有感触。

他忽然感觉到，自己竟然对舒净有了一丝好感——但她毕竟是妨碍姐姐幸福的女人，这丝好感来得太不恰当。

突然，钟司晨猛地想到——权重倾城的岑先生，怎么可能伙同太太捏造出一个故事来？就算岑先生是打定主意要取消或拖垮那个项目，也无人可以质疑，无人胆敢置喙。那他何必多此一举，费心做一个局、耗神演一出戏？何况还是演给明蓓这样无足轻重的小人物看。绝无可能。

那么，为什么岑先生对岑太太都没有提及这幅画的详细信息呢？钟司晨相信，岑先生有所描述，性格相近的岑太太和明蓓一定会照搬复述。

钟司晨眼睛一亮。

这时，舒净轻轻挑了挑细长的眉：“或者，还有一种可能……”

他们想到一起去了。

——岑先生无法对任何人提及这幅画的任何细节。

这幅画的内容，很可能是绝对的秘密，不能公开。

一幅秘密的、不能公开的画，岑先生却明确知道它的存在。

那么岑先生与徐笑麟一定是相识的，至少也是在某个密友身上有所交集的。

可是，到底是一幅什么样的画，会让徐笑麟从未公开自己曾创作过它，也让岑先生不能公开寻找呢？

在这个艺术领域百无禁忌的时代，宗教色彩、政治符号、暴力色情、变态扭曲甚至恶心恐怖的题材都大行其道，难道一幅创作于多年前的作品，内容上还会有超越今人理解与接受能力的可能吗？

钟司晨对艺术并不在行，但他觉得这不可能。

舒净说："我带你去见方晓天。"

想要接近方晓天这样成名已久的艺术家，说话有分量的中间人的引荐是相当重要的。舒净居然不要他恳求，就这么让他如愿以偿？钟司晨有些吃惊："为什么帮我？"

其实，以舒净令人捉摸不定的奇特气场，说出一句"因为白文凯"钟司晨都不会感到意外。他想，如果舒净这样回答，他应该作何反应。

可舒净只是看着窗外说："我只是好奇那幅画，并不是刻意帮你。"

原来，对艺术懂行的舒净，也猜不出这幅画神秘的内容。

岑先生对岑太太都没有主动说过有关画的事，问是问不出的。何况也不可能去问。

唯有一幅幅地搜寻出徐笑麟的作品，尤其是未曾公开的。

唯有这个办法。

电话接通了，舒净笑容淡薄，简短地说："在吗？我这就过来，带个人。"

他们之间没有任何客套话，而且方晓天什么都没问，舒净也没有说。这是相当熟稔的关系下，才会产生的默契与信任。

钟司晨情不自禁地猜测着舒净与方晓天的关系。可眼前舒净的洒脱，又让钟司晨觉得这些猜想太过不堪，有些不厚道。

舒净拎起简洁大方的真皮手工包，站了起来："走吧。"

钟司晨有些愣然："现在？小蓓她……倪哥也……"

舒净淡然："这件事，应该是被你视做秘密事件的吧？你是想和方晓天迅速达成共识的吧？小蓓在场？"

一语中的。

钟司晨一愣，慢慢站起，还有不甘："至少该和她交代一声。"

舒净眼角带着点儿并不惹人反感的讥诮："你有把握说服她，让你独自去见方晓天这种出了名的有趣人吗？"她随后慢吞吞地说，"要不然，你就得骗她。可是，钟司晨，你是那种稍微有所隐瞒就会极度内疚的男人，何必和自己过不去？"

钟司晨抿了抿嘴唇。多年职场，钟司晨早已学会小心隐藏脸上的细微表情，除非是有意想给对方造成错觉。这次他真的没控制住抿嘴唇这个小动作。是在惊讶仅有三面之缘的舒净能看穿他的个性？是在厌恶舒净不管不顾、唯我至上的行为准则？两者兼而有之？还是……意识到这种随心所欲、率性而为对自己产生的诱惑了？

第四个原因让钟司晨不寒而栗。

他要的从来是稳妥，不是变数和几率。

舒净似乎真的看穿了钟司晨："只一次，上不了瘾的。"她修长的背影很快消失在门口。她没有回头，好像知道钟司晨会跟上来。

钟司晨的确稍作犹豫，就跟了上去。

在对舒净的憎恨之外，钟司晨心头又产生了一种厌恶。但这种厌恶不是对舒净，而是对自己——自己就这么接受了她的建议，就这么轻而易举地破坏了自己一向引以为傲的原则；更让他厌恶的是——随破坏原则而来的，竟然还有轻松。

钟司晨从不相信什么轻松，他信奉严于律己，信奉人类必须遵守的规矩。哪怕那些规矩压得人出不了声、喘不过气。

快感都是罪恶的。

疼痛才能好好地证明一个人真实地活在这个世界上。

二三十年来，钟司晨已经那样地熟悉和适应疼痛，那些生活加注在他肉体和灵魂上的疼痛。

轻松？多么遥远、空洞而危险的词语。

钟司晨亦恐惧亦愤怒，决定在完成这事儿后，要彻底清除“轻松”。

虽然，他也意识到，悲哀地意识到，“不熟悉的，就是要根除的”——这不就是那些故步自封的、顽固守旧的“老人儿”的想法吗？

老成持重，换个说法，也不过就是肉体未老、精神先衰。

钟司晨苦笑一下，但，他并未因此改变想法。

——他期望活在熟悉的环境和感觉里，只要长久，哪怕痛。

第五章　鬼画惊魂

舒净带着钟司晨进入“清心”时，方晓天正躺在一张沙发上闭目养神，左手握成空心拳，轻轻地捶着额头。他听见“嗒嗒”的鞋跟声，眉头舒展，一双大眼猛然睁开，弹跳起来。他看见钟司晨，打量着，对舒净说：“不是他?”

钟司晨马上意识到，方晓天含混所指的“他”，不太像是指倪远诚，很可能是指白文凯。舒净居然对他提到过白文凯？这说明舒净与方晓天熟稔到了何种程度；也说明，舒净的我行我素已经到了什么样的境界；更加说明，自己猜度的他们之间的关系不止纯属臆想。

舒净淡淡地说：“我的表妹夫，钟司晨。”

钟司晨略显尴尬，看着眼前这位赫赫有名的年轻艺术家：“您好!”

方晓天笑着点点头，往工作室深处做了个“请”的手势。

方晓天毫不做作的笑容和轻松自然的做派，那种随意和玩世不恭之下，隐藏着与人为善、勤奋谦和，就像钟司晨从百度的资料中分析出来的一样，这些都让他印象深刻。

一坐下，方晓天就说：“我想过了，明天就去峨边。”

钟司晨不知前因后果，一愣，而舒净只是看着方晓天，没有说话。

这天上午，就在老板娘给钟司晨交代任务时，方晓天拨打了徐笑麟瑞士工作室的电话，但没通——号码已经注销停机了。

之前，徐笑麟在和方晓天通话时提到过，这次远赴瑞士，是因为他准备做一幅超越自己的大作品，他形容那是“一幅我想了一辈子要做的油画”。他非常明确地说，只要心境和状态准备好，他会立刻实施真正意义上的闭关，直到这幅作品绘制完成。

那么，现在徐笑麟应该是已经闭关创作了。

同为艺术家，方晓天当然深知这意味着什么。他为恩师即将达到新的艺术高度而会心一笑，接着他就看见了唐老板明明心急如焚又强忍着没问的矛盾表情。他不禁感到有些好笑，对着他晃了晃手机："停机了。"

唐老板的脸就垮了，声音摇晃："那……还有其他办法吗?"

老侯却没有该有的焦虑，他拿起一块佐茶的陈皮，端详一下放进嘴里，慢悠悠地嚼着说："何必心急？不妨再等等吧。再等几天?"眼见唐老板腮上的肌肉抑制不住地抖动起来，老侯就笑眯眯地转向方晓天，"对吧，晓天?"

方晓天摇摇头："恩师的脾气你不是不知道，何况他这次要做的作品，尺寸、内容和意义都非同一般，以我的估计，恐怕要三五个月。"

老侯声色不动，唐老板已经支撑不住了，坐立不安地蹭到了沙发的边缘："要不，方老板直接带我们去瑞士见徐大师?"

老侯笑了："你想得倒是简单，要是出国就能见到，恐怕那些挥金如土的顶级藏家、画廊经纪和艺术掮客，早就蜂拥而至了。"

唐老板听罢彻底蔫了。

方晓天忽然觉得唐老板的焦急和沮丧毫无道理。

对唐老板手上的那幅画来说，徐笑麟的认证当然非常重要，但就这幅画本身的价值而言，能以相应的价格吞下它的个人或机构，都不可能在短期之内下手的，他们一定会等待一个匹配得上这幅作品的隆重场合——重要的大型展览，或是世界级的拍卖会。数额庞大的资金砸下去，总得有轰动的宣传附加值才行，这种"露脸"所留下的记录，也会让购买方在未来加价转手出售时，有理有据。在艺术品交易中，这是非常重要的。参加这种级别的拍卖会，从联系拍卖行到最后亮相参拍，即使特事特办，最快也要大半年的时间。这其中的弯弯道道，唐老板不懂，老侯不可能不懂，以老侯的精明圆滑，也不可能不告诉唐老板，那么，唐老板到底在急什么?

这时，一直默不作声的舒净突然问："这幅画现在在哪里?"

唐老板不自觉地挺了挺背。

老侯的脸上挂了似有非有的一抹淡笑。

舒净的话问到了点子上。

唐老板并没有说谎，他的确付了几十万元，买到了这幅画的所有权，但年逾八旬的卖画老人嘟嘟囔囔地说出的古怪事，却让他改变了立刻将画转运到上海的计划。

徐笑麟这幅画，不管是来龙还是去脉，都有点儿邪。

徐笑麟在一九七四年再次拿起画笔之后，备受村里乡里器重，从此再没有做过任何农活，连带一切有政治意义的活动都免去了。可是次年暮春的一个早晨，谁也不知道为什么，沉默寡言、离群索居的徐笑麟突然随着修坝子的人群，来到了那条浊浪翻天的大河边。

潦草的坝子碎尸般胡乱摊在河岸两侧，吵吵嚷嚷的人群毫无意义、不讲章法地忙碌着。徐笑麟在河边呆呆地站了一会儿，就低下头，一边往远离人群的地方走，一边用脚在河沙中踢着什么。

就在人们半是嘲笑半是怜悯地谈论起这个画疯子时，徐笑麟忽然在远处叫嚷起来，并拼命向人群挥舞手臂。低鸣的河水旁，人们听不清他在喊些什么，却看得出他是想让大家过去。

该响应一个被大家公认为神智已经不太正常的人吗？人们犹豫着，议论着，观望着，却见徐笑麟突然跪在沙滩上，俯下上半身，开始疯狂地挖掘砂砾。

有人脑筋转得快，喊了出来："徐疯子是不是挖到什么宝贝了？"人们顿时醒悟过来，有的连工具都忘了放，就向那边涌去。一时间脚步声竟比身边隆隆奔腾的河水还显得急切澎湃。

当他们赶到徐笑麟身边时，终于看清他在挖什么。乱石嶙峋中，清楚地露出一角略有些方方正正、绝非天然形成的石头，那平整光滑、亮可鉴人的表面，一望便知材质的特殊与用工的讲究——这块石头分明是一件承装物品的器具，而袒露出地表的，仅仅是它庞大躯体的一部分。

人们，尤其是那些懂得多些的知青们，立刻激动起来。

这一带把这条翻滚着巨浪的大河叫做峨河。峨河还有另一个名字——大渡河。

中国名山历来多神话。大川有传说，这在峨边也不例外。当地人提及大渡河，除了当年红军曾征战于此的往事，最津津乐道的，就是清晚期太平天国翼王石达开兵败大渡河的故事。其中石达开沉宝大渡河的部分，更是他们在田间地头休息乘凉时聊得最多的。

这些不识字、不读书的淳朴乡民，并不了解太平天国，更不了解石达开率军出走及惨败的前因后果，甚至连石达开想强渡的到底是哪段大渡河都不得而知。这桩沉宝旧事，是他们以石达开的史实为原型，用丰富的想象力和直接的口耳相传，围绕着千百年来最引人血脉贲张的主题——神秘宝藏，构建出一个跌宕起伏、细节详尽的民间故事。

但，谁又能肯定地说，这一定就是完全的虚构呢？毕竟中国俗语中有“无风不起浪”的说法。比如张献忠在四川藏宝的传说，据说隐藏秘密的歌谣自明末清初到现在几百年传唱不断，而且真的时不时就有人揣测出某个词语的含义，发现各种珍宝或金银。虽然那笔富可敌国的正主儿宝藏未现踪迹，但这些零散发现已经逐渐证明确有其事。

所以人们一见这石头器物，立刻把它与他们耳熟能详的翼王藏宝故事联系起来了。

用来修河坝的锹、镐头、钉耙，叮叮当当地落在石器周围。很多年了，人们干活从没有这样发自内心地使劲儿和饱含激情了。他们谈笑、议论、猜测，拼尽全力地挖掘着。

发现石器的徐笑麟反倒被挤出去了，和那些空手的人们站在外围，守候、观望。

这一干，就过了中午。大坑越来越深，石器整体越来越清晰，人们都被它的巨大震惊得说不出话来。明显是分为器体与盖子的石器中，必定有着某种乾坤，藏着一些秘密。

人们默默地动作着。

最终，一个体形硕大、外表光滑、并不十分规则的长方形石匣，斜斜地露出大半个。可依然没人说话，更没人提出开启石匣。人们都惊恐地打量着出现在他们眼前的东西。

石匣旁边拎着工具的人看得清楚，坑边站着的人看得更清楚。

虽然没有露出全貌，但这个一人多宽、两人多高、不知多长的石匣，一端略高略宽，一端略低略窄，分明就是一具放大了的石棺！

经历过破四旧的人们，已经不像老辈人那样对棺材和坟墓敬畏和忌惮了。可眼前这具石棺的确显得分外诡异——不管是动植物还是人造器皿，只要它远远超过了正常的尺寸，超出了人们的正常认知，就自然而然地带有一种神秘的震慑力。何况它是一具象征人类心底最深的恐惧——死亡——的棺材。

寻常百姓是没有足够的财力与时间制作这样的石棺的。可是，河滩面对恶山苦崖、稍遇暴雨就会变成泽国，达官贵人又怎么会葬在这风水至糟之地？更别说它的周围没有一丝墓室该有的痕迹。

终于有人打破了僵局。

站在徐笑麟旁边的一个半大孩子突然跳进坑里，拍打着石棺哈哈大笑：“‘棺材棺材，升官发财’。打开它，就是打开了升官发财的路。这兆头太好了。都傻愣着干吗？那几根撬棍呢？”这是上海来的年龄最小的插队知青，很得照顾，没吃过太多苦头，再加上他父亲又是部队上的高官，遗传基因里就有天不怕地不怕的胆量，遇事很有些浑不懔。

他这番话一出，人群放松下来：是啊，刚才还谈笑着石达开的宝藏说不定就在这里头呢！人们被想象中的华丽场景刺激了，忍不住竞相去推那石棺的棺盖，怎么推都纹丝不动，才想起那半大孩子一眼就看出要用撬棍，不禁佩服。

几个平时为了食物或女孩子打架勇猛的男知青，为了掩饰刚才也被石棺震住了尴尬，就咋咋呼呼地寻了钢钎和撬棍，塞进石棺棺盖与棺体的一侧，每根钢钎或撬棍上都守了三两个人，等疏散了另一侧坑中的人，他们就喊着号子，一起猛然发力。

厚重的棺盖被撬得一侧猛然翻起，由于自身的重量，它并没有整个飞出去，而是翻转一百八十度，然后一声闷响，砸在了沁水的泥滩上，溅起一片泥浆。

一看清石棺内的东西，周围一圈抻长了脖子的人，连着那些刚使出蛮劲凑过去想一睹奇珍异宝的壮年男人，都发出了鬼哭狼嚎的惨叫，像爆炸炮弹弹射出的弹片一样，或滚或爬，四散奔逃。

那巨大石棺里，竟密密麻麻地挤满了指头粗细的粉红色细长小蛇，吐着血红的芯子，熙熙攘攘地彼此纠缠在一处，热热闹闹地爬向石棺的边缘。不要说那带着危险和诡谲气息的粉红色，就是那些数目惊人、密集在一起的软体动物本身所具有的惊悚感和邪恶感，就足以让人腿软恶心，肝胆俱裂。相比于此，很多年后在全世界范围内被禁的日本恐怖电影《下水道里的美人鱼》里蛆虫蠕动的场景，简直不值一提。

那时，脸上沟壑纵横的老人讲到这里，原本正在酷暑正午的毒太阳下热汗淋漓的唐老板，只觉得头发乍立，遍体凉风，脚趾都紧紧地抓住了鞋底。他明明口干舌燥，却强做了一个咽下口水的动作，追问道："都说有奇象必有异宝，那石棺里，到底是什么东西?"这时，他已略略回神，心里琢磨着："别不是这老头看他一出手几十万买得爽快，就见财起意，编排出什么神乎其神的山野狐怪故事，过会儿再拿出些瓶瓶罐罐来，当成古物卖给自己。"

老人却不搭话，佝偻着腰身，古怪而扭曲地直着眼睛，仿佛重回当年那个令人毛骨悚然的场景里。

感觉到了安全地带，人们才跌跌撞撞地停了下来，壮着胆子回望。不见怪蛇追逐而来，他们才惊魂未定地议论起来。"你也看见了?""看见了。那是蛇吗?怎么是粉红色的?""不像，太细太长了，倒有点儿像蛔虫。""不，肯定是蛇，你没注意它们吐着芯子呢吗?鲜红鲜红地开着叉。"

露出地平线的石棺一角依旧岿然不动，那个旁边堆满沙土的大坑也安安静静，看不出有什么异样，人们这才镇定下来。这时，他们才发现，距离石棺最近的两个人，竟然不是见过雪豹棕熊、打过灰狼野猪的当地人，而是画疯子徐笑麟和那个小知青。他们就站在大坑边十米左右的地方，直直地对着石棺。

似乎是感觉到了什么，徐笑麟和小知青同时向石棺疾步走去。

人们低低地惊呼一声，不知是不愿显示出比外地小年轻人懦弱，还是对未知财宝的渴望强过了对怪蛇的恐惧，或者干脆就是因为人类亘古就有、强烈过其他一切感官感受的好奇心，总之，他们又奔向了他们刚刚逃离的地方——这场景，就像把刚才的奔逃场景倒放了一遍。

唐老板并不想承认被老人的讲述吊起了胃口，他觉得这样在接下来可能会有的谈判中失了气势，但有的时候，人所谓的意志力是真的斗不过好奇心的。唐老板实在受不了老人的慢条斯理，他不情不愿地重复了刚才那个问句：“那石棺里到底是什么东西?”他暗暗做好准备，如果老人说得太玄太扯，他就立刻拆穿他，然后拂袖而去。反正徐笑麟的画已经打包装车，就要运到他在县城暂租的别墅里去了，他和这老头已经钱货两清，要不是想听听徐笑麟这幅画的所谓奇怪来历，好讲给未来的购买藏家听，他早就走得人影不见了。

不料老人眯着眼睛说：“没嘚，啥子都没嘚。”

就像绷紧了力气的拳头打了个空，唐老板内心一闪：“嗯?”

轮到老人重复了。他用他乡音浓重的普通话又说了一遍：“没嘚，啥子都没嘚。”他揉了揉浑浊的眼睛，“是空的。”

不见披头散发的千年古尸，不见琳琅满目的珍奇玩赏，不见半腐半朽的字画丝绸，不见晶光发亮的金银器皿，不见造型各异的花瓶瓦罐。

石棺内空空如也。

就连充满整个石棺内部、密集缠绕的粉红小蛇，也都不见了踪影。

这种什么都没有，反而更透着无法解释的神秘和古怪。

唐老板忍不住激灵灵地打了个冷战。窗前被微风拂动的树梢，突然都让他心惊肉跳。

那时的人们，当然比几十年后的唐老板更为惶惑和紧张。

空的?

怎么会是空的?!

就是没有其他器物，那些蛇呢?

极端恐惧下，人的潜力是会被无限激发的。从人们仓皇奔逃到停住脚步回转过身，虽跑出去很远，但最多也就耗时十秒，何况徐笑麟和小知青又早早就停住转身。

根本没有任何一条蛇爬出坑外，否则在沙滩上，那鲜艳的颜色早就一目了然。

人们看着并无生物爬过痕迹的沁水土坑，看着底部泥土丝毫未动的石棺，看着石棺比外壁更为光润的内壁和严丝合缝的棺底，呆若木鸡。

是遁风还是遁地了？

明晃晃的阳光下，峨河对渺小人类的无尽疑惑不置一词，它按照自己的路线滚滚而行，又或者，它说了些什么，只是，它说的没人能听懂。

人们又开始怀疑是不是看错了。

可大家看到的分明都是同样的、细长而粉红的蛇。

再说，就算所有人都看错，眼神敏锐的画家徐笑麟也绝不会看错。

无法解释的东西，往往被归入志异一类，眼下这种情形，民间笼统地称之为——撞邪。

在当时，这是一个没人敢提的词儿。

但所有人都在想的，就是这个词儿。

几个在场的乡里公社负责人也没了主意，迟疑地彼此对视，不知该如何处置。

徐笑麟突然说："我想画一幅大画。"

这话突如其来，大家都愣愣地看着他。

徐笑麟说："很大，"见大家还是不解，他平静地补充道，"画红太阳。"

人们恍然大悟。那个年代，再没有什么是比"红太阳"更能振奋人心、鼓舞士气的了。徐笑麟没有明说，但众人一想便知——有了一大幅"红太阳"坐镇，还怕什么邪门歪道呢？

人们对徐笑麟的反应机智和点到为止心生敬意。

之前，徐笑麟曾对公社负责人提过需要一个很大的油画框。但别说当地的成材树都在大炼钢铁时被砍了个七零八落，随后补种上的树木则树龄尚浅，其实就是在原本盛产木材的省份，好木材也是紧俏货，所以几个公社负责人都打着哈哈，敷衍了事。这次不一样，这次的异象让他们都心生不安。为了求个心气平和、官运亨通，他们托关系、买人情，没多久，辗转得来的正宗东北干松木就运到了峨边。

乡上一个病歪歪的老木匠手艺地道，就被指定做画框。负责人暗地里叮嘱他，只要能搬进乡里的公社大礼堂，画框的尺寸就尽可能的大。

于是，就有了这个两米高、一米多宽的大画框。

唐老板咂了咂嘴，觉得这画框的来历虽有点意思，但并没有足以蛊惑听者的鬼魅力量。他想了想："那具石棺呢？"他琢磨着老人一直强调石棺的光滑润泽，说不定这石棺本身就有些名堂，是块上好的玉石料也有可能，搞不好底座还有个机关、内壁还带个夹层，里面再有点儿珠子金砂藏宝图之类的东西。

他正在浮想联翩，却听老人干巴巴地把轰了他的美梦："炸了，破烂石头块砌河坝了。"

愚昧！野蛮！

唐老板的耐心就全用完了，他站起来抖抖裤腿就想走。老人却一把拽住了他的手臂，直瞪瞪地看着他："你不能走。"

老人干瘦，手似一把枯骨，气力却大，抓得唐老板生疼。唐老板一惊，有点儿生气："钱都打到你银行卡上了，你也核对过了，我为什么不能走？"

可唐老板定睛一看老人的眼睛，就说不出话来了。

那眼珠牢牢地盯住他，带着紧张，带着恐惧。

老人缓慢地说："你以为这就是我要讲的所有故事吗？不，邪门的事情，才开始。"他的眼珠，逐渐透亮，最后不知是由于什么东西的反光，竟然泛起一层微微的绿。

唐老板木然坐了回去，说不清是因为好奇，还是因为害怕。

这画框实在是太大了，徐笑麟一个人绷画布和涂底料，显然是费工吃力的。

这次没用徐笑麟申请，公社负责人主动给他安排了一个助手。

这个助手是个名叫李佑文的姑娘，也是上海来的知青。在徐笑麟开始画画之前，她一直在公社负责宣传工作，后来专门负责管理乡里的广播站，也组织唱唱跳跳的文艺活动。

漂亮姑娘李佑文，当然是乡里所有男青年的梦中女神和所有男知青的捍卫对象。本着“我既得不到，别人也休想”的心态，男青年和男知青或是单挑或是群拼或是背地里玩阴招，力量此消彼长，利益互相牵制。这使李佑文虽然身处乱世异乡，却奇迹般地生活安然。

这次公社的安排，第一次把男青年和男知青统一进一个战壕，他们都大为不满。他们并不掩饰担心，他们聪明地知道，就算徐笑麟是真疯了，他的才华还是在的，他的气质还是盖不住的——他和他们不是同一个世界里的物种。

他们想挑衅，可徐笑麟从来是不苟言笑地做着自己手头的事，从未与人结怨，而且他身上那种与生俱来的不卑不亢，也让他们自惭形秽。何况，此刻徐笑麟又背负着画“红太阳”镇邪的政治任务，借他们几个胆子，他们也不敢在这时动手。

他们产生了默契，心照不宣地采取了最笨拙但也最有效的方法——人盯人。

他们轮流出现在公社礼堂前的场院里，要么给李佑文带把红枣，要么给李佑文送条毛巾，要么就干脆什么借口都没有，只是坐在一旁的石墩或者磨盘上，看着徐笑麟和李佑文忙碌。

绷画布那天，徐笑麟神色淡然，一句像样的话都没说。就算李佑文主动说笑着什么，他也只是“嗯”一声，有时连“嗯”都不“嗯”一声。一天下来，李佑文也阴沉下脸，不再理他。

更让盯梢者欣慰的是，公社院里能住人的房间不多，徐笑麟就和一个赤脚医生住在了一个房间。那个赤脚医生原是一个生产队的兽医，因为兽医当得不错，祖上又穷到赤贫，就升格到乡上给革命群众看病。传说这老头有一手点穴功夫，不知是不是练的童子功，反正他一辈子单身，最看不得男男女女说说笑笑，遇上了就非得把人家呵斥散了不可。有他看着徐笑麟，抵得过一个加强班。

不过第二天盯梢者就紧张起来了。徐笑麟并没有动手，他半躺半坐地在墙边上，直瞪瞪地看着拎着木桶刷底胶的李佑文。

眼看着女神被太阳晒得大汗淋漓，再加上徐笑麟盯着李佑文的目不转睛，有人看不过眼了，想过去教训徐笑麟。有脑筋转得快的人拉住他们，朝李佑文撇撇嘴。被拉住的人仔细一看，就看清了李佑文脸上的愤怒和眼底的委屈，才恍然大悟地点了点头。

李佑文越生气工作效率越高，忙完所有的活儿，晚饭也没吃，就阴沉着脸回了房间。

次日，徐笑麟一整天没吃饭，呆呆地坐在墙角那里。接下来又是不吃不喝地坐了一天。又一天。有人不知道这疯子怎么那么安静，也怕他会活活饿死，就去问那个赤脚医生。赤脚医生大手一挥："你们懂个屁，这叫净食，心里干净了下笔才有气势！这就是过去的斋戒嘛！"

老头根正苗红，手底下又有功夫，就没人敢提斋戒是封建糟粕的话。

这三天里，李佑文洗衣晒被，抱柴做饭，在院子里一趟趟地出出进进，连正眼都不看徐笑麟一下。

第四天头上，徐笑麟去找公社负责人，语调是一贯的平静："公社场院人太多了，影响我作画的心境。我要上山。"

公社负责人没有马上同意。

山上是有房子的。早年这边还有国有林场时，村里组织人修了大场院。后来林场没了，那里也就废弃了。房子离乡里村里都很远，少说也有几十里的山路，连急得火烧火燎的偷情男女都懒得往那里走。再说多年无人照料，说不定连糊墙的泥皮都掉光了。

徐笑麟执意："我带画框走，带画回来。"

负责人知道，徐笑麟是文化人里很难得的没有臭脾气的，但倔是双倍的。留在这里，徐笑麟肯定是一笔也不会画的。他自己要吃苦，别人劝得住吗？负责人没再开口阻拦，当着徐笑麟的面安排了一下人手，约定每三天派人给他送一袋干馒头，几坨腌菜，还有那些必需的颜料。

翌日清晨，徐笑麟脖颈上吊着装满画具的大布兜，独自背着那个笨重且巨大的画框上路了。

早起的村民从村口的树旁望过去，只见青白的光线下，一面硕大的白板正覆盖了崎岖的山路，一寸一寸、一尺一尺地向对面山上升去。就有好事嘴快者胡乱开了句玩笑：“哎，你们看那个画框，像不像那个石棺的盖子？”

平整油亮的框子一顿一顿地反射出阴冷幽暗的稀薄天光，那白光是虚着的，却不弱，就那么不动声色地闪动着，一波一波地刺着围观者的眼睛。

说话的人立刻就悔了怕了，不但是因为这光，还因为他突然醒悟：这画框是用来画大人物的，自己却说它像石棺的盖子，这不是有诅咒的嫌疑吗？任谁想到这层上去，他就在劫难逃了。他冷汗涔涔，觑见一旁的人并没有注意到，急忙把话题转开去，还刻意提高了音量：“油画就是一层层地堆油彩，一层干了，才能再铺下一层，这么大的画算起来，徐笑麟怕是要走两个月开外，他和李佑文是不可能凑到一起去了。”

说来也怪，其实徐笑麟和李佑文最多就是公开场合打过照面，可这些青年男人就是一致认为，徐笑麟是他们的头号情敌。

唐老板真心不耐烦老人的啰啰唆唆，可这些徐笑麟零零碎碎的当年旧事，尤其是情感的野史部分，是那些财力雄厚、学识渊博的顶级藏家们最喜欢的——收藏艺术品固然是件雅事，可连带着收藏了艺术家的生活经历，能够在访者观者面前不疾不徐地说出些秘闻典故来，才是真正的大雅。唐老板耐着性子听下去。

老人不知想到了什么，稍微一愣，讲述的节奏突然就快了起来：“反正没人知道徐笑麟在想什么，用了多长时间、又是怎么把那个画框背了几十里山路的。其实大家也不关心，疯子嘛，总是要做点儿不正常的事情的。后来，每三天就有人给徐笑麟送去吃的用的。”然后他就开始出神。

唐老板决定用问问题方式来引导他：“这期间发生什么特殊的事情了吗？”

老人陷入了回忆，嗫嗫答道：“是的，大家对那幅画真的很好奇，可公社严令不许去打扰徐笑麟，所以每次去送东西的人总是希望借机看一看那幅画。徐笑麟不让。”

唐老板轻蔑地笑了笑：到底是外行又没见过世面的乡下人，不了解那些文化人、艺术家的个性，他们习惯于在孤独和黑暗中创作，他们中的大多数，绝不会将思考未成形的东西展示给别人，就像一位母亲绝不会把未足月的胎儿扯出体外让人参观。那是他们创作时作为至高无上的造物主所建立的“域”，他们必须保证这“域”的完全纯净和与世隔绝。优秀的艺术家是自信的，不需要任何人对自己的思考过程指手画脚。作品完成后，他们可以淡然面对肯定或质疑、赞扬或诋毁，但在创作时，他们固守自己精神深处的桃花源，犹如捍卫疆土的死士。

唐老板显然低估了眼前的这位老人。

老人居然看懂了唐老板脸上的讥笑。他加重了语气：“不是你所想的那样。送东西的人说，每次一靠近那场院，徐笑麟总会马上迎到大门口，从来不许人进院，更别说让人靠近房子了。而且他不管来人刚走了几十里山路、晚上之前是不是赶得回去，他就是要赶他们回去。所有去送过东西的人都说，徐笑麟的脸是青白色的，特别紧张，就像那屋子里隐藏着什么见不得人的秘密。有个小青年第二次去时，实在好奇，就借口要喝水，想绕过徐笑麟闯进屋里看个究竟，徐笑麟竟然拎起了旁边的柴刀……”

这的确有些不同寻常，唐老板倒吸一口冷气，屏气凝神。

老人眯起了眼睛：“大家叫徐笑麟是画疯子，可心里也都知道，徐笑麟不是那种不讲道理的真疯子，他在一般事情上比一般人稳重冷静多了，只是太痴迷于画画了。退一万步讲，就算他是个疯子，那也是个文疯子啊。可那个小青年回来时说，徐笑麟拎着柴刀，眼睛真的是血红血红的，那种野兽般的血红。他一点儿都不怀疑，只要当时他再坚持迈出一步，那把锃亮的柴刀就会毫不犹豫地劈在他天灵盖上。他说这话时，腿还在打战，得受了多大的惊吓，才能让一个血气方刚、争强好胜的小伙子说出这样的怂事儿来啊。从那以后，再没有人敢去招惹徐笑麟了，大家对给他送东西这件事儿，也不那么积极了。”

唐老板自言自语：“徐笑麟非要到这地方画画，肯定不是他给出的原因那么简单。”

老人说：“谁说不是呢！不怕你笑话，当时大家的第一反应，就是他要在那里约会相好的。可大家最怀疑的李佑文从来没离开过乡里，十里八村的姑娘媳妇也没听说有早出晚归、超过大半天不在家的。再说，徐笑麟在这方面的定力，是公认的一等一的好，之前也不是没有标标致致的大姑娘看上他，想跟他好。唉，别说是当地的姑娘，就是对李佑文，他不也是眼皮都没抬过一下的嘛！要说再有其他原因……虽然没人敢说，但联想起是徐笑麟第一个发现了那具来路不明的石棺，大家私底下都觉得，徐笑麟是真的撞了邪迷了心……谁知道缠上他的，是野狐山鬼还是藤精树怪呢？”老人无比认真，显然未在玩笑。

唐老板汗毛直竖。

老人说：“原来觉得这幅画得画个一两个月的，可两个月后，还不见徐笑麟有下山的意思。画‘红太阳’这事儿是挺重要，但总不能就这么拖下去吧？公社负责人就让送东西的人问一问还要多久，徐笑麟听了，‘唔’了一声，然后就不说话了。传话的人也就只好回去了。每次问他，他每次就‘唔’一声。问到第五次，公社负责人不耐烦了，亲自上了山。这次，徐笑麟说了实话。”

唐老板精神一振：“实话？”

老人干干地吞了口口水，哆嗦着说：“这幅画，一直不干。”

唐老板只觉得后脊梁骨蹿起一股冷风，也跟着哆嗦起来：“……一直不干？”

就算四川盆地再潮湿，油画颜料也不可能两个月不干。况且峨边多山，本就不是典型的盆地小气候，非雨季也是风大物燥的，徐笑麟又在这大山顶上住着，画哪有不干的道理？

老人气息都有些乱了，絮絮地说：“徐笑麟把半信半疑的公社负责人带进了原来堆放机器的高大房间，他一眼就看见了，平铺在地上的这幅画，画着‘红太阳’的这幅画……”他喉结乱跳，好一会儿才喘稳了气息，“根本不用去摸去感觉，这幅画上面还能反射出太阳光，润的，整个画面都是润的，就像刚画的一样。”

正是午后两点，阳光最稠密的时候，辣辣的光线射进房间。

唐老板把椅子挪近窗子，晒了一会儿，才从那种心底里生出来的恐惧中缓过神来。

本来因为石棺的事儿，公社负责人心里就有所忌讳，又眼见了这样的咄咄怪事，护体的官威就彻底散了。他也不知该如何是好，看着这幅画说不出话来。

不过这位负责人到底是经历过大场面的，当下就返回乡里，当然没说这些怪事，而是以“保卫伟大领袖，防止阶级敌人搞破坏”为名义，亲自带着一队荷枪实弹的民兵，连夜打着火把上山——他对武装力量，有一种发自内心的信任。

当夜，公社负责人先把民兵们安排在院子里，自己壮着胆子和徐笑麟进了屋，又把几支火把架在屋角，心里才没那么虚。然后，他和徐笑麟用砍来的树枝和带来的红布把画围了一圈，才让民兵们进来，散散地守住偌大一个仓库的门窗屋角。

第二天天刚见亮，公社负责人干的第一件事，就是派一个民兵把徐笑麟直接送回他插队的村子。

这位公社负责人是有着寻常人所没有的政治觉悟和敏感性的——虽然他早就怀疑，从发现石棺前后的一切怪事的起源和发展，都是因为徐笑麟，但他并没有第一时间让徐笑麟离开这幅画，而是在自己率人到来之后，才让徐笑麟离开——独自留伟人画像在荒山野岭，别管有没有鸟兽破坏，追究起来，本身就是大罪一桩。

有了枪杆子的守护，公社负责人心里踏实多了，他时不时钻进红布围子，看一看画的变化。

果然，短短两天，画上的颜料竟然真的显出了正在变干的痕迹。

任它神通再大的诡物，也扛不住一堆火力正旺的后生和几杆至刚至阳的火药枪。

而且没有徐笑麟在场。

公社负责人简直要为自己的天才推理欢呼了，他强压着欢喜，继续耐心等待。

第七天头上，这幅画表面一层的颜料就凝固了。

公社负责人彻底放下心来，撤下了那一圈红布。

不过他还是记得徐笑麟再三叮嘱的话：油画用料厚重，这样大的面积整体彻底干透，最少也要半年的时间。不比徐笑麟背来时的空画框，现在这颜料厚厚的油画想要运下山去，不被沿途的枯枝老藤刮个面目全非才怪呢。且别说毁得多严重，就是划出一条道子、磕碰了一个印子，相关人等也得吃不了兜着走。

眼下唯一的办法，只有把画放在山上，等它彻底干透。

公社负责人安排了守卫工作，一拨儿三个人，三天换一拨儿。他严格规定，不管什么时候、发生什么情况，都必须保证同时有两个人清醒地守在这幅画周围，并且这两个人要互相监督，绝对不能去触碰甚至最好不要靠近这幅画。

又是大半年过去了。

转眼就到了一九七六年年初，公社负责人再三向徐笑麟确定油画是否干透了。得到徐笑麟的肯定回答后，他才准备将画搬回乡里。这时，德高望重的一代大儒突然离世，接着，有关上层的复杂消息纷至沓来。经历过十几年政治风浪的公社负责人敏感异常，不肯冒一点儿政治风险，于是搬画的事儿就这么一拖再拖，一直拖到了“红太阳”离世，拖到了日月换新天的十月，拖到了一九七六年那个知青们激情燃烧的冬天清晨，拖到了某一层面的领导开始默许知青们办理手续，正式返城。

那一天，还是在第二天即将返城的徐笑麟的提醒下，公社负责人才派人把画搬回乡里的大礼堂。

故事似乎结束了，唐老板松了一口气，打算感慨两句，却听老人忽然干涩着嗓子说：“就在画搬回来的当天夜里，李佑文上吊自杀了。”

唐老板不禁“啊”了一声，被这突如其来的后续消息搅乱了：“那个漂亮的上海姑娘？自杀了？为什么？”

老人缓缓地摇了摇头。

唐老板细一琢磨，更糊涂了：“不是都开始返城了吗？马上就能回上海了，这说不通啊！”

老人的脸皱巴得如同晒干的核桃，高高颧骨上方那两只浑浊而木然的眼睛里，透出一丝恐惧，从灵魂深处怨灵般爬出来的恐惧。

唐老板忽然醒悟过来，狠狠地打了个寒战。

死的是知青，县公安局派专家组来查案，判定是自杀。

与人无冤无仇、开朗优秀的上海女知青李佑文，在有机会返城的时候，把宿舍收拾得干干净净，把自己打扮得漂漂亮亮，然后用一条麻绳把自己吊死在宿舍里。

于情于理，都说不通。

大家私下里交换看法，一致认为，是石棺开启时放出的什么东西，附在了徐笑麟身上，驾驭着他躲入山林修炼，而后又在力量足够强大时，藏于画中返回乡里，最终夺去了这一带最有才华的美人李佑文的命。

公社负责人是不能承认自己相信这个的。他说要保护这幅画，就在挂画的礼堂墙壁前面，原地砌起了一堵直通屋顶、严严实实的砖墙。这幅画，就这样被封存在黑暗潮湿的夹层里。慢慢的，这些往事就被所有人遗忘。甚至在徐笑麟那次返回峨边烧画时，都没人想起它。

后来，老人承包了这个废弃的破礼堂当仓库，修缮时敲破了夹壁，才发现了后面这幅已经发霉开裂的画，才想起这幅画背后的许多故事。恰好这时，唐老板到这里收旧家具。

怪不得这幅画受损受潮那么严重，原来是被封存了几十年。唐老板感觉这幅画就是在等自己的出现。他不由得挺了挺身，对自己与这幅画的缘分深感得意。

老人看着唐老板，奸诈而诡谲地一笑。他说："你知不知道我为什么要告诉给你这些?"

唐老板一愣，的确不明白为什么老人明明已经拿到了钱，还要花这么长时间，硬拉着他讲这些。

老人眯着眼睛意味深长地说："我是看你付钱爽快，人还不错，才告诉你这些。孩子，我是想救你一命。记住，你必须把徐笑麟找到峨边来，否则，这幅画你是带不走的。或者说，即便带走之后，你也不会安全。"他突然凑近唐老板，表情诡异地说，"不管这幅画里藏着的东西是什么，它都是在等着徐笑麟的。从在那具石棺里开始，它就一直等他出现。现在，徐笑麟不来接它，它绝对不会走的，绝对不会!"

被老人那瘦削得看得清骷髅轮廓的脸猛地一逼，再一细想老人的话，唐老板脑子里“嗡”的一声，冷汗瞬间就下来了，但他不肯立刻显出怕了的颓势，嘴硬地说：“胡说八道，都什么年代了，还说这些鬼啊神啊的?”他又有些恼羞成怒，吼道，“再说，我凭什么相信你?!”

老人似笑非笑地看着唐老板虚张声势的发作，然后慢条斯理地说：“如果不是真的，徐笑麟一九七四年画的小幅肖像画都卖到了三千二百八十万，他一九七五年画的这么大一幅画，我凭什么几十万就卖给了你?”

唐老板一下子就瘫软在老式太师椅里，如同被哪吒扒了皮、抽了筋，再也抖不起一丝威风的龙王三太子。

第六章　甜蜜蜜

唐老板苦笑着说完，方晓天从带着冷意的惊讶中一恢复，突然就明白了什么，立刻愤怒了："你是做着两手准备的啊，要么是以鉴定的名义直接骗恩师去峨边，要么就是我过去修复完这画之后，你再以观赏的名义把恩师骗过去。姓唐的，你这是想让恩师给你去当诱饵啊?!"他站起来一指门外，怒不可遏，"滚！有多快滚多快，有多远滚多远!"

一向不发火的人，发起火来，就像焰光冲天的赤壁。

唐老板不知所措地站了起来。老侯就放下手中的茶盏，也跟着站起来打哈哈："晓天啊……"

方晓天一看老侯笑眯眯的样子，更是气极："你闭嘴！大家兄弟一场，你对我干点儿吃里爬外的事情，我不会计较，可你怎么帮着外人算计到恩师头上来了？恩师待我如何？待你如何？你干的这还叫人事儿吗？老侯，你他妈的干的是该吃屎的事儿!"

老侯招牌式的笑容一僵，又瞬间恢复了微笑："晓天，你是真信了这些怪力乱神的事情?"

讲道理的人，就算是暴怒时，也听得进去道理。这是习惯，更是天性。

方晓天的火气明显降了下来，问："让恩师介入这种邪门事，听着吉利吗?"

老侯慢慢地说："背后的原因，老唐是可以不说的。"

方晓天不说话了，脸色略有缓和，坐回沙发里。

老侯拉着唐老板也坐下，倒了茶盏里的温茶，又沏上热的，才说了下去："老唐是生意人，又和古玩这行沾点儿边，玩古物，最讲究的是什么？其实不是年代，不是价值。"他晃了晃茶盏，耐心地给每个人面前的茶盅斟满热茶，

“最讲究的是一个玩的心境。说白了，就是一个物件和主人的缘分。”

方晓天眉头一皱，老侯却没给他打断自己的机会。

老侯说：“有的东西是好，但有这样那样的说法，主人遇着了，喜欢了，还是想收着，人同此心。可在这行当里，收这类有说法的东西时，要是心安，那收着是没问题的；可要是心不安，那就是没缘分，留着，早晚要出问题。这是心理原因还是另有蹊跷，咱不分析。我要说的是，不管外人看着怎么不可理解，玩古物的人是信这个的。老唐呢，收了徐老师的画，正高兴呢，就听了这些古怪的事儿，一时犯了嘀咕心慌意乱，也是有的。你想想，他连张照片都没敢给这幅画拍，他是慌到了什么程度？还是那句话，这种事儿，不管外人看着怎么好笑或者可气，他自己还是宁可信其有的。”

方晓天又有些不悦。

老侯说：“那好，我们不说这一层。我们就说老唐得了徐老师这么珍贵的一幅画，想请徐老师本人做个真迹鉴定，这没问题吧？”

方晓天说：“如果没有那些奇怪的事儿，当然没有问题。可有了那些奇怪的事儿，他的动机和心态就不再单纯。我说他是存了害恩师的心，也未尝不可。”

老侯笑了笑：“那我只能说老唐实在是太老实了，想害人都不会，否则他干吗对我和盘托出，又对你和盘托出？当着老唐的面我也要说，你我和老唐只是泛泛之交，他完全可以只说真迹鉴定的事儿，以你对徐老师的恭敬，这么重要的一幅作品重见天日，你觉得你会不通知徐老师吗？而以徐老师的行事为人，你觉得他会拒绝吗？”

方晓天端起面前的茶盅，一饮而尽。

老侯又笑了笑：“而且，晓天，你不妨仔细想想，徐老师一九七五年坚持要上山，要在孤寂中完成这幅作品，是不是说明这幅画在他的心目中，是区别于他那个时期的其他作品的？徐老师一九七九年回到峨边收画烧画，是不是有可能，就是在找这幅对他来说意义非凡的画，遍寻不到之后才失望地烧了其他的画？”

老侯顿了顿，观察了方晓天一下，而后才微微一笑，轻轻地说：“其实，老唐后来暗地调查过，调查下来的结果就是，那位老人家说的事情大多数都是真的，是有其他为数众多的证人的。既然是真的，那围绕这幅画发生的怪事，徐老师当然都知道，而且是第一知情人。对这些，他应该有自己的判断。所以，归根结底，徐老师看不看这幅画，去不去峨边看这幅画，还是取决于他自己的。那么，又何谈谁在欺骗谁，谁在陷害谁呢？”

老侯的话，是合情合理的，是考虑全面的，是润物细无声的。

方晓天微微点了点头。

老侯不失时机地说：“所以，既然老唐没有瞒你瞒我的意思，就更没有陷害徐老师的意思。晓天，我也就直说了，修复这幅画，既可以提高你的眼界与能力，也可以给徐老师一个惊喜。我觉得你去趟峨边，十分值得。”

方晓天没有看老侯：“我再想一想。”

唐老板有些急了，本来靠在沙发里的身子往前一倾，好像再想说些什么。

老侯的手在茶盘边缘轻轻一磕，一个轻描淡写的眼神过去，就阻止住了唐老板。他没再叫唐老板“老唐”，而是以相当公事公办的语气说：“唐老板，今天就差不多了吧？晓天要休息一下，改天我们再请您过来喝茶。”他站起来对方晓天说，“我送送唐老板，顺道也就回家了。”说完，他又对舒净笑了笑，自顾自地走了。

唐老板虽有不甘，也只能讪笑着道别，跟在老侯后面出去了。

整个“静心”又回归到安静之中。

绵绵细雨不知什么时候停了，天光亮了几分；残荷遍布的池塘水面，反映上来丛丛不规则的波纹，在方晓天脸上慢悠悠地摇晃着。

舒净把腿收在沙发上，懒懒地闭上了眼睛。好一会儿，她忽然睁开眼睛——与她所感觉的一样，方晓天正呆呆地看着她。

见她睁开了眼睛，方晓天仔细打量着她，也是好一会儿。

方晓天一直等不到舒净说话，忍不住问：“你明明和我一样，很希望见到那幅画，参与修复那幅画，可你为什么不问我，我为什么不马上同意去峨边？”

舒净说：“因为你怕撞邪。”

方晓天一愣，就看见舒净脸上出现一丝难得的笑容。

方晓天忽然觉得轻松起来。

这时，舒净才敛起那丝难得一见的调皮，幽亮的猫样眼眸看牢了方晓天，平静地说："你是不敢越俎代庖，你怕徐老师想亲自修复这幅画。"

方晓天拨开舒净脸颊边上的碎发，轻叹了一声："现在，我真觉得，你就是我的分身。我遇到了什么，在想什么，竟然都瞒不过你。甚至有时，你知道的比我自己知道的还多。"

舒净躲开了他的手，也躲开了他的话题："其实，去或是不去，何必多虑。"

方晓天把手背贴在额头上，闭了眼睛："我和你一样喜欢率性而为，又何尝想多虑？其实我想马上过去看看，如果真是徐老师的手笔，先一睹为快也好。可不知为什么，我有点儿怕……"

当然不是怕撞邪这种事。

舒净默然。

方晓天放下手，隐约带笑："再来猜猜，我在怕什么？"

舒净并不迟疑："你怕你会在徐老师授权你修复之前，受不了可以修复那幅画的诱惑，直接动手。"她又慢慢地说，"你更怕，你会修复不好这幅意义重大的作品。"

方晓天长长地叹了口气，再也说不出一个字。

两个人凝视着彼此。

好半天，方晓天唇角微动，想说什么。恰在这时，舒净的手机响了。

两个人同时移开目光。

舒净接了电话，不说，只听，最后说："好。"

那是明蓓约她见面的电话。

等舒净收好手机，方晓天问："白文凯？"

方晓天知道白文凯。

舒净回国后，暂停油画玩起了摄影，很快就有了名气。但舒净在人物摄影方面，除了拍摄方晓天之外，从未接受过任何媒体和个人的邀约，哪怕这个"个人"当中，不乏圈里比方晓天成名更早、更为功成名就的顶级艺术家。

圈里人都认为，这是舒净作为摄影艺术家的独特个性。他们尊重这种个性。

他们都错了。

舒净并不是只给方晓天拍摄人物肖像。

方晓天第一次去舒净的工作室，是从小何那里拿了钥匙，不请自来的。穿过宽敞的工作区时，方晓天就看见墙面上，钉满一个俊朗如希腊天神的男人的照片，肖像，半身，全身……这些照片并未装框，只是用图钉随意地钉在白墙上。但从这个男人不看镜头也脉脉含情的表情，别说是方晓天这样感觉敏锐的艺术家，就是普通人也不难看出他与拍摄者的大概关系。

舒净正在细心擦拭一个长焦镜头。方晓天近前，她既不抬头，也不惊讶，说："白文凯。"

方晓天知道舒净的老公叫倪远诚。这位白文凯是谁，已经不言自明了。

方晓天以专业眼光欣赏着照片，由衷地赞叹："真是五官完美，雕塑一样的黄金比例。"

舒净没有搭话，换了一张镜头纸。

这大概是一年以前。期间，他们并没有再提过他。现在方晓天突然提到这个名字，舒净没有承认也没有否认。她抬头看方晓天："老侯这个人，你要小心点儿。"

方晓天笑了笑："他人不坏，就是对钱有点儿在乎。"他靠回沙发的靠背，很有些感慨地说，"其实他以前不是这样的。我认识他是一九九三年，当时几个小哥们儿在外头吃饭，其中一个认识老侯的喊他来埋单，老侯就来了。那时他在菜市场摆着一个姜蒜摊，可他说要到北京的画家村买画，就让我给他当参谋。不知道他怎么想的，那时我才十八岁，刚学了点儿皮毛，能帮他参谋什么？"他见舒净在听，就说了下去，"不过初生牛犊的胆气是最壮的，我就那么一口应承下来，然后也没考虑人身安全之类的。没隔几天，我就跟着这个只见过一面的大哥直奔北京。"

舒净一个姿势坐久了，稍微动了动。方晓天递过去一个靠枕，舒净就偎着靠枕听他讲。

方晓天说："当时老侯拎着一个又脏又破的黑色人造革包，里面装着他到处借来的八万块钱。一九九三年啊，八万块钱是什么概念？坐着绿皮火车的一路，我是如坐针毡。老侯呢，枕着那个破包，睡得那个实在、那个舒服，还打呼噜。到了北京，几个画家村走下来，我说哪个画得好他就奔哪个去，我说哪幅画好他就直接撒钱，从十块钱一张的到上千块钱一张的，不到两天，八万块钱花得连回去的路费都没有了，更别提运画的钱了。我和老侯就厚着脸皮赖在一个卖给我们画最多的画家那里蹭饭吃。”

方晓天笑着说：“那时老侯那个花钱的速度和气魄啊，我是真心服气他那种视金钱如粪土的豪迈。年轻时经历的事情，是对一个人的一生都有很大影响的。老侯塑造了我的金钱观，我就是在最穷的时候，都没觉得自己穷，该怎么吃怎么吃，该怎么玩怎么玩；越是没钱，越是要变着法儿花钱。有时人的心态是会影响运势的，我把自己逼到不出人头地就无法生存的地步，命运也就只好安排我出人头地了。我想，我要是在刚到上海时节衣缩食，不到处开阔眼界、结交朋友，说不定现在我还在弄堂里算账，看自己一天要吃几个生煎包子才能等到下笔钱。”

舒净唇角挂了若有若无的微笑：“你们买的那批画呢？赚了吗？”

方晓天大笑起来：“一个连美术史都没好好读完的愣头青，加上一个心血来潮想倒腾画的卖大蒜的，凭感觉胡乱买了一批画就赚了，这他妈的不是地球人做着火星梦呢吗？”

舒净也跟着笑了。

方晓天擦了一下笑出来的一星眼泪：“画这东西，就算是好画，也不是放在谁的手里都能变成钱的，何况我们当年从他们手里买画的那都是什么人啊？别说是艺术家、画家，就连画匠、艺术爱好者都称不上，就是一群伪艺术青年，留着长头发，喝多了耍耍酒疯，追追姑娘，嘴边挂着‘灵感’‘生命深层’‘哲学意识’，涂抹几笔。”他无限感触地说，“就是这些人，让圈外人以为艺术创作是多轻松、多随意的事情。”

舒净垂下了眼帘。

艺术，除却创作本身的乐趣，其实是最枯燥、最严谨的行业。但凡小有所成，都是心血和时间堆砌而来；但凡想有大成，就只有把整个生命都放进去。成就之大、分量之重如徐笑麟，已在金字塔的塔尖之上，工作起来也是一天十几个小时，动辄闭关数月。

方晓天拍了拍舒净的手：“扯远了。我接着给你讲老侯。”

舒净说：“改天吧，我要走了，待会儿约的地方离你这里有点儿远。”她坐直身体，把腿放下，低头看了看自己的小背心，把纽扣脱落的衬衫下摆拉在一起，打了个结。拢起的衬衫衣襟，总算彻底遮住了她的雪白。

方晓天有些讪讪的："下次赔你件衣服。"他看看在远处地板上闪亮的晶晶点点，"嗯，还得赔一条水晶脚链。"他又看看舒净脚踝上的伤，真心实意地说，"如果有需要，你还可以再打我一顿。"

舒净轻轻抱了抱方晓天，也真心实意地说："你身上的伤，已经足够抵债。我们俩互不相欠了。"说完，她穿好断带的高跟鞋，站起身来。

方晓天跟着站起来，低头看她，声音低低地说："去不去峨边，我再想想。如果我决定去，你陪我一起，好不好？"

舒净仰头看着他："嗯。"停了一会儿，她忽然移开视线，拎着包快步向门口走去。

方晓天送舒净出门，看着她发动汽车。

舒净加重了语气重复道："老侯这个人，你真的要小心。"

方晓天笑了："你真的是疑心太重，对老侯的成见也太重。放心，老侯是我二十多年的兄弟，他绝对不会害我的。"

舒净说："人都是会变的。"

方晓天说："你对人性从来是冷静到悲观的。"

舒净说："刚才你当着外人的面对他说那么重的话，他都是笑着的。"

方晓天又笑："老侯心大脾气好。"

舒净说："忍常人所不能忍，必谋常人所不能谋。晓天，好自为之。"说完，越野车碾过碎石子路，驶出大门。

方晓天笑着看汽车远去，转眼看看一池涟漪碧水，半塘莲蓬秋色，忽然起了兴致，不管不顾地一个鱼跃，就和衣跳进已生寒意的水域，自由自在地游起来。

方晓天给他们各倒了一杯白开水，坐进沙发，对舒净说："待会儿我就让小何把机票定了。"

舒净说："嗯。"她指了指钟司晨，"他有事要说。"

看相识人。方晓天那双清澈干净、真诚有神的大眼睛一看过来，钟司晨内心的最后一点儿压力就烟消云散了。仿佛面对着相识多年的故人，钟司晨把对舒净讲过的话，以更轻松的语气，又讲了一遍。

听完钟司晨的讲述，方晓天有些出神："匪夷所思。以恩师的为人原则，第一，他崇尚大悲大美，不会涉足扭曲禁忌的题材；第二，恩师在市场行为上相当规范，售画绝对不会不通过专业机构。而代理过恩师作品的那些画廊、机构或者拍卖行，无不倍感荣耀，就算不大张旗鼓地宣传，也是很高兴地对人提起的。这就基本排除了他的作品会被秘密收藏的可能。像你所说的这位先生，不缺财力人力，三十多年来这样用心地追索，竟然都没有找到这幅画，而且，他这样执着地渴求着一幅画，却只字不提画的内容，这真的是令人匪夷所思。"

钟司晨内心哀叹了一声，在措辞上越发恭敬："方老师，我的那位朋友毕竟不是艺术圈里的人，有所遗漏也很正常。我知道您和徐大师情同父子，对他的生平作品，您肯定最为了解，也有详尽的资料，我是否能……"他见方晓天摆了摆手，心里"咯噔"一下。

方晓天却不是在拒绝，他说："恩师的文献资料都有专人整理保管的，从构思阶段的文字、创作阶段的照片到每件作品的流向、近况，随时都在增补。这个资料库应该是包括了恩师自一九七九年以来所有作品的。"

方晓天已尽量说得简洁，钟司晨到底不是业内人，听得个一知半解，但还是心头一宽，连连道谢。

舒净说："一九七九年徐老师成名之前的作品，是没有资料的。"

钟司晨心下略生不安，但想到这样内容详尽的资料，也是难得一见的，若整理好送给岑先生，也算是一份称心的厚礼了。

方晓天说："我倒真的很好奇，那样的画……真的存在？"他对钟司晨说，"如果资料里恰好有，一定告诉我是哪一幅。"

钟司晨谨慎地说："如果没有的话……"

方晓天笑着说："其实我真不明白，你提到的那个人既然对找画的事这样认真，他为什么不直接见徐老师问一问？我虽然不知道这个人是谁，但按你话里话外的意思来看，也是有身份有地位的人，这样的人见徐老师应该不难吧？同在上海，都不是泛泛之辈，几十年里，难道一个见面的机会都没有？要不这样吧，等过段时间徐老师回国，我安排他们见一次面？有这样忠诚的支持者，徐老师不会不高兴的。”

钟司晨的汗却立刻就下来了，紧张地说：“千万不要。”

方晓天一愣，也就马上明白了。

不在常理之内的行为，就一定有不在常理之内的原因。一个能直接见徐笑麟、直接问画的下落的人，却宁愿自己几十年烦闷、费尽心力，他必定有一个足以让他不愿这样去做的理由。

方晓天接着钟司晨之前的话说了下去：“如果资料里没有那幅画，到时我们看看能不能再想其他办法。”

钟司晨听方晓天的话说得含混，反而放下心来。以他的经验判断，对方没有明确承诺的事，才有可能；对方若是笑容可掬、一口应承下来，那才是半点儿希望都没有。

他显然没有意识到，他面对的不是商人，甚至不是职场中人。

钟司晨觉得拜访方晓天的此行已经圆满，就生了去意。他把自己的姓名电话留在一张便签纸上，见舒净并没有想走的意思，自己就欠了欠身：“方老师，那我先走了。”

舒净把自己的车钥匙放在茶桌上：“待会儿晓天会送我回去，车你交给小蓓就行了。”

钟司晨没和她告别，也不言谢，无言地拿着钥匙，起身便走。

钟司晨知道自己这样做，是失了分寸的。可他就是叫不出称呼、说不出谢谢，因为心里总是有一个恶狠狠的声音在说，这个女人是欠他们钟家的。

等钟司晨走了，舒净软在沙发扶手上：“有进步，开始学会打太极拳了。”

方晓天笑了笑：“要不是你带来的人，我打什么太极拳？又得发一次火。”他顺手从果盘里拿起一个苹果啃了一口，“要是资料里没有那幅画，要帮他找，那只有直接问恩师了。按他的意思，还不能让恩师知道整件事的前因后果，这不就是让我去套恩师的话吗？今天这是怎么了，都逼着我数典忘祖、背叛师门，这是要写武侠小说吗?”

舒净说：“你就当是老天在考验你对徐老师的忠诚度吧。”

方晓天把咬过的苹果递给舒净：“老侯采的野苹果，还不错，酸的，味儿特别真实。”

舒净接过来，并不吃，放在鼻子前面，闻着酸酸的果香。

方晓天一边嚼着嘴里的苹果，一边说：“你表妹夫的事儿……”

舒净把一条手臂枕在脸颊下，看着他说：“我只是好奇那到底是一幅什么样的画。你想怎么办，自己衡量，不必问我。”

方晓天点点头，躺在另一条沙发上，看着舒净：“除让我去套恩师的话这一点不提，你表妹夫挺成熟稳重的，我对他印象不错。不过你们关系不大好？感觉他看你的眼神总是别别扭扭的。”

舒净举着苹果仔细端详，淡淡地说：“他姐姐是白文凯的女朋友。”

方晓天闻言，猛然坐了起来。

舒净把苹果丢了过去：“你闭嘴。”

方晓天接过苹果，欲言又止，又咬了一口，躺了回去，默默而仔细地吃完了整个苹果。

渐渐地，夜色吞噬了最后一丝光线，没有路灯的城郊，迎来了真正的黑暗。

方晓天说：“舒净。”

舒净低低的：“嗯。”

方晓天说：“你有没有这种感觉，说不定钟司晨说的那个人在找的，就是唐老板刚收上来的这幅画。”

舒净说：“嗯。可是，你和我一样，虽然有这种感觉，可又想不通唐老板这幅画的内容有什么需要避讳、不好描述的。所以，又觉得不像是这幅画。而且，哪怕真的就是这幅诞生离奇、价值非凡的画，可它的所有者是疑神疑鬼的唐老板。在取得他的同意之前，你我都不能把这幅画的存在告诉给其他任何人，这是做人的诚实与忠信。”

方晓天叹息一声，拖着长声说：“舒净啊，两个人什么都能想到一起去，多无聊啊，我觉得我们俩可以死一个了。”话一出口，方晓天就被自己的口无遮拦吓了一跳。

舒净没出声。

方晓天转脸看舒净，黑漆漆的，看不到她是什么表情，就急忙坐起来说：“舒净，我……”

对面沙发轻微一响，听声音，舒净也坐了起来。

方晓天有些忐忑：“姑娘，别生气，我也就那么胡乱一说。”

打火机“啪”地燃亮，一抹跳动的火焰映着舒净明净的瞳仁和腮上淡淡的酒窝。她静静地看着方晓天，脸上是极其罕见的柔和。

她没有生气。

这时，冷美人在火光里嫣然一笑，真是梦一样美。

方晓天晃晃头，眨眨眼，痴痴地想再仔细看看舒净，那抹火光却突然就熄了。

舒净的笑容也就随之消失了。

方晓天正想赞美她几句，心里忽然一阵疼痛，痛得他发不出任何声音，痛得他背上顷刻就沁出密密麻麻的一层冷汗。他无法自控地倒下去，无声地蜷缩在沙发里，好一会儿才缓过劲儿来。

方晓天感觉着痛过之后心里那种没边没际的空落落，有些后怕。这种感觉极像心绞痛发作时的症状，可他的身体向来健壮，前不久刚刚体检过，心脏比一般二十几岁的小伙子都强。他想，大概是和衣游泳后又用体温烘干了衣服，身体在抗议着这潮湿与冰冷吧。

他没把黑暗中发生的这些告诉给舒净，是怕她担心，还是怕她不担心，他也说不清。

这时，舒净懒懒地说：“我倦了。晓天，送我回城吧。”

方晓天应了一声，欠起身来。怕刺痛舒净的眼睛，方晓天没有开灯，他左手摸起一旁的车钥匙，右手向舒净的方向伸去。然后他的手就在半空中握到了舒净的手。

方晓天忍不住笑了：“姑娘，双胞胎都不足以形容你我了，应该是连体婴。”

舒净总是冷冷的，手却柔软、温暖，且干燥。她没说话。

方晓天牵着舒净轻车熟路地向外走，时不时提醒她避开画架或是家具，直到按亮了车灯，才放心地松开舒净的手。

坐进车里系好安全带，方晓天微笑着看身边的舒净：“平时你高傲、犀利、漠然，就像冰原上狩猎的雪豹，可刚才，我怎么觉得你既温顺又乖巧，有点儿像家猫呢？”

舒净垂下头，摸烟，点燃，吸了一口，才淡淡地说：“错觉。”

两个人一路无话。到了舒净家所在的公寓大门口，方晓天突然笑着说：“哎，我才想起来，中午给你打电话的，不是白文凯？当时你不回答我，是不是因为心里挺失落的？”

舒净没有说话，松开安全带，拎起丢在后座上的包，开门，下车，关门，背对着方晓天快步过马路，走到中间时，忽然扬起了右手，只竖着中指。

方晓天忍不住开怀大笑，目送着那个修长的身影消失，才心情愉悦地拍了一下方向盘，狠狠一脚油门踩下去，让车子如低飞冲刺的鹰隼般飙向前方。

他打开了车载音乐，里面有且只有一首歌。

“在哪里，在哪里见过你，你的笑容这样熟悉……”

《甜蜜蜜》。

方晓天和着音乐哼唱着，漫无目的、信马由缰地在城里开着车。

就像每次见过舒净以后一样，他的脸上带着笑容。

直到午夜，他才想起给小何打电话：“帮我和舒净订今天下午到成都的机票。”

想到峨边，想到暂时失联的恩师，想到那幅带有神秘色彩的油画，方晓天的笑容淡去了。他把车停在路边熄了火，皱眉陷入沉思。

他突然想起什么，又打出一个电话：“雯雯，你联系一个人，尽快给他徐老师的作品资料。对，全部作品的，图片一般尺寸的就行。他姓钟，联系电话是……”

挂断电话，方晓天翻转着那张便笺纸出神。

舒净肯帮白文凯女朋友的弟弟，于她常人琢磨不透的性情来说，方晓天并不觉得意外。

可钟司晨呢？看他对舒净不加掩饰的厌恶态度，他分明是知道些什么的。那么他会寻求舒净帮助的唯一解释，就是他所说的那位“老先生”，绝非泛泛之辈。而他竭力付出的原因，也绝不仅仅是因为他所特地强调的“忘年交”的关系。

钟司晨回到家时，明蓓正盘腿坐在沙发里看一个无底线娱乐的恶搞节目，双手拍打着刚敷了绿色矿物面膜的脸。

钟司晨突然想起那个被他看见涂口红都会有些害羞的尹燕。他愣了一下，然后不得不开始考虑，该如何解释晚饭之前他的不辞而别。

明蓓似乎根本没有提这个的意思，心情很不错地说："晚上表姐夫带我去了一家好棒的粤菜餐厅！喏，知道你肯定没吃晚饭，给你带的东西。"她一脸羡慕地说，"表姐夫对表姐好好哦，不但打包很多东西，还对表姐爱吃什么不爱吃什么格外仔细呢，恨不得连蘸汁里有几根葱丝都数一数。"她脸变得很快，"哼，就不像你啦……"

对于已婚男人来说，有一种很讨厌的动物，叫别人家的老公。

钟司晨脸上赔着笑听明蓓数落他的粗心、他的不温柔。

临到这种场合，男人最符合生命科学的做法，就应该是让耳朵和大脑先暂时停止工作。可他做不到，做不到放任明蓓一个人唱独角戏。他爱她，心疼她，他已经心甘情愿地娶了她，舍不得她白白地浪费气力，而自己却置若罔闻。他是真的在听在想，很用心。

只是，钟司晨的认真，并不能改变这些话让他备受打击的性质。

钟司晨突然有些心力交瘁。

他已经从恋爱最初的勇气十足、信心满满，变成了每次都是靠着顽强的意志、对明蓓忠诚呵护的爱、甚至是不断默背结婚誓词，才能把这不知终点的马拉松竭尽全力地熬过去。

今天公司把岑先生这样一件重大事情交给他，他又去面对了不情愿面对的舒净，感觉格外疲倦。不经意间，这疲倦就从他眼底透了出来。

啪！

钟司晨耳际响起脆生生的一声惊雷，随后脸上是火辣辣的刺痛。

明蓓竟然狠狠地给了他一记耳光！

怒血涌上了钟司晨的胸口——过去明蓓咬他踢他推他搡他，他只当是磕碰一下，肉体上的疼痛，过去也就过去了，可脸不一样。脸就是男人的尊严、男人的底线，就算钟司晨脾气再好，到底也是个大男人。相爱三年，钟司晨第一次真正动怒了。可即便如此，他还是忍住了怒喝，只是对明蓓竖起了冷眼质问："你这是在干什么?!"

明蓓不假思索，再次扬手挥过来。

钟司晨重重地握住她的手腕，带着冷意的字从牙缝里一个一个地挤了出来："你疯了?!"他心里和手下都是存了提防的，以为明蓓会像以前那样倾尽全身气力冲上来撕扯他。可明蓓却一反常态，任由他抓着手腕，就那么站在那里看着他，目光也是冷冷的。

钟司晨觉得意外，慢慢降低了手指上的力度。

钟司晨完全松开手，明蓓的手就落了下来。

两个人就那么冷冷地对视着。

钟司晨看着娇小的明蓓，想着她过去笑也灿烂哭也悲伤的生动表情，后悔自己没控制住情绪，又看看她手腕上涨红的一圈，觉得自己是太用力了，眼里的冷和声音上的沉就都忍不住融了，说："小蓓……"

明蓓打断了他："你知不知道表姐夫为什么那么在乎表姐?"

钟司晨被这脱离情境的一句话问得一愣。

明蓓保持着冰冷的目光、冰冷的声调："因为表姐没那么在乎表姐夫。"

钟司晨立刻就明白了明蓓的逻辑，也意识到明蓓要说什么。

果然，明蓓说："你不在乎我，只是因为我太在乎你了。"

钟司晨内心哀叹一声：万流归宗，所有的争吵、所有的不愉快，最后总会归结到"你不在乎我""你没那么在乎我""你不爱我""你没那么爱我"。他条件反射般地说："小蓓，我真的在乎你，真的爱你。"

换做往常，明蓓肯定就云开月明了，可今天她居然带了嘲弄的笑容追问道："那你怎么证明?"

难道婚姻不是最好的证明?难道纵容不是最好的证明?

钟司晨疲倦得摇摇欲坠，可他从明蓓不放弃的追问中，嗅出了危险。他警觉地提起精神，说："小蓓……"

明蓓居然十分冷静地笑了笑，又问出一个让他毫无精神准备的问题："你想尹燕了吗?"

没有。

这个问题应该只有这样一个斩钉截铁的答案。

可钟司晨不是会说谎的人，进门前他还想到了尹燕。他的眼神有了不到半秒钟的躲闪。

明蓓慢慢地挥出了右手。这次钟司晨没躲。

动作慢，力道就轻，可这一耳光打在脸上，钟司晨却觉得比上次还要痛。

因为，明蓓的眼泪大滴大滴地涌了出来。

也因为，除了不停地泪，明蓓连最细微的皱眉抿唇都没有。

明蓓经常哭，假装哭、大闹的哭、委屈的哭……可从来没有这样静静地哭过，就像岩壁上沁了山泉的一尊浮雕，潸然泪下。

钟司晨的心被攥紧，闷得痛得喘不过气。他再也顾不得什么尊严、什么底线，冲动地抱住了明蓓："小蓓……"

明蓓忽然疯狂起来，她抽打着他的脸，捶打着他的胸膛，声嘶力竭地哭喊着、尖叫着："死心塌地地只爱一个人到底有多难啊？钟司晨，你知不知道我多爱你啊！我都可以用尽我全部的力气来爱你，为什么你不行？为什么你的心里要有别人？为什么啊，钟司晨？"

钟司晨紧紧地抱着这个爱他爱得如此认真、这样发狂的女人。许久以来憋着的泪水，成年之后就不曾流出过的泪水，忽然夺眶而出："明蓓啊，我已经爱你爱到非你不娶，你还想要什么样的证明才能满意啊？"

钟司晨在最落魄的时候都不曾丧失过镇定，他的眼泪和哭声，立刻就吓住了明蓓。

明蓓抽抽噎噎的，第一次以母性的姿势，笨拙而怯生生地将钟司晨抱在了胸前。

母爱，是妻子能给予丈夫的最高等的爱。钟司晨原不指望今生能从明蓓身上得到，竟得到了，也就觉得格外温馨。

钟司晨觉得应该解释一些什么，说："小蓓，尹……那个女人，在我……"他硬生生地刹住了"心里"这个可能会被抓住把柄的词语，"……看来，就是一个……"他也小心地避开了"熟人"这个容易被衍射出其他意思的词语，"……路人。"

"你没撒谎？"

"没有。我不会对你撒谎。"

“你不会对我撒谎?”

“嗯。”

“你今后永远不会对我撒谎?”

“嗯，永远不会对你撒谎。”

“以前呢? 以前你对我撒过谎吗?”

钟司晨心底不虚，坦然回答:“没有，我对你从来没有撒过谎。”

明蓓松开了抱他的手臂，阴阳怪气地说：“差点儿让你蒙混过去！钟司晨，演技不错啊!”

钟司晨不明所以。

明蓓满是鄙夷地嗤笑出来:“怪不得姆妈叮嘱我，说男人和男人并没有什么不一样的，都是撒谎精，都是道貌岸然下头包着一副花花肚肠。”

平时只会撒娇撒泼的明蓓，今天的言谈举止太古怪了。

钟司晨慢慢地站起来:“小蓓?”

明蓓看着钟司晨，如同猫看着眼睛底下的惴惴小鼠:“心虚了?”

钟司晨自问问心无愧:“我没有什么可心虚的。”

明蓓怪怪一笑：“刚才我上网查过，今天你坐的那次航班，根本没有取消!”

钟司晨有些后悔自己的顺口敷衍，但仍不以为然地说:“航班的确没有取消，我……”

明蓓不容他再解释，冷笑着说:“那整整一个上午，你去见了谁? 今天中午你这么反常约了表姐他们，是不是就想让他们在晚饭时拖住我? 你这么费尽心机地不辞而别，又去见了谁? 你一直不喜欢表姐，总不会是和表姐一起离开的吧?”明蓓语气咄咄，口口追问钟司晨“见了谁”，却并不是疑问，好像笃定了就是那个“谁”。

钟司晨既震惊于一向毫无心机的明蓓竟有这样缜密的分析，也无力于该怎样推翻这个荒谬至极却严丝合缝的推理。

明蓓看着钟司晨的焦躁不安，冷冷地笑出声来，嫌弃地、大力地甩开了钟司晨手。

砰!

明蓓进了卧室，狠狠地摔上了门，反锁了。

以往，明蓓绝不会锁门，她会大放悲声，等钟司晨进去哄她，然后就杏花沾雨一样招摇地笑，腻着钟司晨玩闹开来。

今天，真的不一样。

钟司晨向来事业至上，从没有过多地想过儿女情长。可这一刻，他想了很多。

相爱，就是两个人爱上了对方。之后呢？之后这种本该对等、本该均衡的相互状态，怎么就在不知不觉间变成了这一方对另一方的牵制、另一方对这一方的臣服了呢？丧失了平衡感，还能叫做相爱吗？是试图占据上风的那个人先放弃了继续去爱，还是因为感觉对方的爱消失了，才试图去掌控？如果爱就这么扭曲了、淡化了，抑或是消失了，它还能被叫做爱吗？如果它不能被叫做爱了，那最初的爱，又去了哪里？

钟司晨忽然想起那个被他放弃的下属。

时空更迭，风水轮流。一个人变成他自己最不喜欢的样子，也就是在分分钟间。

钟司晨也想明白了，为什么待他那样好的尹燕离开时，他痛，却不曾竭力挽留，而明蓓任性至此，他却一直小心地呵护备至。

原因很简单。

与尹燕相处时，他安心地享受着她的好；而与明蓓相处时，是明蓓在安心享受着他的好。

人在情感中在意的，其实并不是最优秀的那个、最温柔的那个，甚至都不是最适合自己的那个；人在意的，其实只是自己为之付出最多的那个。

出自自己内心的感觉，哪怕是最细小的，也会被放大成最夸张的。

付出的成本多了，才会更珍惜得到的回报，才会更舍不得失去给出这回报的那个人。

大多数人情感的实质，都是在不计结果地投入回报最少的情感。站在任何领域看待这种做法都是愚蠢无比的，唯独在情感领域，他们乐此不疲，并将极少数人清醒与理智的选择看作乏味和无趣——他们并不懂平静、轻松、自由且能继续成长的情感是怎么一回事。他们习惯了折磨别人与自我折磨，他们闹腾着挣扎着浪费时间浪费生命，可他们从来没有学会过爱和爱别人，他们甚至从来没有学会自爱与自重。

钟司晨苦笑，自己干吗要想明白这个呢？聪明人总是比浑浑噩噩过日子的人更容易痛苦的。

就在这时，他的手机忽然响了，陌生的号码。

一个笑声甜甜的女音："钟先生？我是雯雯，方老师安排我和你衔接徐老师资料的事。"

钟司晨没有料到方晓天处理事情会这么快，惊讶地正在说"你好你好"，忽听身后门声一响，伴随着急促的脚步声，明蓓冲了出来，劈手夺下他手中的电话。因为夺得急，她锋利的指甲抓伤了他的耳朵。

钟司晨错愕，只觉得耳郭一阵火辣刺痛。他下意识地一摸，竟黏了满手鲜血。

明蓓尖着嗓子嚷嚷："你是谁啊？你为什么半夜三更给我老公打电话？你们是什么关系？"

面对着明蓓失去理智的敌意吼叫，女孩直接挂断了电话。可明蓓却觉得这无抵抗的退却恰恰坐实了自己的猜测。她用尽全力地将手机朝钟司晨砸了过去，问："见了面还不够吗？鬼混了整整一天还不够吗？"

即使是号称最轻薄的手机，正中一个人的鼻梁时，也是一记重击。

那一瞬间，钟司晨满耳朵嗡嗡作响，鼻梁酸痛到眼泪模糊。

钟司晨看着明蓓激烈而扭曲的表情，看着她竖起的眉眼、不停张合的唇齿。

钟司晨注意到一些他从来没注意过的细节。

比如，明蓓脸上由面膜纸留下的、蛛网般的细痕。

和生活本身一样，那些不怎么美观的细节一旦被放大，就会显得更加狰狞和恶心。

那些丑陋地蜿蜒在明蓓脸上的网状痕迹，就像无数只肉乎乎的蛞蝓纵横交错地爬过后，留下的闪亮黏液。

钟司晨的胃里一阵翻江倒海，他一弯腰，"呃"的一声吐了出来。

第七章　坍　塌

天宇漏下阳光，秋风张狂，银杏叶飘飘洒洒地彼此追逐，一路向下。

舒净拾起一脉叶片，轻捻一下，那片还未黄透的银杏叶就机灵地转出一个微微泛绿的圆。她睫毛忽闪一下，唇角挂了一线暖暖的笑。

方晓天悄无声息地站到她的旁边："姑娘，这两天常见你笑，真好看。"

舒净指尖一松，银杏叶落了下去。

方晓天弯腰捡起那叶片，端详一下，递给舒净，笑着说："留着吧。"他打开后车门，把装着水和食物的纸袋放进去，略带歉意地说，"本来……"他想说"应该先带你逛逛成都，但我实在是想早点儿见到徐老师的画"。没等他说，舒净把话接了过去："我也是。"

有友心念灵犀至此，夫复何求？

方晓天又笑了。

就在这时，唐老板的电话打了过来，惊慌中夹着焦虑："方老板，你怎么连招呼都不打一个就去了？"

方晓天是到了成都后，才给老侯打电话让他过来的，顺便让他问问唐老板放画的地址。

老侯并没有追问，方晓天为什么没像以往出行那样事先打招呼。他对此表现得很平淡。

其实就算老侯追问，方晓天也没什么像样的理由解释——昨天订机票时间太晚、今天的航班又太早，怕打扰老侯休息？纯属扯淡，他方晓天一个大男人没那么甜蜜贴心，神出鬼没、四处应酬的老侯也没那么好的睡眠。

这事儿有意思。

方晓天一边和舒净往机场外面走，一边琢磨。

没两分钟，老侯的电话就打进来了，他说他和唐老板都在往机场赶，关于别墅的情况，唐老板坚持要亲自给方晓天打电话。老侯还告诉方晓天，他给方晓天租了一辆车，司机马上会跟他联系。老侯向来细心周全。

老侯完全不问方晓天"擅自"出行的原因，方晓天反而沉不住气了："老侯，你就不问问我为什么事先不通知你?"老侯打了个哈哈，回答得很委婉："原因很明显啊，你扭头看看你身边。"

方晓天一扭头，就看见了身边的舒净。

老侯坏笑着挂了电话。

老侯淡定，还搞了点儿小幽默。唐老板可没老侯的气度，方晓天隔着几千里地都能感觉出他的气急败坏。难不成他是在以纯粹商人的多虑，担心方晓天会抢画?

方晓天没兴趣解释，甚至连听唐老板说话的兴趣都没有。他淡淡地说："要么你把地址告诉我，要么我就当是来旅游的。"

真正有范儿的杀手，从来不是话痨。他遇见有难缠可能性的人物，唯一会做的，就是抓紧时间一枪把对方崩了。

唐老板被击打得没有脾气，可能还咽回去一口内伤的老血，悄没声儿地挂了电话，服服帖帖地发过来一条短信。短信最后一句是："请保留这条短信，以备安保人员核查。"

成都，这个走出了众多当代艺术大家的腹地之城，芙蓉花般舒展，不急不躁、不温不火、不卑不亢，从不张扬，但从未有人忽略它有底气的安然存在。

方晓天来过成都，不止一次。在这里，他格外受欢迎，三分之一的原因，是因为他的艺术成就——这与他的名望无关，名望只是外在，实力才是真正的成就；三分之二的原因，则是因为他有趣又不羁的个性，在这里，方晓天是血脉顺畅的，嬉笑怒骂，皆可全然放开。

这次，方晓天没和当地的朋友联系。

峨边之行，是要拜望恩师的重要作品，方晓天是虔诚恭敬的，好玩的心收得干干净净，连城都没进，出了机场就打开导航仪，直奔峨边县城。

对道路不熟，加上导航仪的地图好像许久未更新了，越野车进了峨边县城时，天色已晚。县城不大，方晓天下车问了两次，就确定了位置。

唐老板租的这栋私家别墅，就在峨边县城的一隅，背靠翠竹殷殷的小山，面前一弯清澈见底的溪流，水面上架一条麻绳纯木的吊桥，院中大树矜持，雍容的芙蓉开得正盛，竟是富贵中有雅致，繁华处见端庄。

唐老板能找到这样的所在暂放徐笑麟的画，显然是花了一番心思的。

方晓天关了车门，望见对岸景致，不禁一笑："错看唐老板了。"

舒净站在他身侧，也是会意一笑。

对岸站着两个年轻人，手里都牵了一条大狼狗。两个年轻人寸头干净利落，面容英气勃发，不声不响，那两条大狼狗竟也不叫，都虎视眈眈地盯着对岸，一看就知训练有素。

方晓天笑着对舒净说："我简直要对唐老板肃然起敬了。"

这时，老侯打来电话，他们竟然也快到峨边了。

方晓天牵着舒净的手，就上了晃晃悠悠的吊桥。

那两个年轻人也不问话，只是一眨不眨地盯着他们。

等他们上了岸，其中一个年轻人已牵着狗后退了几步，留出了应对突发情况的缓冲地带。留在原地的那个年轻人，还是盯牢方晓天，向他摊开一只手。

他应该是在要唐老板发来的短信。

方晓天翻出那条短信把手机递过去。年轻人仔细看过，默默地让开。另一个年轻人则推开了院门。

院子里恰好有灯亮起，方晓天才看清，这芙蓉遮蔽的院子里，竟然还有几间临时搭建的板房。不用说，肯定是唐老板出资后建的。

有人从板房中走出来，也不问什么，就走到别墅正门，"哗啦啦"地开了大锁——即使有人闯入或潜入院子，也无法接近那幅画。甚至，连安保人员都不能随意接近。

方晓天是真的改变了对唐老板的最初印象。

一个人，是不是真的看重一件事，是不需要说明的。信息，都在细节中。

一个人，是不是真的能做成一件事，也是不需要分析的。信息，同样在细节中。

唐老板这样谨慎仔细，只能说明，他是尊敬徐笑麟的，是认真保护这幅画的，也是绝对相信了那些神神鬼鬼的故事的——即使他是出于商人纯粹投机的目的，那他也是一个足以成事的投机商人。

峨边的风，“刷啦啦”地在后山的竹林里穿梭往来，偶尔得空，也扯一把方晓天身后的芙蓉，于是就有晃动的疏影，在方晓天和舒净的影子之外，制造出星星点点的光斑。

门外透进的光，在偌大的客厅里拉出一条长方形的亮带。亮带的尽头，恰好是一米多宽的画框底沿，靠近边缘的凸凹颜料，在时时变幻的光线中，形成浓淡的影。

方晓天站在门口，一动不动。舒净陪着他。

良久。

方晓天在墙上摸索着，然后，按亮顶灯。

灯光潮水般地席卷了整个空间，灿烂一片。

方晓天闭上了眼。

当他睁开眼时，瞳仁里映了一幅巨大的油画，大出真人比例的领袖，正目视前方，举起右手，仿佛正准备挥舞。

方晓天的手，微微抖动起来。

舒净握住他的手，但她的手指，分明也在微微抖动，且带着沁入肌骨的凉。

他们，同样感受到了那种扑面而来的、令人窒息的力量，不动声色，空前剧烈。

真正撼动内心与灵魂的，从来不是那些外观精致华美、题材夸张煽动以至于让人惊呼、让人赞叹、让人热血沸腾的，从来就是眼前这样下笔严肃谨慎、内容平常却让人静默、让人发抖、让人由敬生畏的。

许久，舒净轻轻地说：“每一处细节，都是找不到源头的神来之笔。”

方晓天长长地吐了口气，神色黯然地苦笑：“所有人都说徐笑麟是大师，这个称呼，实在是太亏欠恩师了……”他松开舒净的手，目不转睛地盯着这幅画，缓缓走近，又缓缓地抬起手，想去抚摸，又舍不得碰触，手指抖了又抖，终于还是放了下去。他凝视了很久，才把未说完的话说了下去，“恩师……他既是大师，也是天才。”

大师，未必是天才；天才，更未必是大师。

只有真正有实力的业内人才能分清，什么是大师，什么是天才。

舒净再次走到了方晓天的身旁，陪着他，默默地看着面前的画。

无需言语交流，他们看见了四十平前的徐笑麟，看见徐笑麟用这样一幅画，把自己从体力劳动中锻炼出的结实健壮，迅速减灭成清隽瘦削——这幅画，即使残破、即使陈旧，也是真正藏着徐笑麟活鲜鲜的生命力的。它不是平面的，它是藏着血肉和骨骼的——它就是徐笑麟生命的一部分。

方晓天和舒净，沉浸在平静祥和中，心满意足。

急促的轰鸣声由远及近，凄厉的急刹车声、吊桥木板的“噼啪”作响声、院门被粗鲁推开的“嘭嘭”声，之后唐老板乱了分寸的声音进了门：“怎么样，怎么样，这到底是不是徐笑麟的作品？方老板认得出吗?”

静谧与神圣同时被这世俗的聒噪击碎。

方晓天皱了皱眉，对舒净笑了笑：“我是不是该告诉他，这画是假的?”

方晓天分明是嘲讽戏谑，唐老板却当了真，白了脸，本就罩了一层薄汗的亮脑门上，竟又蓬勃出一轮水珠。他结结巴巴地说：“假……假的?”煞白的脸又神奇地通红，头顶冒出白白淡淡的雾气来。

唐老板这副到了顶级的窘样，惹得舒净冷冷一笑。

方晓天正想再调侃几句，穿着中式对襟衬衫的老侯已踱着不紧不慢的碎步到了门口。他眯着眼睛适应了一下光线，视线一对上领袖像，眼睛就“噼里啪啦”爆着火星儿地闪亮开来，嘴里更是冲出一句乡音浓郁的话来：“妈拉个×的，徐笑麟，光叫他大师都是委屈他了，他妈的×的，徐笑麟还真他妈个×的是个天才。”

从圆明园购画开始就一直陪在方晓天身边的老侯，从来是举止得体、措辞文雅的，尤其是方晓天成名以后，老侯更是软件升级，不但以“遇到晓天之前，是遵父母遗命做些家族生意”装点门面，更是苦练了一口略带京腔的普通话，隐匿了高粱花花大太阳的籍贯。眼下情绪一激动一失控，他那黄河水浇灌出的姜蒜摊小贩子的本色根底就显山露水了。

但老侯到底是老侯，脱口而出的脏话话音还没落，脸上突然闪现的一丝不好意思就烟消云散了。他一溜小碎步靠近那画，瞪大眼睛啧啧道："这是标准领袖像啊，看看这笔触，看看这构图，除了徐老师，这世上还真再难有把领袖像画得如此动人心魄的了，引人入胜，引人入胜啊！"

方晓天看着老侯若无其事又煞有介事的样子，一笑："老侯，我看你这一串言谈举止，恍惚间好像一个很有名的古人。"

听了老侯刚才的话，唐老板总算是还了魂，正瘫在一旁的沙发里擦冷汗，一时有了闲心，好奇地问："谁？"

方晓天大笑："赵高。"

老侯腮上的那堆肉一颤，笑容瞬间盛开满脸："大人物啊，荣幸，荣幸！"

方晓天笑着还想再说，舒净突然按了按太阳穴，皱着眉说："晓天，我想休息了。"

方晓天刹住话头，揉了揉舒净的太阳穴："是不是着凉了？这边夜里冷，都怪我粗心，没提醒你多穿点儿衣服。"他转脸问唐老板，"是住在这里，还是……"

唐老板忙不迭地站起来说："住这里，住这里，就在二楼，就在二楼……"他有些支吾，瞟了瞟老侯，"这个，方老板和舒小姐……是准备两间客房，还是……"

老侯似笑非笑，只顾着弯腰研究那幅画，又摇头叹息："保管不善啊，真是糟蹋了东西。"他边说边伸出小指，似乎想去刮画面上的斑斑霉点，想了想，又把手收回去，继续摇头，"保管不善啊……"

舒净淡淡地说："两间。"说完，她径直上了楼梯。

方晓天跟了两步，却又停住了："要不要我陪你上去？"

舒净背对着他点了点头。方晓天便跟了上去。

唐老板追了一步，似乎想说什么，被老侯一个眼神给拦住了。唐老板有点儿急，似乎想和老侯辩些什么。老侯摇了摇头，拍了拍唐老板的肩膀，又点了点头。

唐老板一副顿悟的表情，也点了点头，却还是朝着方晓天的背影说："一共四个卧室，你们随便挑，选好了把门外的小灯按亮就行了。”他补充说，“免得待会儿我们上去走错房间。”

方晓天和舒净都没搭理他。

这别墅从楼梯开始就铺了极其考究的厚地毯，且设计得曲折隔音。方晓天他们上了二楼，就再听不到一丝声响。

老侯坐在沙发上，笑着说：“老唐，既然客房足够，你又何必多此一问?”见唐老板多少有些扭捏，他微微一笑，“好奇心使然?!”他深深地靠进沙发里，一边整理袖子，一边说，“生意人，多想钱帛，少谈是非。病从口入，祸从口出……”说到这里，老侯突然停了话语，站起身微笑着说，“舟车劳顿，睡吧，睡吧……”

唐老板苦着脸说：“这画……明天，方老板那里……”

老侯笑了笑：“连我这边缘游走的人都瞧得出的门道，难道他方晓天还会看走了眼?”他伸了个懒腰，“都说巴蜀山水奇秀，明天早点儿起来，陪我们沿着这条河瞧个仔细。”说完，他不再理会唐老板的欲说还休，哼着古调，道骨仙风般地奔二楼去了。

唐老板挥了挥手，一个小伙子悄无声息地从阴暗的院里闪出身来，从外面带上了楼门，唐老板这才跟着上楼去。

楼上，有两间相对的客房门上亮了灯。

老侯站在二楼走廊猩红的地毯上，仔仔细细地分别看了这两盏灯，唇角突然挂了笑——唐老板分明是看出方晓天的决定会受舒净的影响，所以抢先一步以话相逼，不让他们有长夜相处的可能。他自言自语道：“还给我装憨头，分明是只成了精的老狐狸。”

唐老板早就跟了上来，站在老侯的身后，轻声慢语地问：“什么?”

老侯坦坦荡荡地回身过来，分别指了指那两盏灯，又把那根手指对着唐老板的脸指点：“我说，你，成了精的老狐狸。”

唐老板收了脸上的苦相：“抬举，抬举。”

两个人心照不宣地一笑，各自推门进屋。

方晓天激灵醒来，天已经大亮了。洗漱完下楼时，他看见老侯和唐老板正坐在院子里，一个翻着报纸，一个玩着手机。

方晓天在那幅画前端详了许久，才转身进了院子。

见了方晓天，唐老板急忙离开安乐椅：“方老板，睡得还好吧？小地方，没别的可夸耀，就是清静这一条，比哪儿都不差。来，快来吃早饭。”

已有一个中年男人另搬出一张小几，上面放在几样碗碟。小几落地无声，那中年男人静静取了碗碟的盖子，无声地退回去了。

早饭除了咸蛋稀粥、馒头冷肉，还有几样泡菜，虽丰盛，却也常见。只是盛稀饭的小碗和装馒头的深盘厚得出奇，材质不像寻常的瓷器。方晓天探手摸摸，竟是未经开采的玉石料手工磨制出来的。这种器物，保热保冷，但耗工耗料、造价不菲，何况看花纹工艺，绝不可能出自籍籍之辈手笔，甚至不是中国风格。

方晓天看向唐老板，笑着说：“唐老板，你的水很深啊！”

唐老板满脸堆笑，没有答话。

老侯“哗啦”一收报纸，微笑着说：“晓天，等你吃完，唐老板陪我们到河边走走。”

方晓天说：“舒净还没下来呢，是着凉了不舒服吧！”

老侯笑着说：“舒小姐也是学画出身，我猜，她可能和你一样，昨天看了徐老师的作品之后，心情激动，辗转反侧，估计也是快天亮了才睡着吧！”

方晓天想想自己青黑的眼眶，笑了笑，坐下吃饭。

唐老板想说什么，老侯咳了一声，阻了他的话，然后一双吊梢眼似睁非睁，躺回椅子里轻轻摇晃。

三个人各有心思，至此无话。

方晓天一放下筷子，那个中年男人便又出来，将一盏荞麦茶并一盏绿茶放上小几，捡拾了碗碟下去。方晓天选了绿茶漱口，择了荞麦茶饮用。那个中年男人又出来收了绿茶的茶盅。

老侯“扑哧”一声笑了出来：“老唐啊，你这么讲究，我们要是不知礼数的糙人，得丢多少脸面啊。”

唐老板赔着笑脸说：“穷讲究，穷讲究。我这脑子里肚子里都没货，只好在形式上虚张声势，虚张声势。”

两个人似乎都忘了在上海时急吼吼地想让方晓天应诺下来的两件事。

方晓天人虽直爽，心里却清楚得很，他们是想等他先提话茬。他没事儿一样，转着圈儿看院子里的云霞芙蓉。

快到中午时舒净才下楼，与方晓天对视一眼，就向院门外走。方晓天跟了过去。

眼见方晓天和舒净就要出了院门，唐老板明显不安地站起来："这附近你们不熟，我陪你们。"

老侯欠身，单手按住他的肩膀，笑着说："让他们自己走走吧。"唐老板还想坚持，老侯手下就用了力气："这里风景甚好，你若去，可就煞风景了。"

方晓天和舒净渐渐远离了小院。待到沿着溪流登到竹山的半山腰，方晓天踏上一块突出山体的巨石，才长长地出了口气。

舒净站在一旁，看着远处阳光普照下的小城主体："终于到了这一刻了，嗯?"

竹子被风晃动的阴影时不时遮住舒净，让她如水墨画中似隐似现的远山。方晓天捕捉不到她的眼神，索性转过身与她面对面："嗯?"

舒净淡淡地说："不要掩饰。你看到那幅画，就有了修复它的野心，只是你的信心不够。"她没有理会想打断她的方晓天，"你的信心不够，不是因为你的技术、你的耐心，而是那个埋藏已久的秘密拖了你的后腿。这个秘密会让你的状态不稳定、会让你的情绪失控。这个秘密是让你无法全身心投入的关键。所以，终于到了这一刻了，晓天，这个秘密到底是什么?"

方晓天哂笑："想象力真丰富。"

舒净捧住了他想转过去的脸，猫瞳灼灼："你心里很清楚，它就是你身处创作瓶颈的原因。"她的眼神灼热如午后夏日，"晓天，这是你人生和创作的最后一重阻碍。这阻碍的另一端，就是真正强者面对一切的游刃有余、挥洒自如。面对它，冲破它，好不好?"

方晓天的躲闪，在舒净的明了里，终于无所遁形。

一个足够重要的秘密，是根本不需要别人去挖掘的，它就像渴望生长的种子，把它藏在内心的任何地方，一旦条件适宜，它都会急不可耐地抽出胚芽、钻出土壤，以谁都想不到的速度显出它的本来形状。

但这个过程，依然是秘密的。

所以，不是舒净发觉了方晓天的秘密，而是这秘密扰乱了方晓天。舒净是从他的异常里，反推出了秘密的存在。

舒净的眼睛，太清澈太明亮，毫无窥探狂惯有的窃喜或蔑视。要说有，只有关爱。

她看出了他的内疚，真诚希望能为他祛除病灶，纵使那病灶丑陋而顽固，纵使这过程漫长而残酷，纵使方晓天是不懂医理的齐桓公，她也决意做一个不听之任之的女扁鹊。

方晓天有种下了决心的平静，他握住舒净捧着他脸的双手，凝视着她："你要我说出我的秘密，可以。那你必须先回答我那个问题，那个我曾经问过你，但你没有正面回答的问题。"

舒净眉尖一动，想抽回自己的双手。

方晓天紧紧握住她的手："你为什么对我心里藏的秘密，这样的渴望和好奇?"他探询地看着她，"你只是尽一个挚友的义务，想点醒我? 还是你也藏着什么秘密?"

舒净用力扭动着双手："你的问题太多了。"

方晓天控制着指间的力度，不致握痛舒净，也不致让她的手鱼一样滑走。他说："那你就一个一个地回答我。"

舒净突然挣扎起来，急促地叫道："方晓天，你放开我。"

舒净这样激烈地失去了一贯的淡然平静，着实出乎方晓天的意料，可他不想放开她。他索性抱住她的肩膀，把她的身体抵在了一根根须粗壮的慈竹上，让她无处可逃。他闪亮的眼睛盯牢她，耐心地分析着她脸上每一个可能出卖她的细微表情："好吧，那我只问一个问题——我的秘密，和你的秘密到底有什么关系?"

轮到舒净躲闪方晓天的目光。

方晓天模仿了她刚才的动作，捧起她的脸，逼着她直视他的眼睛："说来听听。"

近在咫尺，细微表情抑或是点滴情绪，谁也骗不了谁。

舒净的眼里腾起了犹豫。

犹豫，就表示方晓天的问题切中了要害。

方晓天被舒净的犹豫点燃了期待，他的心脏不规则地弹跳着，嘶哑地说：“姑娘，告诉我。”

舒净犹豫了很久，才小声说：“等一等再告诉你，好吗?”

方晓天摇头：“我现在就想知道。”

舒净哀求：“晓天——”她的眼中正酝酿泪。

舒净的哀求，以及舒净的泪。

罕见的东西，往往带有一种直接而神秘的震慑力。

方晓天愣愣地看着舒净，然后，慢慢地放开了她的手。

舒净急转过身，慌乱地燃起一支烟，连吸几口，又突然在旁边的山石上按灭了那支烟，再转过头来，说：“我会告诉你我的秘密，不过，是在你解决了你的秘密之后。”

君子之约，一言足够。

方晓天郑重其事地点了点头，说：“和我回一趟老家，马上。”

第八章　说出你的秘密

从成都到这个北了又北的边陲省会，飞行时间是两个半小时。整个航程，方晓天都坐在靠舷窗的位置上，出神地看着天光刺眼的云海。

他们计划离开峨边时，老侯没问他们要去哪里，也阻止了唐老板要问的意图。他笑眯眯地抖开一叠新的当地报纸，笃定地叮嘱：“早去早回。”

航班抵达后，方晓天改变了他通常每到一地就先租辆车的习惯。他带舒净去坐火车，一趟极慢的火车。

火车节奏规律地吟唱，矜持地摇晃着修长的身姿。

方晓天看车窗外稍纵即逝的树林，看阡陌纵横的原野，看碧空白云的远方，呆滞了一路的表情有所松动，然后突然就红了眼眶。

舒净没有说话。她懂他。

三十功名，千里云月，以为是遥不可及，转眼近在身侧；以为是山水重逢，却又恍如隔世。

方晓天终于开口：“我选这趟车，不是因为近乡情怯，不是想让到达前的时间再长些，而是因为我没有别的选择——那座小城实在是太小了，只有这趟车会停靠两分钟。”

他还是出神地看着窗外，说不清自己是始终没看清，还是确实看不够。

舒净安静地听他说，安静地等着这个引子之后的正文。

她相信，那是有关于他的往事。

回忆。

方晓天对回忆向来是没兴趣的，他可以对媒体、对朋友、对同行谈现在进行的工作、未来计划的方案，有时可以兴致勃勃地谈上一个下午、谈上一个通宵，但他对讲述自己的过去毫无耐性，不管是当年风头乍起的故事，还是他乡彼时的经历。有人问，他要么是索然无味地敷衍两句，要么是干脆让对方自己去查资料。

一个一直活得精彩的人，对已知和已发生的事情，是无暇反复提及的。在方晓天看来，过去是不存在的——那些片段已经因果进化成了一个人的现在，如此而已。

有关方晓天的所有资料，不管是媒体采访，还是艺术文献，都是从他进入那所闻名遐迩的美术院校开始的。他读大学之前的时光，从未被谈到一个字，甚至都不曾被概括成“懵懂少年”或是“天才早成”，而是完全的空白。方晓天从来不愿提及的那段生活，就发生在这座小城。

方晓天喃喃低语：“我的祖籍不在这里——这里没有我一个亲戚……但是，这里——是我的故乡。”

即使方晓天不解释，舒净也懂，什么叫做故乡。

很多人以为，故乡就是埋葬着祖先骨骸的地方；也有很多人以为，故乡就是父母现在生活的地方；还有一些人以为，故乡就是自己出生长大的地方。

是，也不是。

故乡，之所以迥异于其他地方，只不过是因为，这里有一个人的根，那些蜿蜒曲折的根系故事，就深埋于这里的地表下，隐秘而重要，决定着一个人终生的轨迹走向。

这座小城，既然藏着方晓天秘不示人的过去，那么，这座小城，就是方晓天的故乡。

已近午夜。

小城的冬夜，干燥寒冷，远远近近的楼群灯亮无几，这让火车站附近的热闹透出些力不从心。穿过叫卖食品和上前揽客的人群，方晓天表情恍惚地踩在满是积雪残冰的街面上，向前走了几步，才惊醒般转过身来，一把将舒净揽在怀里：“竟然忘记准备厚一点儿的羽绒服了，冷吧？”

舒净没说什么，偎进方晓天的怀里。

她身体战栗，仰望向方晓天的笑容却温暖干净，充满信任。

方晓天心下是一阵莫名的感伤和感动。他紧紧地抱住舒净，叫了一辆车去宾馆。

车里空调开得很足，方晓天这才轻轻地松开舒净。

司机大概是把他们当成了急着去开房的外地情侣，一脸见惯不怪的冷漠。

方晓天付钱下车，却不见舒净下来，一躬身看向车内，只见舒净正递钱给司机，足有一两千块。他正不解，却见那司机把丢在副驾上的羽绒服拿起来，掏出零碎东西，递给舒净。

这三更半夜的，无处寻衣，这的确是个聪明的办法。

舒净下车，把羽绒服披在了方晓天的肩膀上。

方晓天相信，舒净在买这件半新不旧的羽绒服之前，肯定已经注意了这些细节——它没有烟味、干净，带着空调热风的余温，像它的旧主人一样，质朴踏实。

舒净的手，安静地停在方晓天的胸前。

方晓天凝视着她。

他们静静地对视着。

突然，司机按了一下喇叭。他们一惊，以为挡了司机的路，一侧头，却见那个司机微笑着，仿佛是被他们之间的凝视所打动，就此送一个祝福。

方晓天有些尴尬，舒净也移开视线。

他们订好两个房间，就坐在大堂里，各自吃了一盒都没怎么泡好的方便面——他们都没有什么胃口。或者，他们都对方寸心灵之外的事物没了知觉。

沉默而匆匆吃完，两个人就心事重重地回到各自房间。

第二天，方晓天早起出去购置了必要的衣物，然后陪舒净逛遍了整个小城。

小城真的不大，可方晓天带舒净走了两天。他们逛得极其细致，连一栋菜市场旁边专开小吃店的旧楼，也盘桓了个把钟头。方晓天重访了许多地方，它们多少年来都没怎么变，可他没有遇见任何一张熟悉的脸，或者，也可能是二十四年的时光，让那些熟悉的脸变了模样，他再也认不出他们，就像他们同样也认不出他。

第四天，方晓天和舒净吃早餐时，他正讲着小城西侧那条窄窄的小河，冷不丁儿听见舒净淡淡地问："你打算拖多久呢？"

方晓天的滔滔不绝立刻断流，埋头吃了几口早已凉透的稀饭。

舒净问："那个不愉快的秘密，是和学校有关吗？"

方晓天抬头看着舒净："怎么这么问？"

舒净看着窗外的匆匆行人说："你离开这里时是十五六岁，那正是读高中的年龄，可你并没有带我去看你的学校——你连第一次偷偷喝酒的小饭店都带我去吃了顿饭，怎么可能偏偏漏下你度过两三年时间的地方。"

方晓天慢慢放下筷子，也放下了这两天强打的精神，神色寂然。

舒净握住他搁在桌面上的手："晓天。"

方晓天的手，冰冷，发抖，在舒净关切地注视下，他终于微微闭了下眼睛，然后用力点了点头。

深藏心底、秘而不宣的，绝大多数是不愉快的。

至少对方晓天而言，是这样。

方晓天的艺术天分被发现的时间，远比文献资料中记载的要早，早到他可以被称为一个神童、一个天才。

——从小学的第一堂美术课开始，方晓天就吸引了任课老师的注意，并很快就成为他所在班级和学校的骄傲。之后，方晓天如饥似渴地读着每位美术老师给他买来的各种中西画册，居然又无师自通地把铅笔、毛笔、油画笔运用得娴熟而奇巧。

所有的人，都惊叹于他与生俱来的悟性与能力。

没有人知道，他的悟性与能力之下隐藏着的，是一个人类最原始的动力。

爱情。

方晓天说："我没有带你去我的学校，也没有带你去过我……"

舒净说："……居住过的地方。"

方晓天说："是。"

因为那里曾经，或许现在依然，住着那个给了方晓天原动力的人。

爱情，是人类从多大年龄开始具有的感情？十六？十八？二十？

有些天生智慧的人，是在出生伊始就被造物主赋予了超常的敏感的，他们是在孩提时代就能感知那些被太多普通人忽略的自然细节的：妖艳盛开的花朵其实是植物的生殖器；甜蜜舞蹈的蝴蝶不过是在完成着植物之间以及自己种族的交媾；纷飞的鸟，追逐的鱼，都是在遵循着古老的规则，为延续和完善基因而行动。早熟早慧的人，在不知不觉间，就已在这些随处可见的景物暗示下，筑造了自己最早的爱恋雏形。

爱情，从来不是成年人所特有的。

方晓天的爱情，从七岁开始。

从他转学后的第一天开始。

从那个同桌的邻居小女孩，微笑着转过头说“你好，又见到你了”开始。

黑白单调的童年，突然比彩虹还绚烂。

方晓天喜欢她的笑容，更喜欢看到她因为自己而露出的笑容。

方晓天发现自己的色彩感觉被人惊叹不已时，她会笑，他就把全部注意力放在了绘画上。天赐禀赋，加上勤奋，他没理由不令人啧啧称赞，没理由不屡获殊荣。

然而，全部的称赞与荣誉，都抵不上她的一个笑容。

寂静的小城，生活单调，日子悠长得望不见边际，青梅竹马的情愫有暗地滋生的所有条件。他们始终同校，他渐渐魁梧，她渐渐窈窕，他们渐渐不再形影不离，却可以在彼此偶然碰撞的眼神里明了青春的秘密。

方晓天的画变得意境幽远，画山不是山，画水不是水，藤萝密布是她的衣衫褶皱，碧波荡漾是她的眼波温柔。十五岁少年笔下的风景，已时常让观者有静默沉思的忧愁。

高二时，已经闻得到高考的硝烟味道。那个年代，艺体院校是不被待见的，方晓天画得再好，也不可能有人支持成绩优秀的他报考艺术院校，就连方晓天自己，也只是把画画当成博她一笑的方法，根本没有过以创作为前程的念头。

那一年，学校来了一个实习的美术老师，一所国内著名美术院校的高材生。

然而，这不能改变美术课的名存实亡。

这位郁郁不得志的实习老师，成了巡查课堂的纪律老师。

无意中，她看到了方晓天随手在习题本上的涂画，她所有被压抑的热情、被埋没的才华都被瞬间唤醒了。这位时尚妖娆的准艺术家，清楚地看到了他未来的无限可能。

一个人仅凭狂热，是不足以感染其他人的，但加上恒心，就可以所向披靡。

实习老师说服了方晓天，说服了他的父母，最后说服了他所有的任课老师以及校方。

当同届学子在大教室里悬梁刺股时，方晓天得以独自拥有一间小教室，对着缀满篱笆的牵牛花，或是翻看发行量极小的原版画册，或是系统地学习之前他不曾接触过的绘画技法。

实习老师没有教给他任何应试技巧，她既是在以她的生命活力引导着他的艺术之路，也是在以一个先行者的角色与他进行纯粹的艺术交流。她不是注意方晓天的第一个美术老师，但在方晓天心中，她才是自己真正的启蒙老师。

实习老师知识庞杂，不局限于艺术，她时常会告诉方晓天一些奇怪却有趣的事情。比如，她说牵牛花的另一个名字是“勤娘子”，象征着不屈不挠的勤奋，她说这是她在方晓天窗前种满牵牛花的原因。

和这样的老师在一起，方晓天是快乐的——与其说她是老师，不如说她是一个只比方晓天大三岁的、时常异想天开、生性有趣的姐姐。

但也不是全部时间都是快乐的。

方晓天脱离寻常的学习环境，也就脱离了和她朝夕相处的机会。

他无法像过去那样，在上下学的路上，那么自然地递给她一两张风景小品，那么随意地说几句有的没有的傻话。

每当想起她，方晓天就会陷入甜蜜和仓皇，长时间地出神。

方晓天想，现在还是专心努力吧，等高考结束，就向她表白。

方晓天真是这么想的。

乐观而天真。

只是，她因家庭变故而决定辍学的消息和他父母工作调动的调令，都来得那么突然。

她去了亲戚家，而他父母那纸紧急调令上的日期，是不可抗拒的第二天。

父母带着他到学校感谢老师，尤其是那位悉心教导他的实习老师。

整个过程，方晓天都一反常态地少言寡语，面色惨白。

细心的实习老师单独留下了他。

面对她真诚关切的询问，方晓天再无顾忌，倾吐了所有青春年少的秘密和烦恼。

他说：“老师，你知道吗？除了她，我觉得世间再没有什么是重要的。”

他说：“老师，你知道吗？等我大学毕业后，如果她还在这里，我想为她回来。”

实习老师沉默片刻，说：“你该听从你自己心底的声音。”

实习老师仰头看着天花板，说：“你该对她做一次彻底地坦白。”

实习老师看着他，说：“我替你去找她。”

实习老师的教师身份，让她的寻找格外顺利。傍晚，实习老师通知方晓天，第二天早上七点，她会在小城外的荷塘边等他。方晓天在一片狼藉的家里紧张与激动了一宿，天刚蒙蒙亮，他就借口要和几个同学告别，赶向了那片荷塘。

方晓天在内心进行了无数次预演，但并不是罗曼蒂克的、华丽的、曲折的或是充满故事性的，它们是同一个版本的，最真实、也是最简单的那个版本。

我爱你。一直。

方晓天痴痴地看着朝阳中那一大池亭亭玉立、或绽或含的粉白莲蕊，唇角是舒展的笑。

——他想，她的反应，应该也只有一种可能：一个默许的羞涩微笑，一个就此生效的今生守候。

那么，从此就算是远隔天涯，也不过是为了等待再次聚首。

方晓天听见身后传来芦苇拉扯衣衫的嘶嘶声，还有，轻快而急促的脚步声。

方晓天满怀喜悦地转过身来。

笑容僵在他脸上。

他的实习老师，款款而来。

方晓天愕然。

实习老师笑弯了眉眼："别怕，我没骗你，她会来的。"她可爱地扬了扬手中的相机："我突然想到，你是我发现的天才，我得留几张你的照片，将来当做夸耀的资本。"见方晓天还是愣怔的，她笑得更厉害了，"比起一会儿打断你们的……约会，我想，你会感谢我提前几分钟过来的。"说着，她还有几分淘气地挤了挤眼睛。

方晓天"腾"地红了脸。

实习老师端起相机，慢慢地看着周围的树林、沙滩、蒲草、荷叶，痴迷而感叹地说："起得早，就是有好风景！"她终于选定了一处，"晓天，就这里，光线和色彩，都很棒！"

方晓天站到实习老师的镜头前，微笑着。

实习老师连连按动快门，啧啧地说："真是不错，油画一样的质感！"她调整着镜头，向前走了两步，"嗯，这个角度，特写效果也很不错！"她突然放下相机，若有所思地看着方晓天说，"有没有人和你说过，你的鼻子很挺，睫毛也很长？"

方晓天又有些不好意思了，摇了摇头。

实习老师笑了，重新端起相机："稍微侧一点儿脸，闭上眼睛，我能把你拍成希腊雕塑。"

方晓天微微侧了一下脸，闭上了眼睛。

方晓天忽然被两条细腻光滑的胳膊搂住了肩膀，一个温暖柔软、凸凹有致的身躯偎入他的怀里或是将他抱在怀里；与此同时，一张灼热的唇吻上他的唇，那滚烫湿润的舌，蛇一样钻进了他的唇齿之间。

方晓天的大脑里传来"咔嚓咔嚓"的碎裂声。

他完全蒙了，不知所措地任那双手热烈地揉搓着他的头发，任那个胸膛丰满地占领他的胸膛。

他努力想睁开眼睛，想推开这具入侵的躯体，可那低低唤着"晓天、晓天"、纯粹的、销魂的、芳香的女人的呻吟声，就像远古飘来的催眠曲，让他昏沉，让他酥软，让他完全丧失了抵抗的可能。

咚——

相机落在地上，镜头摔了个粉碎。

这声响，对方晓天来说，无异于深眠一冬后听到的那串惊蛰雷声。

方晓天猛然惊醒，他迅速而坚决地推开了怀里的女人。

实习老师轻喘着站在他的面前，原本用夹子束在脑后的波浪卷发，柔顺湿亮地披在她的肩上，本就大胆的深 V 领连衣裙，已经领口歪斜，里面的文胸不知去向，那里明明白白地袒露着她雪白坚挺的整个乳房。

方晓天一阵眩晕，口干舌燥，心慌意乱。

实习老师的眼神，湿热火辣，她颤抖着叫他的名字："晓天，方晓天!"她抓住方晓天的手，按在自己的胸膛上。

触觉，就像红光蹿动的导火索，让方晓天所有的感官空前灵敏，而后，全线爆炸。

方晓天的眼前，是一片火焰冲天的妖异殷红，他的灵魂吟哦着炸裂成齑粉。

当那张艳红温润的唇再次覆上他的唇时，方晓天心里突然跃起了一个名字。

何莲。

这个淡雅馨香的名字，给方晓天燥热的周身带来冰雪清凉。

他抓住实习老师攀援在他脖颈上的手腕，坚定地将她柔软烫手的身体带离他的身体。

实习老师双眼朦胧地看着他，微张的红唇、耸动的胸脯，都散发着致命的诱惑。

方晓天完全乱了，既想质问她这是干什么，又想询问她这是为什么，话还没来得及出口，却看见实习老师妩媚而心满意足地笑了。

她的眼睛，并没有看他。她看的，是荷塘的另一侧。

方晓天一惊，急忙扭头看去。

对岸，一袭白裙的女孩子，呆呆地站在那里，脸色惨白地看着他们。

方晓天丢开手，转身向她走去。他走得小心翼翼，像是怕会惊走了她。他压低了声音，尽量表现得不那么着急："莲……"

何莲后退一步，缓缓摇了摇头，转身就逃进了近塘的芦苇丛内。

惊鸿展翅，归也不归？

方晓天大叫一声，慌忙追了过去。他来不及绕着荷塘，疯了一样跳进去，像中了鱼叉的鱼，扑扑棱棱地游过碧叶俏荷，然后踩了两脚黝黑的淤泥，冲上岸去。

那些平素柔软无害的芦苇和蒲草，锋利得像刀，“刷刷啦啦”地邪笑着割裂他脸上、肩上、腿上每一寸衣裤覆盖之外的肌肤。就连那些再孱弱不过的蚊虫，也恶意而大胆地频频撞击他的眼睛，撞得他泪水肆意横流。

方晓天奔出荷畔苇塘，小城唯一的一班公交车正急促地驶向遥远的地平线。

方晓天奔跑着、呼喊着。路狡黠地粘着他的脚步，风狞笑着撕扯着他的声音。最后，他精疲力竭地扑倒在沙土飞扬的路上。太阳高升，灼热的焰火大剌剌地冲进他的眼眶，恣意肆虐，为所欲为，直到再一轮的泪水，滚滚而出。

杜鹃泪尽，再泣为血。

方晓天跪在那里，哭得血管和心脏一起干瘪、变脆。

就要离开这里的方晓天，现在又能到哪里去找她呢？

何莲逃离时，那双泪眼里，是绝望，是再见不得方晓天、想不得方晓天的绝望。

再没有解释的可能，再没有了。

七月风云突变，骤雨就那么劈头盖脸地砸将下来，浩浩荡荡地砸出腾着土腥味的泥点。

方晓天仰起脸，承受着不留情面的雨箭带来的刺痛。他毫不在意路人疑惑惊异的打量，哭得几近虚脱。时近正午，他才悲痛欲绝地爬起来，失魂落魄地赶到了火车站。

南去的列车上，方晓天无法向父母解释自己浑身的伤口和泥水，他也不想向父母解释他红肿的眼睛和嘶哑的声音。他躲到车厢结合处的狭小空间里，把自己蜷缩成一只内心哀恸的蜗牛。

他以为自己还会抑制不住地流泪。他以为会。

可是，没有。

从那以后，不管何情何景，方晓天再也没有流过一滴泪。

他的泪，在那个不期而至的雨天，流干了。

方晓天喃喃低语："奇怪，事实那么残酷，可我回忆里的风景却特别美。"

舒净润了眼睛，握着方晓天的手指，又紧了一紧。

方晓天的眼也是红的。他指着自己的眼睛，自嘲地一笑："看，流不出来了，真的干了。"

这就是方晓天埋藏心内已久的秘密。

何莲。

方晓天那套锁在保险柜里的茶具的创意之源。

方晓天从不掩饰地对荷的偏爱的最初原因。

那个以拍照为借口、欺身以近的实习老师，无疑就是多年来方晓天拒绝被拍摄的原因。

这段过往之所以未在他功成名就后被旧时的师长同窗披露，是因为那时他的名字，叫方小天。在随父母搬离这座小城后，他再未与昔日相识者有过任何联系。他选择了辍学两年，又在高考前夕，将自己的名字改成了方晓天。

方晓天。

方才晓得天意天命天注定；方才晓得，人，何尝有分秒算得过天，又何尝有丝毫逆得了天？

舒净轻轻地问他："既然晓得天，那么，你终究不能释怀的是什么？"

方晓天回答不出来。

是哀悼最初的爱恋尚未开始就戛然而止，所以心有不甘？是感激信任的人轻易地背叛与蓄意地破坏，所以不堪回首？还是生怕时光堆积出的距离，已经把一切变得与记忆不一样？

方晓天真的回答不出来。

方晓天看着舒净："好了，这就是我的秘密，这就是你锲而不舍追踪到的最终结果。"他一笑，"现在，桎梏已然解开，按你所说，我创作上的瓶颈就会不攻自破，然后我就如鱼得水、如入无人之境？"

舒净说："不是。"

方晓天看着舒净。

舒净说："你只是终于承认了这个秘密的存在，承认了这个秘密对你影响巨大，但你并没有从中解脱，因为你并没有真正解除它对你和你的生命活力的禁锢与压制。"

方晓天有些紧张。

舒净平静地点了一支烟，夹在指间："去见见她们。"

方晓天吃惊，但马上就明白了。

人类最恐惧的，就是未知。

"未知"的杀伤力之所以巨大，是因为每个人都用自己的想象去勾画了它，把自己的致命弱点展示给它。

往往你以为是会无法面对真相，其实只不过是少了面对自己的勇气而已。

既然已经说出了秘密，那么面对自己呢？面对自己有没有那么难？

方晓天走进副校长办公室，她就应着他的脚步声转过身来，红裙嚣张，笑容璀璨。她爽朗地叫出他的名字："方晓天！"她翻转着手里厚厚的档案袋，笑着看他，目不转睛，"他们说有个以前的学生来找我。我猜，就是你。"

她微笑着说："我以为，很久以前你就会回来的。"

这话中的别样意思，只有当事人才听得出来。

方晓天看着这个真正让他的艺术生命开始的女人，看着这个翻手为云、覆手为雨毁了他的人生初恋的女人，情绪丛生，百感交集。

她刻意忽略了他的沉默。

她笑着打开那个档案袋，拿出里面的东西——那是一本厚厚的剪报簿，剪报簿的封面上，有几张放大的黑白照片。照片上是有着一双乌亮大眼的青涩少年——多年前的方晓天。

她端详一下最上面的那张照片，又把照片放到一边，翻着剪报簿，笑着说："都是这么多年来关于你的各种报道，恐怕——你那里的资料都没有这么齐呢！"她把照片和剪报簿放回档案袋，递给方晓天，"送给你。"

方晓天有些意外："你怎么知道……"

她快人快语，笑着说："我怎么知道方晓天就是你？"她笑得眼泪都快出来了，"你是我发现的啊！我说过，你是值得我夸耀的资本，那我怎么会不关心你的后来，又怎么会认不出你的作品？别说你的名字只改了一个同音字，就是你改了整个名字，我还是闻得出你的气息，"她笑了笑，飞快地补充道，"你作品里的气息。"

方晓天慢慢地接过那个颇有些分量的袋子。他知道，她从不曾把他当做夸耀的资本，否则，他的故事逃不过那些好奇心浓重的记者。

他还觉得，她眼里的泪光，不是因为笑得太大声、太用力，而是她真的想流泪。

只是对于这一点，他不太敢确定。

她的骨子里，始终有真正艺术家的不羁和跋扈；她的不按常理出牌，多年前他就已经铭心刻骨地领教过一次。

她笑着说："去看看何莲吧。"

方晓天一愣。

她悠悠地说："她早就结婚了，家庭和睦，有一个很聪明的小孩。你知道她的，她那样柔软的脾性，和谁都能相处得不错。只是，她也有她执拗的地方，她家买了三套新房，她却不肯搬离那栋老得都快成了危房的楼……你猜，她是在等谁？"

方晓天的血时热时冷，紧紧地捏着那个档案袋。

她笑了，拍了拍方晓天的手，优雅地说："我还有事，我送你出去吧。"

校门口，方晓天慢慢回转过身，问她："当年……你那么做的原因，到底是什么？"

她似乎早就料到他会问这个。她笑着说："唔，这个啊？"她笑得明媚异常，"我不可能和你有未来啊，所以，我为自己制作了一段可以朝夕相处的回忆，让我愿意留在这里，静静值守。"

她回答得太轻松了，就像一个辞令娴熟的外交官；这个答案也太无懈可击了，和当年的情形组成了一个严丝合缝的圆。

可毫无破绽，就是最大的破绽。

灵魂自由、处事狂热的她，一旦爱了，肯定是会不计较年龄、身份与后果地去直率表达的，但，这不能解释，她为什么偏偏要选择在那个清晨表白，为什么偏偏要让何莲看见？

方晓天不相信，她只是为了铲除情敌而设下迷局。她是大气的，否则她深得方晓天父母的信任、既了解方晓天的行踪也有接触他的渠道，她却为何再也不联系他？

她不再给他追问的机会，粲然一笑，转身离去。

出门前，方晓天曾给她留下他的手机号码。

而此时，看着她毫不犹豫的步伐，方晓天知道，这个女人，这个于他来说感触复杂的女人，会维持着匪夷所思的定力，一辈子不会打给他。

舒净背靠着路边枝叶舒展的高大杨树，看着方晓天："我和校工聊起她，她……"她稍微犹豫了一下，还是说了出来，"她至今单身。"

方晓天苦笑着说："你想说，她是为我？"

舒净仰头看着随风沙沙作响的树冠，淡淡地说："一个优秀的女人，会选择单身，只不过是因为，她经历过的爱情，已经足够回味余生。"

方晓天问："为什么不是因为她还没遇到那个足以让她倾心的人？"

舒净说："一个艺术家，为什么会在最好的年华，甘愿守在一座小城的一个中学，而且就这么过了小半辈子？何况那么多年前，她就在你用功的窗前，表白般地栽下那么多花。"

方晓天不以为然："那只是再普通不过的牵牛花。而且我告诉你了，她和我说过，牵牛花也叫勤娘子，她这是在激励我好好努力。"

舒净笑了："晓天，牵牛花的花语是爱情、冷静和虚幻。"

方晓天也笑了，却摇摇头："你以为她是那种会把心事隐匿起来自虐的女人吗？"

舒净微蹙眉头，低声说："也许，她本来理智尚存，她是真的爱惜你和你的才华，她是真的打算把心事掩埋起来的……直到，她听见你说，你要为何莲留在小城。"

舒净说："她明白自己的心，也就明白了你的心——就像她会为了你放弃艺术上的抱负一样，你也会为了何莲，甘愿一辈子留在这座小城，认真地缔造属于自己的桃花源。可是这样的未来，等待你才华的，就是不公平的埋没。上天既然给了她一双慧眼，当然也不会忘了给她一颗负责到底的恒心。在她看来，你若是这样选择，无疑是对给予你天赋的上天的最大侮辱。所以，她决意做天之守护，逼迫你走上你的正途。”

舒净说的每一字每一句，于情于理都无懈可击。

这就是事实。

方晓天沉默地低下了头。

方晓天走进那个人影寥寥的旧式家属楼。

他站在那扇门前，无数次在他的梦中出现过的门，熟悉而又陌生。

方晓天定了心神，轻轻敲门。

门很快开了。

就像门里的人什么都没做，一直等待着门被敲响那样。

时光，未曾辜负纯净灵秀的少女何莲，她的眼角已有细细的纹路，垂顺的长发已经剪短至肩。可那清澈的眼神，那脸庞上的娴静温柔，又何曾改过分毫？

何莲微微仰头，目不转睛地看着面容憔悴的方晓天，静静地说：“你回来了，小天。”

不像已分别了二十四年，不像曾远隔了万水千山，竟似昨夜小别，今晨复又相见。

方晓天的言语，就都哽在喉间。

舒净在方晓天背上轻轻一推，自己拾阶而下。

方晓天讷讷地看着何莲。何莲低头，微微侧了身。

方晓天本想进去，突然又止住脚步，“那时，我……”

何莲说：“我知道。”她抬头看着方晓天，眼中含泪，声调却平静，“我都知道。”

两人对视。

何莲含泪微笑：“即使你再没回来，我也都知道。可我觉得你会回来，一直这样觉得。”

方晓天眼眶发热，分别时那场伤筋动骨的恸哭，历历在目，又恍若隔世。他艰难地问：“你，还好吧？”

何莲含泪点了点头。

方晓天也跟着点了点头：“就好，就好。”

两个人都仔细地看着彼此的面容，仔细地看着。

方晓天在何莲的脸上，没有看到坎坷波折的经历，没有看到深深埋藏的心事，没有看到怨天尤人的纹路，只看到一个平静恬淡的女人，目光柔软得好像最初。

他终于放心了。

方晓天说：“再见。”

何莲没有留他，没有询问，也没有哀伤，看着他：“再见。”

方晓天转身离开。

二十四年的分别，他们终于好好地补上了这句“再见”。

再见，是会再相见，还是再也不见？

方晓天不知道，但拒绝再想。

谢谢你，何莲。这么多年以后，你我的所思所想还是一样，默契得如同从未分离：

——有些错过的故事，不妨留在青春年少；

——有些念念不舍的回忆，只适合交给奔流穿梭的时光。

返回成都的飞机上，方晓天终于从一路的神思恍惚中清醒过来。他看着舒净，欲言又止。

舒净轻轻摇了摇头，然后，握住了他的手。

温暖熨帖。

方晓天放松下来，顿觉睡意来袭。

他很快就睡着了。

第九章　受　命

钟司晨去医院做了检查，导致他呕吐的原因是轻微脑震荡。

得知没有多大事儿，钟司晨马上去雯雯那里拿了徐笑麟的数据资料，然后赶到一家专业排版公司，吃睡在那里，连赶了三个通宵，才设计出一本奢华厚重的册子。

期间，大概是觉得自己闹得太过了，明蓓破天荒地来了个电话，讪讪地找钟司晨说了两句闲话。钟司晨终归不是得理不饶人的人，也只当这事儿就过去了。

拿到加急装订的样书，钟司晨这才回家，狠狠地饱睡了一天。

一觉醒来，钟司晨给老板打了电话。

老板大喜过望，就让老板太太以家庭小聚的名义，郑重其事地邀请了岑家夫妇。

请帖所附的名单上，也列了钟司晨和明蓓的名字。

这种宴请的具体时间安排，都是以岑家夫妇的行程为准的。或许是因为明蓓的缘故，倒也没等多久，岑夫人就亲自给老板太太回了电话，定了赴约的日期。

钟司晨心头压力立减。

宴席上，不明所以的明蓓紧挨着岑夫人坐下，欢喜得像得了食的麻雀，虽尽力压低了声音，还是叽叽喳喳的。岑先生坐在上座，对明蓓和岑夫人的窃窃私语充耳不闻，脸面平和得像佛龛里的那一尊像，坦然面对着在心里已经拜服在他脚下的善男信女，不着声色。

老板其实是中国通，可在桌上，说的却是德语，哪怕是寒暄问候的场面话，都是由老板太太逐字逐句地翻译给岑先生的。

老板并不是在摆谱。他这样做，一是显得郑重其事，表明他对岑先生的毕恭毕敬；二是他足够谨慎，生怕用词或语气稍有偏颇，含义就走了形；三是有老板太太这个公关高手把关润色，更能得体地斟酌词句、准确表达。

等酒店老总并一众上菜的淡妆佳丽都出去了，老板端起红酒杯，郑重地对着岑先生致谢。岑先生微微颔首，举杯回敬，但他并没有喝。

这是一桌价值几十乃至上百万的晚餐。老板的去留、中国区公司的前程、总公司未来几年的战略部署，都取决于岑先生今夜的心情。

钟司晨更清楚，自己是这局棋中的关键一子，他在心里捏着一把冷汗。杯盘交错间，他一边侧耳倾听，一边注意着老板娘提前说过的“合适时机的暗示”。

和所有的高级官员一样，岑先生平和低调，和在座的每个人都有目光交流，但话少，即便是这少之又少的话里，也不带有任何倾向性。

相较于眼神飘忽或一脸蠢相的中下层官员，岑先生从无情绪表露。在钟司晨看来，岑先生不像位高权重的管理者，倒更像是不怒自威的年长智者，看得穿弯里绕里的迷魂阵，耐得住图穷匕见的夺命局，任你千策百计，都近不了他的身。

好在老板也机敏，很快就住了口——或许是他本来就没有寄希望于语言沟通。老板微笑着换了话题——对管理者赞美这座城市的繁荣、美丽和时尚，是从来不会出错的。

看到岑先生终于在唇角挂了极浅的微笑，老板太太不失时机地插入了话题：“我们这里，真是时尚了又时尚的，最近这些年，全世界最好的艺术家都喜欢在这里工作生活呢！”然后，她便不着痕迹地看了钟司晨一眼。

有老板太太这样的场面熟手铺垫，钟司晨心里的慌张就去了几分，再看见岑先生脸上透了浅笑，又一瞥搂着岑夫人脖子恣意撒娇的明蓓，他也就坦然起来。他把早就暗暗平铺在膝盖上的厚重画册捧了出来，走到岑先生的身侧，将画册微微向前一倾，恭敬地说：“岑先生。”

与处在岑先生这样位置的人说话，除了这声既是尊重也是提醒的称呼，再不能有任何一个多余的字。

岑先生脸上淡薄的笑意还没有退却，信手接过画册，却被画册的厚实压了一下手。他看着玉白色中隐着同色暗纹的封面，略感意外地问：“这是什么？”

钟司晨拿捏分寸，有问必答，话依然简单直接：“是专门定做的孤本画册，徐笑麟的。”

岑先生正准备翻看画册，听到钟司晨的话，便轻轻地把画册放在一旁，又轻描淡写地看了钟司晨一眼。

钟司晨终于相信，真有这么一种人，单凭平淡一瞥的目光，就可以让人胆战心惊的；真有那么一种王者之气，是不需要任何动作，就可以让人肝胆欲裂。

这场宴席，已经到此结束了。

就在这时，钟司晨看见老板太太的眼底，居然流露出一丝庆幸。

钟司晨的心沉了下去，他忽然什么都明白了。

空门，既是一个人最大的秘密，也是一个人最大的弱点。

一个人的空门，是绝不希望曝露人前的。

何况位高权重如岑先生。

老板太太叮嘱他寻画时忽略了这幅画本身信息的缺失，老板太太力主由钟司晨拿出画册……不管老板太太之前说的是怎样合情合理、悦耳动听，她的真正目的只有一个：用钟司晨来试探岑先生的反应。她在最初就打定了主意，要彻底置身事外。

世间事，皆是如此：只要没有直接面对，就有斡旋的可能，就有回旋的余地。

钟司晨欲哭无泪。

比发现自己被算计更痛苦的，是被自己忠诚以对的人算计。

比乱箭穿身更伤心的，是在乱箭穿身后，发现乱箭早就藏在宴席之中。

自己要是吃相难看些，内心提防些，未必不会发现。

只可惜自己偏偏正襟危坐，只可惜自己偏偏忠心不二。

钟司晨在心底悲凉地一笑，原来，自己并不是定乾坤的大将，只不过是饵，只不过是垂钓时钩上挣扎的蚯蚓，只不过是打虎时笼中彷徨的兔子——

只要鱼来虎至，他的处境会怎样，并不在设局者考虑之列。

钟司晨下意识地看了看老板。

他期望老板并不知情，期望老板在同意老板太太的安排时，并没有想那么多。

老板那双明亮的蓝眼睛正看着他，并没有掩饰眼里带着的内疚。

老板也早就做了牺牲钟司晨的打算。

这是曾力排众议、救钟司晨于水火的恩人，这是钟司晨发了暗誓要尽力效忠的恩人。

钟司晨彻底冷了心。不过心这么一冷，他反而想开了："我的前程是你给的，你要拿回去，也是应该的。或许——"他有了另一种心思，"我还可以尽最后一点力，以馈你昔日的提携扶助。"

这样想着，钟司晨安定下来，平添一抹悲壮的勇气，说："岑先生，这是徐笑麟所有有据可查的作品资料，你可以仔细看看，说不定就有你要找的那幅……"

岑先生平静地说："不可能。"

钟司晨愕然，岑先生看都没看，何以笃定至此？

只是这个时候，钟司晨已经没有追问的胆量了。

岑先生离席时，岑夫人和老板夫妇小心地跟着。

明蓓被钟司晨牵着，惊惶地进入另一部电梯。电梯门一关上，明蓓就急急地问道："老公，岑先生……怎么突然就走了？"

钟司晨精疲力竭，又心事重重，敷衍着说："我也不知道。"

明蓓却突然火冒三丈，张嘴数落开来："不知道，不知道才见鬼了，分明是你哪里说错了做错了，才惹得岑先生不高兴，你就是不知深浅……姆妈说的对极了，你就是样子精明能干，内里都是昏的……"

钟司晨极不耐烦地呛了明蓓一句："你这么不满意，当初何必嫁给我？"

这是钟司晨第一次还击，明蓓就愣在当场。

毕竟不是说惯狠话的人，钟司晨话一出口，就有些内疚，便去拉明蓓的手。

明蓓身子一斜，"啪"的一声打开他的手，尖着嗓子叫道："我也不明白当初为什么嫁给你。”

这时，他们已经到了地下三层的停车场，明蓓叫时，恰好电梯门开了，几个正等电梯的人听了个正着。

任凭钟司晨脸上有些发烧，伸手去拉明蓓：“出去说。”

明蓓躲着钟司晨的手，一味地向后退着，嘴里嚷嚷着：“我不出去，当时我怎么就猪油糊了心，非要嫁给你这个衰鬼!”

任凭钟司晨怎么拉她，明蓓都死命挣开。

小夫妻在家里争几句嘴，有时是种情调，然而这是公众场合。

钟司晨终于沉下脸，自己走出电梯，分外冷静地说：“现在离婚还来得及。”

明蓓的叫喊声戛然而止。电梯门在钟司晨身后悄然关闭。

钟司晨大步地向停车位走去。

钟司晨很想就这样独自离开的，他太需要独处的时间了。他需要把车驶向街头，在夜色中狂飙，然后找一个让他身心安静的角落，想想今夜以后，夭亡的事业该如何继续。

他没有那样做。

狠不下心来。

钟司晨没有给自己找其他理由，他就是狠不下心来。

等了许久，钟司晨还是没等到明蓓。他叹了口气，下车锁门，奔着电梯去了。

明蓓还站在电梯里，还是刚才的位置，很安静。

钟司晨估计她会待在电梯里的，但他没有料到她会这么安静。

这种安静让钟司晨心里很不踏实。

上次明蓓这么安静后没几分钟，就飞起一个手机砸中了钟司晨的鼻梁，砸了他一个脑震荡。

钟司晨拉着明蓓上车。一路上，他都十分注意明蓓，祈祷明蓓不要在车上发作，做出抢方向盘之类相当戏剧性的危险动作，害人害己。

明蓓只是出神地凝视着车窗外，一言不发。

回到家里，明蓓也不卸妆洗漱，径直走进卧室，关门落锁。

钟司晨实在是累了，身心俱疲，不想再上演情话绵绵的戏码。他简单洗了个澡，就把自己摔进书房的沙发床，不住地劝慰自己：不过是个工作，再换就是了。

天大的事情，只要现出了结局，就再没有什么好担心的了。

钟司晨睡着了。

他梦见小时候的一个夏日午后，姐姐背着他站在大槐树下数知了。知了枯燥地发出一成不变的叫声，让他头脑发晕——他在梦里也睡着了。

这一觉睡得真香，钟司晨醒来时天已大亮。他条件反射般地摸到手机看了看，没有未接来电和短消息。

第一次不需要劳心费神了。

钟司晨躺了好一会儿，才爬起来。

家里很安静。钟司晨看见卧室的门开着，被子叠得整齐，以为明蓓又赌气回娘家了，他就去洗漱，然后去厨房泡了杯面吃。等他吃完才发现，她就躺在客厅角落里的摇椅里看着他——那么长时间，她竟然没出一点声音。

钟司晨看着明蓓，等着她说话。

明蓓很平静地说："你说离婚，是早就想好的吗？"

钟司晨实话实说："一时冲动。"

明蓓显然不信，嗤笑一声，顿了一会儿说："是因为……尹燕？"

钟司晨瞬间就火了，干脆地说："不是。"他看了看手机上的时间，一边扣袖扣，一边说："我去公司一趟，处理点儿事情。"他想让自己再多放松一会儿，宾馆、公园、咖啡馆……随便哪里都好。

明蓓用一句话，击碎了钟司晨尽快外出的憧憬："你不是早就开始休假了吗？"她看着他惊愕的样子，脸上带着嘲笑，"你打算什么时候告诉我？还是你根本没打算告诉我，因为，你需要和尹燕约会的时间？"

钟司晨愣了一下，马上说："小蓓，你听我解释。"

明蓓苦笑："钟司晨，我笨是笨了点儿，却不是个傻子。"她缓缓站起来，"我先回我妈家，有些事情，我们都好好想想吧。"临出门时，她冷冷地说，"你变了，如果你还像以前那样在乎我，刚才你就会毫不犹豫地站起来截住我。"

钟司晨还想解释，还想上前拉住她，却疲倦得一点儿力气都没有。他木然地看着明蓓出了门。

明蓓不是多么精明的女人，但她刚才的话说对了——钟司晨意识到，自己的确已经变了，不管是对明蓓的态度，还是对自己的态度，都不一样了。

没有什么是不会被磨损的，情感的热烈、婚姻的稳固，都是这样，稍不注意，它们就在时光中面目全非，残忍而真实。

但让钟司晨不安的，并不是这个，而是明蓓不再疯狂哭闹。这种静默，反而让钟司晨害怕。

可没过两分钟，钟司晨就躺在沙发里合上了眼睛——他太累了，再一次睡着了。

钟司晨睡了半辈子都没睡得这么香过。他仰躺着，感觉自己就躺在老家被太阳晒得热辣辣的河滩上。硌在背上硬硬的，是光滑的鹅卵石；衬在手下软软的，是细碎的黄金沙。他现在的心和它们一样，都是被河水冲刷干净的、在秋天的阳光里闪闪发光。

钟司晨竭力向远处看去，看在风里“哗啦啦”摇晃的钻天杨，看黑土地上静悄悄的小村庄，看在蓝天中成群飞过的花翎喜鹊。

蒙蒙眬眬中，钟司晨想，该回家去看看了。他就努力想从河滩上坐起来。

他的梦境或者说回忆，就在这里，被手机铃声猛然打断了。

钟司晨惊醒，疲倦地爬起来，到书房拿起了手机。

屏幕上显示的是“私人号码”。

这种保密号码打来的电话，多半是广告促销，有时还会是打着各种名目幌子的拙劣诈骗。平时钟司晨都会直接挂断电话，不浪费唇舌，可这次，他终于有了多得用不完的时间。他接通：“喂！”

一个平静的声音说：“我是岑永东。”

钟司晨愣在当场，睡梦中还未消失的潺潺溪流声，变成了满脑子的“轰隆隆”海浪声：“啊？”

岑先生。

钟司晨愣在当场，含混不清地说：“岑……岑先生，你……您好。”

岑先生说："车在小区门口。"说完，挂了电话。

钟司晨愣了好一会儿才清醒过来，急忙换了衣服鞋子，向小区门口奔去。快到小区门口时，他才想起来，忘记把这件事告知老板了。

钟司晨一眼就认出了等他的司机。那人穿着普通，开的车也普通，但眉宇间有不卑不亢、见惯大场面的安静。

那个人与钟司晨眼神一触，马上就拉开后座的门，举止端庄，有条不紊。

钟司晨迟疑一下，上了车。

这车外观低调，一关车门，喧哗吵闹的街道声音都被关在了车外——这不亚于顶级商务车的绝对安静，显然是经过精细到匪夷所思的后期改装而来。

司机专注开车，始终一言不发。

一个小时后，车驶入一个同样外观低调的小院。西装革履的侍从过来拉开车门，引钟司晨上了后院二楼，进入一个满堂摆放着中式家具的房间。

岑先生正坐在一把太师椅上闭目养神，侍从便悄无声息地安排钟司晨坐在旁边。

岑先生亲自给钟司晨打电话，是不想让任何人知道他见了钟司晨。岑先生是怎么拿到他的电话和地址的，钟司晨不用猜也知道。

可为什么见自己这种无足轻重的小角色，岑先生竟然这样谨慎、如此大费周章？

钟司晨参不透。

岑先生睁开眼睛，却并没有看钟司晨，平静地说："那些资料，从哪里得来的？"他所指的，当然就是那本徐笑麟的孤本画册。

钟司晨觉得，岑先生好像很忌讳提到徐笑麟的名字，于是答道："是从……他的唯一入室弟子方晓天那里得到的。"

岑先生点了点头，又问："那是全部资料？"

钟司晨谨慎地说："当时方晓天说，这些资料是从一九七九年开始拍摄整理的。"他又补充说，"可能之前还有一些作品流失了，不在徐笑麟手上。"

岑先生好像只想问这么两句话，好像也得到了让自己放心的答案："就这样吧。"说完，他重新闭上了眼睛。

钟司晨心头的疑问此起彼伏，但他知道岑先生并不是一个适合提问的对象。他悄然离开，原路而出，又由司机原路送回。

钟司晨明白，岑先生找的画，应该是徐笑麟作于一九七九年之前的，且不在徐笑麟自己手里。他忽然有些失笑：何必再费心神，这桩事情和自己已无关系了。

一颗出师未捷的棋子，也就成了弃子。

钟司晨不愿意做赖在棋盘上的弃子，他决定主动辞职。

钟司晨发现自己真的变了，就像随波逐流的人，正在学习游泳。

不管钟司晨是否愿意承认，这种改变都是始于那次舒净带他说走就走的经历。

钟司晨依然不喜欢舒净，但他开始喜欢这种掌控自己以及自己命运的感觉。

到了小区门口，钟司晨道谢下车。然后，他就愣住了。

梧桐树下，老板笔直地站在那里。

老板是那种典型的老板，恪守上下属之间的界线，不做任何员工的朋友。所以他从不出席公司任何非工作安排的聚会，更别提去下属的私宅了。

老板的来访不在情理之中。

在客厅的沙发前坐下，甚至还没等杯子里的茶醒开，老板就开门见山了：“钟，我是来寻求你的帮助的。”

钟司晨为自己感到悲怆。有那么一刻，他还在孩子气地设想，老板是不是亲自来挽留他这个忠诚不二的得力部下的。可老板连圈子都不绕就告诉钟司晨，他是来寻求帮助的。

钟司晨离开公司已成定局，否则老板就不会说“寻求帮助”。

不过，老板不把“寻求帮助”和“亲自挽留”掺杂在一起，更没有给出模棱两可的承诺，这样做，倒也干净仁义。

可钟司晨想不出自己还有什么值得利用的价值。

老板真诚地看着钟司晨：“钟，我是以一个朋友的身份，来请你帮助我的。”

钟司晨心底一热。

老板说："我知道你刚才去见了岑。"

钟司晨的心猛然冰凉无比。

岑先生安排得那样低调神秘，甚至亲自打电话给钟司晨，可不过来回两个小时多一点儿的工夫，老板竟然都知道了，而且还抢在钟司晨回家之前，从城市的另一端赶了过来。

岑先生就像被猎手觊觎的庞然大物，他们留心着他的行踪，观察着他的喜好，甚至严密地推测着他的思维逻辑。只不过，自然界那些被猎杀的猛兽珍禽遭遇的是弹丸和陷阱，岑先生遭遇的，是糖衣炮弹。

钟司晨无奈地苦笑一声，为岑先生，也为自己。

老板的话还是很直接："岑主动要见你，就说明他对那幅画还没死心，也说明你之前的寻找方向，得到了他的认可。"他的蓝眼睛里闪动着恳切，"钟，拜托你了，拜托你继续找下去。这不光是朋友之间的请求，还是男人之间的拜托。"

钟司晨内心再怎么抗拒，也清楚自己没办法回绝。

这不仅仅是因为老板曾给了他职场新生、教会他很多生存法则，还因为此时此刻，老板真的低下了头，放下了男人的自尊，在求他。

钟司晨只好点了点头。

送走了老板，钟司晨疲惫地坐着。压力让钟司晨思维迟钝，他承认自己完全没有头绪。

直到对面楼房的灯突然亮起来，驱散了客厅里的黑暗，钟司晨才惊觉他已经枯坐了大半天。

明蓓没来电话，这在钟司晨意料之中；丈母娘没来电话，这倒让他有些奇怪。以往，别说明蓓回了娘家，就是小两口偶尔闹点儿小矛盾，丈母娘也会打电话过来，操着一口绵里藏针的上海普通话，话里有话地把钟司晨训个狗血喷头。

最近反常的地方实在太多，钟司晨觉得还是去丈母娘家一趟才好。

到了明蓓娘家附近，钟司晨反倒头脑清醒了。他停好车，打通雯雯的电话，他想拜托她约一下方晓天——他委实不想再通过舒净。

恰好小何在雯雯那里查资料，听见他们的对话，可能因为钟司晨自报家门是舒净的妹夫，小何就随口说出了方晓天的行踪："方老师在峨边，好像要过很久才回来。"

钟司晨觉得这生僻的地名却也有些熟悉，临到收线时，他模模糊糊地听见雯雯对小何说："老侯也要陪着方老师待很久，肯定是有大事吧?"经纪人都要跟很久，那的确是大事，多半是短时间内回不了上海了。钟司晨的失望更甚。

进了屋门，明蓓虽然黑着脸，丈母娘倒还热情，钟司晨就多少放下点儿心来。

丈母娘的待客礼数一尽，真正想说的话就带了出来。她问清了钟司晨是带薪休假，脸上就多了一分笑，接着她言语一转，就转到了岑先生身上。钟司晨把接触岑先生的真正目的含混带过，只把今天早些时候岑先生见了他的事说了个大概。丈母娘笑得越发由衷，也不追问，话锋一转，又转到了第三件事上，她要搬过去和他们一起住。

丈母娘说是为了好好教明蓓做做家务，免得她一天到晚闲得发慌胡思乱想，也是为了好好照顾他们小两口——她直言不讳："司晨啊，趁着你工作不忙，也趁着我年轻，你们俩就把孩子生了吧。"

丈母娘的话句句在情在理，容不得钟司晨有半点儿推诿。她决定当夜就搬。

明蓓僵死的脸就活络起来，又出现她惯有的没心没肺的笑。

钟司晨见明蓓高兴了，堵在心里的那股不舒服也就散了。

丈母娘一边手脚利索地拾掇东西，一边和明蓓说家常，就说到了这两天想和舒净约吃饭的事情。明蓓就笑嘻嘻地给舒净打了电话。听说舒净不在上海，她就带着撒娇的腔调问舒净在哪里，然后稚气十足地嚷起来："峨边?"

钟司晨一个晚上听到这个地名两次，就知道舒净是和方晓天在一起的。然后，就在他弯腰去提那个硕大的箱包时，听见明蓓追问着舒净："姐，这名字好奇怪啊，在国内吗? 四川?"

听到"四川"，钟司晨眼前突然一片光明。

他想起自己为什么会对这个生僻的地名有熟悉感了。

那是他在编辑徐笑麟的资料时看到过的地名，那是徐笑麟与之有关的、最重要的地点之一。

钟司晨的心像马力强劲的发动机一样激烈地嘶吼起来。他有一种强烈的预感，方晓天的峨边之行，一定与徐笑麟有关，一定与徐笑麟的作品有关。

在急促的心跳声中，钟司晨迅速做出了步骤清晰的行动规划。

他再也无法隐去唇边的微笑。

回到家后，钟司晨为免解释，就趁明蓓洗漱时，翻出她的手机找到舒净的电话号码。

次日钟司晨起来时，明蓓母女已经出门买菜去了。他看看时间合适，就给舒净打了电话。他开门见山地说："舒净，我想和你见面聊聊，关于明蓓。"他尽可能诚恳地说，"我想好好爱她，好好和她过日子，可我总觉得我不了解她。你和她从小一起长大，能不能给我讲讲关于她的事情——所有的事情。"

钟司晨知道，不管舒净是怎样的难以接近，明蓓都是她脆弱的脉门。

果然，舒净没有拒绝，说："等过段时间我回上海好吗?"

钟司晨早就想好了应对，他让自己的声音显得急切："现在我和明蓓已经到了离婚的边缘。"他恳求道，"我不想和她离婚，我想给她幸福。这两天可以吗?"他叫出了那个陌生且别扭的称呼，"表姐!"

舒净没说话，似乎是在思考。

钟司晨不失时机地说："如果你不方便回来，我现在正在休假，可以去你那里。"

舒净略微顿一下，说："那好吧。"她似乎很无意地问，"你那位忘年交要找的画，在那些资料里吗?"

舒净之所以会有戒心，一定是她与方晓天的峨边之行和徐笑麟的作品真的有关。钟司晨说了一半真话："我把资料做成册子，已经送给他了。"他又说了一半谎话，"还不清楚里面有没有他要找的画。"

一个从来不说谎的人说出的谎言，其实更具有欺骗性。

舒净说："我在四川峨边，你到了联系我。"

钟司晨说："表姐，能不能拜托你不要把我们的私下接触告诉给明蓓？现在我和她闹得很僵，我担心这样做可能会让她的情绪波动更大。我不希望事情会变成那样。"

舒净叹了口气，挂了电话。

钟司晨说要出差时，明蓓将信将疑，丈母娘却满脸堆笑地支持钟司晨："让公司知道你还是有用的，好事情嘛!"

钟司晨放心地奔赴峨边。

舒净和他约在一个小咖啡厅里见面。

来时，钟司晨是内疚的，觉得自己利用了舒净对明蓓的姐妹情深，是地道的钻营小人。但他也反复地宽解着自己，毕竟能从舒净这里多了解一些明蓓，保婚姻长久，的确也是此行目的的一部分。

舒净对明蓓，果然有着深厚的感情，平素里话不多、表情冷冷的她，谈起明蓓，唇角都带着笑意。初次相见时，如果知道钟司晨是明蓓的男友，舒净就算是再不看好他们的婚姻，大概也不会舍得对他说一句"不会幸福"吧?

钟司晨听得很认真，但他听来听去，只发觉明蓓就是个没脑筋的天真小女人。那就认命吧。

言谈已过，钟司晨谢过舒净便告辞。但他没走。他心情复杂地躲进街道拐角处的一条死巷。等到舒净走出小咖啡馆，他悄无声息地跟在舒净的后面。

一路南行。

跟着舒净拐进那片阻挡了大路与房子的竹林时，钟司晨看到五成希望；两个动作训练有素的寸头青年突然闪身出来，警惕地把他当成误入的路人拦住时，他有了七分的把握。

秘而不宣，严防死守。钟司晨清楚地嗅到了徐笑麟作品的味道。

就在这时，隔着敞开的院门、舒净推开的屋门，钟司晨看见了一幅巨大油画的轮廓。

钟司晨强忍住内心的欣喜。

就要从这折磨人的事情里脱身了，就要脱身了!

钟司晨仿佛听到了巨大的倒计时声，"咔嚓"，"咔嚓"……

他在飞机上，带着久违的喜悦，安心地睡去。

他没有想到，即将迎接他的，会是在宇宙深处某个地点酝酿已久的滚滚乌云。

第十章　决　裂

夜半时分，钟司晨下了飞机打开手机，就接到了钟司蕾打来的电话，显然这是她打来的无数个电话中的一个。

钟司蕾声音疲惫，呼吸沉重，刚哭过。

钟父确诊，肝癌晚期。

钟司晨如遭晴天怒雷，愣怔在那里，直到通道里空荡荡的只剩下他一个人，才失声痛哭。

和许多农村家庭不同，钟家姐弟享有的父爱是清晰和温暖的。钟父终日务农，早早劳累出了肝病。但正是这需要静养的病，反而让钟父有了与钟家姐弟充分交流的时间。

钟父前半辈子只读过一本不知哪个年代版本的《红楼梦》，竖版繁体，纸黄字小，还时不时地有虫蛀的洞、残缺的页。就是这本《红楼梦》，让钟父有了迥异于农村人的气息，他对钟家姐弟的教导正面且全面。

钟家日子好转后，钟家姐弟不止一次地让父母搬到上海和他们同住，但都因父母故土难离而作罢。钟家姐弟也多次催钟父去做检查，钟父却觉得，这病病了十几二十年，除了偶尔发作外都无大碍，也因舍不得花姐弟俩寄回来的钱，就拖着，只是拿药吊着。钟家姐弟拗不过他，也只好作罢。

谁料，竟然拖出这样一个结果来。

姐弟俩在电话里对着痛哭了一场，又慢慢冷静下来。

钟司晨想起姐姐住的还是单位的房子，就提议先把父母接到自己家里。他说：“反正现在我在休假，时间上充裕。”

姐弟俩又谈了些该如何劝慰父母、该如何说服父亲继续治疗的话。

回家的路上，钟司晨始终陷在悲痛里。他恨自己对父亲的疏忽，无法自拔，锥心刻骨。

一开家门，钟司晨就是一愣。他上飞机之前给明蓓打过电话，叮嘱她不要等他，可此时已经是凌晨两三点了，屋里的灯却还全部亮着。

明蓓和妈妈居然穿得整整齐齐地坐在客厅的沙发上，神情凝重地看着钟司晨。

这是觉得钟司晨欺负了明蓓之后，明家惯有的阵仗。

早上走的时候，不是都还好好的吗?!

钟司晨莫名惊诧。

明蓓年轻，真的沉不住，带着哭腔喊出来："钟司晨，你这个大混蛋!"

明蓓妈妈却看出了钟司晨的脸色失常，她拦住还想哭闹的明蓓，和颜悦色地问："司晨啊，你脸色不大好看呀，是哪里不舒服还是出了什么事啊?"

钟司晨想了想，过段时间父母就要来了，总不能让父母睡这二居室的客厅吧？只能让明蓓妈妈先回去。再说父亲已到癌症晚期这种大事，也没有必要隐瞒。他就把实情和自己的安排说了出来。

明蓓没经历过什么事情，一听钟父已到癌症晚期就慌了。

明蓓妈妈却显得通情达理，爽快地说："儿子照顾爹妈嘛，那是应当的啦，我这就收拾收拾去。"

钟司晨放下心来，感激地点了点头。

终于挨到了父母来沪的那天早上，钟司晨匆匆吃过早饭，就准备赶赴机场接父母。

穿好鞋开了门，钟司晨才发现鞋垫大概是被明蓓妈妈拿出去刷了，鞋底分外硌脚。他想起阳台的柜子里还有一副新鞋垫，就脱下皮鞋——为了赶时间，他连拖鞋都没换——径直向阳台走过去。因为担心邻居散养的小狗会溜进来惹明蓓不高兴，他顺手"啪"的一声带上了门。

钟司晨走进阳台，就听见了明家母女从厨房里传来的对话。

刚才那一声门响，明家母女以为钟司晨走了，说话的声音就高了许多，而阳台和厨房之间的那扇小通气窗也开着，所以钟司晨听得非常清楚。

明蓓埋怨着："他明明就是跑去勾搭表姐了，你干吗不许我揭穿他？我查了他的通话记录的，昨天就是有表姐的号码，肯定是从我手机里偷偷找的……从那次你帮我分析出他说谎是为了找人鬼混，我就怀疑他开始纠缠表姐了，哪有那么巧的事情嘛，从来都说没空，突然又约表姐，晚上两个人又刚好脚前脚后地离开。”

钟司晨心头一凛，也是一颤。

原来都是丈母娘分析出来的。怪不得最近明蓓一直怪怪的。

明蓓妈妈刷着碗，气定神闲地数落明蓓：“只长头发不长心，都什么时候了，还在想那点儿男男女女的小勾当？那些猫儿偷腥的事情，怎么好和眼下的事情做比啦？”

钟司晨已经听明白了，明蓓还在傻傻地问：“什么眼下的事情啦？”

明蓓妈妈说：“他爸爸肝癌的事情啊。”

明蓓说：“那又怎么啦？”

明蓓妈妈冷笑一声说：“那又怎么啦？侬真个是天真的啦，得病了，他总不能看着亲爸爸坏掉了吧？那就要治。治，就要人伺候，就要花钱，大笔大笔地花钱。早死倒还好，死晚了，你们这些小辈是要活活要掉一层皮的。”

明蓓不说话了。

钟司晨听得手脚发冷。他没料到，明蓓妈妈说起自己的父亲，口气冰冷得就像说个毫不相干的人。那些话的内容，也是那样的冷血。

明蓓妈妈却还没说完，她关了水龙头，教训明蓓：“有些事，规矩是要早些立下的，他是家里的儿子不假，可他那个姐姐，还没出嫁，没出嫁就还是钟家的人，医药费啊护理啊，她都别想推掉的。对了，还有，她那个男朋友不是很有钱的吗？有钱就该多出些。”

明蓓怯生生地说：“他们还没结婚呢……”

明蓓妈妈嗓门大了一些：“没结婚才该多花他的钱呢！哪天分手了，想花都花不成。”她顿了一顿，恨铁不成钢地说，“我怎么生了你这么个没脑筋的，当初就看上了钟司晨这个衰鬼外地人，还贴钱养他，现在怎么样，就快失业了吧？”

明蓓一下不做声了，好一会儿，又有点儿不服气：“岑先生不是刚见了他吗……”

明蓓妈妈冒火了："你还真信他的话呀？他当然要那么说啦，他不那么说不是连最后一点儿脸都丢完啦？"她把筷子"哗啦"一声丢进水槽，尖着嗓子喊，"照着我说的，你是得赶快和他离婚的，他粘着你表姐的事情可以当做个由头，闹一闹也不是不能离的。存款嘛，你们也没有，房子嘛，当然得归你……离了好，离了轻松又清净，他将来又有了起色，再复婚就是了。"

钟司晨从里到外又冷又痛，每一滴血液都遭了刺骨的霜冻，每一处毛孔都遇了飕飕的寒风。

说出这番话的人，心思何其阴毒，行事何其残酷！

钟司晨终于发现，自己才是一派天真。

明家对名利的追逐，不曾改过分毫，那时他们改变态度允许他和明蓓的婚事，也不过是因为他那时恰好有一个看起来还不错的前程。

这里，这所谓的家里，所谓的温暖安静，从来都是他一厢情愿的幻想。在他与明蓓的小争吵、小矛盾的背后，时时刻刻都隐藏着明家赤裸裸的算计。

这不是谁忍让谁一下的问题，这摆明了是明家划定的战场，上来就是白刃战，上来就是血淋淋的，上来就是要有牺牲品的。

钟司晨不愿让自己的父亲成为牺牲品。

钟司晨清楚，明蓓妈妈是不会改变她的处事准则的，那么这就是家教，这些混账自私的话，就是明家的家教。钟司晨也清楚，就这么黑白颠倒地教下去，明蓓早晚也会像和她妈妈从一个模子里倒出来的那样。

地狱无间，轮回最苦。

任何权宜之计，任何怯懦和退缩，都不会换来谦和的礼让。

这已经是靠钟司晨自己无法挽救的死局。

钟司晨绝望了。

绝望总能带来清醒。

钟司晨清醒了：解死局，唯有当机立断，不纠缠。

钟司晨说："我同意离婚。"

厨房里，顿时鸦雀无声。

钟司晨就站在阳台上，平静地说："等我安排好父亲住院，马上就和明蓓离婚。”说完，他拔腿就走，甚至只来得及拎起皮鞋，光着脚就出了房间，走进电梯。

明蓓似乎哭着想追出来，可她的哭声被紧闭的房门挡住了。想必是她那清醒冷静得不像正常人的妈妈挡住了她。

钟司晨站在电梯里，穿好鞋，眼泪才掉了下来。

说不清是哭父亲、哭自己，还是哭自己刚刚亲手解决的婚姻。

见方晓天满脸笑容回到峨边，唐老板一脸的放心。

方晓天决定先小幅临摹一下徐笑麟这张大画的各个局部，培养一下手感，再着手整体修复。

唐老板反应倒也快，马上派人去买了十几个小画框，然后就识趣地不再来了。

方晓天潜心作画时，舒净并不愿和时常坐在院子里的老侯搭话，往往就在院门外的溪旁看书。等方晓天休息时，她又转回来，陪他喝杯茶，说说话。有时作画的间隙，方晓天想到她就在院外，心里也是暖的。

这天，方晓天正在画画，老侯在院里接了个电话，说了两句，就拿着手机“嗯嗯啊啊”地进了画室，然后说了句“我把手机给晓天”，就把手机递给方晓天，“北京的张老。”

方晓天有些意外，老侯处理事情，向来果断，即使有不能当机立断的，也是挂了电话再和方晓天商量，哪会直接就把电话这么递过来？虽说对方是张老。

张老是方晓天的老藏家，差不多从他刚出道时起就每年买他一两幅作品，所以和他非常熟悉。张老很急切地说：“晓天，这几天我在不同场合见到了几幅画，很像是你的，但肯定不是。”

方晓天立刻就明白了，大概是市场上出现了那些没有出路的画匠们所做的仿制品。他笑着说：“不管是致敬、模仿还是抄袭，这种事都常有，根本没法儿避免，就得靠好心态了。”

张老焦急地说：“晓天啊，这几幅画和你作品的相似程度，已经到高仿的级别了，不光是技法，连思路都像，不，甚至不是高仿，除了极其细微的地方以外，简直就是你自己亲手画出来的。你想，连我这个买了你十几年画的人都差点儿走了眼啊。”他顿了一下说，“晓天，你我都清楚这其中的利害关系，你空下来，得好好追一下这件事情。”

方晓天谢过这位颇有魏晋风骨的老人，挂了电话，把手机还给老侯，一边重新戴上手套作画，一边想着张老说的事情。

如果是足以乱真的高仿，这真的不是小事情。这可能会是搅乱一个艺术家的市场甚至是毁灭他本身艺术修为和声誉的祸事。

方晓天沉思中偶然一瞥，忽然发现老侯好像想说什么，却又闭上了嘴——这很不符合老侯要么就说要么就不动声色的风格，他便直接问：“你还有事没说？”

老侯眼神飘忽着，一张能说会道的嘴里干咳一声，才期期艾艾地说：“晓天，给你看个东西。”说着，他打开一个风琴包，从里面抽出几张打印纸来。

方晓天放下画笔，摘了手套，接过老侯手里的纸。

是彩墨打印的油画图片。

方晓天吃了一惊。

怎么……如此眼熟又如此陌生?!

他认得这画的笔触，认得这画的每一处笔触。

何止认得。

这就是他自己亲身体验出的技法笔触。

可这画的内容他并不记得，他不记得自己画过这样题材的画。

“不!”方晓天突然把纸拍在桌子上，相当肯定地强调，“这不是我的作品。”

可，如果不是他的作品，何以技法如出一辙，感觉宛若双生?

如果把这样的类似称之为剽窃或者盗用，那么这个剽窃者或者盗用者真是已经高明到完全可以自立门户了。

老侯在画中一个不起眼的角落点了一点，方晓天便看到了在画面中隐匿得几乎天衣无缝的作者署名，那是一笔漂亮的英语花体字：Monica S。外国人?

老侯见方晓天惊愕至极，又从风琴包里拿出更厚的一叠打印纸。这次他更是有些犹豫，也有些焦虑，似乎在内心掂量着什么，拿着那叠纸的手指在纸面上滑来滑去。

方晓天劈手夺过那叠纸，飞速地翻阅着。他的手开始发抖，抖得越来越厉害。

完全属于方晓天不同时期的技法笔触，从来没诞生于方晓天脑海里的题材构图。

同样的署名：Monica S。

剽窃得肆无忌惮，盗用得无法无天！

方晓天说不清自己是震惊甚于愤怒，还是愤怒甚于震惊。他望向老侯：“怎么回事？”

老侯低下头：“我先前给你的，是 Monica S 最近的作品。刚才给你的，是 Monica S 前五年的作品。”

方晓天非常清楚老侯惯于有所保留了。老侯绝不会平白无故地拿一堆自己没查出来龙去脉的东西来找他。方晓天追问道：“你还查出了什么？”

老侯不说话。

方晓天真急了：“你知不知道这种事对一个画家意味着什么？他妈的比生死事情都大！这会把我的毕生事业毁于一旦！”

老侯这才抬起头来，眼神闪烁着，吞吞吐吐地说：“我追查到了代理 Monica S 作品的画廊。这个画廊在纽约，只代理了 Monica S 一个人的作品。画廊负责人说，Monica 小姐是位才华横溢的……”他又低下了头，“华裔艺术家……”

纽约。Monica……小姐。华裔艺术家。

方晓天觉得心脏在缓缓下沉，沉向深不见底的可怕海沟。

他的脑海里只有一个巨大的字母：S。

S。

方晓天攥紧那叠纸，眼睛里涌起了血意，眨也不眨地盯着老侯：“说下去。”

老侯一抬头，就被方晓天的眼神吓住了，急忙叫他：“晓天，你别……”

方晓天一声断喝：“说！”

老侯想了想，嗫嗫地说：“这家画廊属于一家中型商投集团，集团主要控股人也是华裔……”他的声音越来越低，“姓……倪……”

方晓天猛地闭上眼睛，发出冷而干的一声笑：“哈哈——”

相处将近二十年，老侯见多了洒脱不羁的方晓天，见多了心胸豁达的方晓天，更见多了笑得温暖的方晓天……眼前的方晓天，唇角的笑，凄厉悲苦，紧皱的眉间，竟要拧出血来。老侯喉结上下蹿了半天，才壮着胆子问了一句：“要不要……我……向舒小姐求证一下？”

舒。

宛若胸口遭遇雷击。方晓天用力撑在木桌上，才撑住了摇摇欲坠的身躯。他瞪着前方某处，目眦欲裂：“我自己去问她。”说完，他闭眼稳了稳心神，一咬牙，握着那沓纸，不管不顾地冲出门去。

画室的门“噔”地一下撞在墙上，又反弹回来，“哐当”一声将老侯关在画室里。

几乎要搅乱方晓天整盘市场的人，竟是舒净！

方晓天一腔悲愤，冲向院门。

不是一张两张。

是，五年。

几乎横跨了他们相识全过程的五年。

那么，没什么巧合，没什么投契，只有恰到好处的算计，只有处心积虑的布局。

舒净正坐在溪边的树荫下看书，雪润的双脚搁在水边的石头上，白晃晃地反射着阳光。她听见脚步声回头看来，见是方晓天，嫣然一笑：“晓天。”

这一个明媚的笑容，这一声柔和的“晓天”，曾是让方晓天内心温暖的美好，而如今，它们真是比淬毒的刀剑还要狠毒，它们是生生射进心脏的箭镞，它们是活活砸断脊骨的石头。

方晓天强打精神拖着腿脚，几步走了过去。他忍着皮开肉绽的疼，忍着锥心刻骨的痛，颤抖着把手伸出去：“这是什么？”

舒净看着最上面的那张纸，没有说话。

方晓天声音干涩地问：“舒净，你的英文名字叫什么？”

舒净抬起头，直视着方晓天。

方晓天的手抖动着，越来越厉害。终于，他被骨髓深处爆出的尖锐的刺痛感折磨得痛不欲生，再也无法控制住情绪，闷吼一声，把那叠纸往空中猛然一扬。飘飘洒洒的纸张失去方向的鸽子一样东飞西舞，最后，相互扑打着降落在草地上，簇拥在舒净身边。

舒净的眸子，一直盯着方晓天，脸上没有任何表情。

方晓天俯下身，愤怒地凝视着她："没有默契，只有迎合；没有相知，只有算计，是吗？Monica？Monica S？"

舒净慢慢合上那本书，慢慢站起身来。但她那双晶莹剔透的眸，没有一丝躲闪。

方晓天随着她的动作也慢慢直起腰身，而后他说出的每一个词语、每一个字甚至每一个停顿，都撕扯着他的血肉直至他的心肌："你……接近我……就是为了……这个？"他的呼吸时而急促如追降时的鹰隼，时而缓慢像酝酿中的海啸，声音里有风干了依然强烈的疼痛，"了解……我的为人，也就……了解了……我的每一处笔触，我的每一个思路？如果不是被我发现，你还打算这样潜伏多久？"

舒净深深地望了方晓天一眼。

方晓天清楚地感觉到，这一眼，真的望进了他的思想尽头，望进了他的灵魂深处，让他瞬间有了清晰的平静。如果不是那到处散落的纸张的提醒，这是一场交织着失望与愤怒的声讨，他几乎会以为，自己正在接受着救赎，来自神的救赎。

这短暂到一闪即逝的平静，让方晓天更加悲愤，怒吼道："舒净，你为什么不愧疚？"

可舒净已经转过身去，脚步平稳、目标明确地走向了别墅。

舒净不声不响的举动，让方晓天错愕。等到他清醒过来，舒净已经走进了院落的大门。

方晓天快步追了过去。

舒净已经进了别墅的门。

方晓天加快脚步追了进去。

舒净修长的身影恰好在楼梯拐角处消失。

方晓天以最快的速度追了上去。

舒净房间的门刚好“嗒”的一声关上。

方晓天的怒火再次熊熊燃烧，站在走廊里咆哮：“舒净，你以为你躲开，我就会忘记你所做的一切？你以为你躲开就能解决问题？舒净……”

门突然开了。

舒净已经穿好鞋子，拎着手袋出现在方晓天面前，眼神没有波动，更没有要说话的意思。确切地说，她只是出现在方晓天面前一瞬，因为，她只是途经方晓天身边——她看都没看方晓天一眼。

方晓天捶了一下墙，笑得比哭还惨烈：“舒净，你这是什么意思？东窗事发，落荒而逃？这不像你啊，这他妈的完全不像你啊！”他冲着舒净的背影怒吼道，“还是之前你表现出来的一切，都他妈的是装的？都他妈的是你装出来骗我的？你告诉我，舒净，你告诉我！”

他没有得到任何回应。

仿佛是厚重的地毯、良好的隔音材料，吞噬了舒净的存在。

走廊空荡荡的，方晓天的心里也空荡荡的。

忽然，他的心里生出一丝慌，一丝和他的怒火不相称的慌，一丝他不想承认却压不住的慌。

舒净的高跟鞋平稳敲打一楼画室地板砖的声音传了上来，“咯噔”“咯噔”——那是东京富士山下樱花飘散的优雅，那是纽约大都会博物馆里笑对纷繁的自信，那是巴黎时装周延展台上俯瞰众生的高傲。

方晓天心里的慌，驱走了他所有的怒意，而后迅速弥生出烟雾状的恐惧。

方晓天的嗓子里再也发不出一点儿声音，他舒展开血肉狰狞的拳头，冲了下去。

终于，在溪流对面的停车坪上，方晓天追上了舒净。他压住了舒净去拉车门的手。

舒净的手静止在他的掌心里。

方晓天站在舒净身后，觉得自己低微得如同刚刚沉寂的雾霾尘土，艰难地说：“舒净，只要你告诉我，是不是真的？”

舒净的手就生了力道，手背一耸，既弹开了方晓天的手，也将车门拉开了一道缝隙。

方晓天重新抓住舒净的手，另一只手从上方压上了车门，急急地说："只要你说，是不是真的。"

舒净的手挣扎着。

方晓天另一只手落下来，抱住了舒净。

舒净挣扎着。

方晓天用力抱住了舒净，紧紧的。

舒净鱼跳上岸般执拗地挣扎，渐渐偃旗息鼓。

方晓天闭着眼睛，闻着舒净发丝间的清香，呼吸急促。良久，他吟哦般地叫道："舒净——"

这次，舒净终于有了回应，柔柔细细地说："嗯?"

方晓天用双臂环住舒净的肩，用脸抚摩着舒净的脸，断断续续地喘息着说："舒净……我只是……想要一个答案……你说是，我不会怪你；你说不是，我就会相信你……舒净……你给我一个答案，好不好?"

舒净软软的身体，突然在方晓天的怀里僵硬起来，但她没动，任方晓天密吻轻咬着她的耳郭耳垂。直到方晓天发烫的手，似乎准备从她的肩上向下滑去，她才轻唤道："晓天。"

方晓天停住了动作，抚摸着她的发丝，温柔地回答："嗯?"

舒净在他的怀里转过身来，脸颊上有尚未消逝的红晕，眼中噙着波光，但目光是冷的，也没看他。

方晓天还没反应过来，舒净一记耳光已经狠狠地甩在他的脸上。而后，她猛地推开他，转身拉开车门，把手袋扔到副驾上，上车关门，那辆车便尖锐呼啸着倒车，转弯，而后，绝尘而去。

方晓天呆呆地站在那里，脸上一片麻木，唇内舌尖上的"舒净"两字，越来越沉重。最后，那两个字沉重到自己把自己拆成了笔画，每一笔、每一画都沿着方晓天的气管血管奔腾、膨胀，在他呼吸的肺中散成齑粉，在他跳动的心里压上铁石。

方晓天的耳中，天地无声，溪流无声，风吹花树翠竹皆无声，只有眼前一只蝴蝶无力地在秋风中扇动翅膀的声响，“噗哒”，“噗哒”。

不知站了多久，方晓天才疲惫地回到画室，把自己摔进沙发。

之前躲得踪影全无的老侯不知从哪里冒出来，小心翼翼地问：“舒小姐……舒净，她怎么说？”

方晓天笑了笑，筋疲力尽地说：“她什么都没说。”

老侯一愣，有些不解：“她没承认？”见方晓天摇头，他不甘地追问道，“也没否认？”

方晓天大笑起来：“对，没承认，也没否认。你知道吗，老侯，”他停住了疯狂的大笑，神秘地微笑着，“对待我的质疑和指责，她可以选择解释、可以选择道歉、可以选择哭泣，甚至可以选择撒娇或者耍赖，可——”他微笑着指了指自己的脸，“她选择了给我一个耳光，然后，走了。”

老侯表情复杂地张开了嘴。

方晓天笑着说：“所以，现在我弄不清是谁错了。”

老侯搓了搓手，叹了口气。

方晓天长吁一声，靠在沙发背上，一只手捂住眼睛，另一只手挥了挥，声音嘶哑地说：“让我自己待着。”

老侯用力按了按方晓天的肩膀，出去时反手带上了门。

方晓天觉得，支撑自己的最后一丝力气已然用尽了，在昏昏睡去的那一个瞬间，他的脑海里跳出了一个带着巨大感叹号的句子——

人，是可以亲手把自己做成木乃伊的！

老侯到底是担心，天没亮全就从宾馆赶了过来。可等到进了院子、站在画室的门口，他又一筹莫展了，手放在门上，又缩了回来。他正在踌躇，冷不丁心的门自己开了。他不由自主地倒退了一步，这才定睛看来。

精神抖擞的方晓天站在门口，一袭雪白的绸衫配着新剃的光头。方晓天见老侯愣然而立，爽朗一笑，摸了把泛着青色的头皮：“好凉快。”他劈手夺过了老侯手里的早餐盒子，揭开看了看，笑着说“皮蛋瘦肉粥，好东西”，便转身进屋。

方晓天从来是心底清澄、不屑掩饰自己的喜怒哀乐的。无论是技法被窃用，还是知己变仇家，换做谁，恐怕也要生一些怨恨，冒几句埋怨。可方晓天并未如此。

老侯是眼睛一瞥便定得出真假的，可他察觉不出方晓天是强颜欢笑，还是欲盖弥彰。

纵使不解，纵使愤怒，纵使无奈，纵使心疼，一夕之间，方晓天已然放下。

到底是师出名门，到底是大家风范！

老侯心下眼底都带了肃然起敬。他跟进来，四下里走了一圈，才在沙发上坐下，看着大快朵颐的方晓天。

不过是一碗清粥和几样小菜，方晓天却吃得有滋有味。他兴致勃勃地说："老侯，修复恩师这幅画，我想到该如何下手了。"

老侯眼睛一亮，看向那幅画，脱口而出一个字："好！"

方晓天放下碗筷，笑眯眯地说："接下来的日子，我就关门谢客，开始闭关了。你也别过来了。"

老侯轻叹一声——他终于嗅出了方晓天心底正汩汩地淌着血——方晓天作画，是从不闭关的，他发挥稳定的技术和可以随时入定的心态，让他在任何时候、任何地点创作，都能游刃有余。甚至，越是看客众多，他越是如鱼得水。徐笑麟曾淡然送给他三个字，"人来疯"。

方晓天是真被伤了。

可眼下，这也未尝不是一件好事。

——于画的修复，于方晓天的自我恢复，都是好事。

老侯没再多问，缓缓地说："我会叮嘱老唐的人，把饭菜和日用品放在吊桥那边，你自己想拿的时候，再过去拿。"老侯见方晓天弯着腰用手指去触摸画面上的霉点，已经对他的话充耳不闻，也就选择了静默。略坐一会儿，他便带上门出去了。

周遭的万事万物，方晓天都听不见也看不见了。他直起身来，神思恍惚间，他看见徐笑麟就站在他的身侧，凝神，运气，起笔，落痕；抑或，他自己就是徐笑麟，此刻他正回忆起四十年前林场作画的旧事，否则，怎么解释他指尖的沸腾，怎么解释他鼻腔里嗅到了松树油脂那略带苦涩的芳香？

方晓天深吸一口气，闭上了眼睛，时空轮换，他听见肆虐过还未成材的森林的猎猎风声，他听见猫头鹰巡视领地的咕哝，他听见野兔蹑手蹑脚地穿过深草，他听见月光揉搓溪流清脆的呻吟。

方晓天——不，是徐笑麟——徐笑麟睁开眼睛，他凝神看着这幅和他分开了整整三十九年的人物肖像，他的眼神穿透了滋生蔓延的霉斑，连接了干涩开裂的缝隙，填补了发脆脱落的角落，看到了当时自己激情万丈绘就的领袖像，还看到了那时的人们，给予了这幅画怎样敬畏的仰望。

徐笑麟——不，是方晓天——方晓天揣摩着恩师曾经落下的一笔一画，终于，他长舒了口气，慢慢坐下。

这时，一股穿透内心的哀伤，在不知不觉间诞生，然后，就执着地、蛇一样地盘上方晓天的心。

方晓天一惊，不明所以。

——那不是方晓天的哀伤。方晓天的哀伤，为舒净的欺骗，为舒净的离开，那哀伤激烈而疯狂，即使是方晓天用自己过人的意志将它压抑入心，逼迫得它不显山露水，那哀伤还是挣扎弹跳，一如姐姐被压在雷峰塔下之后、心有不甘的青蛇妖。

而这哀伤，轻轻淡淡，无嗔无怨，看似无形，然法力无边，仿似蛰伏于西子湖畔的白蛇妖，瞪着那一双从未绝望的眼。

那真的不是方晓天的哀伤。

舒净走之前，方晓天和这幅画朝夕相对十几天；舒净走之后，方晓天昨夜又与之通宵相对，都没有过这样的感觉。而有了刚才的入定之后，这感觉才突然袭来。

清清楚楚，明明白白——这是徐笑麟的哀伤。

隐藏在整幅画面之中、运笔激情之下的哀伤。

刚坐下的方晓天，又情不自禁地缓缓站起，再次凝视这幅画。

那时，恩师在为什么哀伤？身在他乡？前途未卜？还是，在惋惜自己于山野中荒废的青春岁月？可恩师为人处世的宠辱不惊，是多年前就有定论的。怨天尤人也好，顾影自怜也罢，从来不是恩师的行事风格。

所以，眼前这画上的哀伤，来得蹊跷。

何况，这幅画虽然表现技法超强，题材却是再中规中矩不过的领袖肖像，怎么可能是表达哀伤的载体？就算那个年代有很多内容无法在画面上表达，可画些山水风景还是被允许的。比较起来，那些题材更适合托物言志。

方晓天疑惑起来，不自觉地问：“舒净，你感觉到了吗？”

四下无声，方晓天一愣，下意识地侧头看去——身侧空空如也。

方晓天想起了一切，想起了满天飞舞的纸张，想起了舒净柔柔细细的一声“嗯”，想起了车轮留下的印痕。

再也无法遮蔽的疼痛，以让方晓天几近崩溃的速度疯狂生长。

方晓天闷吼一声，捂住了将要炸开的额头，无法控制地对着面前的画狠狠地拍出了一掌，又一掌。

随着方晓天的击打，画布不断陷下去，又被画框胁迫着弹回来。

厚重颜料铺就的粗粝画面，刺着硌着方晓天的手掌。

方晓天吞下喉头那种腥咸的感觉，竭力想让自己恢复理智。他喃喃低语：“住手，住手，这是恩师的画，这是恩师的画……”他迫使自己住了手，然后，他就觉出了眼睛的湿润，鼻腔的酸涩。

憋闷了二十四年，方晓天渴望自己再有一场痛哭，就像二十四年前青春年少时为了何莲一样的，那一场泪珠滚滚的痛哭。

为了舒净，值得一哭。

失去舒净这个原以为会生死与共的挚友，值得他再来一回年少轻狂。

方晓天等待着血泪横流。

可他哭不出来。

方晓天不觉得自己的泪腺已经完全丧失了功能，因为分明有泪水模糊了他的视线，但那泪水只是绕着他的瞳仁转圈，极其耐心地，转了一圈又一圈。

好半天，方晓天终于放弃了对流泪的期待，自嘲地笑了笑。

到底，不是伤筋动骨的爱情，再怎么激动，也骗不了自己的身体。

方晓天抹了把脸，思绪纷乱。

然而在这纷乱的思绪中，他却想起一桩重要了又重要的旧事。

那是方晓天刚上大学时的第一次全班外出写生，面对艳丽妩媚、风光潋滟的江南水乡，一干男女学生由衷赞叹，徐笑麟淡然地说了一句：“来就来了，去就去了，何必入心用情？”这淡淡的一句，几乎无人听到，埋头整理画具的方晓天却若有所悟地抬起头来，看向了徐笑麟。

其实旁人就算听到了，大概也以为徐笑麟说的是观者不必太对风景用情，可是方晓天不这样认为——他听出了徐笑麟说的是花开花落皆有时，无需悲月伤秋，当然也就无须沉迷眼前的风景；他也听出徐笑麟说的是人生在世，也不过如花叶荣枯、四季轮回，心境淡泊、诸事随缘便好。

方晓天清澈明白的眼神，就这样定了徐笑麟和方晓天的师徒情分。

四年后，方晓天参加完大学毕业典礼的当天，就在徐笑麟的工作室，给徐笑麟行了拜师大礼。没有司仪执礼，没有宾客见证，方晓天跪在徐笑麟面前，等着徐笑麟的教诲。

徐笑麟看着院子里在阳光清风中曼妙舞蹈的凤凰花，出神了好一会儿，说：“我这几十年的光阴，只懂了一句话，却足以让我受用终生。今天，我把这句话送给你。”言罢，他便看着方晓天，淡淡地说，“不以物喜，不以己悲。”

四年一个转眼，徐笑麟用八个字，把当年的反问，延伸成一个更直接的答案。

那时的方晓天，虽明了徐笑麟这八个字的分量，却对这八个字的含义，不甚了了。

这么多年来，方晓天一直以为自己做得很好，视名利如粪土，潜心艺术创作，不沾染任何所谓圈子里的习气。可在这一刻，他才意识到，自己一直在做的，只是前四个字。及至到了现在，徐笑麟藏在这八个字后的一片苦心，才水落石出。

拜师，学的若是技艺，那便是最下乘的“术”；耳濡目染的做人做事，才是华妙的“道”。

反复回忆着旧时情形，方晓天渐渐定了神。

来就来了，去就去了。谁在他人的世界里，不是一个匆匆路人呢？天下的路人，有人隔岸远望，有人擦肩而过，有人停留久些，多些言谈，可能不过是因为雨雪阻路，天晴后即转身离开。就算有人留下来，可能也不过是他在按照自己的方向行走，只是恰好与君同路。

方晓天奔突狂乱的心，终于恢复了正常频率。

方晓天一恢复至心如止水，便立刻觉出手内有轻微的隐痛。他看了一眼红肿破皮的掌心，也没在意，倒是马上心疼起恩师的画来。他抬眼去检查自己刚才拍击的位置，果然本已发脆开裂的领袖像面部，已经碎裂成几大块，额下的一块已经微微翘起。

油画做底的料子，多是以粉质混合胶水调配而成。这层底料，往往决定着油画的整体状况和保存寿命。徐笑麟画这幅画的年代，并没有太多的优质原料可以选择，无论是粉质还是胶水，都只是勉强可用，底子的黏着度本来就不可能保持太长时间，再加上三十几年来，这幅画又藏在极为潮湿阴冷的夹墙里面，那层涂料早就丧失了功能，哪里还经受得住方晓天倾尽全力的几掌拍击？

方晓天看着又多了几道裂痕的拼图般的油画，心里的自责一时间铺天盖地。他难过地掀起沉重的画框，向后面看了一眼。这一眼，把他从内疚中拯救出来——同底料一样，绷在画框上的亚麻画布质量也相当不怎么样，之前还没有糟烂的迹象，现在一受外力，布料的脉络就呈现出疏松的迹象，眼见是岌岌可危了。看来这番修整，是要涉及每个组成环节了。

方晓天反而松了口气。

现在只有把整幅油画搬移到另一张等大的画框上，像拼拼图一样整理好，然后再仔细修复了。

这件事听起来难，实则只要技术、耐心和时间足够，做起来并不难；这件事说起来轻松，实则除了方晓天和徐笑麟本人，还真找不出更合适的第三个人来做——能揣摩出大师徐笑麟的起笔走向、运笔立意，哪里是三两天的事情？就算有了揣摩，又有没有敢落笔的胆量和技术呢？

这样也好——越是大工程，越是可以平静人的心气。

方晓天计算好尺寸，就给老侯打电话，要他尽快到成都定制一个等大的框子。

老侯并不多问，得了尺寸，就挂了电话——以他的处事风格，大概是马上亲自去了。

钟家父母到了钟司晨家里，明家母女已经走了——明蓓妈妈不想再做任何挽回的态度，已经彰显了。

迎着钟父质询的目光，钟司晨硬着头皮说谎，说明蓓和他拌嘴，回娘家还没回来。

钟父身体不适，情绪尚好，看着明蓓挂着客厅墙上的艺术照，叹了口气开玩笑："长得倒像林家的人，可惜没有黛玉的才情，空有妹妹的脾气……那可不就是作死的夏金桂嘛!?"

恋爱加结婚这两三年，明蓓对回钟司晨老家的事深恶痛绝，所以钟父从未见过明蓓本人。但钟父这句话，竟出奇地精准，听得钟司晨胸口一痛。

钟司蕾把一路垂泪的母亲安置进卧室休息，走出来听见父亲还有心情开玩笑，也就强打着精神陪他说话："小蓓只是小女孩的任性，哪至于就到了夏金桂的程度……"

钟父长叹一声，看着她说："还有闲暇替她分辨……你的琏二爷，又好得到哪里去呢?"

钟父也把只见照片、素未谋面的白文凯勾画得入木三分，连钟司晨都替姐姐一阵疼痛，不料钟父的话竟还没完。钟父坐在沙发上，看着钟司蕾，幽幽地说："你要是心狠手辣的王熙凤倒也好，活脱脱一个软绵绵的尤二姐。"

这句话不可谓不锋利，虽不切中事实核心，却也有五六分的轮廓大概。钟司晨担心地去看姐姐，钟司蕾在埋头整理父母的随身行李。

钟司晨就佯装突然想起什么的样子说："姐，先别不忙着全收拾出来，要是爸爸做手术或者化疗，还是在医院附近租个房子方便些。"幸而这话是出自孝顺踏实的钟司晨之口，否则肯定会被误会成他是在下逐客令。但话一出，钟司晨还是后悔了——他自己都听出了这话背后隐藏着多少内容。

钟司蕾立刻明白了，明蓓不在家的原因，绝不是以往的小打小闹那么简单。她下意识地看了看钟父。

钟父叹息一声，闭上眼睛仰在沙发靠背上，对姐弟俩各自的生活再不说一字，只是喃喃自语："风月无边，红粉骷髅；爱恨有尽，白雪枝头。不过是冤自有头债有主，茫茫大地，谁见秦时关隘汉时楼?"前面说的都是红楼里不甚欢喜的典故，最后半句透出的，却是看得开阔、想得明白的人生冷静。

不知是人之将尽，看事情看得格外清楚，还是钟父早就将这些话藏在心里，只是终于找到机会说出来。

钟家姐弟无言以对。半晌，钟司蕾说："我去厨房看看，晚上能做些什么吃的。"她又给钟司晨使了眼色，姐弟俩就一起进了厨房。

吃晚饭时，碍着情感脆弱的钟母在场，钟父再没说那些直白入骨的话。等到父母休息了，姐弟俩刚坐在客厅里商量第二天的安排时，白文凯的电话打了过来。

白文凯不在上海，但还是托关系挂到了一位肿瘤界泰斗级专家的内部号。

钟司晨隐约听着白文凯安慰钟司蕾，心里滋味复杂。他既为自己做了白文凯欺骗姐姐的帮凶而羞愧，又为白文凯对姐姐的温柔细心而感到欣慰。他警觉出自己的纠结反复——在这件事上是，在寻画的事情上也是，在明蓓的事情上更是。这俨然是他曾经最厌恶的人的做派。

钟司晨一夜没怎么合眼，最近发生的事情一帧帧地在他的眼前播放，循环往复地折磨着他。

第二天，钟家姐弟按白文凯的叮嘱，赶在专家上班前半个小时到了医院。专家把所有资料和病历仔仔细细地看了一遍，没再要求钟父做什么检查。他把钟家姐弟叫进旁边的房间，摇了摇头说："半年吧。"

钟家姐弟竭力控制情绪，回到原来的房间。刚一进去，在椅子上坐得四平八稳的钟父优哉游哉地问："死心了吧?"

钟父不是来上海治病的，他是来上海让一子一女彻底死了给他治病的心的。

钟父不肯把所剩无几的时间耗在冰冷冷的医院里，坚持回老家度过最后的时光。

其实，或许钟父让姐弟俩死了给他治病的心也是其次的，他是想当面点醒在情感婚姻上都不太顺遂的子女。他那三两句话，看似随口说出，也许是他想了很久、练了很久的。

钟家姐弟说服不了钟父，也挽留不住，只得顺了他。

回到家里，钟司蕾和母亲在厨房里忙碌，钟父和钟司晨在客厅里坐着说话。钟父突然说："司晨，你的优点，就是心好。可心好，也就是心软。有时一个心软，会毁了你一辈子的努力。”

这话直戳钟司晨的心思，他戛然无声。

钟父喟然，也不再多说。

隔了几日，钟家姐弟去机场送父母。看着频频回头的父母终于消失，钟家姐弟再也控制不住，抱头痛哭。

哀痛泪涌的钟司晨暗暗发誓，一定要在最短的时间内完成寻画的任务，完成于他有恩的老板的托付，兑现一个男人的承诺，然后，赶回故乡，在父亲膝下尽孝。

心疼姐姐几天都没怎么休息好，钟司晨没让钟司蕾开车送他。

他也没心思去等出租车，索性转身随便上了一趟机场大巴——他才不在乎去哪里，只要能不断行进、不断变换车窗外的风景就好。

在峨边窥见的那幅画，已经隐隐透出“目标物”的气味。那么，该如何联系岑先生呢？直接去岑先生工作的地方找他？在不暴露岑先生私人秘密的情况下，这是行不通的。他确信，岑先生是不愿意让更多的人知道这事的，这从上次岑先生见他时亲自打的电话、安排的司机、选择的地点就可以看出来。

上次选择的地点！

对，那里肯定是岑先生常去的地方！

在那里一定能找到他！

钟司晨原本萎靡地缩坐在最后一排，此刻精神一振，挺起身来。恰好大巴进站急刹车，他就惊出了一个急抬头。这一抬头，他竟然看到了尹燕。

钟司晨跳起来下车追去。

刚从司机手里接过行李的尹燕，一转身也看见了钟司晨。

茫茫人海，不期之间，偶遇旧人，就是上天的安排吧。

几年未见的两个人，愣愣地四目相对。

尹燕眼里的波动先静止下来，淡淡地问：“还好吧？”

钟司晨点了点头：“你呢？”

尹燕说：“嗯。”

两个人又静了许久后，尹燕说："我得走了。儿子晚上要看个木偶剧。"说完，她礼貌地点点头，拉着行李箱向旁边的公寓群走去。

钟司晨呆呆地看着她远去，突然想起那个困惑了他这么多年的问题。在终于有勇气对和明蓓的婚姻说不、在终于有方法处理替岑先生寻画的事情、尤其是在父亲的病上明白了时不我待之后，他不想再困惑下去了。

钟司晨快步追了过去，轻轻地拉住了尹燕的胳膊。等她转身，他问她："能不能告诉我，当初你究竟为什么离开我？"他的眼睛，因真诚而明亮，没有纠缠的意图，没有不舍的欲望。

尹燕静静地看着他。在钟司晨以为再也得不到答案时，尹燕却说："因为六年的时光，我没有等到婚姻的承诺。"

钟司晨呆愣了很久，无力地说："那时我还太穷，我的事业还没步入正轨，我还不能承担起一段婚姻、一个家庭。"

尹燕说："不是这样的！"她笑了笑，没有任何抱怨，"那是因为，你已经习惯了——即使没有婚姻、没有家庭，你依然能够安心地享受着我对你的好。"

钟司晨辩解："我一直努力的，我……"

尹燕笑了，说："在你一无所有的时候，你唯一能给我的，就是一段感情最安稳的归宿，可你并没有，那我凭什么那么有信心，认为你在拥有很多以后，会给你已经习惯了的相处模式一个新的开始？"

钟司晨百口莫辩。

尹燕也真诚地看着他："请不要误解，我从来没有怪过你。其实最终分开，我一直觉得都怪我。"她微笑着说，"我不该独自爱得那么用力，也不该在某一天爱得累了就彻底放弃。可我已经习惯了没有你回应的单向付出，所以，我觉得我有权独自决定。有些事，越早做，越好。"她再也没有停留的意思，快步走进小区。

想到那如河水奔流而走、再也不会回头的六年时光，想到尹燕看到那串作为生日礼物的白金项链时勉强的笑容，想到她单向付出的生活，想到自己终于体会到了尹燕所说的爱得累了就彻底放弃，钟司晨悲从心来。

渐渐黄昏。

钟司晨想清楚了，尹燕的决定是对的，有些事，越早做，越好。

钟司晨拦了一辆出租车，对司机说了明蓓家的地址。

钟司晨不再介意明蓓父母的冷眼，也不再介怀明蓓的泪眼，他平铺直叙："我同意离婚。"见明蓓妈妈想说什么，钟司晨笑了笑，"当然，房子给明蓓。"又补充说，"不过，我有一个条件。"

明蓓父母的眼里充满了警惕和敌意。

钟司晨说："戒指给我。"见明蓓没反应过来地哭着看他，加重语气，"把你的结婚戒指给我！"

在明蓓妈妈的撕扯抢夺下，明蓓拼命摇头，牢牢地护着戴戒指的那根手指，哭得稀里哗啦。

钟司晨的眼睛也湿润了，却逼着自己狠下心来："只要把它给我，明天一早咱们就可以去办离婚手续。"

明蓓爸爸帮妻子按住了明蓓的胳膊，妈妈死命地掰开了明蓓的手指。

戒指终于被撸下来。

那枚带着三颗小碎钻的戒指，被狠狠地扔在钟司晨面前的桌子上，发出一声小小的、清脆的"当啷"声。

钟司晨把戒指握在手心里，起身就走。

明蓓变了声气地号啕大哭，用力挣开父母的手，扑向钟司晨消失的门口："司晨，司晨！"

明蓓妈妈抢在明蓓冲出门前，大力关上门，反锁。

明蓓的哭声就像来自地下，来自一口深井。

钟司晨心酸潸然，在无数门窗背后交头接耳的嘀咕声中，踉跄着奔出弄堂。他冲到路灯昏暗的黄浦江边——在这座洋场繁华的都市里，不管你怎么兜兜转转，好像最后都会在哪个拐角撞上这条江——无声地哭到深夜。然后，钟司晨带着这枚戒指，去了尹燕所在的小区。

看着这个脸上泪痕明显、紧紧攥着拳头、说不出对方详细住址、要求物管代查的男人，两个保安都觉得碰到了一个极其危险的疯子。在他们劝阻、威胁无效后，报了警。

来的两个巡警，分工默契，一个查验钟司晨的身份证，一个仔细盘问。

万般无奈，钟司晨摊开手掌："我只想把这个给她，你们都可以在场……我可以不进去，你们不用给我她的地址，你们可以请她来这里，就在这里，就让她来这里，我把这个给她就走……可以不是我亲手给她，你们帮我转交也可以。我远远地站着，看她拿到就行。"他坚决地说，"她不拿到这个，我是不会走的。"

即使没有强光映射，那戒指上的碎钻依然耀眼夺目。

两个警察对视一眼，年轻警察要求钟司晨双臂上伸，搜了他的身。见安全，老警察对保安点了点头。保安拿起了步话机，叫通了物管中心。

谁都不想把一个没有危险的固执者逼成疯子。

穿着棉睡衣的尹燕走过来时，钟司晨看到，那个他在多年前曾偷偷调查过的男人，穿着和尹燕同款的棉睡衣，远远地站在小区里的路灯下——他担心妻子的安危，却不愿窥知她的隐私。

钟司晨突然觉得这个以前他瞧不起的、长相一般、事业平凡的男人真的不错，尹燕真的有眼光。

尹燕说："你已经得到了问题的答案。"

钟司晨摊开手："送给你。"

尹燕一愣。

钟司晨诚恳地说："我没有纠缠的意思，我只是……想补上当年没有做的事。"

尹燕平静地说："我知道。"她伸出左手，却不是接那枚戒指，而是展示着无名指上朴实敦厚的铂金圆环，"可是，我已经这个了，对不起。"

钟司晨单膝跪倒，举起那枚戒指。

尹燕有些动容："钟司晨，你这是干什么？"

钟司晨含着泪说："尹燕，嫁给我，好吗？"

尹燕再也平静不了了，突然落下两行泪。

在沉默旁观的警察和保安面前，在匆匆赶到近前的丈夫面前，尹燕泣不成声地说："好。"

站起身的一刹那，钟司晨的泪决堤而下。

时间轮换，光阴交错。如果重来一次，如果再无误解地重来一次，一切又将怎样？

然而，过去的终已过去，纵使种种假设，又能如何？

钟司晨没有把戒指戴在尹燕的手指上，尹燕也没有去接，他们只是泪眼相望，对相依相偎的青春、对如影随形的曾经，做了一个穿越旧日的告别。

知道若回到当年，他会给她一个承诺，她会给他一个应允，也就足够了。

尹燕沙哑着嗓子说："再见！"

钟司晨由衷地说："好好保重！"

他很想对她讲让他饱经折磨的婚姻，很想对她讲这段婚姻即将惨淡收场——他不是想挽回她，只是想让一个熟悉自己、懂得自己的人，陪陪自己，好好说一说话。

他没有那样请求她。

不是怕被她拒绝，不是怕她的丈夫会愤怒。

而是——

他已经清醒，不想再像他曾经做过的那样，自私地依赖她，心安理得地消耗她的时间、她的好。

钟司晨沿着大街走着，不知目标、不知方向、不知疲倦，直至走到黄浦江边。

这座阴柔而热情的、精致而锋利的、矜持高傲而不堪一击的城市，每一寸土地都是这倒映天光景色、反衬车噪人声的江水以万千年的时间欺骗着吞没、骄纵着衍生的，它们缠绵，它们分离，它们明目张胆地长久相拥，却又永远隔着一道岸的距离。

谁是江边垂坐的？谁是辗转反侧的？画楼桂堂，夜话西窗，莫莫莫，错错错。

钟司晨坐在冰冷的石阶上，即使冬雨飘零也不起身，直到天光微薄，人声渐起，他才站起来，用力跺一跺麻木酸痛的双脚。看着太阳藏身的青白云层，他忽然很肯定地知道，父亲当初为什么要给他起这个名字了，司晨——

旧时把公鸡叫做司晨，父亲叫他司晨，就是希望他是那个乐观地呼喊出太阳、呼喊出希望的人。

我是司晨。

我是司晨！

钟司晨狠狠地一挥手。

那枚戒指远远地落进了江水里，波澜不惊。

钟司晨平静地回家备齐所有材料，然后打电话给明蓓。

明蓓在父母的陪同下——与其说是陪同，不如说是胁迫，在离婚协议上签了字，然后再次绝望地泣不成声。

舒净也陪明蓓来了，虽然她站得远远的，但钟司晨分明感觉到，她看着他们的眼神是哀伤的。

钟司晨压抑着自己的心酸、痛楚和其他莫名波动的情愫，拿好所有文件，迅速离开了。然后，他凭借记忆，摸到了那个岑先生曾在那里见过他的小院。

值班经理冷漠得恰到好处，就显得彬彬有礼。他矢口否认可以联系到岑先生，甚至一副根本不知道谁是岑先生的样子："我们这里贵宾很多的，或许您说的那位先生只是偶尔来这里。"

钟司晨记得，那天岑先生见他的房间里，装潢摆设皆不见富贵奢华，但哪怕是一个不起眼的细节都是低调沉稳、威严大气的，那里绝对不会是仅供待客的经营之地。

他决定赌一次。

钟司晨态度坚决地对着值班经理的扑克脸说："岑先生到这里见我，就足以说明这件事的重要和私密。你不把我要见他的事转告他，你确定不会带来什么后果吗？"

值班经理急促地眨了几下眼，掏出手机，走到一个角落里轻声细语。

钟司晨站住廊前的青石板上，盯着大石缸里的几尾金鱼发呆。

一个瘦削的年轻人从里面的月亮门走出来，值班经理赔着笑脸迎上去。年轻人走过来，未语先笑："钟先生，请问你……"

钟司晨见他气宇轩昂，举止大方，猜他是岑先生身边的人，也就开门见山地说了只有岑先生身边的人才懂的话："三十几年的病，我找到了药方，寻得了药引。"

年轻人立刻明白了，肃然起敬："钟先生，您就是钟司晨吧？请跟我来。"

钟司晨随着他走。

年轻人没有通报，直接带钟司晨进入那个房间，然后示意钟司晨独自进入里间儿。

岑先生正坐在那里读《史记》。见钟司晨进来，他只是把书放在一旁的小几上，淡淡的一个字："坐。"

钟司晨在一旁坐下："您知道我会来这里找您。"

岑先生看着他。

钟司晨实在地说："要没有您事先的叮嘱，我恐怕不会有直接进来和独自见您的可能。"

岑先生难得地微笑一下："你只说对了一半。"他站起来，慢慢踱了几步，"我知道不光是你会来这里找我，我还知道你已经找到了我在找的东西。"

钟司晨有些犹豫："我不完全确定……但我想我应该是找到了。"

岑先生问："什么样的？"

钟司晨如实回答："我不知道，但是，是在峨边。"

听到"峨边"两个字，岑先生陷入沉思，眼神有些许的恍惚。

钟司晨说："岑先生，我会再去一趟峨边，确认到底是一幅什么样的画。如果就是您要找的东西，我会带您去那里。不过——"他看着岑先生，大胆地说，"在那之后，我们公司的那个项目，能不能尽快上马？那个项目是完全符合各方面的要求和标准的，百利而无一害。"

岑先生看着他："你这是和我谈条件吗？"

经历了太多事情，钟司晨已经知道，坦白和直接是最重要的。他简单地说："是。"

岑先生看着钟司晨，说："你知道你们老板把你当做引虎出洞的小白兔吧？"

钟司晨说："我知道。但老板昔日对我有知遇之恩，我受人之托，就要忠人之事。”他又补充，“不过即使项目上马，我也会离开公司。”

忠而不愚，知进知退。

岑先生又微笑了，说：“你走吧。”

钟司晨知道岑先生已然答应，顿觉天高云舒，微微躬一躬身，出得门去。

第十一章　诡美人

等画框的这几天，老侯知道方晓天因为舒净的事情烦心，也懒得过来讨没意思。方晓天白天躺在溪畔的树阴下嚼草根，晚上躺在院子里的躺椅上吹夜风。他心思散乱，只觉得日也长夜也长，无聊的他数完太阳数月亮，一遍又一遍。

这天清早，载着画框的卡车一到停车坪，正在洗漱的方晓天就来了精神，把毛巾一丢，就从二楼房间的窗口翻跳下来，跑过吊桥去给搬运工搭把手，迎亲一样把上好的白松木画框抬进画室，平铺在地上。

方晓天摸了摸细腻的边框，又摸了摸已经绷得扎实的画布，眉眼都是生了风的。

不一会儿，老侯也过来了。他不说什么，只是转了一圈，就笑眯眯地走人了。

人去院空，好一片安宁！

方晓天依次关了院门、大门，心神俱静。他站在领袖像前，闭了眼，在心里默然念道："恩师，我一定会修复好这幅画的，一定！"

他戴上为移画而特制的纯白线手套，运了运气，开始聚精会神地工作。

他耐心地用最好的粉质和胶水调出绸一般滑、缎一样稠的料子，然后轻柔均匀地往画布上刷，一层又一层，仔细得如同清风微拂薄绢。

刷好底子，夜色已经袭来，大约是要变天了，风愈加刚劲，带着腥甜的雨意。

方晓天拿起刮刀，目光在领袖像上逡巡一番，还是决定从整幅画受损最严重的面部入手——原本这里就干裂外翻得最厉害，那日他那几掌又是推波助澜，眼下，领袖像的上半张脸快要彻底脱落了。

方晓天站在一张方凳上，一只手小心地托着颜料表面，一只手把刮刀探进后面轻轻划动。没几下，就彻底把厚厚的颜料和画布分离开。

方晓天从凳子上下来，把这一块摆放在一旁的画框上，心想还是把领袖像也铺在地上吧，工作起来会更省事些。这样想着，他便移开方凳，打算把靠在墙上的画平放下来。

行动间，方晓天的目光无意中在画面上一带而过，他握着画框边缘的双手忽然变得冰冷。

上半部应该空空如也的领袖像脸部，竟隐约出现一双幽深的眼睛！

日光灯吱吱作响，窗外竹叶枝条彼此摩擦的声音琐碎如窃窃私语。在这山下溪旁、人迹罕至的地方，妖异丛生。这画诡异的往事，唐老板惊恐的讲述……钱塘江涨潮一样轰鸣而至。

方晓天惊出一头冷汗，以为是自己蹲得太久花了眼，急忙后退一步，仔细看去。

一望之下，方晓天全身的血液都凝固了。

那一双波光粼粼的漆黑眼睛，正一眨不眨地看着他！！

骤然变天了！冷风四起，抽打得枝枝叶叶鬼哭狼嚎，接着疾雨突至，“突突”地叩击着玻璃窗上，仿似什么妖物正急促地推动门窗，想一股脑儿地钻进屋来。

方晓天从不信什么怪力乱神之说，可此情此景，任是谁也难逃一个心惊肉跳。

是那卖画老人口口声声说附着在画里的那个东西吗？

是从巨大石棺中伴着蛇丛隐形、驱使徐笑麟遁入深山、作祟让油画数月不干、又莫名夺走女知青李佑文性命的那个东西吗？

方晓天满脑子嗡嗡乱响，冷汗热汗密密匝匝地堆了一身，眼睛无法移动地盯着那双眼睛，渐渐酸涩僵直。突然，他惊愕万分地意识到，那双眼睛是何等的熟悉。他失口叫出声来：“舒净！”然后他就想，他妈的大概是自己已经疯了！

幻觉，是幻觉，是如同“日有所思，夜有所梦”的幻觉。

方晓天狠狠揉了揉脸，闭上了眼睛——自己恐怕是累得体力透支了。连日来，他看似悠闲，心却不知不觉地为着什么殚精竭虑了，只是他自己没意识到或不承认而已。

山里的气候，变换匆匆。这边方晓天的心定下来，那厢乾坤间的风雨已然停了。

方晓天满怀期颐地睁开眼睛，让他疑窦重生的是——那双眼睛居然还在。

方晓天心下就生出了一股匪气，心想：管你什么山精树怪，我行得正坐得直，血气方刚，阳气正旺，还怕你不成？

方晓天盯着那双眼睛走了过去，再无忌惮，抬手就摸，然后，哑然失笑，笑出声来。

触手所及，那表面微微凸凹，竟是油画色彩。

那双眼睛是画出来的。

画得形状如此逼真、眼神如此生动、气息如此鬼魅！

方晓天笑着，忽然笑容就僵住了，刚刚平伏的内心翻起滔天巨浪。

方晓天头皮上的每一个毛孔，都炸出幽蓝的火花！

领袖像之下，隐藏着另一幅画！

徐笑麟所作的领袖像之下，还隐藏着另一幅不可能出自其他人之手的画！

另一幅徐笑麟所画的、与领袖像同尺寸、同时期却不同题材的画！

方晓天说不清自己此刻是激动兴奋，还是极度震惊，他条件反射般地颤抖着说：“舒净……”然后，他就再次意识到，身边再也不会有那个比他自己还懂他的舒净了。

可眼下，方晓天太需要和人分享这个足以震动艺术圈的大消息了。他拿起工作台上的手机，拨给了老侯。

已经凌晨两点，可就是窝在这个居民生活规律的小县城里，老侯还是在觥筹交错声中神采奕奕：“晓天？”背景是粗声大气的嬉笑言谈声。不消问，老侯已经带着唐老板打入本地的富豪阶层了，也许是刚开始给这些聪明人洗脑，也许是已经谈成大大小小的合作项目了。

方晓天没说话，老侯就又“喂”了一声：“晓天？”

方晓天不说话，是因为在老侯接起电话的瞬间，方晓天突然想通了很多事情。

当年徐笑麟说领袖像一直不干，其实，没有什么邪了又邪的“画一直不干”，只是因为徐笑麟先画了底下的这幅画，他是必须要为底下的画争取变干的时间的。也只有等到下面这幅画表面干透了，他才能在上面覆盖一层新的料粉，再进行领袖像的创作。

其实，因为画材资源限制或者对原来的画不满意，画家们在一幅画上面加画另一幅画，这种事在艺术史上是屡见不鲜的。可是方晓天不太相信，恩师在疯狂创作、同时期一幅小肖像就足以轰动天下的时间段里会有不满意的画作。何况恩师又有之前的很多动作——他执意要到深山作画，又对探视者防范甚严——这些行为当然不大可能仅仅是为了他自己所说的“要潜心创作领袖像”，那么唯一合理的解释就是，他根本不想让任何人发现他画的第一幅画！

而一九七九年徐笑麟重返峨边，寻画，买画，烧画，这一连串引得业内外众说纷纭的举动，也是需要一个合理解释的。也许老侯当初劝方晓天来修复这幅画时的推测是对的——哪怕他真的只是在找说服方晓天的理由，可很可能他一个不经意之间，就说对了全部真相：徐笑麟就是在找这幅画，找不到这幅画，他心灰意冷，就毁了其他在他眼里无足轻重的画。

方晓天甚至可以大胆地推测，徐笑麟在找的当然不是什么领袖像，而是领袖像之下的这幅画。

方晓天又做出了第二个大胆的推测：徐笑麟那样主动地要求画领袖像，说不定就是需要借画领袖像的名义，来得到创作第一幅画的画框、画布等所有材料。

一幅需要用领袖像掩藏起来的画，一定是那个年代徐笑麟无法公开创作的画，也一定是徐笑麟真正想画的画！

那么，这幅画对徐笑麟的意义可想而知。

这幅画对艺术史的意义可想而知。

老侯是兄弟，方晓天可以和他推心置腹，可这些天和老侯形影不离的唐老板却是个商人；而且，他还是覆盖在这幅画之上的领袖像名正言顺的主人。

一旦曝出这样令人吃惊的消息，一旦老侯决定告诉唐老板，那么领袖像之下的这幅画，又该何去何从？

恩师徐笑麟煞费苦心地隐藏着这幅画的创作，又千里返回苦苦追寻这幅画的下落，方晓天相信他三十九年间肯定都不曾忘记它的存在。那么，恩师徐笑麟才应该是真正有资格决定这幅画去向的那个人！

心念至此，方晓天决定这一次对老侯隐瞒真相，顺口开着玩笑说："睡不着，想舒净了。"他本不惯说谎，可这句顺口说出的谎言他却说得坦然诚恳。方才为恩师激动澎湃的心一凛，他意识到，自己说的不是谎话，是真话，是从内心最深处迸出的一句真话。

舒净。

一贯圆滑、出口不伤人的老侯却突然激烈地说："一个为了剽窃你的想法整天和你在一起厮混的贱女人，有鸡巴可想的？赶紧干你的活儿去！"

方晓天一惊。

老侯与舒净不是一路人，彼此始终保持距离，方晓天早就知道。可老侯一反处事原则对舒净恶语中伤，这真的不像老侯的风格。何况还当着并不熟络的其他人说脏话，这是老侯美化自己时最忌讳的破坏形象的事，他怎么干得出来？光是这一点方晓天就已经觉得很不可思议了，但让他更觉得不可思议的是，在他袒露心事时，老侯不但不像过去二十几年间一直所做的那样问一问，安慰两句，还颐指气使地呵斥他，让他"赶紧干你的活儿去"，这不是兄弟对兄弟的态度，甚至不是经纪人对艺术家的态度，这是包工头对工地上搬砖小工的态度。

老侯显然也意识到了什么，大概马上换了个房间，等手机里的嘈杂声都消失了，充满歉意地说："晓天啊，对不住，我喝多了点儿，这边儿也遇到点儿不愉快的事情……"

这句解释更有些欲盖弥彰。

方晓天不是有心机的人，但艺术家天生的敏感让他捕捉到了蛛丝马迹。

老侯有事瞒着他——大事。

舒净早就反复提醒过他要当心老侯这个人。

那么，心思通透的老侯，会对舒净对他从不掩饰的反感一无所知？如果他觉察到了，精于算计、惯于布局的他，会大大方方地对舒净的存在听之任之？

有时候，好问题胜过一切答案。

所以，当初发现舒净剽窃的事，老侯是一分钟都没耽搁就跑过来对方晓天揭穿舒净。

这事反过来想，老侯越是急着让舒净从方晓天身边消失，越是拼命阻止方晓天对舒净的思念，就越是说明，舒净的存在，威胁到了老侯；也就越是说明，舒净的存在，早晚会戳穿老侯隐藏的某些秘密。

方晓天从不用心机，可他是个聪明人，这一刻他极其冷静，像平时一样笑骂起来："操，你在外面受了委屈，大半夜的拿我撒什么气？我这儿多真诚地想跟你聊心事呢。"

老侯说："对不住啊对不住，晓天啊，明天见面了我们再说。"他歉意的语气还是没变，但已经多了他惯用的打哈哈的语气——方晓天分明感觉到，老侯是在心里狠狠地松了口气。

方晓天不动声色地说："算了，睡了，明天说。"

挂了电话，方晓天却不平静。他左思右想，总觉得是哪里不对劲儿。

方晓天转过脸，出神地看着画面上露出的那双传神大眼，看了一会儿，鬼使神差地踩上方凳，把那块已经取下的颜料又嵌上去——他说不清自己为什么要这么做。

移开方凳，方晓天坐在沙发上，目不转睛地盯着略带微笑、挥手致意的领袖，想象着领袖像之下的那幅画会是怎样的题材内容，又会是怎样的构图格局。

恩师，你藏在领袖像之下的，是你怎样的故事，是你怎样的曾经？

方晓天灯也没关，就这样坐在沙发上，昏昏睡去。

他最后一抹的清醒意识是：那双眼睛，到底是真的像舒净，还是只是自己的错觉？

直到一阵香味把他的意识又带了回来。

方晓天睡眼惺忪地睁开眼，就看见笑嘻嘻的老侯正忙着往沙发前的案儿上摆各种冷碟川味小吃，泡椒凤爪、乐山甜皮鸭、张飞牛肉……种类繁多，分量却都不大，星罗棋布地摆了满满一大桌。

方晓天疲倦地摸过手机一看时间，就骂开了："怪不得老子觉得自己没睡醒，老侯，这他妈的才五点钟。"

老侯笑着说："我哪儿知道你没在楼上？我应酬了一个晚上，这大清早的觉都没补就给你送吃的来。我还挨骂，你有良心吗？"

方晓天笑了笑，掰开方便筷子夹了块儿豆腐干，却突然清醒地意识到一个大问题："老侯，你怎么进来的？"

老侯正在画室里走走停停、东张西望，闻言一笑："怕吵了你睡觉，我从唐老板那里拿了备用钥匙。"

备用钥匙？方晓天心里"咯噔"一下，凭空生了一丝亏得把画还原了的庆幸。他想了想，由着性子把不高兴表达出来了："我都说了，正式开始修复这幅画以后，任何人不能来打扰我。他留着备用钥匙是什么意思？"

老侯一边端详着领袖像，一边带着玩笑的意思回答："我觉得他没有什么别的意思。这幅画的修复可是大工程，万一你累病了什么的倒在屋里，总不能上来就拆门吧？"突然，老侯眉头一皱，一指画面上方："额头那个地方的颜料，你拿下来过？"

老侯跟着方晓天这么多年，眼底的功夫长进得不是一星半点儿。方晓天知道瞒不过他，便大大方方地承认了："嗯，那个地方翘得最厉害，我就拿它试了试手，还行，原来老料的胶性基本上去得差不多了，从那里动手然后往外围扩散着弄不会伤画。眼下我把它放回去，再好好揣摩一下当年恩师画整幅画时的心境胸怀，明天就正式动手。"

老侯就没有再纠结这些细节，坐在方晓天对面，边看他吃东西，边挑起了话题："晓天啊，你对舒净……到底是……"他见方晓天没什么特别的反应，就继续说，"我知道你拿舒净当知己，这一转眼也五年多了，出了这样的事情……哎，也都怪我，后知后觉的。"

方晓天打断了老侯的话："刚才挂完电话我想过了，我觉得你说得对，眼下最重要的事情，就是修复恩师的这幅作品。接下来的日子，我不想见任何人，也不想去想任何和修复这幅画无关的事情。"他认真地说，"还麻烦你提醒一下唐老板，千万不要打扰我，就是你也得见谅，现在我真的谁都不想见。

这件事和我自己的创作不一样，我得把自己变成恩师才行，还得彻底点儿。”

老侯笑眯眯地说：“我当然懂。”似乎觉得目的已经达到了，他放心地拍了拍方晓天的肩膀，带上门走了。

方晓天一边慢慢地吃着东西，一边仔细地回想着老侯的为人。

老侯是圈里公认的最老奸巨猾的艺术经纪人，其实不喜欢他的人并不少，但他就是有本事能做到在所有大场合出现，且台面上永远过得去。这一点是再性情、再个性的圈内人都或褒或贬地提到过的。方晓天作品的市场行情多年稳中有升，固然是他自己出色，但老侯明里暗里的运作，也是功不可没的。抛却那些人对老侯的厌恶不讲，实力超群的方晓天和手腕高明的老侯，一直是艺术圈内推崇的搭档楷模。

方晓天刚才觉察出有什么不妥，可这不妥却没有实质证据作为支撑。

方晓天索性不想了——一个跟自己做了二十多年兄弟的人，如果二十多年都没做过对不起他的事，又何必想太多呢?

方晓天大步流星地跑上楼去，简单洗漱一下，睡了个饱觉。

下午，方晓天神清气爽地走下楼来，站在那幅画前面。

端详片刻，方晓天将领袖像放倒，与新做的画框并肩而置，然后戴上手套，拿起刮刀，开始将颜料块仔细地铲下来，轻轻地放到底子已经干透的新画框上。

那双方晓天已经看过的眼睛又露了出来，接着是光洁的额头、润白的脸颊、高耸的鼻梁……一张青春姣好的少女面容重见天日。她像是在凝视着什么，又像是安静地沉浸在自己的世界里，不觉外界光阴。

仅仅袒露一张脸庞，同为画家的方晓天，已经震惊于这幅画的技巧，也震惊于这幅画的内容。

和先后现世的大小两幅领袖像不同，这幅画没有任何石破天惊的神来之笔，用的是方晓天所熟知的几乎所有西方古典油画大师的技巧中最华彩的部分，但在那个信息闭塞、审美单一的年代，从未出过国的徐笑麟，是怎么知晓和看到这一切的?

更让方晓天震惊的是，这画中的少女，不仅仅有一双酷似舒净的眼睛，甚至连五官都非常相近，尤其是那种没有表情的表情，完全就是舒净的表情的翻版。

在辨识人面部特点的精准度上，画家远远超过常人。那不仅是常年的素描和速写训练出的专业能力，也是某种天生的悟性。

徐笑麟执意要进入深山、如此专心而隐秘地描绘一个少女，那么这个少女在徐笑麟的心中，自然有着非比寻常的地位。

可是，一九七九年徐笑麟成名之后，他的情感史早已是非艺术专业类媒体关注的重点，甚至有记者曾专门采访过很多和徐笑麟在同村插队的知青，连村中几位“小芳”暗恋徐笑麟的故事都挖了出来。可这些对徐笑麟知根知底的人，却从未说过，徐笑麟曾与哪个女子相爱。事实上，稍微了解徐笑麟的人都知道，“画疯子”徐笑麟的初恋发生在一九八九年，他从街上救回了一个险遭厄运的女孩子，后来这个女孩子疯狂地爱上了徐笑麟，最终成了方晓天的师娘。

之前，方晓天对外界传说的恩师专注于创作、所以耽搁婚恋的说法是深信不疑的。可如今，他面对着这一张面容，再也无法相信这则传说。

这是一张不动真心就绝不可能画出的面容。

徐笑麟一定狂热地爱过这个少女。

就像方晓天曾狂热地爱过何莲一样。

否则真的不足以解释，一个才华横溢、世人瞩目的男人，为什么会在那么长的一段时间里，保持单身。

生性奔放的方晓天都会为何莲沉默二十四年，何况原本就内敛持重的徐笑麟。

方晓天完全确定了自己的判断。

同时，方晓天终于知道了，几天前的那夜，自己曾经感觉到的、徐笑麟的哀伤来自何处，是来自对这位少女真切的爱意，是来自即将遮蔽她的容颜的惋惜，或许还来自无法对她倾诉情衷的痛苦。

可是，这个连他都没听恩师提起过的少女，到底会是谁呢？

方晓天坚信她与舒净有脱不开的关系。

不止是因为五官，更因为那种标志性的神情。

她当然不会是舒净。难道徐笑麟当年所爱慕的女子，是……舒净的妈妈？

方晓天见过舒净和舒净妈妈的合影，舒净和她并没有太多的相像。

难道画中的少女，才是舒净的亲生母亲？后来因为不得已的原因，将舒净送人？

如果这个少女是当地人，当然就没有将舒净抱到上海送人的可能；如果这个少女也是知青，那这幅画画完的当年，知青们就已经陆续返回上海。很快就声名大噪的徐笑麟，为什么没有和他深爱的少女携手一生？他完全有这个魅力和能力。

方晓天立刻就想到了一个人。

唐老板转述的、卖画老人故事中的女知青——李佑文。

那个年代峨边的女神李佑文。

神秘自杀的女知青李佑文。

她已经死去。所以，她再也无法和徐笑麟携手一生。

合情合理。

方晓天突然一愣，不禁苦笑着摇了一下头：是啊，李佑文一九七六年就已经死去，怎么可能在十几年后生下舒净？而且，就算忽略年龄这一层，卖画老人也说得那样详细——被所有人盯得紧紧的李佑文，和徐笑麟的来往是极其有限的，只有帮他刷底子那次，算是真正的接触。可那是在不分白天黑夜的众人监视之下，且李佑文并不怎么搭理徐笑麟。

方晓天想不出个所以然。

或许真正美女的轮廓，都是有些相近的吧。或许。

方晓天蹲下身去，屏气凝神，接着清理。

接下来的清理越来越难了，似乎中间那层底子中的胶水忽然回光返照，拉着扯着两幅画面，死活不肯撒手。

感受过徐笑麟的心灵力量，方晓天已经可以心静如水。他如同在发掘现场埋头工作的考古学家，一手稳住颜料，一手用刮刀在它下面动作细微地前行着，一双大眼眨都不眨地注意着画面是否有开裂的痕迹。

其实，修复者是可以根据实际情况考虑是否直接掰断颜料块的，反正在后期的修复工作中，这些缝隙会被连接的溶剂和新盖上去的颜料弥合干净。但方晓天不能那样做，不仅因为这是恩师的作品，还因为这是一幅如此意义重大的杰作。

方晓天一直没留意时间，仅仅是偶尔用眼睛的余光感觉一下太阳渐渐西去的影子。光线昏暗得让他进行不下去时，便暂作休整，躺在沙发上揉了揉酸痛的脖子和肩背，又胡乱吞几口老侯放在那里的小吃，就拉上窗帘开了灯，继续工作。

当方晓天发现窗帘上薄薄的晨光又现，不觉一怔。在他的感觉里，只不过才是一转眼而已。他并不觉得困，索性扯开窗帘，迎着阳光再次埋头。

方晓天一口气熬了两天两夜。

第三天清晨，方晓天突然觉得又困又饿，实在扛不住了，这才扯下手套。有了老侯不请自来的前车之鉴，他处事越加谨慎，把徐笑麟的原画竖起来，面朝里靠在墙上。

方晓天把几案上的垃圾收拾进一个袋子，拎着，摇摇晃晃地出门去取吃的。

他一眼就看见，老侯、唐老板和那几个保镖都在对面停车场上。老侯和唐老板脚下的烟头横七竖八。

看见方晓天，老侯和唐老板明显都松了口气。唐老板远远地招了招手，就带着他的人上车走了——应该是老侯给他上了不错的规矩课。

方晓天晕晕乎乎地过了吊桥，把垃圾甩给老侯。

老侯笑着把垃圾扔进一旁的垃圾桶，从车里拿出几个餐盒和一个装满各种物品的大塑料袋："老唐的人可是一天三次准时来送水送饭，你这两天没来取，老唐都蒙了。要不是我拦着，他早就带人冲进去看你是否还活着。"

方晓天笑了笑："他想带人冲进去我相信，可我估计他是想看看画丢了没有。"

老侯呵呵地笑，冲方晓天竖了竖拇指，随即关切地看着方晓天的满脸倦容："怎么，熬夜了？还顺利吗？"

方晓天接过餐盒："连熬了两个通宵，不过心里有谱了，剩下就是时间和耐心的事儿了。"

老侯如释重负："那就好。你估计……"他琢磨着方晓天的表情，"要多长时间？"

方晓天说："只要没人打扰，按我现在的速度，大概——"他本想说二十五天左右，可话到嘴边，却改了主意，"不算最后的黏合、补画，大概一个半月。"他想了想说，"不过后面越来越熟练，也许，能再提前几天。"

老侯眼珠一转，迅速在心里计算了一下什么，倒显得很高兴："哎呀，那肯定就能赶在徐老师回国之前完成了，这可是庆祝他回国外加闭关结束的一份大礼。"

方晓天一惊："你知道恩师的回国日期？你联系到他了？"

老侯难得地嘿嘿傻笑了一下，真心实意地说："我倒是想联系到他。"他拍了方晓天肩膀，"你不是说徐老师在闭关做重要作品吗？重要作品，怎么也得两三个月或者以上吧？我按最低两个月算的，可不就是你这边能赶在徐老师回国之前完成吗？"

方晓天说："嗯。"他揉了揉眼睛，"操，不说了，真困了，得回去好好吃一点儿，睡一觉。"说完，他拎着东西转身就回去了。

临转身前，方晓天觑见老侯放心的表情，他也就放了心。

日子就流水一样哗哗啦啦地淌起来。

第三天，随着方晓天的工作进度，领袖像脸部的颜料块，一点一点地被移到旁边，少女的额头、发丝，渐渐露出。

徐笑麟画得是那样的仔细，连少女额角细细软软的绒毛都画得纤毫毕现，连发梢粘着的草屑都用细致入微的写实技法描绘下来。因为有表面一层画的保护，这幅少女肖像既没有发霉、也没有氧化，只是很多地方的底胶还执拗地留在上面——这是要在上面的颜料块整体搬迁以后，使用有机溶剂来统一清理的。

方晓天仿佛看见那个少女站在徐笑麟面前，神情飘悠地望着他。方晓天也看到了这幅画的大概背景：少女背靠着的窗是红砖砌成的。窗外，是苍茫不见边际的森林、影影绰绰的巍巍大山——那应该就是当年徐笑麟作画的峨边林场场院。

那就不是李佑文，不可能是李佑文。

那也不会是别的姑娘。卖画的老人也说过，徐笑麟在深山作画期间，没有任何女人早出晚归。

这部分隔在两幅画中间的料子，胶性真的已经丧失殆尽了，外力轻轻一碰，就黏在或上或下的颜料块上，黏在下面的部分，就遮得少女画像时隐时现。

方晓天集中精神，愈发熟练也愈发仔细地移动着颜料块。

接着露出的，是白皙修长的脖颈。

第四天，第五天。

方晓天越往下清理，就越是吃惊——少女竟然裸着双肩。她那线条流畅的肩膀上，没有任何衣物遮蔽的痕迹，闪动着羊脂玉般内敛的柔光。这说明，这少女极有可能是赤裸的，至少是上半身。

到了第八天。

这幅画上被乳白色底子遮蔽的地方越来越多了，可那丝绸样滑腻、珍珠般润泽的雪白胸膛还是呈现出来，隆起的双乳上，小小而又淡淡的乳晕、精致粉红的乳头，如实地袒露着。

方晓天真正震惊了。

给方晓天带来震惊的，已经从绘画本身的技巧和主人公与舒净的酷似，变成了这幅画本身所透露出的其他信息。

别说根据环境、少女自然下垂的双臂和余下画面的高度都证明她是毫无遮挡地全裸的，就是眼前袒露出的这一部分，在那个年代，已经是足以让徐笑麟在口水或者是枪弹中马上死去的滔天罪证。被如此真诚描绘的少女，也难逃死路一条。何况这幅画的创作还打着绘制领袖像的幌子，这更是大逆不道的死罪。

他们却冒着死亡的威胁，躲进人迹罕至的深山老林，画着这样一幅恬静如斯、美丽如斯的作品。

翌日，方晓天再次出门去取饭菜与用品，忽然觉出，自己眼下过的日子，竟与恩师当年的处境颇有些相似，有人送饭，离群索居。最重要的，是他们同样守护着一个大秘密。

老侯对方晓天的状态很放心，不但按照方晓天的吩咐人不过来，就连电话也很少打。方晓天当然愿意可以不用费心掩饰，但仍存了戒心，每次不在画室或是要小睡片刻时，他还是把徐笑麟的画朝向墙壁放好。

这幅画是徐笑麟的，其他任何人都不该有觊觎的机会。

甚至比方晓天自己预料的还要早两天，第二十三天凌晨，整幅人像全部显现出来。

方晓天低头看着这幅重见天日的作品。

虽然，整幅画都被版图一样或苍白或发黄的胶底遮蔽着；虽然，早就知道这是一幅撼动人心的好画，可当方晓天注视着这幅画时，还是再一次被深深地折服了。

有多少人，只会注意到，这是一具少女的裸体。

那些不懂得欣赏美的眼睛，是看不懂上苍造物是造得怎样的完美的；那些不懂得欣赏上苍造物的眼睛，更不会懂得徐笑麟在描绘上苍造物时，用的是怎样的情怀。

方晓天看得懂。他看得懂徐笑麟心境的虔诚、下笔的小心，以及情感不加雕琢的朴实融入。

方晓天终于懂了，徐笑麟的哀伤，并非像自己曾经认为的，是来自对这位少女真切的爱意，是来自即将遮蔽她的容颜的惋惜，是来自无法对她倾诉情衷的痛苦；这哀伤，是徐笑麟在创作这幅画时才生成的，这哀伤，是糅合进他构建这幅画时的一笔一画中的。

那不是方晓天之前认为的、属于单个个体的哀伤，那是超越人类本身的、以上帝的眼睛俯瞰人间悲苦的哀伤——悲天悯人。

在画这幅画时，徐笑麟，就是造物的上苍。

方晓天眼底泛起了泪光。他终于知道，徐笑麟那八个字的后半句，竟然是徐笑麟在如此年轻时就有的人生志向。“不以己悲”，着眼于天下，小至枝叶枯茂、大至岁月更替，个人的荣辱得失，何等之轻，何等之谬。

徐笑麟，用最难表现大情怀、大悲苦的少女裸体，表达出了上天对万物生长兴衰的不悲不喜。

是要怎样的慈悲、怎样的怜悯，才可以达到这样淡定从容。

方晓天身心战栗，背靠着墙壁在地上坐了很久，才缓解了内心的震惊与叹服。

有师如此，庆极幸极！

方晓天痴痴地看了很久，倦意突然袭来。他照旧把原画反向靠墙放好，灯都来不及关，就紧贴着沙发背摔倒在地上——方晓天知道自己是摔倒的，但他不想爬起来了，就趴在入冬潮湿冰冷的瓷砖地面上，香甜地酣睡过去。

他想，他是真的为恩师找到了那一幅画。

这二十三天，方晓天的精神是如此集中，除了基本的吃饭睡觉，他没有一点儿时间和精力去想其他事情。今天，他松了口气，是真正意义上的睡着了。

然后，他却梦见了舒净。

舒净站在一扇屏风后面抽烟，影子影影绰绰地从画着湘妃竹的绢布上透出来。

方晓天叫了她一声，她就簌地一下不见了，烟雾却还在升腾四散。

方晓天试图推开屏风，却意外地发现，那湘妃竹竟然不是绢布上的，是凭空长在空气里的，还招摇地舞动着，妩媚不可方物。

方晓天就盯着那竹子，随着竹子的摆动来回移动目光，渐渐目眩神迷。

方晓天心里突然“咯噔”一下，猛地惊醒过来。

“咯噔”一下的，除了方晓天的心，还有画室的门。

方晓天刚挣扎着爬起来，画室的门就开了。

老侯正蹑手蹑脚地推门进来，看见方晓天突然出现，他“啊”的一声吓了一跳。

方晓天立刻就意识到，老侯是从窗帘缝里窥探过的，只是自己摔倒后被沙发挡住，才没有看到。他立时就怒了：“老侯，我说过修复完成之前不希望任何人来，包括你。你摸进来想干什么?”

老侯脸上变了颜色，却仍是笑眯眯的：“老唐实在想知道进度，我怕电话里问起来惹你心烦，所以想趁你休息时，进来看看。是我的不是，是我的不是。”

老侯这番话倒是在情理之中，方晓天的怒气也就消了。

老侯一转眼，就看见了虽然支离破碎但已完整挪到一旁的领袖像，又是惊乍乍又是喜出望外地叫出声来："天哪，晓天，你不是说要一个多月的吗？这才二十几天……这么大的工作量啊！"

方晓天说："我也没想到，会比我预料的还要提前。"

老侯啧啧了几声，眼睛就扫到了沙发后面靠墙而立的老画框："这个得留着，徐笑麟这幅领袖巨作的原画框，怎么也能卖个好价钱。"

他似乎就想走过去看看。

方晓天脑子一胀，又立刻冷静下来。他知道，老侯怕是就为这旧画框来的。领袖像是唐老板的，唐老板也一定给了老侯好处，但老侯从来是吃着手里的惦记着别处的，素来喜欢趁人家没反应过来就扑上去咬一口。他应该是早就算计着要趁唐老板不注意，把这旧画框神不知鬼不觉地给带走，所以才挑这个时间偷偷地来——老侯防着的不是方晓天，而是唐老板的耳目。

无论如何都不能让老侯发现那幅足以引起轰动的画。

方晓天灵光一闪，慢条斯理地说："老侯，我们是不是该给唐老板开个价了？"

一提到钱，老侯果然就转过身来了："什么？"

方晓天指了指破碎的颜料块："都已经到这个程度了，唐老板还不提给我报酬的事？马上就要补色了，除了我，恐怕一时还真没有人敢动恩师的画。独家的活路，该有个独家的价格吧？你觉得必要的话，还应该和他签个合同。"

老侯来了精神，也不去管那个旧画框了："晓天啊，你要不提，我还真不好意思提，毕竟这幅画是徐老师的作品。"一句冠冕堂皇的话后，他又不着痕迹地把话转了个向，"当然了，你说得也对，独家的活路，就应该是独家的价格。我先回去想想，天亮后我们再商量一下，今天我就找唐老板谈。"

方晓天笑了笑："不用和我商量了，我放心你的。等你谈好了给我电话，到时我再开工。"

老侯点点头，就要走。

方晓天叹了口气说："等我再开工，真的不要来打扰我了。我说过，我得变成徐笑麟才行。我不能老能想起我是方晓天。"见老侯似乎还有话说，他就说，"旧画框的事我记得，我会帮你要过来的，不经意地要过来，免得唐老板觉得很值钱，抓住不放。”

老侯笑了：“晓天啊，你以前最瞧不起我凡事朝钱看了，可现在，考虑这些细节，你比我还仔细啊。”

方晓天笑骂：“还不都是跟你学的？滚蛋，我真要睡觉了！还有，晚上十点以后，早上七点以前，让唐老板把他的人都撤走，我这几天工作注意力高度集中，睡觉轻，那两个货有时聊天我都能惊醒。我不想耽搁了后面的进度。”

老侯似乎被他前面那句话骂得暗爽，笑着答应了方晓天的要求，走了。

其实方晓天完全没有睡意。

方晓天突然悟到了徐笑麟何以能创作出这样的作品。

宇宙科学也好，宗教理论也罢，无不是在说，于千千万万个大千世界中，人不过是韶华短短的空空皮囊，与碌碌苟活的蝼蚁一样，仅仅是某个层面而言的生命，也仅仅是某种意义上的虚无。唯有跳脱自身的喜悲，才会有得到大智慧的快乐。

跳脱自身的喜悲，不过就是宽恕。

宽恕。

有着造物之眼的徐笑麟，看穿了所有表象，宽恕了愚蠢的盲从者，宽恕了他们粗鄙的言行、丧失理智的举动，甚至宽恕了那个疯狂而动乱的年代。

领悟到这一层，原本就没有多少世俗心的方晓天，就更解脱了。

他决定等天一亮，就给舒净打电话。

能够把他的思路发展得那么精准，能够把他的笔触使用得那么流畅，这是多么难得的知己至交——方晓天当然知道这是自己骗自己，他想打电话给舒净，不是什么宽恕不宽恕的，也不是什么珍惜不珍惜的，他的理由是精练简洁：他思念她，她不在他就会不快乐。

越是等待某个时刻，时间就越是漫长。

方晓天仰卧在沙发里，百无聊赖地嚼着牛肉干，想找个打发时间的方法。

想着想着，他摸起手机，搜索了舒净的名字。

纽约华裔女艺术家，摄影作品，倪家……词条并没有涉及她的油画创作部分，只有她的就读院校等信息，简单至极，且都是方晓天已经知道的内容。

方晓天想了想，在搜索栏里输入了另一个名字：Monica S。

长长的英文词条和无数搜索结果，铺满了方晓天的手机屏幕，看看页码，足有几百页。

低调而神秘的 Monica S，是纽约艺术圈的一个传说。她深受顶级的金融新贵们和一些特立独行的时尚媒体追捧，可没有人真正见过她。他们只知道她是一个才华横溢的女艺术家，只和纽约最古老的收藏家族打交道，而她的代理机构对她的其他一切守口如瓶。

方晓天对此并不感到奇怪。隐身天才，这是这个信息泛滥的时代最能引人好奇、吊人胃口的营销手段。但确实也只有最耐得住寂寞、对自己的实力最有信心的人，才敢选择这种宣传方式。方晓天忍不住会心一笑——这倒很符合舒净冷淡而干脆的天性。

等等。

方晓天愕然：连 Monica S 那些有钱的粉丝和大牌的媒体都挖不出她的真实身份，老侯是怎么“从她的代理机构那里得到她的信息”的？

方晓天开始搜寻 Monica S 的作品。

倒真的是老侯给他看过的那些作品。

方晓天顺手点开几幅附有创作小记的作品，习惯性地注意了一下创作日期。

等等。

方晓天再一次愕然：其中有两三张作品的创作日期，竟然远远早于方晓天创作类似作品的时间。他飞速调出了 Monica S 其他时期的作品，很快就惊讶地发现，也有那么几张作品的创作日期是早于自己的，甚至有一张更是提前几个月之久——方晓天清楚地记得，那时，他还没有那样做作品的想法。

怎么回事儿?!

方晓天呆呆地看着屏幕上的资料，突然笑起来，像农夫最终发现了自己守株待兔和揠苗助长的蠢笨，笑着自嘲：“方晓天啊，舒净那一记耳光打得太对了，你就是个迷迷瞪瞪的货，自大到以为舒净会剽窃你，笨啊，那不是舒净剽窃你，那是舒净和你心意相通，整整五年里都不知不觉、脚前脚后地朝一个方向走啊！舒净早就发现这一点了，人家一个小你差不多十岁的姑娘啊，都没跳起来指责你抄袭人家，那是人家是聪明到不需要思考就知道原因。方晓天啊，你得让舒净多失望啊——她相信你，你却不相信她，生生破坏了人家对你的信任，一记耳光，明显少了啊！”

方晓天一边自言自语地损着自己，一边浑身通泰地哈哈大笑。

清晨五点，方晓天再也等不及了，他拨通了舒净的电话。

第十二章　纣王与磁铁

白文凯醒过来时，窗下的梧桐正被雨点打得噼啪作响。

舒净背对着他，蜷得如赖窝的猫。

白文凯温柔地从背后抱她，却被她推开。他知道她醒了，轻轻地说：“有时候真希望你一直睡着，我就可以一直抱着你。”没听见舒净说话，他就轻柔地抚摸着她的头发，“我知道，明蓓离婚了，这些天，你心情一直不好……”

舒净的手机响了。

舒净摸索着拿过手机，看了屏幕一眼，突然坐起来，然后光着脚走到落地窗前，俯瞰着黄浦江，跪坐在地上：“喂?”

舒净是不喜欢开空调的，床下到处都是冷的。

白文凯慢慢收回已然悬空的手，轻轻地叹息一声，下床跟了过去，脱下自己的长睡衣，披在舒净肩上。

舒净似乎已经完全注意不到白文凯的存在了，她燃了一支烟，放在唇间。

白文凯退回到床上，看着舒净单薄的背影发呆。

方晓天准备了很多开场白，准备了很多，调侃的、寒暄的、道歉的……想说“我没想到你会这么快接”，想说“我没吵醒你吧”，想说“是我错怪你了”……可听到舒净那一声“喂”，他还是僵住了，顿了好一会儿，说：“回来，回来，峨边。”

以方晓天对舒净的了解，听了他没头没尾的这句话，她应该会安安静静地挂了电话；不，以他对舒净的了解，她就不会接他的电话。

可是舒净却说：“好。”

只有这一个字。

可这一个字，已让方晓天心花怒放。他觉得自己寻回了粗心遗失的稀世珍宝。

一个字真的就足够了。

这是至交的心有灵犀，这是知己的尽在不言。

舒净挂了电话，慢慢地抽完整支烟，然后在手机上定了去成都的机票，傍晚到达的那班。她回到床上，安静地缩进被子里。

初冬微寒，虽然披了两件睡衣，舒净的身体还是凉透了的。

白文凯搂住她，她没有拒绝。白文凯吻她，她没有拒绝。白文凯抚摸着她，渐渐喘息，渐渐用力，她还是没有拒绝。只是，她一动不动。

白文凯终于住了手，哀求她："我求求你，你不要不说话。你不说话我就很害怕。"

舒净伏在枕头上，凝视了他一会儿，慢慢闭上眼睛，调匀呼吸，很快就睡着了。

白文凯瞪着漂亮的大眼睛，看着头顶的天花板，若有所思。

整整一天，方晓天焦灼到坐卧不宁。

他拿起一片领袖像的碎块，试着给它的背部涂抹一些溶剂，以使其粘着在画布上。可他的手抖，抖得厉害。只好什么都不做。但他完全没想过要再追问舒净的行程，她说"好"，那就是"好"。

临近黄昏，手机一响，方晓天几乎是扑过去的。

却是老侯，高兴地告诉他可以开工了。他已和唐老板谈妥，六位数。

方晓天敷衍几句，挂了电话，呆呆枯等。

这一等，就到了晚上十一点。

舒净的电话打了过来。她说："我快到了，等我。"

方晓天扔下电话就奔了出去。他守在大路口，很快就等到了从出租车里下来的舒净。他正高兴地迎上去，却没料到，舒净的背后，不远不近地又停了一辆出租车，下来一个人。待到近了，方晓天看着这个人觉得面熟，稍一愣，马上就想起来他是谁。

白文凯。

他在舒净的摄影作品中看见过的白文凯。

白文凯不知道是谁给舒净打电话，却知道那个人对舒净而言是重要的。说不清楚是妒忌还是担心，他就这么偷偷地跟着舒净，一起过来了。

白文凯看到眼前这个身材魁梧、仪表堂堂的男人，也认出了这个各种艺术活动上的焦点人物，方晓天。

看着有些不安的白文凯，舒净不惊讶，亦不询问，当他是空气一样不置一词。

白文凯跟在他们后面，亦步亦趋地拐过竹林、穿过停车场、走过吊桥，直至进入别墅。

白文凯承认自己内心的不平静——舒净对这里的熟悉程度，让他相信，前段时间她失去踪影，就是和方晓天待在这里。

方晓天和舒净很多时间都形影不离，这是很多人都知道的；他们之间的亲密也从未避讳过任何人，包括白文凯在内。白文凯相信他们之间是止步于至交好友的，他自有他的理由。

可这里不同。这里不是有很多饭局、很多应酬的大上海，这里是白文凯一点儿都不熟悉的偏僻县城的隐秘院落——属于方晓天和舒净的院落。

白文凯不尴不尬地跟进画室，就看出方晓天有话要对舒净说，只是碍着他在，才没出声。他嘴唇颤动几下，就转身出门，远远地站在了小院的黑暗中。

舒净知道方晓天是独自工作的，她选择这么晚过来，就是想避开其他人，尤其是老侯。她却没料到，白文凯会悄无声息地跟过来。

候机室和机舱内都相对封闭，要躲开一个熟悉得不能再熟悉的人，并不容易。所以不难想象，舒净这一路上是多么的魂不守舍和心不在焉。

如果说此前是尚在猜测，那么此刻，方晓天已经全然明了了，舒净何以会与他有如影随形的作品，又何以会对他处于瓶颈的窘迫了解得那样清楚。

因为他和舒净，就像灵魂的双生子，才思繁茂类似，灵感凋零也相近——他所经历的痛楚，也正是舒净所承受的煎熬。他的烧制瓷器，与舒净拿起相机，都是一脉相承的权宜之计。

方晓天忍不住再次在心底重复了那句话——

有友心念灵犀如此，夫复何求？

方晓天说：“我都错了，姑娘，还生我气吗？”

舒净没有说话，只是看着他。

我既已来，你又何须再问？

两个人对视，齐齐微笑。

白文凯远远地注视着灯光下舒净的笑容，脸上顿时蒙上一层灰霾。

方晓天絮絮地说着舒净走后的种种，舒净就静静地倾听，全然忘了时间，忘了睡眠，忘了院子里还呆站着一个白文凯。

谁都没有料到，凌晨三点，又有一辆出租车停在大路旁，一个他们谁也没想到的人，沿着丁点儿亮光都没有的路，不吭不响地穿过空无一人的停车场、吊桥，直奔小院而来。

那人稍作犹豫，就抬手敲了大门。

这突如其来的敲门声，让院里所有的人都是一惊。

方晓天下意识地看了一眼那幅少女肖像，确定是靠墙反放的，这才放下心来。

其实，来的倒不会是唐老板或者老侯——方晓天才立下了这个时段不能打扰他的规矩。而且，就算他们有天大的急事要来，肯定会先打电话或者直接拿钥匙开门。

方晓天几步走到院中，越过白文凯，打开了院门。

钟司晨站在门口，瑟瑟而立。

钟司晨是反复想过该如何窥见这个小院中的画的。

曾经，他说要和舒净谈他与明蓓的婚姻，这个借口是相当不错的。但在与明蓓离婚后，这条路已无法行得通，何况当时舒净已经回到上海。其实，他还是可以肯定那幅画是尚在峨边的，可得以进入那座小院的理由呢？该如何躲过或骗过门外的安保呢？在自己打草惊蛇之后，又怎么确保对方不会立即将画转移呢？

是要想出一个万全之策的。

钟司晨深知，于他的那桩任务来说，这时已近胜利在望的尾声，他必须要求稳求准，一气呵成。思虑再三，他觉得还是只有盯紧舒净这一条路可走。婚嘛，是离了，可要是说他有复婚的念头想征求一下舒净的意见，倒也不是不可，毕竟这是无法和明家人直接沟通的内容，找她这个当表姐的打探风声，情理都合。

钟司晨定下主意后，就找了在航空公司主管出票的一个大学同学，让他帮忙注意舒净乘坐航班的信息。

昨天，在得知舒净定了航班之后，他马上就定了下一班航班的机票。

只是到了成都之后，那个出租车司机不怎么认路，折腾了很久，才赶到峨边。

钟司晨知道，自己的说法是有破绽的，那就是自己怎么知道这个小院的所在。他打算实话实说——上次来时他跟踪了舒净，但这跟踪的目的，当然是“严重没有安全感的他，为了在和明蓓婚姻有变时，能尽快见到舒净”。这里面依然有让人生疑的牵强细节，就只能听天由命了。

只是他没料到，平素待他多少有些刻薄的老天，关键时刻反而帮了他，就像在他几年前落魄时给他送来了赏识他的老板一样。这次，老天竟然又送给他一个理直气壮的理由。

院门一开，钟司晨不但看见了那幅背对着门口的大画框，看见了开门的方晓天、站在画室台阶上向下看的舒净，还看见了站在一旁的白文凯。

知道白文凯与舒净暧昧是一回事儿，亲眼见到他们在一起是另一回事儿。

想到始终蒙在鼓里的姐姐，钟司晨血冲头顶，一把就推开方晓天冲向了白文凯，揪住父亲口中的这个琏二爷，挥拳就打。

白文凯看着突然出现的未来小舅子，吃惊而慌乱，连躲闪挣扎都忘了，实实地挨了几下。

舒净忽然说：“钟司晨，住手，我有几句话要说。”

钟司晨愤怒得失去了理智，可舒净话里透出的冷淡，瞬间就熄灭了他的怒火。他推搡开白文凯，喘着粗气转向了舒净。

舒净却不是对他说话，而是对着白文凯，说：“我们分手吧。”

钟司晨和方晓天都惊愕地看着舒净。

白文凯却睁大眼睛，没有惊愕，只有惶惶惑惑，就像他早就知道会有这么一天，只是不知道这一天会来得这么早、这么突然。

舒净转身要进屋。

白文凯突然冲过去抱住她的腰，呜呜地哭得很伤心。

舒净任由他抱，淡淡地说："你刚才的吃惊慌乱和不躲不闪，说明你对钟司蕾是心存愧疚的；之所以会有愧疚，是因为你对她还有感情。既然你已经能对其他女人产生感情，那我们为什么不分手呢？"

白文凯哭着说："不是的，是你不愿意让我对你有婚姻的觊觎，是你不愿意和我这个单身男人保持来往，我才随便找了一个女朋友的。"

钟司晨怒得头发都立起来了。

这就是条件优渥的白文凯为什么会突然对平凡的钟司蕾示好，这就是白文凯为什么会和钟司蕾散多聚少且不愿见钟家的人。钟司晨怒骂一声"混蛋"，又去拉扯白文凯。白文凯却不管钟司晨，独自对舒净辩白着："我是不想离开你，才有了这个女朋友的……"

舒净说："那我很高兴，我间接地为你培养出健康的感情。"

白文凯松开她，哭喊着说："借口！别以为我不知道，你说的都是借口，你和我在一起、和我分开的理由，其实从来就只有一个……"他愤愤地就要说下去。

舒净急速转身，表情惊讶慌乱，瞳仁里竟然带着哀求。

冷傲的舒净，竟对在她面前如此卑微的白文凯哀求！

钟司晨太过震惊，不自觉地停了手。

白文凯说不下去了，啜泣着低下头。

舒净也就恢复了淡淡的平静："文凯，你应该知道我们之间是病态的，是扭曲的，是不会有好结果的。文凯，和钟司蕾好好过吧，她是个好姑娘，她能给你我给不了你的——幸福。"

就像被催眠一样，白文凯木然地重复着："和钟司蕾好好过，她是个好姑娘……"他突然抬起头来，疯狂地喊叫着，"好，舒净，我听你的，我要和钟司蕾结婚，我要和这个好姑娘结婚！"说完，他瞪着空洞的大眼睛拨了个号码，对着那端语无伦次地说：“蕾蕾，我要和你结婚。蕾蕾，我马上就回上海和你结婚，马上就登记，要摆一百桌酒席……”

钟司晨气得七窍生烟，双手乱抖。他劈手夺过电话，怒吼着说：“姐，别听他胡说。他疯了，他是个疯子，他是个混蛋，不折不扣的大混蛋！你绝对不能和他结婚，你马上和他分手……喂？喂喂??”

电话突然断了。

手机也不要了，白文凯夺门就跑。钟司晨紧跟着他追出去。

方晓天叹息：“你对白文凯，是不是太突然、太决绝了?”

舒净反问道：“那你希望怎样？希望我仍和他在一起?”

方晓天怔了一会儿，回身关了院门。

钟司晨追着，一拐过竹林，就看见白文凯摇摇欲坠地站在大路旁，十分疯狂地对着稀落的过往车辆招手。他真的是濒临崩溃了。

钟司晨怎么都拨不通钟司蕾的电话，焦急万分。

白文凯拦住一辆出租车，上车走了。

钟司晨没赶上，狠狠地捶了旁边的树木一拳，然后边招手打车，边打电话订回上海的机票。他是真急了。

他担心的不是姐姐会一时糊涂。钟司蕾从来稳重冷静，她结婚不结婚，是不是和白文凯结婚，都会再三理智考虑的。她知道这样不堪的真相，一定会和白文凯分手。

现在他担心的是，丧失了心智的白文凯在姐姐拒绝婚事后，会做出什么疯狂可怕的举动来。

父亲在世之日无几，已给了他终生抱憾之痛，他绝不允许至亲至爱的姐姐再受到任何伤害；那个属于他和明蓓的小家已经支离破碎，经历不完美婚姻的切肤之痛，他绝不允许血肉相连的姐姐再去承受。

直到四个小时后飞机起飞，钟司晨还是没联系到钟司蕾，这让他心里的担心一时甚过一时——信号那样糟糕，姐姐到底是在多偏僻的地方啊。而更让他在整个航程中如坐针毡的是，他在候机楼没有见到白文凯，在这次航班上也没有见到白文凯。

上一次航班比这次航班早半个小时。

白文凯比他早半个小时到上海。

要命的半个小时啊，说不定真的可能要了姐姐的命！

钟司晨越想越怕。

飞机一落地，钟司晨便急着往航站楼出口跑。钟司蕾电话里依旧是死气沉沉的“暂时无法接通”。他后悔没留姐姐朋友们的号码，突然想起上网搜索姐姐公司的电话。

打过去，是姐姐的下属接的：“钟姐啊，今天她调休，应该是在家吧。”

钟司晨宁愿钟司蕾出去逛街了，这样还相对安全些。可他也知道，姐姐日常最大的爱好就是整理房间，照着菜谱做菜。可除了干着急，他现在没有别的办法。

到了姐姐租住的公寓，钟司晨狂奔到四楼，使劲砸门：“姐，姐！”

钟司蕾应声开门。

钟司晨直直地问：“白文凯来过没有？”

钟司蕾害羞地点点头：“嗯。”见钟司晨一下子变得神色紧张，还向门内张望了一下，她极不自然地说，“他……他回去取户口本了，一会过来接我，我们……就去把证领了……”

钟司蕾沉浸在自己的幸福小世界里，竟然没有想起问问钟司晨为什么和白文凯发生争执，为什么钟司晨会对白文凯那么反感而警惕，她甚至对白文凯脸上的伤都没起一丁点儿疑心。

钟司晨脑子里乱哄哄的：“姐，我有事想跟你说！”

钟司蕾日常里多是素颜的，这时已经把化妆品都摆了出来。她又犹豫又慎重地比较着玫红和淡粉的口红，紧张地说：“不知道拍证件照哪种会好些。”

钟司晨着急地喊道：“姐！”

钟司蕾似乎拿定主意要用枚红色那支，又纠结起着装来：“司晨，你说呢子裙会不会很显老啊？换一件套头衫会不会好点儿？你说呢？”

钟司晨再也没有耐心了，他扳起钟司蕾的肩膀摇晃着：“钟司蕾，你不能和白文凯结婚！”他痛心疾首地咆哮着，“他和你谈恋爱谈到半年时，就脚踩两条船，你知不知道他的情人是谁？是舒净！是明蓓的表姐舒净！舒净抛弃了他，他还追过去，狗一样跪着摇尾乞怜，向她求婚！人家狠狠地羞辱了他，他才滚回来找你结婚！钟司蕾，白文凯从来就没把你放在心上！他这样不忠诚也没有骨气的男人，配不上你！”

钟司晨喊完，几乎虚脱。他生怕姐姐受不了这么多残忍冷酷的真相——这是姐姐第一次全身心投入的恋爱。

钟司蕾平静地问：“说完了？”

钟司晨点了点头。

钟司蕾慢慢地把化妆品一样一样地摆好，说：“白文凯要和我结婚，而不是跟舒净。”

钟司晨瞪大眼睛：“那是因为舒净不可能跟他结婚……”

钟司蕾打断了他：“原因并不重要，重要的是，他最后是跟——我——结婚。”

钟司晨急促地说：“可他的背叛，他的欺骗……”

钟司蕾再次打断了他：“那又怎样？”

看着钟司蕾再清醒不过的眼神，钟司晨突然不敢相信——钟司蕾知道他说的一切，她早就知道了！可能比钟司晨知道得还要早！

钟司蕾坐在梳妆台前，梳了梳额前的头发，拿起玫红色的口红擦好，仔仔细细地端详了一下自己，才看着镜子里的钟司晨，缓缓地说：“从小，我就清楚地知道自己要的是什么，我意识到了，就会努力去争取。关于白文凯，很简单，我爱他，我无法因为他做了什么就放弃我对他的爱。我想嫁给他，想得发慌。”她由衷开心地一笑，“而今天，我就要嫁给他了。”

知道心爱的人一直爱着其他人，却能长期隐忍，这到底是惊世骇俗的深爱，还是因为这个女人已经疯了？

钟司蕾转过身，站起来：“不过有一件事，你误会白文凯了。并不是‘他和你谈恋爱谈到半年时，就脚踩两条船’。他疯狂地爱上舒净，是在那个时间的一年之前。”她笑了笑，“这是白文凯最好的朋友告诉我的，在我认识他半年前，他就追求舒净，从纽约到巴黎，从非洲到中国。”

钟司晨觉得自己听到了天雷。

白文凯从不相信一见钟情，他觉得那是荷尔蒙泛滥的男女搞一夜情的遮羞布。他曾在酒桌上对要好的朋友说：“不该有这个词语，‘干柴烈火’四个字就够了。”

直到他遇到了舒净。

舒净一袭白裙，牵着倪远诚的手，一出现在华商相聚的露天宴会上，白文凯就听见了自己的心跳声。他的目光追随着舒净。等到舒净去洗手间，白文凯毫不犹豫地走过去，等在洗手台那里。

他想她，渴望她。

这违背人类的基本道德，也违背白文凯自己的原则底线，但他顾不了那么多。

白文凯对自己的条件是自信的，他的自信也是实事求是的。

可等到舒净从洗手间出来，只是和他对视了一眼，他的自信就被摧垮了，垮得连他自己都听见了稀里哗啦的声音。

之前他看着舒净时，他爱着她的美丽外表，爱着她的优雅气质。

现在他与舒净对视，他爱上了她的灵魂，神秘，高贵，洁净，骄傲。

一见钟情。

白文凯从情场高手变成木讷的毛头小子，傻愣愣地看着舒净洗手，转身离开。

再怎么变傻，白文凯也是个聪明人。在纽约接下来的几天里，他循序渐进、不着痕迹地进了倪家的社交圈子。他是英俊迷人的，他是机智风趣的，他是温柔体贴的，可惜这一切，吸引了合作伙伴、风投资金和无数妙龄女郎，却吸引不了舒净。她甚至都没怎么注意到他的存在。

后来白文凯抓住了一个绝妙的时机。

当时舒净已经停止油画创作，开始研究数码摄影，拍摄各种风景。

在她的第一个小型摄影展上，白文凯对舒净说：“其实，我长得挺像希腊雕像的，这么标准的长相想拍出艺术感，你觉不觉得很有挑战性?”

大众的审美和艺术家的审美，永远不在一个层次、甚至不在一个方向上。

大众爱娇艳的玫瑰、赤裸的少女、隽永的风景；艺术家爱枯败的枝条、肥胖的贵妇、燃烧的地狱。

大众惧怕死亡，所以迷恋着一切让他们可以感受到生命活力的情景；艺术家思考死亡，所以创造一切可以让大众从自我麻醉中警醒的作品。

不在一个频率，谁都不让步，于是你看你的，我做我的，连说句话的朋友都做不成。

迎合大众的所谓艺术家就大批量出现，但他们不是大众和艺术家之间的桥梁，他们干的是过河拆桥的龌龊事，他们一边以艺术之名赚取名声、金钱，一边嗡嗡地要革那些坚持自己的艺术家的命。

这些蝇虫一样的艺术家，最爱白文凯这种出身、外形俱佳，又有购买力的创作对象。

所以白文凯这席话的切入点是很正确的，再加上他的确鲜活而完美——让鲜活而完美的拍摄者，呈现出真正艺术家所要表达的生命的悲怆真相，这是顶尖艺术家都乐此不疲的尝试和挑战。

白文凯成功地抓住了舒净的注意力，成为舒净一直研究的唯一肖像摄影对象。他获得了很多时间和舒净独自相处。他珍惜这种独处，每次和舒净见面前，都会用更多的时间去想该如何与舒净相处。

最初，白文凯是虔诚地供奉女神的信徒，跟着舒净游走四方；后来，白文凯渐渐心猿意马，在非洲拍摄时，有一天晚上返回住处，白文凯辗转反侧，无法入眠，他意识到自己其实就是女娲殿中的商纣王。

当天夜里，白文凯心怀鬼胎地去敲舒净的房门，没人应，再敲，寂静无声。他的担心超过了色胆，叫店主打开舒净的房间，发现随身行李、拍摄器材连带舒净都不见了，桌上有一张纸条，无款无识，寥寥数字：你是个单身男人。我想，我们还是不适合做朋友。

钟司蕾说："这张纸条，我见过，塑了膜的，也许现在还在白文凯的钱包夹层里。"

舒净竟然是这样的人。

钟司晨吃惊极了，终于明白舒净面对他的知情，何以会毫无退缩和惧怕。他忍不住问道："那他们——是清白的？"

钟司蕾又让他再一次吃惊："大概也不是。这次舒净回国后，我猜，他们就真正意义上地在一起了——虽然白文凯对舒净回国后的事守口如瓶，可我猜，就是这样。”

钟司晨又把话题转回来：“姐，你既然知道白文凯对舒净这样深情，怎么还能容忍自己和他结婚?”

钟司蕾说：“‘情深不寿’，用了太多气力的爱，从古至今，可有一段地久天长的? 我得到了地久天长，足够了。”

钟司晨有些不忍，但还是硬着心肠试图唤醒她：“白文凯已经骗过你一次了，你怎么确保他会给你地久天长，而不是再骗你一次?”

钟司蕾笑了，意味深长地说：“对于这一点，我倒是有十足的把握。”

钟司晨想起了什么，抢过钟司蕾的手机翻看着，果然看见自己的号码被拉进了拒接来电的黑名单。他苦笑：“你明知道我想说什么，也明知道我有多着急，你却这样做了。”

钟司蕾终于低下头，神色黯然地说：“我多么希望这些真相都能永不见天日。”

钟司晨还是想确认她不是一时的执意冲动，又问了一遍：“他真的能给你再不生变的地久天长?”

钟司蕾肯定地说：“如此深爱过舒净那样的女人，白文凯再没有爱上其他人的可能。”

这句聪明话里的凄凉感，让钟司晨心疼地把姐姐搂在怀里。

楼下传来白文凯的叫声：“蕾蕾，蕾蕾。”

钟司蕾并没有回应，她抱着钟司晨说：“司晨，你知道吗，白文凯和舒净，都是那样的完美，那样的优秀，他们就像两块磁铁，或早或晚，一定会相互吸引的。可你知道吗，磁铁的特性是什么? 磁铁的特性就是，只要其中一块磁铁稍有变化，彼此就会产生最强烈的排斥力……而我不同。我是最平凡的一块铁，我不在乎磁铁与磁铁之间的关系，我不挑剔磁铁的磁极，我本本分分地做我的铁，等磁铁回心转意。”她的泪流了下来，“我等到了不是? 所以说啊，当一块铁，也就该有当一块铁的幸福。”

钟司晨泣不成声。

钟司蕾松开手，拿起早就准备好的资料，头也不回地疾步下楼。

可，你只说了“情深不寿”，你知道还有一个“慧极必伤”吗?

聪明是容易反被聪明误的。

钟司晨“呜呜”地哭着从窗子向下望去，只见白文凯正牵着姐姐的手，走向小区门口。

白文凯握着钟司蕾的手，紧紧的，仿佛再也不想分开。

钟司蕾是对的，白文凯要给她的，的确就是天长地久。

钟司晨颤抖着说：“祝你们幸福！”

许久，钟司晨的心绪平静下来。他拨通了岑先生秘书上次留给他的号码：“我是钟司晨，我找到了岑先生想要的东西。”

手机里杂音些微，应该是岑先生接过了电话。

钟司晨说：“我见到了那幅画。”

岑先生安静地听着。

钟司晨说：“画是靠墙而立的，我没看见内容，但那是一幅旧画，画框很破旧，很大，我想，有两米多高，一米多宽……”

岑先生吁出了一口长气：“等我的电话。”

终于找到岑先生朝思暮想的那幅画了。

钟司晨欣慰得泪眼模糊。

只要等岑先生安排好日程，钟司晨就带他去那个遥远的小院。一切，就到此为止了。

故乡，等我回来；爹娘，等我回来。

第十三章　永不逝去的真相

有了舒净打下手，方晓天修复得很快。他不再需要把自己潜入恩师的思路——他已经可以把恩师未曾留意的地方加以细致增补，把恩师想表达的东西加以渲染升华。

方晓天是那样的自信。

一个昼夜后，当朝阳再次给四壁涂上暖意时，方晓天停下画笔，慢慢从方凳上下来。他停笔的瞬间，正在沙发里小憩的舒净睁开了眼睛。她裹紧大披肩，走到方晓天身侧。

他们全神贯注地凝望着这幅徐笑麟隐藏了整整三十九年的作品，心潮起伏，百感交集。

方晓天把画笔轻轻放在工作台上，问舒净："美吗?"他没去看舒净，但他知道，舒净一定点了点头。他还知道，舒净一定和他一样，也无法移开目光。

舒净看着画，喃喃地说："徐笑麟不是用笔和颜料在画她，他用的是血、是泪，更是灵魂。"

方晓天握住舒净的手，凝视着舒净说："我也想为你画一幅这样的画。"

舒净也转过视线，凝视着方晓天。

已过元旦，将至春节，县城里突然远远地传来一阵密集的鞭炮声。

舒净惊觉什么，挪开目光，松开手，低头衔了支烟。可能是忌讳烟雾会沾染在这幅画上，她又把烟揉搓了，团在手心。

方晓天回想刚才，也没来由地觉得有点儿发窘，正想找些话说，舒净却抢先一步问："徐笑麟，什么时候回来?"

方晓天这才想起，距离恩师闭关已近三个月了。他拨打徐笑麟瑞士工作室的电话，电话依然在停机状态。他再拨徐笑麟的手机，又惊又喜——手机通了。这说明恩师已经打算回国，甚或已然回到国内。

略微等了一下，徐笑麟接了电话："晓天，我在上海了。"

方晓天觉得千言万语凝噎在喉头，踌躇了一会儿，说："老师，我在峨边。"

一片寂然。

方晓天相信恩师听得懂，他确信。

良久，徐笑麟在安静中挂了电话。

方晓天把标清了地址的地图发了个彩信过去。

第二天中午，徐笑麟到了峨边，一如一九七九年的那次重返。他，独自一个人。

徐笑麟站在那幅画前，注视着画中的少女，慢慢地，唇角泛起无声的微笑。

方晓天曾听不止一位恩师的故交挚友，说恩师是菩萨。在方晓天的印象中，恩师也是从来没有过任何表情的，终日无悲无喜，一如他内心的无欲无求。

此刻，看着徐笑麟平静而满足的微笑，方晓天的心里是刀割一样的难受。

那微笑里隐忍着的悲怆，竟比恸哭中的伤痛更让旁观者肝肠寸断。

那微笑，竟似十里杜鹃啼，一声一滴血。

知道徐笑麟要来，舒净早就出去了。聪明如她，也许早料到了这种笑，料到了这悲怆。

方晓天不忍再看，他快步出门，行至门外。他返身抬头，最后看了一眼徐笑麟挺直的背脊，就轻轻拉上了屋门。就在这时，他听到院子外面传来一声凄惨凌厉的叫。

方晓天一惊："舒净！"

那不是舒净的声音，但方晓天还是心惊肉跳地狂奔出去。

吊桥的另一端，跪伏着一个浑身抽搐的人。

舒净正试着扶起那个人，可那个人绝望地挣扎着、咒骂着、哭喊着，就是不让舒净碰他。

那是一个穿着黑底红饰对襟长衣的老者，年逾七十，须发全白，干枯的脸颊上有一双浑浊而布满血丝的眼睛，眼神里半是惊惶半是凶狠。他一边在地上翻滚，一边踢打舒净："我才不怕你，你滚开……呸……你滚开咧！"

方晓天一把拉开舒净，避免老者攻击到她，问道："怎么回事？"

舒净也是讶异，摇了摇头："不知道，他刚走到吊桥这里突然就摔倒了，我以为他是心脏病犯了就过来看看。"

可这老者豁出命来狂乱防御的举动，哪有一丝心脏病的样子？

就在方晓天和舒净不知该如何处置时，一辆越野车疯了一样冲进停车场，还没停稳，老侯和唐老板就拉开门跳出来。

肯定是唐老板的手下发现了徐笑麟进入别墅，他们才急忙赶过来。

看见舒净，老侯脸色变了又变，飞快地磨了磨牙，却堆出一脸假笑："舒小姐，回来看晓天？"

这边唐老板看见那位老者，吃惊得不行："旺仁，你怎么会到这里来？"

从唐老板的语气和老者特征鲜明的民族服饰，他一定就是卖画给唐老板的那位老者。唐老板问得对，他问出了在场所有人的疑问：一个买卖关系已经终结的老者，为什么要独自离开荒僻山野的村落，锲而不舍地追逐唐老板？他是怎么找到这里的？他找到这里，又想干什么？

老侯的注意力却不在老者身上，他指着老者问那个刚从驾驶位上下来的寸头安保："进入别墅的人就是他吗？"

安保没有阻拦徐笑麟，并不是他没有恪尽职守，而是老侯肯定给过他交代，只要是方晓天主动带进来的人，只需要通知他们，而不需要阻拦。老侯是何等人物，他早想得通彻分明：以方晓天的诚信理性，绝不会自食其言，那么在这个当口他还会告知对方自己所在地的人，必定是和他有着过密关系的——在最需要方晓天竭尽全力的时候，老侯是绝对不会惹他恼怒翻脸的。

寸头安保肯定地说："不是，那个人大约六十岁上下，身材魁梧。"

老侯虚了虚眼睛，似乎在仔细思索，再一看方晓天从来镇定自若的神情里带着一些紧张，他已然明白过来，眼睛里顿时精光暴现："他来了。"

那犹自嘶哑着嗓子似哭似咒的老者，似乎被老侯的一声断喝吓住了，突然止住哭声，眨着惊慌的眼睛，等着老侯的下文。

唐老板略显迟疑，但好像也知道了老侯所指的人是谁。他有些不敢相信：“他?”

老侯肯定地点点头：“徐笑麟来了。”

老侯这话一出口，方晓天心里暗吃了一惊：自从方晓天拜徐笑麟为师，老侯对徐笑麟的称呼大多是“徐老师”，人前背后提起，都是神情肃然，带着三分敬意七分崇拜，俨然有徐笑麟亲传弟子的恭敬。只在初见这巨幅领袖像时，老侯直呼过徐笑麟其名，可他也同时爆了粗口——那是老侯失了分寸、乱了心神的缘故，算不得不敬。但眼下，老侯是清醒的，那么这一声“徐笑麟”，就是一种态度、一种心声，这可以算作是老侯的直接表态——老侯把自己放在了唐老板那边，同时在两个阵营之间画下了一条界线，造出了一道鸿沟。

就为了一幅画?

这幅画的确意义非凡、价值不菲，可它毕竟只是一幅画，何况这幅画还是属于他人的。老侯和唐老板再投缘，也不大可能刚一结识就利益均沾，往最高的限度走，老侯所得的也不过就是数十上百万的抽头，这在见过世面的老侯眼里，确实也不算什么大钱。

必定有其他的缘由。

可不管是什么缘由，老侯的立场已然明确了。

同时，方晓天坚信了另一件事——那就是老侯在拿出舒净“剽窃”的那些作品时，是不可能没注意到创作日期的。老侯在送那些作品过来之前，一定是根据他的了解，对方晓天和舒净的反应做了猜测的，然后斟酌词句，寻找机会，引发方晓天的怒火质问和舒净的愤然离去。

目的似乎是简单的。老侯生怕修复大画时，舒净会“唆使”方晓天罢手而方晓天真的听从。于是寝食难安中，他成功地把他们引向了他希望看到的翻脸。

方晓天懊悔自己早没想到，老侯这样一个惯于打哈哈、和稀泥的角色，“不慎”引起方、舒二人的争端后，突然抛弃了做得驾轻就熟的和事佬身份，躲得踪影不见，这本身就是一件非常可疑的事情！

可——真的就这么简单？

方晓天又不太相信。

老侯不是那种手段直通目的的人，他做事的风格如同肚子里的肠子，弯弯曲曲，就算包藏肮脏龌龊的一片祸心，面上也是光滑圆润的，行动也是缓慢循序的。

老侯是不欣赏简单粗暴的，他崇尚指东打西、一波三折、绵里藏针。

方晓天来不及细想，因为老侯和唐老板已经打算越过方晓天和舒净，去见徐笑麟。

方晓天深知，无论如何都不能让他们此刻进去见恩师，以及那幅才从岁月的尘封中脱身而出的作品。这是恩师与曾经岁月的猝然重逢，里面有太多的往事、太多的情感、太多的思绪，需要恩师用眼、用心、用灵魂去慢慢回忆，慢慢体味。

任何打扰都是弥天的罪过！

舒净握住了方晓天的手，两个人心意相通，一起挡在吊桥前。

然后，方晓天就看见老侯的眼底，闪现了阴冷歹毒的光。

不是唐老板，是老侯。

方晓天心里是溺水窒息般的难受，二十几年的手足情深啊，为什么偏偏毁在苦尽甘来的日子里？

老侯并没有什么太大的举动，他只是微微一笑，侧过了身。

唐老板会意，也闪开了。

两个寸头精干的安保，面无表情地现身出来。

那个老者觉察出了危险，立刻爬起来，退到一边。

方晓天松开手，想推开舒净。

舒净抓住了方晓天推她的手，紧紧地握住。

——从来对什么都顺其自然、反应淡淡的舒净，紧紧地握着方晓天的手。

方晓天情绪复杂地看着她，她给了他一个纯净明媚的笑容和一个轻轻的点头。

我愿与你，患难与共。

方晓天心头一暖，也紧紧地握住舒净的手。

就在那两个安保马上就要推搡到他们身上时，一阵发动机的轰鸣声急急传来。随后，尖利的刹车声惊起了一地竹叶、漫天尘土。

在场的人都很吃惊。

这样不加遮掩的大幅度举动，来者显然不是误入桃花源。

来者就是目的明确地奔这里来的。

所有人都转过头去，就连那个自己摸到这里来的老者，脸上也满是好奇，抻长了脖子看过去。

看到从驾驶位上出来的那个人，舒净忍不住小声叫出了对方的名字。

“钟司晨?”

老侯看了唐老板一眼，见唐老板摇头，他就不以为然地转过头来，看着方晓天：“晓天，让一让路，徐老师刚回国，我得问候他两句。”这时的“徐老师”响在老侯嘴里，已经透出皮笑肉不笑的不怀好意。

钟司晨拉开后车门，一个穿着随意的中年男人下了车。

方晓天狠狠地吃了一惊，以致他根本没对安保的推搡做出任何反应。

老侯警觉地跟着回头，也看见了那个正无声走近的中年男人。瞬间，他犹如嘀嘀咕咕、狰狞阴笑的豺狼觑见了突然出现的狮子，眼睛里的凶光如被泼了冰水的熔钢，迅速凝结，并腾起了一团不解且惊恐的白烟。他低低地喝止住安保，又推了一下茫然的唐老板，向旁边让开了路。

老侯是最识时务的，视环境优劣而嚣张跋扈或装死变色的本领无人能及。唐老板对老侯的判断下意识地就信服了，随着他向旁边退了一步，但仍迷惑地问：“他是谁?”

老侯鄙夷地看了一眼这个虽有身家但无见识的男人——不管生意做得多大，唐老板在气场上永远像个穷乡僻壤的小商贩。老侯不做解释，懒得回答。

方晓天已经意识到，这个中年男人，就是钟司晨始终含含糊糊、不愿直接提及的那个“忘年交”，他就是锲而不舍地追寻一幅信息不详的画作的那个“大人物”。

太多人熟悉这张脸，可无人了解这张熟悉的脸背后的一切。

看似最公开的信息，其实永远严密地遮盖着最隐私的神秘。

时至此时，方晓天当然知道了，这位大人物低调寻找的画是哪幅画。

那幅画，正在画室正中，依墙而立，与它的缔造者徐笑麟叙谈时光荏苒。

方晓天心乱如麻。洒脱如他，当然不会忌惮来者的地位身份，可现在这个人居然千里迢迢、单身至此，分明可以推测出，来者与恩师、来者与这幅画，都有着无法与外人道、恩怨交织、千丝万缕、密不可分的联系。那么，是该拦住他的去路，还是该放他进去一了前尘？

来者站在方晓天面前，不怒，不言，不动声色。

方晓天看清楚了，这个人的眼睛里，有着和徐笑麟一样的内容。他和徐笑麟一样，是来寻求某种了断的。

方晓天拉着舒净让开了吊桥的入口。

来者的脚踏上吊桥的刹那，那个缩在一旁、枯萎如陈年核桃的瘦长老者，突然瞪大深陷眼窝中的眼珠，且惊且喜地叫道："林永东！"

听到这颤抖而尖利的叫声，岑先生的脚步略顿了一顿，就头也不回地踏过吊桥。

钟司晨自觉地留在了吊桥口，情绪复杂地瞟了舒净一眼。姐姐到底还是嫁给了白文凯，可她嫁给白文凯，在感情上就真的安全了吗？万一有一天舒净突然转了性，想回头，姐姐能阻挡住白文凯奔向刻骨旧爱的脚步吗？

他的胡思乱想被那个亢奋的老者打断了。

那个老者拼命地叫喊着："没错，你是小林子，林永东。"他扯着脖子叫道，"小林子，我是旺仁，我是你的旺仁叔啊！"

老侯刻意地打量着老者，嘬了下嘴唇，带着试探的口吻提示道："他不姓林，他姓岑，岑永东。"

唐老板脸色骤变，他总算是知道这个名字的，终于知道老侯何以对一个看也不看他一眼的人如此客气。他开始担心那幅画，可气氛里有一种压迫人的东西，他不敢吭声。

老者却肯定极了，试图从方晓天身边挤过去："我不会认错的，他就是林永东……"

岑先生推开了画室的门。

徐笑麟背对着门，端端正正地坐在那张方凳上，看着那幅画。院外的喧哗，背后的门响，都不曾入他的耳，乱他的心。

岑先生一看到那幅画，波澜不惊的脸上忽然就起了风浪。他双手发抖，泪水突然就铺天盖地地涌了出来，呜咽地吼道："徐笑麟，你这个混蛋!"

这个声名显赫的权贵人物，就像一个暴躁好斗的毛头小子，霍然抓起徐笑麟的后衣领，一把将他拽倒在地，然后，狠狠一拳砸在徐笑麟脸上，又一拳。

岑先生出人意料的举动惊住了溪流对岸所有人。

方晓天第一个醒悟过来。他甩开老者扯着他衣袖的手，疾步跑过摇晃的吊桥。

钟司晨紧随其后。

担心那幅领袖像安危的唐老板也急火火地带着保镖跟了过去。

吊桥晃荡得厉害，绳头略松的木板歪斜着翘了起来。

老侯看着舒净："舒小姐不一起去看看热闹?"他大概深知，有岑先生介入，他已经失去了对局势的掌控，索性乐得置身事外。不过他的气定神闲是真，嘴角堆起的笑容却仍是假的。

舒净静静地站在那里，并不看老侯，也不说话。

老侯就悻悻地笑了笑，慢悠悠地跟了过去。

那个叫旺仁的老者，扶着绳索看了舒净一会儿，嗫嗫地说了句："舒……舒小姐……"

舒净诧异地看过去。

旺仁的脸顿时惨白透亮，见了活鬼一样，慌里慌张地跑开了。

方晓天一把抓住岑先生的拳头，毫无忌惮地推开他，搀起嘴角流血的徐笑麟："恩师。"

钟司晨扶住了踉跄的岑先生。

徐笑麟看着岑先生，语调平和得仿佛岑先生打的是别人："你来了。"

岑先生的泪仍挂在眼角，在无声地瞪着徐笑麟，眼睛里充斥着恨意。

唐老板原本慌张，但一眼看见领袖像已被修补得好好的靠墙而立，一张胖脸上就春风吹拂、桃蕊飘散，神采飞扬得眉眼都舞蹈起来。然后，他又看到了另一幅靠墙而立的等大作品。

就算是对艺术一窍不通的唐老板，也一眼就看出了那张画有着怎样的精彩。

唐老板脸上的肉立刻就细微地抖动起来，颜色迅速地染透了夏天的阳光——那是一种鲜艳的、闪亮的、热烈的、持久的、充满所有空间的红。可还没等他把惊叹声送出口，一声惨绝人寰的叫声就响在他的耳侧，震得他一缩脖梗。

垂垂老矣的旺仁晕倒在地。

这意外搅乱了其他人之间的猜测与对峙。

唐老板请来的安保的确足够专业，不但有急救的技术，随身还携带了应急药品。

缓缓醒来的旺仁，惊恐地突兀出黄斑遍布的眼珠，指着那幅画，用抖得比饥肠辘辘地返巢的猫头鹰更奇怪的声音，叽叽咕咕地说："李……李佑文!"

方晓天最初的猜测没有错，这幅画中的少女真的是李佑文。尽管有太多的不可能，有太多的疑点，可这个卖画给唐老板、讲述了领袖像的来龙去脉、又叫对了岑先生名字的旺仁老人，显然非常确定，画中的主人公就是那位在三十九年前蹊跷死去的女知青——李佑文。

方晓天忍不住回头看了一眼这幅画，一看之下，方晓天愣在了那里。

这幅画不是那幅画。

画中的李佑文，就以那样一个自然美好的姿态，静静地站在林中场院的红砖窗旁，乌黑柔软的长发不曾变，静默甜美的面容不曾变，纤长润白的手指不曾变，可她穿着衣裳，肥大的灰色衣裳，遮蔽了她所有柔美线条和白皙肌肤的灰色土布衣裳。

徐笑麟给画中人加了一身衣衫吗？在这样短的时间内，描绘出棉布质地衣衫那明暗分布的褶皱？不，没有人能做到。况且这幅画的画面分明是干的。

方晓天再仔细看去，发现这幅画是简单固定在画框表面的，也就是覆在原画之上。

方晓天忽然想到，徐笑麟是带着一个比高尔夫球袋还要宽大一些的行李过来的，现在回想，那里面就卷藏着这幅从画框上割离下来的画布吧。

下面那幅画的画面并没有干，这样一覆，难免会有所损耗甚或干脆一塌糊涂。

方晓天却没有急，是恩师的画，自然交由恩师来处理。

那么，眼前这幅画，应该就是恩师在瑞士闭门创作的那幅吧。恩师说过，这是“一幅我想了一辈子要做的油画”。恩师在那个雪山皑皑的纯净国度，凭借回忆，画出了这幅连最细微的光线都遵从了原画的作品。

这时，老旺仁一骨碌爬起来，但旋即“扑通”一声跪倒在徐笑麟面前，涕泪交加：“徐笑麟，请你宽恕我，徐笑麟……”

众人皆惊，徐笑麟平静的脸上，终于也现出愕然。很久，他说：“你是公社负责的……旺仁？”

原来如此。唐老板忍不住“啊”了一声：“原来，你就是故事里的那个公社负责人？”

怪不得这老者如此清楚画的来历。

李佑文来公社报到时，旺仁就和所有男人一样，立刻从骨子里迷恋上了这个带着大城市气息的漂亮女知青。虽然他已经有了一个凶悍的婆娘和三个拖着鼻涕的邋遢孩子。

按照更大领导的安排，李佑文留在公社负责宣传和其他一些琐碎事务，这很中旺仁的意。在开始的日子里，旺仁是蠢蠢欲动的，他很想像当初驯服自己的婆娘一样，用最直接的手段得到李佑文，可他对此完全没有把握——开朗、有主见的李佑文毕竟不是大字不识的村姑，在暴行面前，让她忍气吞声、缄默不语的几率实在是太低了；再加上还有那么多双眼睛盯在李佑文身上。旺仁非常清楚，一旦他做出了什么举动，别说上面会有什么反应，光是公社里那些不知往哪里撒火气的青壮男人，就够他受的了。他们是不会吝惜斗大的拳头的，说不定还会有恨红了眼的毛楞后生，趁哪次和他并肩走在峨河边的悬崖上，石头都不用捡一块，只消瞅冷子推他一把，暗藏凶险的滚滚大河就可以把后面的事情做了。

只能让李佑文自己就范。

旺仁是收敛了脾性，笑眯眯地用了几年的耐心的。可那种带点儿地里吃食、薅几束山间花草的乡野示爱手法，早被愣头青们用得滚瓜烂熟，且根本没有打动李佑文的希望，他一个四十多岁的半大老头子做来，就更显得吃力和让他自己觉得害臊。幸而有他的身份和年龄撑着，李佑文把他的举动当成了领导和长辈的关怀，反倒没像对待其他示好者那样爱理不理，一直礼貌地微笑着道谢。

正是这礼貌，正是这微笑，正是这区别对待，让旺仁心里那窝欲火越盘越旺，越烧越热。旺仁告诉自己，有的是时间咧，只要时间够了，再乱的麻也能理出一条绳，再硬的山也能开出一条路。

旺仁有条不紊地计划着他的不轨，心安理得地憧憬着他的得手。

徐笑麟突然展露出绘画功底时，旺仁暗暗惊慌，他第一次感觉在追求李佑文的路上将会有所波折。其实，旺仁对虽寡言少语但另有一番气度的徐笑麟是早就有所警惕的，早就防范性地断绝了徐笑麟和李佑文可能有的任何接触。

大渡河边的奇棺诡事发生后，徐笑麟提出要画"红太阳"、要找李佑文做助手时，脑子里乱哄哄的旺仁一口答应，过后却对自己的"引狼入室"后悔不已。亏得性情淡泊、骨子清高的徐笑麟很快就惹李佑文不高兴，他又主动要求进驻深山，旺仁神经里绷紧的那根弦才略微松了松。

旺仁耐心地等待着，终于等来了最好的时机——知青被允许返城。

这是真正可以要挟一个急于返回遥远故乡的大城市女知青的机会。

旺仁的判断没错，他用以试探的几个女知青，无不稍加点拨就乖乖就范。

就像苟延残喘的煤油灯里新添了一碗灯油，旺仁的胆子越发大了起来。他精心选择了第一批知青返城的前一天晚上，约了李佑文谈心——他所有的生存直觉与生活智慧，都体现在这个时间点的选择上：不是许诺，不是空谈，是有人马上就要真正回城了！这对归心似箭的知青来说，无疑是最直接和最赤裸裸的刺激。

在渴望回到上海这一点上，李佑文和其他人并没有区别。她急切而诚恳地诉说着自己的家庭状况，大睁着的、糜子一样纯净的瞳仁几乎把旺仁的魂魄淹死在当场。

但旺仁是生长在大山密林里的，从小接触的就是捉鸟捕鱼，成年后虽没打过豹子野猪，可对杀羊猎鹿还是熟悉的。对待这些精灵得闻风都能闻出杀意的猎物，人类是必须一击得手的，否则只会让它们在惊吓后四散奔逃，空留一个或飞或跃的遥远背影，勾出人的牵挂和懊恼。所以，任你热情澎湃还是子弹上膛，在猎物乖乖走进射程范围之前，你只能把自己当成一棵慈悲的树，把自己定成一块无害的石。

旺仁望着李佑文润红雪白的唇齿，吞了口口水，定定心神，正襟危坐，却并不接她的话，慢条斯理地讲那几个得以在第二天第一批返城的女知青，一个一个地讲，讲她们是怎样的有悟性，讲她们是怎样的对这一片天地生了真心、动了感情。

李佑文迷惑地看着这个从来说话直接、此时却拐弯抹角的公社干部，渐渐听懂了，脸色一会儿煞白一会儿通红，一句话也说不出来。

旺仁是火苗压了又压，口水吞了又吞，才没去摸李佑文的手，才没去搭李佑文的肩。他稳稳地端起茶杯，意得志满地喝了口深岭老茶，打着官腔说了句："你一向是最聪明的，再好好想想，该怎么表现。"

李佑文"噌"地一下站起来，扭头就要往屋外走。

眼看着李佑文的手已经拉上了门把手，旺仁再也按捺不住了，扑过去抱住李佑文，朝一旁的老木床上拖过去。她的哭，她的哀求，她的叫骂，她的挣扎，她为唤醒这头丧心病狂的野兽的人性所作出的全部努力，都悲哀地催快了兽性的膨胀速度。

李佑文当夜吊死了自己。

钟司晨觉得自己猜出了什么——前来尸检的专案组成员一到现场，便已对案情洞若观火，可最终他们还是选择了隐瞒李佑文自杀背后的前因——这倒并不是因为谁要保全旺仁的官位或声誉，而是当时正逢知青情绪动荡的时刻，没有人敢冒着引爆火药库的危险去伸张什么正义。李佑文是自杀，这不是假的，那么，就以李佑文自杀结案好了。只有这样，那些即将回城和等待回城的知青们，才不会分出旺盛到点火就着的精力来，惹出不可收拾的燎原祸事。

岑先生一个耳光甩在旺仁脸上，嘴唇哆嗦着骂道："杀人的畜生！"

这是尊贵持重的岑先生第二次失去理智。

钟司晨百思不得其解——眼前这幅画里的美丽少女李佑文，大概当年是与徐笑麟有过纠缠的恋情的，所以旺仁才会跪求徐笑麟的原谅。可这整件事情，似乎和岑先生并没有什么关系。

旺仁叫岑先生"林永东"，岑先生当年很可能是以这个名字在这里插过队的。可即便如此，反推到三十九年前，岑先生也不过是个十四五岁的少年，断然不会有什么情事。

那他这么激动，又是为什么？

旺仁的半边脸肿起一指高，这让他原本看得清骷髅轮廓的脸更加扭曲奇怪，一双昏花的老眼里却闪动着孩童般天真的光："林永东，你不该打我，你没理由打我，"他甚至有点儿难为情，"我并没有得手。"

岑先生一怔。

旺仁说了下去："我没有得手，李佑文跑了！她跑出去之前，我只说了一句'我不同意，你这辈子都休想离开这里，更别想嫁人'。"他急急地说，"我只是想吓唬她一下，真的，只是想吓唬她一下，我没料到她会那么烈性，我没料到她会那么想不开。可是我有什么错呢？我没有得手啊！对，就算我有错，可我只不过是吓唬了她一下，谁想到她会当真呢？"

这是一段近似于撒娇、充满自言自语的辩白，又出自一个七八十岁的老者之口，本该是没有任何杀伤力的，可细想这其中的卑劣与邪恶，又想到这卑劣与邪恶带给李佑文怎样的屈辱和生无可恋的绝望，钟司晨只觉得后脊背上发凉、冰冷。

岑先生似乎再也压抑不住心中的怒火，抬手又想打旺仁。就在这时，徐笑麟开口了，他的声音还是那样平静："如果你觉得你没错，那你求我宽恕什么呢？"他顿了顿，又说，"或者，我该先问这个问题——你为什么要对我，而不是对别人，倾吐这些陈年的秘密？"

当旺仁出现在这里，当他跪倒在徐笑麟的脚下时，钟司晨、方晓天……

甚至唐老板都已经明白了，旺仁当初讲的那些真真假假、神神鬼鬼的故事，就是为了将那幅领袖像留在峨边，同时借唐老板的门路将徐笑麟引到峨边，好方便向他忏悔赔罪。可徐笑麟的问题是直接和重要的：为什么是他？

旺仁哆嗦着说："因为——"他翻着眼睛，苦苦思索，点点头，又摇摇头，"不知道，其实我也不知道。"他失神地喃喃着，"可我只想对你说，只想对你说……"

徐笑麟淡淡地说："你不知道，我知道。因为徐笑麟是个看淡世事、不问生死的人。因为徐笑麟镇定、洒脱、出世，所以——"他盯牢旺仁的眼睛，"所以你的潜意识告诉你，以徐笑麟的为人和胸怀，他一定会原谅你、宽恕你，甚至可能会为你这几十年来内心的负疚而安慰你。"

旺仁的眼里满是泪汪汪的期待，如同等着被人豢养的犬类。

徐笑麟说："你错了。"

旺仁眼里的期待遇了飓风，抖个不停。

徐笑麟说："我选择——不原谅，永不原谅！"

旺仁眼里的期待就纸片般被扯得粉碎。

旺仁绝望地哀号起来："徐笑麟，你这人的心狠啊，我已经快八十的人了，已经知道错了，已经道歉了，已经忏悔了，你还想怎么样？你为什么要这么残忍啊？你这个没心肝的，我都要进棺材的人啦，你都不肯让我舒服一点啊？你是让我死不瞑目啊！"

平静一生、禅定一生的徐笑麟突然就大喊出来："道歉就一定要被接受吗？忏悔就一定要被原谅吗？如果为了一个罪人的心安，活着的人就必须心胸宽广、对那些令人发指的罪行既往不咎？那么李佑文、那么多个李佑文才是真正的死不瞑目！"

大滴大滴的泪水涌出了徐笑麟的眼睛，他的声音却恢复了冷静。他看牢旺仁，慢慢地说："如果你真的想忏悔，早就在法律时效期过去之前说出事情的真相；如果你真的想道歉，就不会只对李佑文一个人！"他那双从多年前就不带任何情绪的眼睛里，竟然多了一丝嘲弄，"很抱歉，我多次思考过了，我还是选择——不原谅，永不原谅！"

旺仁知道，折磨他几十年的罪恶感，在把他消磨成只剩一把枯骨的活死人之后，又将继续陪他度过噩梦连连、寝食难安的余生。他爬到墙角，缩在那里，呜呜地哭成瑟瑟的一片败叶。

徐笑麟的泪，始终未止，不断无声地滑过他的脸颊，像尾翼轨迹凝固在大气层的两颗流星。

方晓天拿出一方纸巾，但终究没有递出去。

他觉得，恩师的泪仿佛一种祭奠，一种大悲悯的祭奠，一种对离枝的叶、融化的雪、消弭的风、退潮的海的祭奠。

造物主对万物更替轮回的祭奠。

可是，在其中，方晓天分明又捕捉到了一丝悲凉——徘徊于茫茫天地、有感于未来世事未卜的、生而为人的悲凉。那是一种表达个体情绪的悲凉，那是一种与徐笑麟数十年来的癖性和对方晓天十数年来的教诲完全相悖的个人的悲凉。

方晓天忍不住上前一步，提醒般低低地叫道："恩师。"

徐笑麟轻轻摆了摆手，示意方晓天离开。

岑先生没有看任何人，突然说："出去。"

钟司晨明白岑先生有私事要和徐笑麟单谈，他马上出去了。

唐老板没弄清这个大人物要谁出去，脸上是一片不明所以的茫然。

老侯扯了唐老板一把，又对那两个安保使了个眼色，示意他们把哭哭啼啼的旺仁架出去，自己这才拉着唐老板，一直走到院门外。

刚一出院门，唐老板就苦着脸说："我那画……没问题吧？"

老侯顾不上安慰心里没底儿的唐老板，他自己也有点儿心慌意乱。他清楚地知道，岑永东的意外出现，就意味着事态的发展不再如他所想。

突然，老侯觉出刚才在画室时，有些东西好像有点儿异常，他紧张地眯起了眼睛，细细思索起来。

方晓天最后退出来。他关上画室的门，才发现舒净站在廊下，苍白着一张脸。

方晓天走过去，讶然问道："舒净，你不舒服？"

舒净垂下眼帘，摇摇头，沉默了一会儿，轻轻地说："有徐笑麟这一哭，姑姑在天之灵，大概可以安息了。"

方晓天震惊地看着舒净："姑姑？"他突然明白了，舒净为何与画中的李佑文是那样的相像。

他问："之前你为什么没和我说起？"

舒净说："我并没有打算向任何人说起。现在，我只想说给你听。"

舒净的奶奶，从来就不喜欢舒净，甚至不愿意见她。一方面是因为舒净的妈妈与她关系不睦；另一方面，则是因为舒净太像她那个懂事乖巧却客死异乡、只剩一捧灰回到上海的大女儿——这并不奇怪，她爱女儿胜过一切，她相信女儿的靓丽和聪明是世上独一无二的，岂容和女儿相像的另一个人在她的眼前晃来荡去，不断提醒她已然失去乖女儿的事实？

舒净的性子从小就倔，饱受冷眼的结果，是在心里对那个从未见过面的大姑姑恨了又恨。

舒净十五岁那年，奶奶去世。舒净带着比她小两三岁的表妹明蓓收拾老屋的东西，收拾出一个涂着红漆的小樟木箱子。阁楼里尘土飞扬，小箱子却一尘不染。

舒净的心怦怦乱跳，她意识到那是谁的箱子了。

她和明蓓一起撬开了那个箱子。

里面是从四川峨边寄出的厚厚一沓信件。

大人们吵嚷着屋里屋外地忙活，谁也没有注意到，这两个初省人事的小女孩，躲在冷清的一角，分享了怎样的秘密。

信上的字，清丽娟秀，即使栖身在偏僻艰苦的西南一隅，那笔好字描绘出的生活也是那样的积极向上。舒净仿佛都能看见那个摘朵山花就能高兴半天、看只蝴蝶也引出许多遐想的年轻女子——她早逝的姑姑——李佑文。

到了峨边不久，李佑文就吞吞吐吐地谈及了一个男人。在那个年代，这是只有百十年来浪漫到骨子里的上海女人才会在母女之间提及的话题。很明显的，李佑文青春的心，对这个男人有了朦胧的好感。

舒净奶奶的回信无从可考，但从后面李佑文更多的、更轻松自由地不断提及这个男人来看，舒净奶奶给女儿的，一定是再肯定不过的鼓励。

而后，时间到了一九七四年，喜爱文学的李佑文突然就对绘画和艺术有了兴趣——这在当时还是一个冒险的话题——李佑文隐晦而兴致勃勃地给母亲讲述那些被画在墙上、石头上甚至是树干上的画。纵使是隔着泛黄的旧信笺，纵使是隔着再也找不回来的岁月，舒净也被那跃然纸上、活灵活现的美与艺术深深地吸引了、震撼了。她不顾似懂非懂的明蓓抱怨她忽然就不读下去了，贪婪地把那些文字看了一遍又一遍——李佑文的信，像是宿命安排的、用以指导舒净整个人生的金手指，将舒净从一个百无聊赖的弄堂女孩，点拨成一个心里植满火红彼岸花的未来艺术家。

明蓓不懂舒净眼睛里的热烈，也不知道舒净的命运已经就此改变，她觉得很无趣，蜷在姐姐的裙子上睡着了。

是太渴望知道姑姑后来的故事了，舒净才恋恋不舍地把那几封与绘画、与美有关的书信放好，打开了后面的信件。

一九七五年初春，李佑文对美的讲述突然中止了，除了一些日常琐事和对母亲的问候，信件里再没有其他内容。随后的信件，落款时间的间隔变长了，信的长度也变短了，且字迹越来越潦草。

情窦未开的舒净，无师自通地洞悉了李佑文欲语还休背后的秘密。

——那个手指修长、面容瘦削的男人，那个眼神专注、没有笑容的男人，辜负了姑姑的一片深情。

——自尊自爱、洁身自好的姑姑，玫瑰绽放般热烈芳香的爱情，沉默着夭折了。

落霞时分，舒净捧着李佑文在自杀前写下的最后一封家书，泣不成声。

姑姑留给奶奶的最后一句话是透着绝望和悲伤的，那句话乍看上去是写了很久的，写得犹犹豫豫，但单独看每一个笔画，却又果断而决绝——“我总觉得，我生无可恋”。

舒净第一次相信了血缘会带来心意相通，她对姑姑的为情所困感同身受。

他就这样不加理会地走了，一颗玻璃样碎得一塌糊涂的心，如何再有生的欲望？

舒净的眼泪打在明蓓脸上，明蓓惊醒，诧异地看着姐姐，伸出稚嫩的手去擦舒净的泪。然后，她笨拙地模仿着长辈们抚慰孩子的动作，抱住了姐姐，轻轻地拍着她的后背。

就是从那天起，在众多的远近表姊妹中，舒净和明蓓成了最亲近的人。其实懵懂的明蓓并不了解到底发生了什么，她只是喜欢舒净这个聪明且有主见的姐姐，就一派天真地亲近她；而舒净很清楚，自己之所以对任性胡闹的明蓓那样纵容，是因为她始终认为，明蓓分享了她一生当中最初的重大秘密。

事实上，这个没人留意过的黄昏，也成了塑造舒净鲜明个性的关键节点——少女时代，一个足够强烈的刺激，便足以成为一个女人一生的印记——姑姑的热情与付出换来了怎样的伤心与绝望。舒净印象深刻，她下定决心，绝不允许让自己犯同样的错误。

她决意自己选择自己人生的一切，绝不会让任何人影响自己的判断和命运走向。

舒净的冷静甚至于冷酷，不过是她与这个世界保持距离的铠甲。

身着铠甲走路，难免寂寞沉重。可在舒净心中，这份寂寞沉重，远胜过承受随时可能会被刺中一刀所带来的疼痛。

这梦幻美丽的万千世界，有多少和舒净一样的女人呵，铿锵行走，武装到牙齿，犀利到骨子，只不过是为了包裹一颗敏感柔软的心。

方晓天握紧舒净的手，她的讲述越是平淡，就越是惹他心疼——他是真的心疼她。

或许是风冷沁骨，或许是心有所感，舒净的手有些发抖。方晓天的手心宽厚温暖，但她还是挣脱开他的手。她理了一下耳边的发丝，凝视着对面院墙外的几丛翠竹，继续说了下去。

世间事，总有着让人捉摸不透的因果循环：李佑文因爱上一个执着于美的男人而伤透心，但她留下的那些文采激扬的信件，却让她的亲侄女立刻陷入了对美、对艺术的痴迷。

舒净是她所在的整所高中最后一个决定参加艺考的人。可正是这个基础为零的小女生，没几天就展现出让她的指导老师大为震惊的天赋。

舒净会踏入那所世人瞩目的美术院校油画系，从一开始就毫无悬念。

脱离了浑浑噩噩的基础课备考阶段，舒净终于有时间真正去了解与艺术有关的事情。

入校的第一天，舒净翻到了一本书，立刻就猜到了姑姑当年爱上的男人是谁。

中国美术史上，和峨边这个地方紧密相连的名字只有一个——徐笑麟。

那一刻，舒净竟然觉得自己是惊喜的，她为姑姑的眼光感到高兴。随后的时光，她有一度是有些恨徐笑麟辜负了姑姑的，可后来听徐笑麟的为人故事多了，也是随着年龄的增长，她不断反刍那些姑姑写下的文字，她越来越确信，姑姑当年不曾对徐笑麟有过任何表白。

姑姑连表白都不曾有，就这样狂热暗恋，而后黯然死去了吗？

舒净为姑姑扼腕痛惜。

再后来，舒净竟然与方晓天——徐笑麟唯一的入室弟子，相识交好。舒净在感慨之余，其实很想当面问一问徐笑麟，是不是还记得李佑文，记不记得那个笑起来酒窝深深的长发姑娘。但她并不想刻意去见徐笑麟，她生怕她惊扰起陈年故事，却得出一个让姑姑泪洒九泉的真相。

舒净安静地等待机缘。她相信，在某一刻，那无所不能的造物神奇，会给她一个清楚的交代。

于是，她等到了当年徐笑麟亲笔画下的李佑文，等到了现在徐笑麟亲笔画下的李佑文，等到了宽以待人的徐笑麟发狠的“永不原谅”，等到了稳如磐石的徐笑麟连绵不休的泪。

在方晓天修复好姑姑的画像时，舒净看着那无法用语言表述的精美画面，用不着等到徐笑麟再做任何解释，她就已经明白了，当年的徐笑麟对李佑文的爱，是何等的辛苦，又是何等的隐忍：他申请去画领袖像，不过是为了得到为李佑文画像的一切；他靠在院墙上发呆三天而不食，不过是为了用心揣摩李佑文衣衫下的每个线条，不过是为了在绘画之前做一次诚心诚意的斋戒；他执意遁入深山，不过是为了那份虔诚不被凡人俗物所打扰。

那时，舒净就已经确定了，于徐笑麟而言，李佑文就是他的女神。

等到今天，见到徐笑麟的泪，舒净也就知道了，徐笑麟对李佑文的情有多长，爱有多深。

李佑文会自缢而死，旺仁的劣行，一定只是原因之一。最重要的原因，恐怕是徐笑麟翌日即将离开，却仍未对她有丝毫的留意和表白。

情至深者，其行也异。可那些常人轻易可做的举动，比如表白，比如试探，在他们看来，却又比登天还难。

自重、羞涩和骄傲的李佑文，得不到徐笑麟的任何回应，又受了旺仁龌龊的侮辱和要挟，的确生无可恋。

今天徐笑麟来时，舒净躲开了，她说不清是因为自己已经有了答案，还是不忍看到徐笑麟可能会有的失态——那是姑姑愿意付出生命去爱的男人，自己怎能惹出他的伤心。

方晓天痴痴地看着舒净。

舒净笑了笑，用指尖抹去眼角沁出的泪水，认真地说："晓天，答应我，回上海以后，陪我做一件事。"

方晓天点了点头："嗯。"

舒净没说那是什么事，方晓天也不想问。

有什么打紧呢?

室内再无他人。

岑先生眼睛仿佛要渗血，咬牙切齿地说："徐笑麟，你辜负了李佑文，你罪该万死。"

岑先生开门想出去时，徐笑麟一声幽幽的叹息从他身后传来："我想，我是在迟疑，是我犯了爱情的大忌，我的罪行，同样无可原谅。"

老教授的惨死，让作为人的那个徐笑麟羽化成神，人世的喜怒悲欢，在他的眼中，是云一样浮，是絮一样飘，是空气一样不存在的存在。

徐笑麟是不愿再为这痴男怨女横行的人间再添枝节，还是因尚且为自己的前途担忧而无暇顾及情感，其实他自己都已经记不清楚了。他就这样或那样地坚决拒绝了多少姑娘的示爱。

但，李佑文，徐笑麟很清楚，见面伊始，李佑文对他来说，就已经是命定的真爱。可越是这样，他就越是担心，担心这相思会没着没落，担心世间沧桑易变幻，担心无法给这爱安身立命的根本。

纠结困苦中，徐笑麟沉默地为李佑文最好的时光留下了纪念。

在得知知青被允许返城时，徐笑麟躲在山林里流泪。他想，那就能给李佑文一个稳妥的未来吧，那就是希望吧。

那天，在第一批即刻返城的名单上，徐笑麟没有找到李佑文的名字，但他已经不想再等。他辗转了一夜，决心要在第二天一早对李佑文表白心意。

如果李佑文接受了他的表白，他真的宁愿不走了。留在峨边，吹吹山风也有脱俗的快乐。

即使被李佑文拒绝，摇晃的绿皮火车也可以把他载出千里，从而避免了不得不见面的难堪，就连心痛，也因山水之异而有所缓解吧。

徐笑麟苦笑一声："冷眼旁观人世太久了，我已经忘却了激情，甚至没有了血性。我一时拖延，竟然就与佑文生死相隔。"他痛苦地闭上眼睛，泪珠再次滚落。

岑先生握紧的拳头，慢慢松开了。他一边转身向外走去，一边喃喃自语："幸而，你是爱李佑文的；幸而，你承认你是爱李佑文的。"岑先生这句话，像是在安慰徐笑麟，更像是在安慰自己。

徐笑麟问："你呢？你突然回到峨边，难道就是为了追问一下我和李佑文的当年？"

岑先生停住了脚步，无言以对。

徐笑麟看着他虽不再年轻却依然挺拔的背影，追问道："林永东，为什么？"

岑先生没有回身，坦然答道："我只是想重新看到那幅画，你当年画下的那幅画。"他加重了语气，"我已经找了它大半辈子。"

徐笑麟明白，岑先生语气所指的"它"，显然不是那幅领袖像——他是知道领袖像之下的那幅画的。

这应该是一个埋藏了四十年的秘密，这应该是只有徐笑麟一个人知道的秘密。

他是如何知道的？

可，去追究这背后的原因，又有什么意义呢？

徐笑麟凝视着他在瑞士所做的那幅画：“这是我想了一辈子要画的一幅画。它底下，就是你找了大半辈子的那幅画。你可以揭下上面这幅画，再亲眼看看它。”

岑先生斩钉截铁地说：“不用了。这么多年，我一直在找它，我也以为我想再看到它。但时至今日，我知道，我可以不再看它，我只要知道它是确实存在着的，而不是我酣睡出来的梦境，就足够了。”

近乡止步，或是兴尽而归，都是把最美好的过去留存在记忆里，都是聪明人的选择。

徐笑麟默默地点了点头。许久，他长叹一声：“既如此，你就再做一个见证吧。”

岑先生有些惊讶地转过身来。

徐笑麟说：“小东，帮我把画抬到院子里。”

那样一幅画，虽大，却也不至于需要两个人合力才能抬动。徐笑麟这样说，必然有他的用意。何况他这一声“小东”，已经把岑先生叫得眼眶潮湿，已经把岑先生叫回了那个灰蓬蓬的少年时代——是的，旺仁没有认错人，岑先生，就是林永东，就是当年那个胆大妄为、号召众人撬开石棺的小上海，那个备受大家照顾的年龄最小的知青。

岑先生和徐笑麟把画抬到院子里放倒在地面上。徐笑麟从背包里掏出一个扁扁的银质酒壶，打开瓶塞，慢慢地倾倒在画面之上。

是酒，粮食和泉水酿成的白酒，最浓最香的窖藏珍品，沿着那些微微起伏的颜料，四散奔流。

李佑文的脸上，斑驳润湿，就像憋屈在心里数十年的泪，终于释放了出来。

岑先生预感到徐笑麟将要做什么，他的手指无法自控地弹动了一下，但他只是不声不响地握紧了它们。

徐笑麟仔仔细细地端详了一遍李佑文，之后，从口袋里掏出一个崭新的打火机。

叮——

火苗稳定而均匀，橙黄中溢出跳跃的蔚蓝，像是娴静温和的少女，眼睛里流露出一点儿顽皮。

徐笑麟最后看了一眼这幅覆盖在原画之上的复制作品，手腕一甩，打火机坠落在酒液中间，一个浑圆的火圈呼地一下燃起，而后迅速扩散出去。

火舌舔舐着整个画框，咀嚼着铺满厚重颜料的画布和松香依旧的画框，乌黑的浓烟翻滚而起。

徐笑麟和岑先生看着翻腾的火焰，看着画中人沉默恬静的脸庞下，呈现出另一张同样的脸庞，而后，骤然消失，亮起一圈红亮的边线。

四十年前，徐笑麟眼中的李佑文，就是大自然最精致温婉的造物，他无法容忍精灵般的她有那个时代的粗鄙痕迹，所以他凭借想象绘下李佑文纯净美好的裸体；四十年后，徐笑麟心中的李佑文，已是无处不在的水和空气，她溶在徐笑麟的血液里，藏在徐笑麟的心肺中，那些黯淡岁月的种种印记，即使存在，也无损她的气质神韵，所以他凭借回忆绘下李佑文青春优雅的当年。

现在，这两幅画终于在火中彻底熔合，其间四十年的喜怒哀乐、四十年的寻找与思念、四十年的懊恼和痛苦……乃至这四十年的岁月，都在一片灼热的、妖艳的、洁净的烈焰中，彻底定格。

徐笑麟与岑永东，那个年代的亲历者，用最简单和最干净的仪式，给那个年代的牺牲者李佑文一个以火为主题的祭奠，终结了他们回忆中始终放不下的部分。也因此，成为了送走那个阴郁年代的见证人。

第十四章　大人物

方晓天和舒净一直站在芙蓉树下，从徐笑麟和岑先生抬画出来，他们就料到了会是这样一种结局——隐藏在最心底、连自己都舍不得多想的女神，岂能任不相干的外人品头论足、观赏亵玩？

琳琅万物，火最无情。可天地间哪还有比火更能求得一片干干净净的？

舒净不愿让徐笑麟和岑先生见到她酷似李佑文的容貌，也不忍看着姑姑留在世间最美和最后的形象灰飞烟灭，她转过身去。

方晓天明白她的不愿与不忍，将她抱在怀里。

舒净抬起头，看看方晓天明亮的眼睛，然后低下头，侧脸靠在方晓天的胸前，额头感受着他颈动脉的律动，从而得以数清他稳健的心跳。

咚，咚，咚……舒净闭上了眼睛。

方晓天没有留意到这一切，他呆呆地看着残忍又仁慈的火焰忽高忽低地舞蹈着，心底一片虔诚。

这边徐笑麟和岑先生抬画到院子里，院门外的老侯一干人等也是看了个清清楚楚。

唐老板愣愣地盯着他们的举动，看他们抬画，他不明白；看徐笑麟倒酒，他糊涂了；看打火机“腾”地点燃那样精彩绝伦的一幅作品，他猛地一下跳了起来，惊抓抓地好像那团火烧在他身上，想喊，又不敢大声，他把满腔不解憋在嗓子里，憋出公鸭嗓的动静：“我操，徐笑麟这是疯了啊！”

老侯初时倒有些镇定，也有些淡然——当年徐笑麟一口气烧了自己知青期间的绝大多数作品，都是眉头不皱、眼睛不眨的，眼前这把火，比起一九七九年那把火，还真的不算什么。画虽经典，烧了虽可惜，但既然以徐笑麟的行事原则推想，这幅画既不会卖给唐老板，也不会交给自己代理，那这就是徐笑麟自己的事情，一个旁人着什么急。

可渐渐地，老侯心里开始有些不妥帖。他盯着那团火，心下又生了刚才在画室之内有过的怪异感。

火焰渐弱，岑先生撤回视线，在徐笑麟的目光中，大踏步地离开。

钟司晨跟了过去，心里狠狠地松了一口气。

岑先生肯离开，那就是得偿所愿了。得偿所愿的岑先生，是不会吝啬举手之劳的。那么，老板和公司也就能得偿所愿了。

结束了。

一切到此结束。

岑先生一离开，唐老板就如悬在弦上已久、突然间失了手的箭一样，歪歪斜斜地射进院子，又狼狈地弹跳进画室，直到确定那幅领袖像安然无恙，他才长吁一口气，赔着笑脸蹭到徐笑麟身边，唇齿里跳出一句："徐大师……"

徐笑麟看着尚未燃尽的画框，淡然道："这是盖棺定论的称呼。活着的人，称不上大师。"

唐老板就囧在当场，盼着老侯这个救兵的到来。

老侯一边慢悠悠地走近他们，一边想着措辞。待他走到跟前，还没开口，徐笑麟已淡淡地说出了他们的所求："这幅领袖像，是一九七五年夏天我亲笔所画，晓天修复得很好。"

唐老板眼睛锃亮，兴奋得泪水都快迸出来了。他苍蝇一样用力地搓着手掌，谄媚地说："徐大师……哦，不不，徐老师，您能给我写下来吗？就是刚才您说的这些话……"

看着唐老板急不可耐的市侩嘴脸，让向来厚脸皮的老侯都觉得有些尴尬了。他轻咳一声，轻言慢语地训斥唐老板："写下来……徐老师说的话，难道还会赖账反悔？"

唐老板满面发烫，活活把自己涨成了一个红艳艳的卤猪头。

徐笑麟不再理会他们，远远地对方晓天说："晓天，我先回上海了。"见方晓天想过来，他摆了摆手，示意方晓天不必送他，便自己出了院子。

方晓天轻轻推开舒净，抚平她的乱发，而后急急地赶了出去："徐老师。"

徐笑麟没有回头看方晓天，没有理会看见他便再次哭天抢地的旺仁，他空手无物，脚步轻快地走上了大路。就在方晓天以为恩师会就这样走得踪影全无时，徐笑麟停住了，转过身，站在那里，对方晓天招了招手。

方晓天大步赶了过去。

徐笑麟看着他，一字一顿地说："如果重来一次，我不会再做无欲无求或瞻前顾后的修行者，我会做个晕头涨脑的傻小子，不管不顾地对李佑文表白，轰轰烈烈地表白，然后守着她，一辈子。晓天，你要记住，世间可贵，唯有真情。"

方晓天知道，恩师说的每一个字，都是年年岁岁反复思量得来的，都沁着无声的泪，都滴着殷红的血。他点了点头。

徐笑麟看着方晓天，欲言又止。半晌，他喃喃自语："一饮一啄，皆是定数。"他叹了一声，转身上了那辆一直在等他的出租车，就此去了。

在方晓天的记忆中，徐笑麟很少说这些与创作无关的话，这也就显得这番话更有深意。

方晓天站在那里，把这番话在心里盘桓了几转，才返回院内。

唐老板遂了意，满心的欢喜都在脸上。他苦等了几个月，总算等到了这一天：这幅画的鬼神传说，被证实是子虚乌有的；徐笑麟也亲口认下了这幅画以及它的创作年代。接下来就简单又简单了，就是安安静静地等待画干，再安全运往上海，之后是让它亮相拍卖行，最后就是踌躇满志地躺着数钱了。

老侯没有唐老板那样的好心情，他背着手站在那堆几乎燃尽的画框残骸前，眉头皱成了盘根错节的树根——他终于明白，心里一直都有的怪异感，就是因为这架已被烧得面目全非的旧画框——这架领袖像上拆下来的、原本他打算拿去卖个好价钱的旧画框。

老侯虽嗜钱，却也没有那种蚀了财就捶胸顿足、怨天尤人的小家子气，这向来是他自己颇为得意的地方。既然无力回天了，他便自己安慰自己：已经烧了，也就烧了，嫁出去的女儿打翻的水，回不来也是命里该着。

唐老板志得意满地腆着小肚子凑了过来，用脚尖踢着余烟袅袅的焦黑灰烬，终于有兴趣说些闲话了："哎，你觉出来没有，这幅画里的那个女的——"他朝树下静立的舒净努了努嘴，"有点儿像她。"

老侯是不屑于把注意力放在这种没有目的、毫无意义的闲聊上的，他漫不经心地点了点头，一句敷衍的话都不肯说，只把目光顺着唐老板的脚尖虚了一下。就在那一瞬间，老侯眼角一抖，眼睛暴睁得如殿上的护法金刚。他蹲下去，不顾画布及画框上的油性物质还没燃烧殆尽、还在闪烁的暗红光点儿，伸出手去，小心翼翼地扯住那层露出本来面目的亚麻布，猛地一拽。

老侯定睛一看，一张脸立刻失了颜色。他硬生生地憋住了一声惊叫，抑住了想踢打发飙的第一反应，胸口拉风箱一样带出了喉间的呼哧带喘，骂人的脏话却再也憋不住了。他狠狠一抖被烫出水泡的手，愤愤地骂道："真他妈的没看出来，方晓天，徐笑麟，妈×的做事阴啊，下手狠啊！"

唐老板笑嘻嘻地没反应过来："嗯?"

老侯本来就气得几乎吐血，再一看唐老板那副呆蠢的笑脸，性子就上来了，索性连他一块儿骂："嗯你妈个鬼，看着一脸福相其实就他妈的一个猪脑子！"他站起来，一边愤怒地踢着乌黑的灰烬，一边说，"两幅画，这是两幅画！这他妈的是两幅画！"

唐老板糊里糊涂地说："可不就是两幅画嘛，这幅是人家徐笑麟自己带过来的，又没卖给咱们，人家愿意烧就烧了呗，虽然可惜……哦，这个画框嘛，按理说是我的东西，徐笑麟不该烧，可有他承认领袖像出处的那句话，蚀了一个烂画框又有什么关系?"

老侯太生气了，以致不住地冷笑："吃人饭长猪脑子，徐笑麟要是光烧他自己的画，我生哪门子气？我说的是这个……"他又蹲下去，撕扯开上面一层画布，指着下面那层颜料还未完全熔化的画布说，"你看这里。"他指点着讲解道，"这里的画面底色和上面这层是完全一样的。这是两幅画，徐笑麟带过来的那张覆在表面上，下面原来就有一张……"见唐老板仍不解，老侯只好耐着性子把话说明白，"领袖像移走以后，画框不是空的，那上面还有一幅画。"

唐老板顿时惨叫起来："那就是徐笑麟在画领袖像之前画的啦？天，那该值多少钱啊？就这么一把火烧了？"他翻着眼带着哭腔喊叫道，"那幅画也该是我的呀，我买的是整幅画，画框是我的，画底下的画也该是我的……"

老侯懒得理他，阴沉着脸看那堆灰烬。他知道的比唐老板多，脑子也比他转得快，很快就把所有支离破碎的线索联系在一起，大致推断出几件重要的事情：一九七五年徐笑麟画领袖像，是为了掩盖这幅画；一九七九年徐笑麟返回峨边寻画烧画，都是为了这幅画；卖画老者旺仁讲了一个半真半假的故事，是为了引诱徐笑麟回峨边，好向他供述自己的罪行……但对于老侯来说，最重要的事情就是：方晓天早就发现了这幅画，但没有告诉他。

这时，方晓天走进院门。

老侯缓缓站起来，忍着满腔恶意的怒火，假笑着说："晓天啊，领袖像底下的这幅画——"他看了看地下，"怎么没听你说起啊？"

方晓天知道他发现了，其实这时也没有必要瞒他了，于是淡淡地说："这是恩师自己的事情，我不觉得和你有关。"

就像火中爆出的栗子，老侯一下子就炸了，火冒三丈地吼道："方晓天，别他妈的一副拽样！告诉你，你不拿老子当人看，老子就让你人不像人！"

老侯这句威胁性十足的话，并没有让方晓天感到意外。前些天他已经觉察出老侯的不恭与不轨，老侯心底的盘算和掩藏着的嘴脸，是一定会难看地露出来的，只是时间早晚而已。所以，他并没有搭理老侯，走到舒净身边说："该做的事情都做完了，我们回上海吧。"

岂料，方晓天的不冷不热、不理不睬，更像浇上老侯怒火上的一瓢热油。他嘶叫着："方晓天，你以为你还能红多久？你以为你还能在现在的江湖地位上待几天？告诉你，没有我，你他妈的二十几年前就饿死了。"他竟然还有些悲愤，恨红了眼睛，"二十几年了，老子为你尽心尽力，你却在人前人后对我说损就损，说骂就骂，你给我留过一点面子、给我留过一点尊严没有？你当我是个人过没有？"

方晓天吃惊地看着老侯。原以为老侯是为了名利，原以为老侯是有了野心……可他没料到，老侯翻脸的真正原因，竟然是这个！兄弟，二十几年的兄弟，老侯竟还不了解我方晓天就是个嬉笑怒骂、自由洒脱的性情中人吗？

老侯仿佛听见了方晓天的心声，嘲讽地笑了笑：“我知道你想说什么，你想说，我们是兄弟；你想说，你生性不拘小节。可是——”他吼道，“方晓天，那二十几年的兄弟，你就不知道我老侯最在意的就是排场、就是面子吗？你言行无忌，就是处处挤对我、调侃我的理由吗？我赔着一把笑脸，赔了二十几年，我赔腻了，方晓天，我不玩了！”

方晓天有些动容，真诚地说：“老侯，我向你道歉，但你要相信我真的是无心之过。二十几年来，在我心里，你就是兄弟，就是大哥，这地位从来没变过。”

老侯好像根本没听见方晓天的话，或者是他听见了，但选择了忽略不计。他夜枭一样咯咯地惨笑起来：“不玩了……我用二十几年的时间，下了一盘纵横捭阖、顺风顺水的好棋，我凭什么不玩了？”他眼里闪动着阴毒的光，盯牢方晓天，冷笑着说，“方晓天，这盘棋下到现在，已经过了你当棋手的时段了！现在，你不过是过河的一个卒、盘上的一颗子，算得失、选进退的人，是我！！”

方晓天看着老侯的得意、老侯的张狂、老侯打了鸡血一样鼓起的太阳穴和颈动脉，他替老侯深深地感到悲哀。

其实在方晓天心中，老侯真的是个人物，一直都是。

昔年，老侯栖身庙街的弹丸之地，缩在角落里摆一个姜蒜摊，对着块八角钱的主顾照样是赔着小心的笑脸。他手下来去的是再零碎不过的佐餐调料，眼界却真是广大不凡——在他的同行们为钱和顾客吵嘴、光着脚丫子凑做一团打麻将时，老侯去结交那些还没毕业的重点高中学生。因为他知道，这些唇上胡须尚软的孩子，将来进的是名校，轨道直奔政府机关或是各种大型企业，甚或干脆自己做了身价不菲的老板——不就是几顿饭吗？等人家功成名就，谁还会稀罕这几顿饭？但他老侯现在请这几顿饭，道道菜都是让人觉得舌头长牙的，口口酒都是让人觉得胸口发热的，这样铸下的交情是铁的，未来的回报，岂是鼠目寸光的顾眼下者能想象得出来的？

老侯有这个见识，他铺下的人脉网如何能不四通八达？

而在他结识方晓天之后，老侯更是勇不可当，他敢为这个还未崭露头角的半大小子，关了糊口的摊，倾家荡产又狠借了外债，就此闯入当时尚属不务正业的艺术圈子。

老侯有这个眼光，他看中的方晓天如何能不让他的社交圈子更上一层楼？

老侯做事漂亮、无懈可击，又那样玲珑世故。只可惜，他终究是个未能有所大成的人物，不管是他自己，还是方晓天或艺术圈的其他人，都始终觉得他哪里还欠缺那么一点点儿什么。

现在，方晓天知道老侯欠缺的那么一点点儿是什么了。

心胸。

姜蒜摊练就了老侯的巧舌如簧，练就了老侯的察言观色，练就了老侯的耐性恒心，练就了老侯的接人待物，但到底还是有副作用的，它意味着低微的出身、意味着异常的敏感、意味着对面子过分的执着。它就是老侯心底的一根刺，时不时就刺得他寝食难安。

不管私下里怎么和故交们戏说当年，老侯都没改变过“它是一根刺”的基本态度。他根本没有笑对市井旧事的心胸，也就萌生了他不愿意承认的、以自尊为掩饰的自卑——他比任何人、甚至比自己想象的，都要更在意自己的昔日身份。

方晓天的调侃与直接，从来都是因为他对老侯推心置腹之后的放松，他从来没有看不起姜蒜摊摊主老侯，更何谈去侮辱、去欺凌？

但老侯不这么想。

老侯的介意，到底埋藏了多久？到底隐蔽得多深？方晓天不知道，但他知道，一个人内心若藏了敌意，他眼中的整个世界就都恶意满满。

看着老侯扭曲的表情，方晓天心存戒意。

就做事而言，老侯是极其稳重的，研究得当分寸与成败几率，是老侯吃饭睡觉一样的习惯。同时，他也是最会隐忍不发的。一件事，在布局周密、稳操胜券之前，他就是再兴奋、再贪财或是再愤怒、再仇恨也不会冲动行事。

换句话说，老侯这些天来的多处反常，并不是他不小心，而是他已经成竹在胸，无需刻意掩饰了。

可是，这毕竟不是可以谋算得了身家性命的年代。老侯再怎样伺机报复，除了就此翻脸、拂袖而去、老死不相往来之外，最多再占一笔钱财，还能怎样呢？

老侯不等方晓天问，表情诡异地说：“小何的功底，也很不错。”

方晓天略微一怔，不明白老侯怎么话题一转，拐到了助手小何身上。

“小何不错啊——也懂事，比你懂事——我要把他培养成——”老侯阴险地笑了，“小方晓天。”

方晓天突然全明白了。

只需要一个细节出现，整个事件就环环相扣。

小何，或者说“小方晓天”，就是这个细节。

用不着方晓天询问，用不着老侯讲述，小何的画，一定已经出现在方晓天所有重要藏家那里了。

方晓天的不问俗务，众人皆知；方晓天对老侯信任到全盘托付，也是众人皆知。那么，在那些不方便与方晓天谈及金钱、市场、未来计划的藏家面前，老侯“无意中”透露出的一些信息，是多么容易被这些藏家消化吸收，并造成反应啊。

老侯说的，大概会有很多个版本，但有两个中心肯定不会变：一是方晓天创作遇阻，已然外强中干，事业是朝不保夕了；二是方晓天的助手小何，具备方晓天的全部优势，是个多么黑马、多么蒸蒸日上的大好青年，将来他一定会取方晓天而代之。现在投资，一本万利。

那么，那个询问市场上雷同画作的老藏家张老，一定是发现了老侯暗地里销售的、起义一样四处埋伏的小何的作品，才特地打来电话。老侯不会忘了这个家底雄厚的藏家，他是故意没有把小何的画推销给他——老侯识人何其之准，一个不为利动的铁杆藏家，他怎会去碰？

而且老侯为了防着这个老藏家，也是备了一手的。那就是舒净的画。

老侯是什么时间发现舒净的画的，无据可考，很有可能是他在为小何的市场铺路之前搜集类似资料时偶然发现的。他一定没有去追寻什么线索，一定是根据仅有的一点儿信息，凭着他对舒净与方晓天之间常人难以想象的默契的了解，做出了大胆的推测：Monica S，就是舒净。

他押对了宝。

一个可能导致真相暴露的漏洞，就这么被堵住了，还顺便赶走了舒净这个可能影响方晓天修复进度的人。

老侯能迅速蹿到艺术圈生物链的顶端，不是仅凭运气的，甚至不仅是因为方晓天，他凭借的是天才性的、前瞻性的步步为营。

那么，这就是老侯的局了。

不能不说，这局布得巧妙且杀机重重。

对于艺术家来说，再没有比炒作高仿假画更残酷的事情了。一旦规模形成，被造假的艺术家，会直接身败名裂。而对于艺术家而言，这种身败名裂的可怕程度，远远超过生活的贫困、肉体的痛苦、精神的折磨。这是一种彻头彻尾的残酷消灭，任凭是新锐还是名家，几乎都再无回天可能。这也是为什么那时方晓天会愤怒地质问他引为至交知己的舒净。

既然老侯用了这个局，那就不是警告，不是威胁，不是点到即止，他是用了相当长的时间，在暗处厉兵秣马，而后气势汹汹地杀将出来——他就是要置方晓天于死地。

方晓天看着笑得狰狞的老侯，这时他应该咆哮、应该指责、应该跳起来和老侯拼命。被坑得这样狠，他是有这个权利的。可他很清醒：这是老侯希望看到的。这是老侯为他写下的剧本，他是有不选择这种剧情的自由的。

既然已经知道最坏的结果，也知道老侯一定会让最坏的结果发生，那，何必再暴跳？

于是，方晓天淡淡地说："哦。"

老侯惊讶地看着方晓天。

方晓天看着讶然的老侯，回忆着老侯时时为利奔走、深思蹙眉的精明相，心里是一声悲悯的暗叹。那句"唯利是图，小人也"，他用在了一圈人身上，竟从未想过，它最该用在把什么都可以换算成钱的老侯身上。

事已至此，多说无益。

方晓天收回目光，柔和地对舒净说："我们这就走。"

洒脱如两人，都只是拿起了随身背包，就准备离开。

老侯挡住去路，研究方晓天的表情："方晓天，你应该知道我说的是什么意思吧?"

方晓天笑了，说："知道啊，小何的出身、功底都不错，你选人选得很准。”

对于一个设局的人来说，最得意的，就是精心布下的局让人痛不欲生；而最让他崩溃的，就是中局的人若无其事。

比抱以老拳更好的还击，就是不在乎。

老侯气急败坏：“这意味着你可以提前养老了。”

方晓天笑得更加淡然了：“幸好我存够了养老钱。”

老侯简直要被方晓天气疯了，口不择言：“方晓天，你，你……就是个混蛋！”

方晓天是真觉得老侯急得跳脚的样子好笑了，不由得笑容甜蜜起来：“老侯，这句话有失你的风度啊，太怨妇了。”他拉起舒净的手，出了院门。

老侯觉得自己懊恼了。为着这份懊恼，他火气更大了。他冲着方晓天的背影喊：“方晓天，我们还可以谈判，我们还有谈判的余地的……”见方晓天和舒净已经一前一后地过了吊桥，他顿时空落落的，且惊且恐，直着嗓子喊起来，“方晓天，只要你把那套茶具给我，我可以大度一点儿，手下留情，给你一条活路。”

老侯竟然还惦着那套折了他面子的杯盏。

老侯布这么华丽隆重的局，归根结底，只是为了争一口气。

方晓天闭了一下眼睛，心底一声叹息。

眼中看到的世界，宽窄毕竟有限；可心中停留的世界，应该是浩瀚广大的，但一装进不大的念头，它就立刻只有那么大。

夏虫不语冰，井蛙犹自困。

老侯，与夏虫井蛙何异？

方晓天慢慢转过身来，看着老侯，真诚地回答：“办不到！”

老侯不仁，方晓天却做不到赶尽杀绝。他只是匆匆瞥了老侯一眼，看到老侯死灰般的脸上，升起那种浓厚的、无奈夹杂着失望的神情，就不忍再看了，更别说补上一刀了。

所谓受辱，往往是自取其辱。

所谓报复，其实就是再次自辱。

老侯要如何消化堵在胸口的闷气，方晓天不再做任何设想。这剧本，留给老侯自己写好了。

方晓天边走边笑笑地看着舒净："姑娘，我很快就声名扫地了，还愿意跟我一起玩不?"

舒净温柔地回望着他，绽放一个酒窝深深、唇红齿白的笑容："嗯。"

他们没有商量，甚至没有交谈，就像最初认识的那晚一样，他们迈着轻快的步伐，沿着大路一直走着，任凭一辆辆出租车、公交车与他们擦身而过。

他们在县城汽车站订了去成都的车票。

所有的事情都水落石出，所有的事情都告一段落。

再不需要赶时间了，再没有外界或内在的压力了。

在那个狭小的旧车站里，方晓天感到前所未有的轻松。他忽萌童心，买了两支冰淇淋，和舒净一起啃着。他忽然想到了一件事，问她："对了，回上海，你让我陪你办的事，是什么?"

舒净笑了，她在嘴唇间做了个拉拉链的动作。

好吧。

其实知不知道没什么，姑娘，只要是陪着你。

方晓天宽容地笑着，怜爱地看着舒净。

早已有人为岑先生安排好了一切。

在机场那个从不对外开放的特别贵宾室里，岑先生仰在沙发里，脸对着天花板，始终一言不发。钟司晨坐在角落的沙发上，小心地等候着岑先生可能会有的吩咐。

回想这一天之内发生的事情，钟司晨真的不明白，一幅画而已，岑先生何以会失控成那样？当然，他没指望岑先生会说，更没傻到自己去问。

直到登机，岑先生都没有说话。

钟司晨被空乘安排坐在了商务舱，在过道里向后走去时，他无意中一回头，看见坐在再无他人的头等舱里的岑先生头发稀疏的头顶，心里生出一丝悲凉。再怎样权可倾城，也是敌不过岁月无声的。

飞行渐渐平稳。钟司晨百无聊赖地盯着岑先生的椅背，偶尔看一眼舷窗外的云海——他无法入睡或专注于机上读物。或许是天生就有的、或许是跟着德国老板养成的谨慎，让他相信，岑先生的这趟旅程，并不该是这样就结束了。他觉得每件事最后都会有一个收尾，他不想当真正的收尾到来时，错过了它。

钟司晨正想到这里，忽然看见岑先生伸出一只手，向前招了一下。

钟司晨忽然心跳加速，解开安全扣，站起来，向前几排走去。

这件事该有的收尾，来了。

岑先生示意钟司晨坐在他的旁边。钟司晨就小心地坐下，没多嘴，安静地等着。

舷窗外的强烈光线和机舱内的略显阴暗，让岑先生的面部细节清晰显现。那些因精心保养而暂时隐藏起来的皱纹，那对因深谙养生而从未肿胀的眼袋，在干燥的环境里，在岑先生完全放松的状态下，都暴露出来了。

岑先生缓缓开口：“觉得我老了吗？”

这种问题不管出自谁的嘴，都该给它一个否定的答案。可钟司晨不善阿谀、不善谄媚，他只能保持沉默。

岑先生笑了：“你倒老实。”

这个笑容，是那种慈祥长者式的笑容。这让钟司晨不再那么拘束，说：“其实是不是老，和年龄没什么关系，有精神境界和理想追求的人，都不显老。”

岑先生笑了笑：“比如徐笑麟？”

钟司晨默然。虽然看起来岑先生很恨徐笑麟，但钟司晨总觉得，那种恨不是针对徐笑麟这个人本身的，哪怕岑先生曾丧失理智地对徐笑麟动了手。

岑先生看着前方，笑容渐渐淡下去：“我到峨边插队时，才十二岁。我在那里待了整整三年。”

钟司晨忽然有点儿紧张。

回忆。这世上有很多习惯于对自己的过去夸夸其谈的人，他们不厌其烦地把那些琐碎无聊的往事塞给任何人，但这种回忆是廉价的，因为它的存在对听者不带启发、没有意义，它只是诉说者活过的一种证明。而连自己活过，都需要那样歇斯底里的讲述来证明，这回忆，到底是没有存在的必要的。

叫嚣者如沐猴而冠，时不时露出衣衫下一个丑陋的红屁股；安静者厚重如大地，不言不语，万物生长。

岑先生这样的人，一生足够跌宕起伏，不需要以认识哪位权贵为荣，不需要以做过什么大事为傲，也在为官生涯里早就养成了诸事讳莫如深、诸行小心谨慎的习惯。他的回忆，是要对对方有很大的信任感，才会出口的。

钟司晨屏气凝神地听下去。

岑先生惯来清明的眼神，渐渐迷蒙："我是峨边知青里最小的，其实都是从上海来的，可提到小上海，谁都知道是我。"他继续回忆着，"我家里有几个哥哥，父母工作都很忙，我从小就是没人管教的野孩子……"

岑永东准备插队时，他的父亲在部队正倒大霉，他的母亲怕他在农村遭欺负，就求了一个转业安置到公安局的老部下，那个老部下冒了风险，又费了好大力气，才把他的姓改成了母姓林。

知青岁月没有文学作品里描写得那么激动人心、那么青春火红，充斥所有人生活的，就是疲惫的肉体、空荡荡的肚子和高度空虚的精神。林永东年龄尚小，稍微受了些优待，但那繁重而枯燥的体力劳动，还是远超出他的承受范围的。没有那么多热心人帮助他，除了徐笑麟。艰难岁月里，人人自顾不暇。

在林永东眼里，徐笑麟话不多，学东西却快，插秧打谷，担土挑粪，试几次就能找到关键所在，很少多费力气。其他知青说笑打闹时，徐笑麟就坐在土坎上安静思考，节省体力。这对林永东影响很大，从那时起，林永东就跟着徐笑麟学会了不做无用之事。

徐笑麟会帮林永东干活，但只帮他干那些超出他承受范围之外的部分，干完了就坐在那里看林永东挥汗如雨。林永东毕竟小，不懂事，有时还因为他的袖手旁观而对他闹脾气，徐笑麟也不多解释，只有淡淡四个字，"劳其筋骨"。后来别人给了林永东一本差不多被翻烂了的老课本，林永东翻到的第一篇文字，居然就是这四个字的出处——《孟子》节选。他就又学会了隐忍和刻苦。从此，林永东就成了徐笑麟再忠心不过的小跟班。

那年月，在贫穷和饥饿面前，道德是站不住脚的。一卷针线、一个鸡蛋，都可能是一场争吵或一顿撕扯的导火索。再加上人人心里憋着一股不甘终老于斯的火，就有人仗着嗓门尖利或体力旺盛，刻意制造事端，占便宜倒成了其次，宣泄愤恨才是主题。

徐笑麟不止一次遭遇过这种无事生非的挑衅。他从不还嘴动手，人家要什么，他就给什么。林永东怒火中烧，愤怒地吼他："你个子比他高，拳头比他硬，干吗那么怂？一个打一个他都不见得是你的对手，何况还有我这个帮手。"

徐笑麟平静地看着林永东，又是四个字，"众生碌碌"。

那些慌张如蝼蚁、贪婪如鬣狗的凡夫俗子，他们看得到的，只有眼前的那卷针线和那个鸡蛋，他们一辈子的命运已然成型。对这样的人，怜悯尚不够，又和他们争什么呢？

林永东满腔的怒火突然就消了。这次，他是立刻就悟出了徐笑麟的言之所指。于是，在最浮躁最逆反的十三四岁，林永东学会了跳出到自己不喜欢的事件之外，不与人计较。

林永东之所以会成为后来官位显赫的岑永东，固然有他的家庭出身赋予他的自身基因和一些外界便利，但在他自己看来，徐笑麟所教给他的，才是那些最基础、最坚实和最重要的。

真正意义上的"岑永东"，不是诞生在十里洋场的上海，而是诞生在山水险恶的峨边。

有时，遇对了一个胸襟广阔、眼界高远、可以亦师亦友的磊落君子，就足以成就另一个人的毕生辉煌。

林永东对徐笑麟的崇拜，在一九七四年徐笑麟展露绘画技巧后，达到巅峰。

在知青当中，其实才华横溢者比比皆是，但他们都是积极外露的、互相攀比的。你会写诗，我就必须懂哲学；你会拉小提琴，我就必须祭出从小就学的手风琴……而这其中的大多数人，吹嘘或炫耀自己的才华或本事，更是远远超过才华或本事的。

徐笑麟的才华，是震住了所有人的。那些惯于不服气的人，也鸦雀无声。

而这样的才华，徐笑麟一藏就是三四年，不提一字。何等的胸怀和气魄。

林永东无师自通，懂得了仕途上最重要的一个字：藏。

藏，诸事皆可成于这一字。

藏，是千钧一发的水蕴泽口，是隐居终南的韬光养晦，是侠客潜伏的伺机而动，是帝王将相的一击定天下。

多年里，岑永东凭借平日里的深藏不露、关键时刻的峥嵘乍现，让无数对手防不胜防，也让他们无迹可寻、无错可挑。遂成大业。

只有真正强大的人，才会在成就面前主推他人的恩德，而隐去自己的努力。

——那些努力，自己知道就行了，其他人知不知道，不甚紧要。

但钟司晨看得出，岑先生对徐笑麟的谢意，是由衷的，并非那种隐去努力的自谦。

那么，岑先生对徐笑麟挥起的拳头，背后就该有一段岑先生不愿提起的往事吧。

岑先生依然那样凝视着面前的空气，喃喃道："李佑文……"

李佑文。

这是男知青们私下里说得最多的名字，大概是拥趸者众多，谁也不敢像说到其他哪个漂亮姑娘那样用词猥琐、涎皮涎脸。

半大孩子林永东，对人事并无了解，李佑文在他眼里，就是一个好看的女知青，比其他女人多读了点儿书，笑起来很好看，对他习惯用姐姐一样的口吻说话。

李佑文对徐笑麟的情愫，林永东可能是唯一的知情者。

一九七五年初春，就是发现那具石棺前不久，林永东在公社院里玩耍时，李佑文正在窗下摆了一张小桌写家信。有人喊她去拿什么东西，李佑文就把信纸扣在桌上，匆匆走了。

风吹纸落，林永东看清了上面写的都是与绘画有关的事情。

与绘画有关，在这大山之内，那就只能是与徐笑麟有关。

何况，那信里本来就有一个神秘又甜蜜的字——他。

林永东像发现了一个惊天的秘密，脸上火烧火燎的热，急忙把信纸放回去，又压上了钢笔，比被抓住的贼还心虚地溜走了。

三年多的时光，那些男知青们毫不隐晦的黄色段子玩笑，那些阿猫阿狗张三李四满是细节的风流传闻……什么都没把林永东从懵懵懂懂的少年时光里拽出来，就这么一封内容含混不清但文字热辣鲜活的信，却彻底完成了林永东的性启蒙。

可能是这封信和他敬而生畏的徐大哥有关，可能是这封信是出自最有女性魅力的李佑文之手……到底是为什么，不重要了，重要的是，十四岁半时，林永东的性别意识真正苏醒了。

这是一个少年自己的秘密，无法与外人说，连一向信赖的徐笑麟也不行。

林永东更长时间地坐在树林里发呆，开始有意无意地避开徐笑麟，也开始偷瞄李佑文。

一个人一旦确定了自己的行事准则和审美标准，就很难改变。

从这点来说，林永东的人生起点也是很高的——徐笑麟和李佑文，一个决定了他的行事准则，一个决定了他的审美标准。可让他别扭的是，李佑文心里爱着的人，偏偏是徐笑麟。

林永东完全没去想自己在李佑文眼里还是个孩子，他直线条地认为，李佑文是自己的爱之神，那么，徐笑麟就是自己得到爱之神路上的障碍，就是敌人，自己应该远离。

是不该以成人的标准来批判林永东的单线思维的。这种非黑即白的想法，是原始本能的，也是相当真实的——至少他从没想过要去陷害徐笑麟，从没想过要和他反目成仇。

而徐笑麟，似乎并没有注意到小兄弟林永东的渐行渐远；或者是他注意到了，缄口不问；也或者是他注意到了，但，他有他的心事，无暇顾及。

再之后，就是峨河边那具石棺现身引发的一系列事件了。

林永东远比其他人更担心徐笑麟和李佑文会走到一起。因为他有更担心的理由。

他们并没有在一起。

徐笑麟遁入渺无人烟的山林，李佑文寸步不离人烟稠密的村舍。

放心了，所有男人都放心了，藏了心事的半大孩子林永东和所有男人一样，都放心了。

毫无经验的林永东对李佑文没有殷勤可献，天不怕地不怕的性格也对他的爱情没有帮助，他没办法克服大男孩的那种羞涩。有时他借故去找那个坏脾气的老兽医兼赤脚医生，远远地看见李佑文的身影、听见李佑文的声音，就会落荒而逃，那老医生就骂他是撞见鬼一样慌张。即使是这样，林永东心里也是甜蜜的，他觉得这是这辈子最欢乐的一段时光。

直到那个险些被徐笑麟劈死的小伙子慌里慌张地跑回来，带着哭腔讲述了他的遭遇。

其他人都当笑话来听，只有林永东心里“咯噔”一下。

他太了解徐笑麟了。那个静心忍气、志在天下的徐笑麟，断然不会无缘无故地无礼到这样的程度。

那夜，林永东早早就蒙头装睡，等到同房间的几个知青都睡熟了，他在被窝里团了一条小被，就溜了出去。村里的狗早就一条两条地被知青们偷宰并吃了个干净，倒给他省了不少事儿。

已入深秋，夜深无底，月悬如钩。

为避人耳目，林永东火把也没点一根，就摸上了往林场去的山路。

没爬过川内大山的人，是无法想象那种真的需要仰视才能见顶的陡峭程度的。那些所谓的路，根本不是寻常意义上的路，只不过是牧羊者、砍柴人和药农们在荆棘较少、坡势较缓的地方，踩出的曲折蜿蜒的羊肠小道。

夜晚的深山密林，光是那些稀薄月光下影影绰绰、窸窸窣窣的形与声，便足以让人头皮发麻发乍，且有那些不知名的鸟兽在“咕咕呜呜”地鸣叫或低吼，再加上时不时有枯枝落叶在脚下脆响，没走多远的路，林永东的后背上已经惊出冰冷湿腻的一层冷汗。

微微摇摆的树叶发出冤魂行走般“刷拉拉”的低吟，偶尔撞见的扭曲伸出的枝干，就像是不安分的过路鬼，要拼命扯住好不容易出现的路人。

林永东从来没这么紧张过，别说以前伙着几个哥哥和别人打架，别说停步回看诡蛇遍布的石棺，就是武斗时看热闹的他抓起误扔到他身旁一颗冒烟的手榴弹丢进深沟，都不曾有过这种心虚式的紧张。

人的紧张，有时候是因为实力不够，有时候是因为自信不足，有时候，则是因为要面对的事物一无所知。

眼下，这三个理由林永东都占齐了。

天地面前，人，其实就是草芥一样渺小卑微的——你是万物之灵，但你并不是万物之尊。

但林永东是决意要挑战天地了，哪怕是壮着胆子，硬着头皮。

——其实，这就是通常所谓的色胆包天。只是林永东这个当事者不这么想，他给自己理直气壮的理由，是好奇。

借着银色月光，林永东边打冷战，边手脚并用地向上摸索攀爬。经历了一次失足滑进暗沟，又经历一次走错岔路误入断崖死地，最后还是有惊无险地摸到了林场大院。

林永东早就看见了房子里通明的火光。那不是蜡烛犹犹豫豫的光线，而是火把火爆热烈的势力呈现。

徐笑麟还没睡。凌晨，在安静得除了睡眠什么也不适合干的地方，灯火通明。

林永东憋着呼吸，小心地挪到窗边，凑近木窗板那粗枝大叶的缝隙，瞄了进去。

林永东的心脏，骤停了几秒，然后就角马过河般热热闹闹地奔腾开来。

——他的视野正中，李佑文，周身只着银白月光，微笑恬淡柔美地凝视着整个世界，凝视着他。

林永东的知觉被某种啸叫的东西炸得四散破碎。他满脸是饱胀殷红的血，耳朵里刮着海洋深处致命的飓风，然后，他真正意识到，自己那件象征男人和权力的物体，膨胀了。不同于那种晨起时或者被不怀好意的同伴们戏弄时的生理式条件反射，而是那种自身主动地、充满欲望式地膨胀了。

林永东看不见那个在熊熊火光中对油画做着最后修饰的徐笑麟了，听不见脚下、身后“叽叽咕咕”的虫鸣鸟叫了。这个浩渺空间里的山、水、树木、风、云、月……万事万物都虚幻缥缈，然后彻底消失。他只能看见那个诱惑着他但又端庄圣洁的女人。

他不由自主地把手伸向了自己的裆间……

这话题真的太过私密。

钟司晨局促地动了动，不知是不是该说句什么，或干脆打断岑先生的叙述。

岑先生看了看他，意味深长地说："总有那么一天，你到了我这个年龄，就会知道，说出一些藏在心里几十年的话以后，该有多么轻松——不必担心我会尴尬。经历过的，就是经历过的，和世间的一切一样那么真实。"

这是一个值得敬重的男人的目光，没有文过饰非，没有再造历史。

钟司晨有些感动，点了点头，听了下去。

在羞涩、愧疚、惊慌等情绪共同组成的罪恶感和他从未体验过的巨大快感中，林永东正式完成了一个少年的成年礼，懂得了何为男人。

逃离了场院，逃出了三五里路，逃进了被夜风卷起呜咽声的丛林，逃上了那面他走错时遇上的断崖，林永东抱住一棵青冈树，对着山下茫茫漠漠的树顶放声大哭。

那时，他是真的想跳下去的。

他就像一个虔诚的教徒，一念之差亲手毁了自己恭敬奉养的神祇之后，突然清醒，愕然发现自己闯下了滔天大祸，悲从中来，痛不欲生。

天蒙蒙亮时，林永东失魂落魄地晃荡回村里，摸进房间，倒在床上，就此高烧不退，大病三天。第四天一早，林永东醒过来，同屋的人告诉他，在他昏迷时，差不多所有人都过来看过他。尤其是李佑文，前后来了几次，一碗碗地煎熬老兽医开的中药，又把他抱在怀里，一勺勺地给他喂下。

旁人说的时候是一脸的羡慕，林永东是一句句听得心惊肉跳。他庆幸自己的不省人事，庆幸自己没有和李佑文四目相对，否则该如何面对她——李佑文。

想到现在醒来了，见面是逃不过了，林永东又惊又怕。十四五岁的他，确实没有心怀鬼胎又面不改色的世故本领。

就在林永东内心纠结、如热锅上的蚂蚁时，两个开着吉普车的年轻军官来到了峨边。

不久前，他的父亲官复原职，几乎是在他复职的当天，林永东的母亲就为林永东回上海的事情开始奔波。这件事做得悄无声息，连林永东的父亲都没有觉察。然后，当这两个年轻军官要到四川出差时，林永东的母亲找到了他们，请他们将一纸公函带到峨边。

她这样做，显然是谨慎地怀疑了跨地区公函的被认可性——两个全副武装的、开军车的、英气勃发的年轻军官，远比那个圆圆的红色图章更具有说服力。

果然，峨边人并不知道这两个军官是顺路而来的，训练有素的部队军官口风也很严。县里的相关负责人殷勤地接待了他们，大家一团和气地吃了顿早饭后，县里立刻安排人陪他们找到了林永东。

就这样，省略了很多人事流程。没几个小时，林永东就已经坐在吉普车里，踏上了回上海的路。

走时，林永东没带任何东西，也没和任何人告别，他几乎是一听完消息就钻进了车里。对他来说，这是那个时候最好的选择——他可以避免面对李佑文的尴尬——虽然因为这个决定，后来的岑永东常常后悔，难过到肝肠寸断。

林永东悄无声息地秘密离开，当时还是引起了很多明里暗里的猜测。其中之一，也是最被大家认可的说法，说他号召并带头撬了那具诡谲的石棺，坏了某个大人物家族的风水，被带去秘密处决了。他们没有料到，大孩子林永东后来的人生，会真的应了开石棺时他那句煽动性的话中的半句，“棺材棺材，升官发财”——他们中的大多数人，都很快忘却了林永东这个人，那些几十年后还没有忘记林永东这个人的人，也都一丁点儿没意识到，清廉低调的岑永东，脱胎于眉目清秀的林永东。

一九七六年，林永东得知知青在陆续返回上海，他担心李佑文回到人海茫茫的上海就再也找不到她，于是他装病请了一周的假，又找大哥以一个重要部门的名义开了介绍信，奔回峨边。在火车上，林永东是思绪万千的。十六岁的林永东已经工作了大半年，觉得自己已经成熟了，已经足够承担起对一个女人的爱，甚至一个家庭。他火热的心里不断构想着将和李佑文怎样面对世俗的眼光，怎样去抗争，怎样去继续爱情，怎样去变成一个传奇的话题。他也想过李佑文万一拒绝他，他又会怎样苦苦地追求她、呵护她，直到她被他的诚心实意感动得落泪，非他不嫁。

林永东对自己的痴情以及这份痴情最终会达成的效果毫不怀疑。

严酷的现实，在四十个小时之后，击碎了他所有的天真。

一下火车，他就碰到了一个满脸欣喜、急着回上海的相识知青，对方要赶火车，差不多三言两语就概括了林永东走后的所有变故。李佑文的死，是其中的重点交代。

林永东不吃不喝地在火车站前那个破旧肮脏的小招待所里躺了两天。

那个不明就里的知青一句神神秘秘的话在他脑海里反复呈现："大家都说，是徐笑麟那幅画里带着不干净的东西惹出的祸事，那东西不知道是那具石棺里来的，还是深山老林里出来的，反正不干净。"

之前，林永东从未想过，徐笑麟为什么会画出不着寸缕的李佑文。

现在，林永东觉得自己明了了其中所有的缘由。

徐笑麟欺骗了李佑文。

徐笑麟对李佑文始乱终弃。

否则何以解释，李佑文偏偏自杀在徐笑麟离开峨边的前夜？

林永东没有去检查自己的推理，或者，是他刻意对自己推理的一个重大漏洞视而不见——徐笑麟和李佑文，几乎没有一分一秒的独处时间。

林永东把对徐笑麟的敬意与谢意，轰轰烈烈地转成了对徐笑麟的愤怒和仇恨。

三十几年，日夜不息。

后来的岑夫人，是岑先生母亲的执意所为。其实，对于岑先生来说，岑夫人是谁真的没什么要紧了，他林永东的心里，只供奉着李佑文，只有她。

钟司晨看着岑先生眼里隐约的泪光，终于明白了岑先生这么多年那样渴望知道这幅画的下落、却对徐笑麟讳莫如深的原因。

这样重大的内心秘密，这样不能与外人诉说的背后故事，岑先生竟对他和盘托出。

钟司晨顾不得唐突不唐突了，认真地表述了自己的感动：“谢谢你，岑先生，告诉我这么重要的私人秘密。”

岑先生慈祥地笑了：“不，谢谢你。”

唯有为内心所苦者，才懂何为解脱。

诸念放下，即为解脱。

自此，岑先生对李佑文的思念，虽会一如既往，但不会再有痛楚。

因为，已经没有了仇恨。

不是徐笑麟负了李佑文，是他们负了彼此。

但他们心甘情愿。

那个行径卑劣、猥琐怯懦的旺仁，不过是一条孱弱的虫，无伤徐笑麟和李佑文两相仰慕的大雅，去恨他，反倒辱没了那一段才子佳人的旷世奇恋。

这真相对林永东实在太重要。

林永东，终于可以再无牵挂。这对岑永东，何其重要！

钟司晨陪着岑先生一同沉默。

带着制式甜美笑容的乘务长袅袅婷婷地走近岑先生，俯身，低头，轻声细语：“岑先生，飞机就要降落了。”

岑先生微微点头，摆了摆手。

钟司晨知道，岑先生点头是对乘务长，摆手却是对着他的。成熟稳重、踏实少话的钟司晨，就是岑先生选中的土地，适合埋藏秘密，即使生发出什么，也不过是些静默的植物，柔韧顽强，遇强风戾雨也不过是死命摇摆，决然不会屈服断裂。但现在，是土地功成身退的时候了。

至于公司那个迫在眉睫的项目何时上马，钟司晨并没有追问岑先生。他明白，为达目的不惜不择手段地欺瞒旁人，不过是地方小吏的鼠目寸光。岑先生这样为人谨慎、行事周密的一方大员，令行山倒，是最守信重诺的。问，反倒可能问丢了已然攻克的城池。事情进展到这里，接下来就只是一个等字了。

钟司晨坐回自己的位置，揉了把脸，真正放松下来。

飞机很快降落了。停稳后，岑先生被早就恭候的工作人员接了出去。

岑先生没有回头。

钟司晨从舷窗里看着岑先生上了飞驰而来的两辆车中的一辆，很快离去。

刚才还在倾吐内心、袒露真性情的人，从此，就再无交集。人生种种，分秒碌碌，何尝不是如此？

想到对老板交差以后，自己就是一个无家无业的自由人了，钟司晨倒有些怅然。他定了定神，决定先去明蓓那里收拾一下自己的东西，然后搬到姐姐那里暂住。他倒不是吝啬那点儿日常用品，只是想从明蓓的世界里，消失得干净、彻底。

钟司晨跟着同舱的乘客走下舷梯，一个始终等在旁边的中年男人上前一步。钟司晨看去，面善，旋即想起，这个人正是接他去那个小院的司机。他有些愕然：“是你？”

司机把一张折得整齐仔细的纸条递给他。

钟司晨诧异地接了过来。

司机的话简明扼要：“先生说多谢，这是他的私人手机号码。”说完，他转身就上了另一辆车。

岑先生的私人手机号码！这意味着，钟司晨为岑先生做出的努力，获得了他的高度认可。这种认可，在未来可以兑换成什么，钟司晨还不知道，但它有权力的味道，那无疑是比金钱更诱人的。

钟司晨捏着那张薄薄的纸，有些感动，也有些恍惚。

第十五章　痛

舒净在班车上、飞机上睡了一路，可唇角的笑容始终依旧。

方晓天时不时地看她一眼，然后不由自主地随着她的唇角弧线微笑一下。

是因为从青春期开始就困扰她的事情终于获得了解决吧。徐笑麟的泪，是对李佑文最好的祭奠，她是在为从未谋面的姑姑由衷高兴？

方晓天出神地想，如果把恩师对他说的话告诉给舒净，她会更高兴的。他被自己的想象鼓舞了，也打心眼儿里高兴起来。他想，一定要找个街景最漂亮的地方告诉舒净。

正赶上春节前的隆冬阴雨天，黑压压的云在城市上空积了满满一层，飞机降落时多盘旋了一圈才落下地。起落架一触地面，舒净就醒了，与正盯着她看的方晓天相视一笑。

方晓天拉着舒净出了舱口，就打了个寒战。

天黑得有些异常，风还是透骨的阴冷，裹带着几乎看得见的湿气肆意翻滚。

方晓天不假思索，解下纯色围巾，围在舒净的颈部。舒净嫣然一笑。方晓天突然觉得脸上发烧，干咳了一声，惹得舒净又是一个笑容。

舷梯旁的空乘饶有兴趣地看着这对男女。

他们是临时定的机票，位置在机尾，最后出来。等到他们上交通车时，里面已经挤满了人。方晓天一手拉着吊环，一手把舒净护在怀里。

像在那个院子里一样，舒净把额头靠在他的脖子上。

方晓天垂下头，在她耳边轻声说："还没睡够？"听到舒净轻轻的一声"嗯"，方晓天更紧地把她搂在怀中，替她竖一堵坚实的墙。

当他们走出闸口，舒净的手机响了。她看见屏幕上的号码，眉头一挑，脚步慢了下来。

方晓天看着舒净的表情，犹豫了一下，什么都没问，往前快走了几步。

舒净背靠着玻璃幕墙，面对着不息车流，匆匆而低低地说了几句。她挂了电话之后，并没有急着走到方晓天身边，而是站在那里，看着远处阴暗的天色发呆。

这些年来，方晓天眼中的舒净，总是冷且静的，如深冬的湖水，鲜有变化。只是近些日子，她的笑容才出奇地增多，但发呆……有心事的人才会发呆，不开心的人才会发呆。

方晓天不安地看着舒净。但他知道，她不是那种需要反复问询和温柔劝慰的女人。有定力、有主见的她需要的，只是一点儿独自思考的时间。

果然，舒净举起始终握在掌心的手机，按了一个键——应该是回拨给刚才那个电话吧——匆匆说了几句。再次挂断电话时，她凝滞的眼神就焰火一样有了动态的颜色。

她扭头对方晓天微微一笑，轻快地走近，揽住他的臂弯："晚上，陪我去赴个饭局。"

即使是最近常常看到舒净的笑，方晓天还是被她的这个笑容给感染了，笑着问："这么开心，和谁的饭局？"

舒净笑着回答："倪远诚。"

倪远诚。不就是……舒净的……老公吗？

方晓天的脚步慢了一些，探询地看着舒净："倪远诚？"

舒净忍俊不禁："嗯。"然后说，"晓天，陪我去坐公交车，好不好？"她带着期待的目光，"我想看看这个城市真正的样子。"

一个久居某地的人，其实并不比外来者更了解一座城市，或许正是因为他们生于斯长于斯，才不会渴求探寻那些小小而有趣的所在、那些看似平常却另有风情的所在。

他们上了一辆公交车。舒净没说要去哪儿，方晓天也不问。

他安静地拥着她，一站又一站。

公交车摇摇晃晃地移动着，街道两侧的建筑物流水一样流向身后。

其实，除了一些微小的细节，已经很难分辨出城市与城市的区别了。

舒净看着车窗外，似乎已经被那些重复出现的公寓、商场、饭店、宾馆、写字楼催眠了，眼神渐渐迷离。

等到了终点，密集簇拥的人鱼贯而出，只剩狭长空荡的车厢。舒净才梦呓般地说："我终于感觉到了，一点儿带着烟火气的真实。"

这才是舒净坚持要乘公交车的真正原因吧。

方晓天懂得舒净的感觉。

如果不是老侯的背信弃义，方晓天的整个世界就只是纯净地充满创作的灵感和欲念，他就从不会在意，人心还有计较与怨恨、背信弃义与蜂虿有毒；如果不是陪舒净坐上这辆公交车，他几乎已经忘记，在出凡入胜之前，他曾舍不得几角钱的车资，经常为借一本罕见的画册、为拜访一些真正的艺术家或学者，饿着肚子徒步几个小时。

这不是刻意遗忘，而是获得成就后无暇回头品评。

虽然，在很多还不曾成功的人眼中，这都是一回事儿。

方晓天觉得自己"回到人间"，并不是因为他真的会落魄、会一文不名——十几年积累的资金，已足以让他的余生财务无虞，过得自在潇洒。最重要的是，老侯的所作所为，虽是斩草除根式的心狠手辣，但伤的只是他目前的市场，损的也只是他眼下的声誉。他的艺术魂灵还在、创作激情还在、技法功底还在——对于一个刚近四十岁的艺术家来说，未来依然有无限可能，未来同样海阔天空。

但，祸起萧墙，毕竟是人生最大的几个痛楚之一。

就像一个金戈铁马、快意沙场的威武将军，以血染征袍，换得背后旌旗招展处的阵阵欢呼，可还没来得及勒马回城，后心就"腾"地中了一箭，正痛得生死不得，回头却见攥着长弓、得意万分的人，正是出生入死的同僚兄弟。肉体消亡与灵魂毁灭，同时发生，他唯有绝望地眼前一黑，却蓦地发现窗外灯火阑珊，空中晨星寂寥，过往种种，竟是南柯一梦。

那么，古时征战，噩梦中醒，与方晓天此时的重新打量人间，到底哪个才是真，哪个才是梦？哪个才是源头，哪个才是根本？或者，它们就是连绵不断，循环往生？

方晓天沉思着，牵起舒净的手，下车。

大地是所有力量的发源之地，它安静，威严，承受一切，吸纳一切，也给予一切。

方晓天的脚一踏上地面，就猛然惊觉自己此时的所思所想有多危险。

那该是一个入戏成魔的演员，在一幕剧终之后，行头半卸，粉黛凋零，独自垂坐，寂寞对镜，顾影自怜时的纠缠心事。

镜中那张脸，即使强颜欢笑，也照样充满不祥。

艺术家的敏感，是天赋，也是诅咒。它能使艺术家的创作风调雨顺，有异于他人的别样精彩；也能让艺术家优柔寡断，陷入纠结性格带来的灭顶之灾。

方晓天是时刻警惕着这把双刃剑的，但刚才一个恍惚，就几乎步入了这潭泥泞。

如劫后余生，方晓天暗自庆幸，看了一眼舒净。

舒净脸上带着柔和的微笑，打量着那些卖烤香肠和炸土豆的贩子。那些垂坐在时尚杂志和八卦报纸后面的摊主，那些忙碌在玻璃窗里的货架与收银台之间的超市售货员，全神贯注。

那几乎是一个新生儿打量陌生天地的眼神。

方晓天觉得这眼神又可爱又惊心——她该不会是也陷入自己刚才的处境了吧？他强迫自己扰乱了她眼神的纯净：“接下来干吗呢？”

舒净回答得很快：“去逛街吧。”

方晓天瞪大了眼睛。

舒净从来没有逛街的嗜好，连谈论逛街的嗜好都没有。她的衣着饰品，要么是定制的，要么就是那个她从来没换过的牌子——她是个对自己的眼光和品位极其自信的女人，且她的自信也从未出过错。

舒净疾步前行。

方晓天只有跟了上去。

舒净一路走，一路逛，方晓天一路意外——舒净逛的，都是街边小店。那些门脸低调隐身于街巷却又高调秀出橱窗新品的专卖店，她瞟都没有瞟过一眼。

幸而这是上海，精于打扮和生活的女人自有自己的购物准则。那些店主见惯了精致的白领金领，偶尔也见到明星阔太，所以看到舒净的衣饰并没有太惊讶，只是格外关注她那由上天精心雕琢过的面容。

他们像是把一生该逛的街都逛完了。

但舒净真的只是逛，并没有买。

方晓天说："其实，你没必要替我省钱的。"

舒净斜了他一眼："我的画价不比你低。"

方晓天在她的反唇相讥中眉开眼笑。那个冷静的舒净带着一种君临天下的酷，远离人间；这个回嘴的舒净则带着一种妩媚入骨的娇，就像邻家一起长大的女孩子，不管怎样的情景下，也会多几分由衷的亲近。

舒净在鼻子里"哼"了一声，却还是憋不住，跟着方晓天笑了起来。

两个人就站在马路旁边的路灯下，笑得前仰后合。

方晓天是爱笑的，可他从没笑得这样肆无忌惮过。他想，天道不欺，失之东隅，收之桑榆——老侯就此淡出人生，来换得舒净这样尽情舒展的笑容，何尝不是一种公平的交换？

两个人一直笑，最后笑得一点儿力气都没有了。

此时已经走了一两个小时，舒净有些发热，脸颊上泛起红晕，自然得如同最好的化妆师扫下的最淡的腮红，衬得她眼睛越发亮、双唇越发润。

他们进入一家甜品店。

方晓天看着她，仔细地看着，细直的眉，微卷的长睫毛……他像要把舒净印在眼底一样。

方晓天说："你自己照镜子时，就没有给自己画幅肖像的冲动？"他没有调侃玩笑，他是在以一个画家研究和鉴赏艺术品的态度，看着她。

舒净的笑容黯淡下去。

方晓天不明白为什么。

舒净喃喃地说："已经很多年了，我从不敢在镜子里多看自己一眼……"

是因为被太多人说像姑姑李佑文了吗？所以生怕越看自己越觉得陌生？

想到李佑文，方晓天就想起徐笑麟临走前说给他的话。他原原本本地说给舒净听，期待看见舒净欣慰的笑容，期待听舒净感叹着"到底姑姑没白爱徐笑麟一场”。唯有这样的笑容、这样的话，才是多年前那一场还没有开始就仓促而终的爱情的完美尾声。

可是没有。

舒净呆呆的，不知在想些什么。

方晓天对自己是否真的了解舒净产生了怀疑。他看不懂舒净今天所做的一切，更看不懂舒净尽情欢笑后此时的郁郁寡欢。

自己正在照着镜子，所以才有这样一个舒净吗？

方晓天愈发肯定地想：“我们就是彼此的镜子，可以相互看清自己原来看不到的部分。”

方晓天看懂了自己，也看懂了舒净。他试探着问舒净：“你不愿意照镜子……是怕看见自己的内心吗？”见舒净目光一抖，他肯定了自己的猜测，追着问，“舒净，现在告诉我，你内心的魔障是什么？阻碍你、让你不得不中断创作的秘密，到底是什么？”

方晓天去握舒净的手，却发现她的手在迅速变凉。他动情地说：“姑娘，你用尽了方法，逼着我去面对、去破解我内心最大的秘密，可你的秘密呢？你的秘密是什么？”

舒净做了个深呼吸，突然又笑了：“明天，过了今晚，明天我告诉你好不好？”

她的笑容，明净真诚，眼睛没有躲闪、眼神没有伪装……她说的是真的。

一个已经决定要说出来的秘密，早一天和晚一天又有什么区别呢？

既然她说明天，那就一定是明天。

方晓天不介意自己多等一晚。

方晓天想到另一个话题：“你一直提醒我注意老侯，是我没有听你的话，我活该。”

舒净避开方晓天的眼睛，沉默了一下说：“你怪老侯吗？你会因为怪老侯而让自己不愉快吗？”

方晓天想了想，笑了：“不会，都不会。我觉得自己重情重义，可是仔细想来，我只是凭借自己的猜测，选择了我自己的表达方式。在老侯的角度，他不见得会接受，他介意很正常。”

舒净锋利地追述：“可他到底是做得太过分、太歹毒了。”

方晓天不置可否地笑了笑。

这时，倪远诚的名字出现在舒净的手机屏幕上。

舒净没接。她指了指旁边的一栋商厦，莞尔一笑：“一家我最爱吃的粤菜。”

原来就是这里。

在什么场合都洒脱自如的方晓天第一次有些迟疑，他终于问了出来：“你们夫妻吃饭，我去……合适吗？”话一出口，他忽然觉得别扭，这是一句和舒净拉开距离的话。

果然，舒净的笑敛了。

她默默地看着方晓天。

方晓天有些紧张，笑着圆场：“你说过，要我陪你做件事，那我就当是这件事吧。”

临出门时，方晓天去结账。收银台里没有零钞，舒净便摊开钱包找零钱。

一片干枯变色的扇形叶子落了下来。银杏叶。

方晓天捏着叶柄拿起那叶片，轻轻一转，突然想起来了，便笑着说：“哎，姑娘，这该不会是我们第一次去峨边路过成都时，我递给你的那片叶子吧？”

舒净略微一愣，看着方晓天。

方晓天狡黠一笑：“留着它干吗？”

舒净说：“好看。”说着，她小心地接过树叶，放回钱包的夹层。

方晓天还想再说什么，舒净拎了手袋就走，方晓天急忙跟在后面。

匀速攀升的电梯里，方晓天看着电梯镜里的舒净，若有所悟：“姑娘，好像……最近一直没见你抽烟了？”

舒净向来不屑解释，方晓天问的又是这样琐碎的问题，他以为舒净会生气，或者翻个白眼不理他。

可是，舒净嫣然笑道：“嗯，不抽了，再也不抽了。”

那笑容实在是太美了，方晓天想不出词语形容，痴痴地说：“姑娘，你笑得真好看。”

舒净的酒窝又漾起一层浓浓的笑意。

方晓天突然觉得自己很紧张。

这种紧张很久之前有过一次，只有一次。

他第一次把习作拿给徐笑麟看，在等待他的品评时，有这种如履薄冰中夹杂着心神恍惚的紧张。

方晓天移开了视线。

雅致的包间里，倪远诚正在翻看一本财经杂志。见服务员引领舒净进来，他立刻放下杂志，高兴地站起来。

方晓天见倪远诚在他进来时笑容一淡，也就明白自己是不在主人知情之列的不速之客。

倪远诚知道自己表情的细微变化逃不过来人的眼睛，索性彬彬有礼地主动说：“方先生，你好，舒净没有说你会来，所以我略微有些吃惊，实在是失礼了。”

虽然素未谋面，但在舒净的镜头下，方晓天常常出现，所以倪远诚认识方晓天倒也不稀奇。

倪远诚的处变不惊和安静自然，让方晓天颇有好感。

能拥有舒净这样的女人，大概也非得倪远诚这样的男人。

方晓天对这位谦谦君子微笑一下，一同落座了。

这顿饭，吃得异常沉闷。

舒净一直没说话，托着下颌走神。菜品一样接一样地端上来，倪远诚熟稔地想为舒净调理蘸料、盛汤夹菜，都被舒净无声地拒绝了。

方晓天尴尬得浑身不自在，仿似那年热出人命的酷暑降临时，他赤身裸体地在蚊虫嘤嘤的画室里画画，每个毛孔都被出不来的汗、蚊香盘绕的烟气和挥发的颜料堵塞住了，以致头昏脑涨，恨不得能爽快地呕吐出五脏六腑。

但舒净不说话，方晓天也只能保持沉默。

——旁观者随便一句话，都可能是当局者由冷战变大战的导火索。

尽管倪远诚仍好脾气地微笑着，但他也显得格外难堪。

终于，舒净把她一直搅动汤碗的调羹放下了，说："我想离婚。"

倪远诚的微笑，一丝一丝地僵成垂尸树下的黑灰尺蠖，尔后，全军覆没。

没有任何狗血剧的台词，没有任何舞台式的质问、痛哭、愤怒、争吵。

冷得骨血结冰的安静。

舒净的从不开玩笑、从不任性而为、从不冲动，是这种安静的根本源头。

或许正是因为太懂舒净，方晓天震惊地看着事先毫无预示的舒净。

离婚？任何人看一眼都会知道这是一个对她好到不容一丝质疑的男人，在她从无一点儿抱怨的五年婚姻之后？

倪远诚那种巨商世家子弟被残酷训练出的所谓风度，已经是没办法改变的习惯成自然了，他瞬间就控制住了自己，匆匆说了句"Excuse me"，就慌不择路地冲出了房间。

这是一个在彻底崩溃时刻依然不愿失态的人。

倪远诚一离开，方晓天就不解而急促地问："你不是已经和白文凯分手了吗？"试图干涉他人自由意志的决定，是方晓天素来厌恶的，可对方是舒净，是和他一个模子里塑造出来的另一个人。他关心她。

舒净的眼睛里带着笑——小女孩那种淘气又可爱的笑。

方晓天怀疑自己是否真的认识这个女人。

他几乎恼了："舒净，你是在耍小孩子脾气吗？"

舒净说："你觉得是，那就是吧。"

方晓天差点儿背过气去，苦口婆心地劝："倪远诚是个好人。"

舒净居然点头表示赞同："倪远诚是个好人。"

方晓天都快吐血了，还是耐着性子说："他对你非常好。"

舒净认真地说，"可是……"

方晓天追问她："可是什么？"

舒净的眸，亮成了冬田深夜那轮清澈明亮的满月，但，不冷，不像寂寞驻守天空的广寒宫，倒像是亿万光年之外的灼热气体凝成的新星，只是把光芒隐藏在遥远的距离里。

然而，方晓天又觉得那种炽热触手可及。

这远与近的错落感觉，让方晓天怔住了心神。

舒净有什么从没说过的心事吗？她要袒露的是从未触及的细腻心结吗？不，不是，那与凡尘琐事毫无关系。是什么？是舒净破了她自己的魔障？是她就要找回遗失很久的创作灵感？

方晓天急切期望着，那黝黑那闪亮那深幽中，有线索和答案。

倪远诚忽然回来了。

他的眼底和眼角都带着未尽的泪光，袖口和衣角也有湿透的水渍——用不着谁做旁证、谁做说明，他已经在洗手台前痛哭失声了。

男人的眼泪，该到怎样的绝望，才会这样肆无忌惮地流在公共场所呢？

何况，是这样一个温文尔雅的绅士男人。

这恰恰又是方晓天看不懂的。

舒净一句没有来由、没有解释的话，何以会招致倪远诚如此大的反应？一个在商场上见识过风波险恶、领略过人心叵测的三十多岁的男人，面对这样一句话，连为什么都不问就彻底放弃了吗？不轻弹的泪都当众流了，还忌讳什么、惧怕什么呢？

倪远诚平静地说："我考虑好了，离吧。"

……

方晓天真蒙了，也怒了。

这算什么?!

方晓天听那些崇拜他到不行地步的小女孩们宣扬过，爱到最深是放手，可他对此是不以为然的。他认为放手无外乎两层原因，明的是再求不到对方的真情，所以及时作罢，不伤颜面；暗的则是对对方已失去兴趣，不愿再做任何努力而已。不管是哪种，都只能叫不再深爱就放手。方晓天曾信誓旦旦地说过，他要是遇到深爱，死也不会放手。

可倪远诚对舒净，那份赤诚热爱明明水泼不进，他怎么就放手了呢？

舒净竟然满眼都是感激。

倪远诚的目光却移开了，依然平静地说："可你知道，有很多程序要走的，我也需要时间和家里做些沟通。我已经订了凌晨回纽约的机票，我先准备一下，然后再通知你回去。"

舒净说：“什么条件我都会答应的。”

倪远诚下意识地问：“包括不离婚吗？”不等舒净有反应，他就匆匆笑了笑。

他看了看表，认真地看着舒净说：“去机场送送我，好吗？”

舒净很难不点头。

方晓天不知道是不是自己的错觉——倪远诚好像有点儿高兴。

倪远诚站起来，说：“还有点儿时间，我去楼下超市买点儿东西。”他自嘲地对方晓天开着玩笑，“你知道的，我没法儿回家收拾行李了，”他耸了耸肩，“家已经没有了。”

舒净有些难受：“别这样。”

倪远诚落落大方地做了个谢幕的姿势：“如您所愿。”

倪远诚保持着微微弯腰的优雅姿势和微笑，退出了房间。

舒净捂住了眼睛，但挡不住泪水。那些落下来的泪珠汇成泉，从指缝里溢出。

舒净的软弱与哭泣，让方晓天于手足无措和心疼之间，有些许欣慰——舒净终是有俗人感情的，她不残酷，不是不食人间烟火、不懂人生喜怒哀乐的木头美人。

方晓天轻抚着舒净的背，守到她止住了哭泣，抬起润红的眼帘。他的心抽动了一下，叹息道：“姑娘，今天，我见到了无数个从未见过的你。”

舒净眼中愁云惨雾。

方晓天问：“后悔了？”女人的气话，有时只是气话，男人当真，女人却立刻就悔了。但他虽然这样问，却也知道，舒净是不会陷入这种无谓的死局的。

果然，舒净摇了摇头。

方晓天终于说出那句他无数次想说的话：“那——是为了白文凯吗？”

舒净垂下眼去，不再说话。就在方晓天以为她哀了、怒了或是伤了时，她又摇摇头。

方晓天还想再问，舒净轻轻擦着眼泪说：“等送走了他，我再说给你听好吗？”

方晓天点了点头。

助理送来护照没多久，倪远诚就拎着一个帆布包回来了。他的表情很奇怪，像是迷幻游离，又像是满心欢喜，梦游般地站在门口，语调却平静："舒净，送我去机场吧。"

倪远诚没有让助理开车去机场，他打了一辆出租，自己坐在副驾的位置上。车刚一动，他就疯狂而亢奋地滔滔不绝说起来："舒净，还记得我们的婚礼吗？那么多亲戚朋友、合作伙伴，都来了……"

方晓天替这个依然深爱舒净的男人心酸。

既然舍不得，那又何必放弃？

舒净没有打断倪远诚的话，怔怔地看着车窗外面鳞次栉比的高楼广厦。

倪远诚越说越兴奋，引得出租车司机频频注意他，见他没有攻击意图，这才作罢。

航站楼外，舒净扭头看向一旁，低声说："就到这里吧。"

倪远诚望着舒净，仿佛才意识到这即将是一场别离，说："舒净，抱我一下，再抱我一下，好吗？"

舒净不自觉地微微后退了一步。

倪远诚哀求地看着她，渐渐红了眼眶："那么多年，那么多年的夫妻名分……求求你，舒净，只抱我一下，好好地抱一下，不用太久，也不用太用力，只要抱我一下就行……"

鸟之将死，其鸣也哀。眼下的倪远诚，正像一只用尽全力挣扎的垂死之鸟——不知者以为还有无限可能；明眼者，只看见孤岛寒月，哀鸿凄凉。

以前的舒净，或许有一拒永拒的定力，可此时的舒净，看着倪远诚卑微讨好的样子，竟也动了恻隐之心，竟也改了主意。她看了方晓天一眼，走上去，抱住了倪远诚。

倪远诚就像溺水的人抓住了木头，冲动失控地紧紧搂住舒净，激动得浑身战栗。然后，他一手搂紧舒净，一手托起她的脸，狂热地亲吻着。

舒净拼命躲闪着、反抗着，挣扎着扭过脸，望着方晓天，求援般地叫他：“晓天……”

刚才方晓天不忍看倪远诚那副自尊全无的样子，后退了两步，想给他们一个相对私密的空间。眼下见情形有变，他疾步向前，一手拉住了舒净的手，一手去扯倪远诚的手。

突然，舒净背部微微一弓，整个人先是一僵，接着，就迅速瘫软进方晓天的怀里。

方晓天大吃一惊，低头看向舒净。一看之下，不禁大叫起来：“舒净!”

舒净的胸前赫然多了一把水果刀，刀口鲜血横流。

倪远诚站在原地，哈哈大笑，笑声干涩凄厉，如垂死的鹰隼：“你想分开，那我成全你!”

他的手掌上，沾满了湿漉漉的红色。

航班楼门口的警察立刻发现了这边的异样状况，一边通过步话机报告，一边飞奔而来。

几秒钟的时间，倪远诚就被扑倒在地，可即使他的脸已经被按在地面上变了形，那双血红眼睛里的疯狂和绝望却没削减毫分。他死死地盯着佝偻着身子、已经陷入半昏迷状态的舒净，古怪地笑着叫喊：“舒净，这样就没人能夺走你了，谁也不能！舒净，你听见了吗?”

舒净的身体，像绵软的海底生物，冷且滑，不断地向下坠去。

方晓天紧紧地抱她，也抱不住，只能一点点地曲下身体，最后坐在了地上。

再强大的精神力量，也无法弥补生理上的生命脆弱。

舒净眼帘紧闭，面色苍白如纸，嘴唇微微地抖动着，似乎想说什么，但喉间始终没有发出任何声响，反倒是簇拥的血沫，伴随着她越来越急促的呼吸，越来越多地涌出来。

附近的警察都赶到了。其中一个警察蹲下来，看了看舒净的情况，又翻看舒净的瞳孔，扭头对同伴说：“估计刺到肺上了。”

倪远诚闻言，像暴躁的困兽一样拼命挣扎起来，两三个警察才勉强按住他。他泪水四溢的脸扭曲变形，愤怒地咆哮着：“舒净，你的心在哪里啊？你的心到底在哪里啊？我怎么连你的心都找不到啊？你到底有没有心啊？你告诉我啊，你到底有没有心？”

方晓天想骂倪远诚，想唤醒舒净，可他发现，自己的力气已经用完了。他没有发出任何声音的能力了，就连眨动眼睛也会精疲力竭，就连呼吸一下也伤筋动骨。他只能紧紧地把舒净抱在怀里，一遍又一遍地抚摸她的头发。他感觉到泪在酝酿、在发酵、在酿制一杯别无分店的苦涩新酒，他渴望这一杯酒滚滚而出，那将像灵丹妙药一样让他有瞬间的舒缓。可它流不出来，他妈的就是流不出来！

方晓天睚眦欲裂。

救护车来得很快。医护人员拖开木然发呆的方晓天，把舒净放到担架上。在他们快速把舒净抬上救护车时，倪远诚也被塞进了警车。这时他已经不再挣扎、不再咆哮，通红的眼睛紧盯着这边。

方晓天脑子里嗡嗡作响，跟着上了救护车。在车门关上的最后一瞬间，他鬼使神差地看向了倪远诚。

倪远诚也正看着他。

接触到方晓天的满眼怒火，倪远诚冷冷一笑。

他竟然冷笑。

一个杀人行凶者竟然还理直气壮地冷笑。

方晓天几乎想立刻冲下去，随便抓个什么东西，去打烂那张脸。

方晓天忽然想起黑暗画室中自己对舒净的那句戏言，那句“我觉得我们俩可以死一个了”。他也想起了，当初在他说完这句话后，差点儿撕裂了他的心的那般剧烈的绞痛。那，便是一语成谶的死识吗？他狠狠地给了自己一个耳光。为了那时的说话随意，为了此刻的不祥联想。

这时，倪远诚突然像是想到了什么，紧握着警车的铁栏，手指几乎沁出血来，把脸挤在两根铁栏中间，圆睁着眼睛瞪着某处大喊着：“不要通知其他人……钟司晨，去找钟司晨，只有他能帮我。”

舒净呼吸急促，那双一直明媚有神的眼睛，蒙上了一层黯淡的死气。她一动也不能动，连睁开眼睛看方晓天，都像是用尽了全身的力气。

她像是很冷，不受控制地轻微抖动着。没有血色的嘴唇，就像失却了生命的玫瑰花瓣，饱满温润不再，只剩下干枯的灰色。

方晓天眼睛里满是炸裂开来的红，用双手拼命握紧舒净的手。他是想用体温温暖她，他是想就此给她注入生命活力。他全心全意地相信，只要自己足够努力，只要时间足够长，她就会没事，她就会笑，她就会坐起来，她就会让他陪她去逛那么多有趣的小店，只看不买……

方晓天就这样天真地幻想着，然后惊恐地发现，舒净的手越来越凉。

他木偶一样僵硬地抬起头，看着忙碌的医生护士，无助地问出了其实他知道答案的问题："她为什么这么冷？她为什么在变冷？"

——当生命一点点剥离躯体，鲜活的、跳跃的、灵动的，通通都落叶纷飞，然后，就只剩下垂死的、静止的、呆滞的，如北方大地的寒冬冻结。

但方晓天是充满真诚的渴望的，他渴望有人能给出一个不一样的答案，哪怕是假的。

连这真诚的渴望，也是如此的天真。

没人回应他。

或者是医生和护士都以真实却残忍的沉默做了回应。

他们职业地、配合默契地忙碌着，动作纯熟连贯，面部没有表情，就像是那些冰冷的刀剪、闪烁的机器的一部分。

方晓天呜咽一声，把舒净的手背贴在自己的唇上，试图去给那只手增加一点温度，可他绝望地发现，自己的嘴唇竟然也是那么凉，一如千山万径、人兽皆无时，蓑笠老翁孤舟独钓的寒江雪。

方晓天恨透了这个"孤"字，也恨透了这个"独"字。

他不要一个没有舒净的世界。

他不能没有舒净。

无能为力。

原来，无能为力，就是世间最残忍的一个词语。

方晓天知道自己需要一场大哭，一场号啕大哭，一场可以把自己此时的痛苦与感伤淋漓宣泄的大哭。

他哭不出来。

泪腺把他的眼窝和鼻梁都涨得酸痛，连太阳穴都在一突一突地跳动，可他就是哭不出来。

这逼得他几乎要咆哮、要发疯。

蓝灯盘旋，救护车急促地鸣叫着在车流里穿行。

不熟悉的诡异街道上，黑压压的建筑物扑面而来，又狞笑着闪开身影。

天还是那样阴沉着脸，越来越沉，却始终绷住面皮，不愿以滂沱大雨彻底放松。

这一切为什么这样压抑?!

方晓天焦急到即将嚎叫、即将崩溃。

急救车终于拐进了医院，早就等在门口的急救室医护人员立刻簇拥过来。

车上的护士推方晓天的手，没推开。看看方晓天无知无觉的模样，她索性利落地掰开了方晓天的手。车门大开，舒净被抬了下去。

方晓天傻傻地看着所有随车出行的医生护士都跳下了救护车，这才清醒一些，也跟着跳了下去。脚尖刚沾到地面，他的手机就响了。他木然地摸出手机，一个陌生的号码。

眼看着舒净在一群白衣医护人员的急推下进了电梯，方晓天急了，他边跑边按了拒接键。

一个拿着本夹子等签字的护士站在电梯口大喊：“家属，新来的伤员家属在哪里?”方晓天答应一声，就以最快的速度冲向了电梯。

那号码又拨了过来，方晓天只好接了电话。

方晓天立刻就听出，那轻轻的一声“喂”，属于何莲。

方晓天没时间惊讶她怎么会有他的号码，甚至不等何莲说话，他就焦急地说：“我等会儿回你电话。”

他弹进了马上就要关闭的电梯，接过护士递过来的通知单，眼神模糊得一个字都看不清，只好不看，直接用颤抖的手胡乱签下了名字。

舒净突然弓了一下身，剧烈地咳嗽起来，唇角溢出乌紫色的血液，胸口的血也再度涌出。

方晓天慌忙丢了笔，握住她的手。

在剧痛的刺激下，舒净的面色骤然呈现出妩媚的胭脂红，那双凝滞了很久的眼睛，也潭水惊风样起了微澜。她看着眼前的方晓天，绽放了一个温柔的笑容："晓天……"

方晓天想让她坚持住，想让她明白他有多担心她，可千言万语，无从表达，只能慌乱地喊："舒净，舒净……"

舒净咳嗽着，就那样看着方晓天，唇角的血仍汩汩而出，一直流向她的耳角鬓边。她的笑容越来越勉强，睫毛一抖一抖的，急切地想遮住她看他的目光。

方晓天觉得，那些流不出的眼泪，已经变成了蛮横的炮弹，疯狂地在他的血管里、肢体里冲撞着，直到闯进他的胸口，叫嚣着爆炸，让他的心脏血肉横飞。

舒净已经说不出话来，她的口型，像是反复在说："我怕……"

方晓天想让她不要害怕，可话还没出口，电梯门开了——急诊手术室所在的三楼，已经到了。

方晓天跟着医生奔跑着，在担架车被推进手术室的最后一刻，他清楚地看见，舒净看着他的那双眼睛的眼角，迅速积攒并滑下一滴泪水，晶莹剔透。他想再多看一眼，可护士在他胸口挡了一下，便关上了门。

方晓天孤零零地站在门外，内心像狼一样嚎叫，人却像木雕一样一动不动。

他后悔得心口火辣辣地痛，后悔自己没有喊出"别怕"，后悔自己没有喊出"我在"，后悔自己没有喊出"我陪着你"……

第十六章　如果当初我们爱下去会怎样

方晓天后悔得浑身忽冷忽热，一会儿牙齿“嘚嘚”地打着寒战，一会儿额头溢出一层热汗。

他盯着手术室门上的灯，糊里糊涂地想起了很多事：小时候举着网兜抓蜻蜓、读书后喜欢搜集球星的卡片、遇见何莲、喜欢上何莲、无言面对何莲……画画，他端端正正地跪在徐笑麟面前，认真磕下一个头……一只爬过白炽灯灯管的甲虫……

无数生命中或细小或重大的情节或断开或连贯地纷至沓来……

好像忘记了什么事。

等等……对……好像……没有一件事和舒净有关。

对啦，怎么没有舒净？

谁是舒净？

舒……舒净？

方晓天完全想不起舒净的言行举止，想不起她的容貌，想不起她的气息，什么都想不起。

难道，从来就没有舒净这个人存在过？

方晓天想得几乎入魔。

手机“嘀”的一声收到一条短信，方晓天才一身冷汗地猛然惊醒。他狠狠地揉了把脸，坐在椅子上发了一会儿呆，才颤抖着点开了信息箱。

“晓天，我走了。谢谢你回来告诉我，当年你离开的真相。所以，我向她要了你的电话——我不愿不辞而别，我说不清我是怕你还会回来，还是怕你不再回来。对不起，打扰了你的生活。原谅我的自私。祝你幸福。”署名何莲。

何莲要去哪里？何莲把他刚才匆忙地挂断电话误会成了他的不耐烦吗？

方晓天仿佛看见善良柔和的何莲，把这条短信斟酌了又斟酌，发出时犹豫了再犹豫。

方晓天盯着那个属于何莲的电话号码，心烦意乱地把电话打过去。

回应他的，是冰冷冷的语音提示："对不起，您拨打的电话已停机。"

就在方晓天发呆的这一会儿，何莲已经彻底抹去了她与他之间的最后一丝联系。

何莲打来电话，也许还有眷恋，也许还有不舍，但最终，这依然是一个终场谢幕式的告别。

方晓天以为自己会难受，以为自己会捶墙、会摔了手机，可他骗不了自己，他清楚地听到了自己的内心。他的内心说，这是最好最好的结局。

从舒净逼着他回到故乡起，他就已经知道，他对何莲的深深愧疚与情丝牵绕，将画上一个句号。他也许会手抖，画下的句号也许不会很圆，但那一定是个句号。

他甚至在庆幸没有和何莲说话，因为他不知道该说什么。他还知道，自己不会挽留何莲，一定不会。

时光隐藏的记忆，既然已经重见天日，既然已经解释清楚，就不需要再把它埋进幽暗的地下，就让它蒸发进空气吧。

这样的彻底了结，对何莲来说，何尝不是最好最好的结局？

方晓天闭上了眼睛。

不知到底过了多久。

时间已经不重要了，只要舒净能脱离危险，几天几夜和一秒钟，又有什么区别？

方晓天突然听到一声沉闷而巨大的轰隆声，炸响在空间里。

方晓天闻声瞪大了眼睛。

雷！

冬雷！

冬天的雷，并不是什么好兆头。所以才会有那个千年前的汉代女子发出"冬雷震震，夏雨雪，天地合，乃敢与君绝"的毒誓。

乃敢与君绝。

方晓天既恨这让他心惊肉跳的冬雷，更恨自己想起这句丧气话。他正在自责自怨时，手机又响了。

这次打来的，是张老。

那个曾打电话提醒方晓天的老藏家。

张老没有大事是不会主动联系方晓天的，他只有强打着精神接了。

张老怒气冲冲地说："侯懿德太不是东西了！晓天，他在害你，你知道吗？"

方晓天一怔，才反应过来，侯懿德是老侯的全名，这么多年都是老侯老侯的，竟然连他的名字都生疏了。张老恼怒得对，自己这个兄弟，的确做得诚意不够。他叹了口气："是高仿的事儿？由他去吧。"

张老是真的动怒了，提高了声调："不止是高仿的事儿，还有其他的……"他喘了口气，"二十几年前你们在北京四处买的画，里面有一大批沈云河的早期作品。我记得很早以前聊天时你说过，那批画已经丢了。我告诉你，没丢，一张都没丢，老侯正大张旗鼓地四处找买家呢！"

沈云河是当下油画界风头正盛的天王级人物，屡次刷新国内油画拍卖纪录。但他多年前刚开始在圆明园埋头用功时，境遇却很糟糕，不是在被警察调查或驱逐，就是厚着脸皮在别人家蹭饭吃。老侯和方晓天去北京时，买得最多的，就是他的画。他后来有一次见到方晓天，还和方晓天开玩笑，说要不是那时方晓天带着老侯给他送去一大笔钱，那他不是饿死在画架前，就是因为偷人家萝卜白菜偷得太多进了拘留所。

可方晓天清楚地记得当年发生的事情。

当年，在老侯和方晓天离开北京时，真的没有带走这些作品的运费，连沈云河作品在内的那批画，就存在一个廉价租来的破仓库里。半年后老侯又去了一趟北京，回来时气急败坏地说那批画被盗了，不是被哪个买不起煤的穷鬼当柴烧了，就是被哪个做不起画框的穷画家偷去重新使用了。总之是没了，丢得一干二净。

数年后沈云河突然爆红的时候，老侯还主动和方晓天开玩笑说："啊呀呀，要是没丢，咱俩就款了。"方晓天就和他一起哈哈大笑，然后方晓天就差不多彻底忘了这件事情，只在和一些挚友聊天时，偶尔会当件趣事提及。

原来，都是假的。

老侯从一开始，就处心积虑地算计着他。

张老愤怒地讲述着老侯这两天如何如何。他说：“跳梁小丑，就是一个跳梁小丑。”

方晓天默默地把手机移到另一只手里。

他突然释然了。

老侯从来没把他当兄弟。

老侯指责方晓天没把他当兄弟，是因为他心虚，耍贼喊捉贼，要给自己的最后翻脸找一个冠冕堂皇的理由。就算方晓天对老侯比现在客气一百倍，心怀鬼胎的老侯依然会换一个角度对他横加指责。

没做错的事，别人非要说你做错了，不过是因为他本有要苛责你的心。

方晓天觉得这样也很好，这样他对老侯的内疚就会一扫而空。

他就可以把全副身心放在为舒净祈祷，放在等待舒净的安然无恙上了。

方晓天知道自己该怎么做了。

张老说：“晓天，你一定要找老侯打这个官司。那么多画，那么多艺术家最激昂青春、最理想主义、最发自肺腑的时期画出的画，一定有美术史遗漏的重要作品，不要说现在交易已经是一个天价的价格，就是单纯讲学术意义，价值也是无可估量的。”

方晓天用手捂住了眼睛，手掌上的血液已经冰凉半凝，但那浓重的血腥味依然钻入他的鼻腔，激荡着他的泪腺。他鼻音浓重、声音沙哑地说：“张老，谢谢你的关心，可是我不打算再追究这件事了。”

张老稍微一愣，更加急切地说：“晓天，我可以代你打这个官司！侯懿德做事做得太绝了，我和其他几个藏家都看不过眼了。我们是藏家，他侯懿德是想逼着我们一步步地成为炒家……”

方晓天虚弱地把额头靠在墙上，一下下地轻抵着那片不太真实的苍白，既疲惫又心酸地说：“谢谢张老，可是——我真的已经对这些毫无感觉了。”

张老终于听出了方晓天语调平静和平静背后的苍凉，他担心且关切地说：“晓天，出了这么多事，你肯定不好受。不过你放心，我们一定会全力支持你的，一定！”

挂了电话，方晓天默然地坐在那把长椅上。时间是断成一截一截的漫长，所有空间里的东西都在急促地呼吸、微微地移动。他又把目光移向走廊尽头的那扇窗。

墨绿色的幕墙窗子，把黑压压的天空染成了奇怪的一团阴霾。

这团阴霾，结结实实地压进了方晓天本来就极度忐忑的心里。

方晓天埋下腰，在眼前摊开了自己染血的双手，看着暗红的血渐渐氧化变黑，然后干裂成一片片的鳞。一种透出心底的惧怕，使他浑身发抖，喉头干涩。可他哭不出来，完全哭不出来。

电梯门“叮”的一响，伴随着一个女人叫嚷的哭声，一众急促的脚步声奔了出来。

这一层的手术室里只有舒净。

方晓天簌地一下直起身来，看了过去。

来的是两男两女。两个女人，一个哭得撕心裂肺，一个神情凝重。方晓天都不认识。可那两个男人，方晓天都认得，一个是表情惊诧的钟司晨，一个居然是满脸泪水的白文凯。

倪远诚那个忠心不二的小助理，默默地跟到了机场。在目睹了整个惨案经过后，遵从了倪远诚的最后指令——他没有通知倪远诚的父母或是舒家，而是想办法以最快的速度联系到钟司晨——这个在法律上来说，已经和倪远诚没有任何关系的人。

钟司晨接到电话时，正在收拾家里的东西。钟司蕾和白文凯说要过来帮他拿东西。

或许是知道无可挽回，或许是做了长时间的反思，明蓓收敛了脾气，少有的安静地缩在沙发里掉眼泪。可当钟司晨极度震惊地告诉她舒净出事了正在抢救后，明蓓就像被成千上万只马蜂蜇了一样，尖叫着大哭起来，完全乱了方寸，没头苍蝇一样跌撞着扑过去开门，一双手死命地扭着门锁，却怎么也打不开。

那一刻，钟司晨突然发觉，自己的心是那样地疼痛。他看着这个为了表姐的生死未卜而哭得伤心欲绝的小女人，发现自己根本不曾真正将她驱逐出心里。他恨她对他父亲的残忍，又怒她对她母亲的言听计从，也怨她对他的从不珍惜，可当她失控、当她尖叫、当她痛不欲生时，他对她的不满都化成了伤悲，为她，也为他们逝去的生活。

即使没有小助理痛哭流涕的恳求，钟司晨也清楚，自己不会拒绝陪明蓓去面对这一切。

钟司晨抱着几乎虚脱的明蓓拉开门时，钟司蕾和白文凯刚好上楼。

明蓓忘记她已经和钟司晨离婚了，见了他们，哭得更加大声："姐，姐夫，我表姐——我表姐被表姐夫刺成重伤了！"

白文凯一把扶住防盗门，瞪着空洞的眼睛，突然失声痛哭。

方晓天没有和他们打招呼，也被明蓓的哭声惹出了绝望。他憎恶这种不祥，他生怕这哭声会夺去舒净生存下去的意志。此时，他对自己曾经嗤之以鼻的迷信说法深信不疑——他可以颠覆自己所信奉的一切，只要舒净活下来。

只要——她——活下来。

护士出来呵斥了几句，明蓓的哭声终于憋住了声气。

他们就在方晓天的对面，或站或坐。

方晓天不愿让他们看到自己抑制不住的伤悲。他站起来，走到走廊尽头那扇窗前。

钟司晨将明蓓托付给姐姐，便赶去见倪远诚。

在旁人眼里，要见一个被抓了现行的、羁押在公安局审讯室里的杀人犯，这无异于痴人说梦。倪远诚会喊出的那句"只有他能帮我"，那不是对钟司晨的人品以及处事能力信任。倪远诚指的是什么，钟司晨一清二楚。

岑先生。

岑先生当然有这个能力。可处事严谨的岑先生，真的会为了钟司晨，不，甚至都不是为了钟司晨自己，去冒未来可能会遭人诟病的风险，来做这件严重违背司法程序和原则底线的事情吗？

钟司晨没有这个把握。

钟司晨也非常清楚，不管岑先生是否愿意做这件事，当自己这个电话打过去，当自己在电话里提了这个非常无理的要求，都意味着，他和岑先生的私交到此为止。

岑先生是威风凛凛的镇山虎、是无声可定天下的草原狮，容不得谁拿情分和他讨价还价，更不会与犯下狗苟蝇营行为的丘貉狼狈扯上任何关系。

钟司晨是可以拒绝倪远诚的，不管是于法于理，还是于情于心——就算他没有和明蓓离婚，倪远诚也不过是远房连襟，何况他刺伤的人，还是明蓓的表姐。

可想到倪远诚身陷囹圄，钟司晨心下的怜悯又滋生出来。他以为不会再对谁有的怜悯。

父亲留给他的那句话，又在他耳边冒了出来："……有时一个心软，会毁了你一辈子的努力。"

与岑先生的私交，也许是比钟司晨自己一辈子的努力还要值得珍惜的。

但钟司晨的犹豫也只是一瞬间。

倪远诚对舒净是那样的倾心以对，人所共见，所以他下这样的狠手，必定有他下这样狠手的理由。一个除了毁人毁己别无他法的人，该是绝望到什么程度？又是可怜到什么程度？此时的倪远诚，应该后悔了，应该惦记着舒净吧？

终归是要对岑先生索取他欠下的人情，那就索性要求得更多一点儿吧。

钟司晨出去找了个僻静角落，拨通了那个没写姓名的电话。

岑先生安静地听他简单讲述完，又听他说了那个荒诞不经的请求，一言不发地挂了电话。

钟司晨看着亮了又暗的手机屏幕，就像看到了自己忽起忽落的人生。

然而，万事因果，万物相生，何去何从，由它吧。

五分钟后，一个陌生人打通钟司晨的电话："我是张仃雄。"

国内最优秀的涉外刑事辩护律师。没有"之一"。

钟司晨见到了倪远诚。

倪远诚看到钟司晨，就扑上栏杆，哽咽着问出的第一句话："舒净她……”

钟司晨看着他一脸真诚的痛苦，原本一肚子的疑惑一个字也问不出来，只能简单地回答他：“还在抢救。”

这时，一个面无表情的负责人走过来，干巴巴地对倪远诚说：“出于人道关怀，并遵循相关法规，我们同意嫌疑人的请求，前往医院，等待你的妻子，也就是受害人的抢救结果。”

倪远诚感激地看着钟司晨。

钟司晨心绪复杂，扭过头去。

一见到形容灰败的倪远诚，明蓓哭号着扑过去厮打他。白文凯则是青白着一张脸，汪着一双泪眼冷冷地盯着他。

而方晓天，靠墙而立，木然茫然。难熬的时间已经让他心力交瘁，再没有愤怒的气力。

几个随行人员不满地看着张仃雄，张仃雄冲着钟司晨轻轻摇了摇头。钟司晨明白，他正想去把明蓓劝开，却不料白文凯对钟司蕾使了个眼色，两个人就半拉半拽地扯着哭闹不休的明蓓进了电梯。

钟司晨正在吃惊白文凯的冷静和自制，就听见倪远诚更加冷静的声音：“司晨，让我和方晓天聊几句。”——这与他一路上声泪俱下的狂躁截然不同。

方晓天和钟司晨一样愕然地看着倪远诚。

但钟司晨并没有追问，也没有反驳，默默地走开——凡事莫忘初心，既然他已经因为可怜倪远诚而帮了他，又何必在意多帮一点呢？

几个随行人员彼此对视一眼，其中一个过来把倪远诚的手铐解开一只，拷在铁制长椅的扶手上，又把衣服搭上，然后他们便默契地分别散至两侧走廊窗前和电梯口，用随身带的小摄影机录像。

方晓天看着这个男人，终于控制不住满腔的伤痛与愤恨，拎起拳头，狠狠地砸中了倪远诚的鼻梁。

倪远诚猝不及防，被打了个仰面朝天，头狠狠地撞在墙上，铁制长椅哗啦啦地震动起来。

张仃雄和几个随行人员都想冲过来，倪远诚却摆摆手，示意他们不要过来。然后，他抹一抹横流的鼻血，面部僵硬地微微一笑："过瘾吗?"他脸上扩张开的血迹和扭曲的笑容，有说不出的古怪狰狞，哪里还有儒雅从容的本色?

方晓天勉强控制住情绪，低低吼道："倪远诚，你他妈的有什么毛病? 舒净说离婚，你连原因都不问地答应离婚，答应完离婚又下这样的狠手? 你还是个人吗?"

倪远诚惨笑着说："我是有毛病啊，我没有毛病怎么会娶一个心里从来没有过我的女人? 我没有毛病怎么会对一个把我当成空气的女人掏心掏肺地好? 你说我不是人，我也觉得我不是人啊！我赔着笑脸容忍这个女人心里藏着别人，我拿着这个女人的照片躲在洗手间里自慰，我不知道她的行踪、对她的心事一无所知、对自己和她有没有将来心里连一点儿底儿都没有也不敢有一句追问，每分每秒都处于将失去她的恐惧中，可据说这个女人还是我老婆，你说我是不是人? 我他妈的根本就不是人!"他咆哮起来。

方晓天知道舒净和倪远诚之间的情分是淡的，只是他无论如何都没有想到，这情分竟会淡到如此程度。可这片刻的愣怔，并没有减轻他心中的憎恨。他怒火满腔地问："可你怎么会那么糊涂? 你知不知道，舒净已经和他分手了，她已经和白文凯分手了!"

倪远诚眼泪滚滚，仰头凄然大笑："哈，哈哈，要不是她和白文凯分手了，我怎么会对我和她的将来彻底丧失信心?! 我怎么会舍得碰她一根手指?!"

方晓天完全愣住了。

倪远诚盯着方晓天，缓缓地摇着头，笑容渐渐冷淡刻薄："你不懂，你果然不懂……"他颤抖着指向手术室门上阴鸷俯瞰人间的指示灯，"就算舒净搭上了一条命，你也不懂!"

方晓天血冲头颅，厉声喝道："姓倪的，你不要故弄玄虚，就算我什么都不懂，舒净也搭不上这条命!"

倪远诚又是惨淡一笑，瞪着一双泪眼，同样厉声喝道："你以为我想搭上舒净这条命? 你以为我想?!"不待方晓天反唇相讥，倪远诚的气势忽然就泄了。他背靠着墙，脊背慢慢地软了下去，再次呜呜地哭了起来，话音越见微弱，“……你以为我想?”他的哭声，绵软哀伤，不是真心实意的伤悲，是无法发出这样的哀声的。

方晓天本欲挥出的拳头，硬生生地被这哭声截住了。

可他马上听出，倪远诚的哭声虽伤心欲绝，内里却不曾藏着一丁点儿的悔意。

——如果他是真的舍不得舒净，为什么会不后悔?

方晓天觉得一切他都看不懂，头疼欲裂地蹲坐下去。

倪远诚伤心地哭了一会儿，竟又疯疯癫癫地笑了，接上了他刚才的话：“白文凯……白文凯算什么东西啊?白文凯不过是得到了舒净的身体，那能代表什么啊?那只是一具躯壳。他白文凯威胁不到我和舒净的将来，威胁不到的……”

他对着方晓天神秘地小声说：“你猜怎么着，事实上，舒净和白文凯在一起，我很放心，他没有带走她的能力，他就像是她的仆人，不，连仆人都算不上，有点儿像……玩具!”他嘿嘿地笑了起来。

倪远诚的笑容里带着一种疯狂，诡秘、危险，而且邪恶，这让方晓天确信他是疯了。

想到天之杰作的舒净就这样被一个疯子刺得生死不知，方晓天无力地捂着额头，呻吟了一声，苦笑着问：“玩具……舒净抛弃了你看不起的玩具，你就要伤害她?用这样极端的方法?”

倪远诚嘿嘿地小声笑着，声音低沉细碎如耳语：“方晓天，你个大傻逼!”他用一种推心置腹的语气小声说，“舒净不要白文凯，就意味着她不再需要玩具了，她对那些琐碎的愉悦没兴趣了，她想通了，她认真了，她要的是一种巨大的快乐!”他清醒而冷静地说，“要那种巨大的快乐，是有风险的，她自己是知道的!”他的笑容突然又古怪起来，“怎么说呢，商业规则是通行的，获得和风险绝对是成正比的，只怪舒净太贪心了，没有对风险做出正确的评估……”

方晓天一个耳光甩在了倪远诚脸上。

男人之间，同样是打，拳头，即使愤怒，即使仇恨，还是带着对对方身为男人的基本尊敬的；而耳光，则带着再清楚不过的藐视和鄙夷。

方晓天的眼睛因怒火而格外清亮："把商场逻辑当成普世真理吗？你有这样的变态逻辑，舒净要离开你，一点儿都不奇怪。"

倪远诚笑得更古怪了："舒净要离开我，和我的逻辑是不是变态一点儿关系都没有！"他呵呵地笑出声来，"其实应该这么说，她要离开我，和我本人一点儿关系都没有！"他突然间又再次陷入情绪低谷，眼泪横流，"就像当年她和我结婚一样。"

走廊那侧，带队的随行人员低声对张仃雄说："时间上……"

张仃雄当然知道程序原则中的利害："辛苦你们了……等到五点吧，不管五点有没有消息，你们都带他回去。"

那个人抬腕看了看手表——四点零五分——他点点头。

方晓天和倪远诚忽高忽低的声音，经过空旷狭长的走廊后，模糊了很多音节，失却了很多信息，但他们的动作甚至一些神态，钟司晨是看在眼底的。

钟司晨一直相信方晓天和舒净之间是清白的，他对倪远诚要和方晓天谈谈百思不得其解。在他看来，倪远诚要和白文凯谈谈才更合理些。可就在一个转念间，他突然想通了其中的缘由。他惊诧万分地、不由自主地"啊"了一声。

倪远诚带着戏谑而恶劣的笑容，看着因惊讶而圆睁双目的方晓天说："就是你这副表情，我想看到的就是你这副表情。"他咯咯地笑着，"天才方晓天，哼哼，天才？想到你什么都不知道，想到舒净可能会死不瞑目，我就开心得不行！"

他的笑实在是太古怪了，话也说得太蹊跷了。方晓天警觉地盯着他："你到底想说什么？"

倪远诚玩味着方晓天的警觉以及警觉背后的焦急，好一会儿，才心满意足地、恶意地说："这实在是太解恨了！"他真正开心地笑着，"虽然想起来，我的整个人生都被毁掉了，可在最后，我觉得够本了！方晓天，舒净和我的结婚与离婚，都是因为你！"

方晓天立刻愤怒地反驳："疯子！"

倪远诚笑了，眯着眼睛看他："这么快就给出评价了？连一点儿惊讶的时间都没用？方晓天，这说明，我要说的话，你已经想到了！"

不管倪远诚陷入怎样的癫狂，他识人心的能力还是在的。方晓天的沉默证明了这一点。

虽然只比倪远诚说的话提前了一两个字，但方晓天的确想到了倪远诚要说的那句话，一字不差，甚至连停顿和语气都准确无误。

他那愤怒的反驳，其实是陷入极度震惊之后的下意识反应。

怎么可能？这怎么可能？

但方晓天很快冷静下来——诚然，倪远诚是言之凿凿的，可是，这是一个刚刚丧失理智做出极端行为的疯子，大量资料都反复证明，最狂躁的疯子、最冷血的杀手，说话做事反而总是看起来最无懈可击的。

方晓天慢慢地问："非要给你的残暴杀戮找个理由吗？非要把罪责推到舒净或者我身上吗？"

倪远诚笑了："只有觉得自己做错了的人，才会找理由、才会推责任。我看起来像是觉得自己做错了吗？"他突然又不笑了，"其实，我认真地考虑过的，是不是让舒净的秘密和她的身体一起腐烂。可是，我觉得那样做对舒净的惩罚不够。再告诉你一个秘密，我本来是想连你一起杀掉的，可在最后一刻，我改变了主意——我得让你活着，让你的余生都处在那些曾让我生不如死的感受中。只有让舒净倾心所爱的你，被这个秘密折磨、被这个秘密摧残、被这个秘密毁灭，才是我对她最好的惩罚。所以我必须揭穿她的秘密，让她一直的苦心保守彻底毁于一旦。"

方晓天的身体因愤怒而剧烈抖动着："舒净的秘密？还是你肮脏龌龊、容不得纯净美好的内心臆造出来的秘密？"

倪远诚说："纯净？美好？"他面带讥讽，"好吧，纯净、美好——"他放慢了语调，"从你的角度这样说，也未尝不可。"他眼光闪耀，"可是，你确定舒净对你，也是心无旁骛的？"

方晓天警告他："你不要试图捏造一些事来侮辱舒净！"

倪远诚邪恶地一笑："那你告诉我，舒净当年为什么要嫁给我？"他自顾自地说，"为什么舒净在我和她认识的第三天，就主动提出要嫁给我？"他很满意看到了方晓天的吃惊，"你我都清楚，她这样做绝不是因为什么地位或者财富。那么，是因为她对我一见钟情？我自己更清楚，我不是那种会让舒净这样优秀而冷静的女人瞬间丧失高傲的类型。好吧，我们假设，是因为舒净审美独特。”他自嘲地一笑，“她对我一见钟情，并迅速放下心防和身段，嫁给了我。那又怎么解释后来她与白文凯之间的事情？曾经让她迅速决定要和我结婚的情感，在遇到白文凯之后就烟消云散了？”

方晓天不耐烦地换了一只脚支撑身体重心，似乎想说什么。

倪远诚把食指放在唇间：“嘘，嘘，要有耐心。”他慢慢地说，“我知道你想说什么，你想说人的感情是瞬息万变的，你想说只不过是舒净对白文凯有了当初对我那样的感觉，那我再告诉你一件事，白文凯苦追了舒净差不多一年，舒净连手都没让他碰过。”他看着方晓天，“你看，我其实是很关心舒净的一举一动的，虽然这种关心会很花钱。”

私家侦探跟踪？还是电子监控设备？这个男人不止是偏执，还有着深如地狱的城府。方晓天周身一阵发冷，觉得倪远诚的面目越发可憎。

倪远诚没有觉察方晓天的憎恶：“那时，我还傻乎乎地高兴，觉得我和舒净还是有未来的。”这句话似乎哪里不对，但方晓天来不及细想。

倪远诚毫无停顿地说了下去：“又得告诉你一件肯定会让你感到意外的事情了。”他带着恶意的笑，紧盯着方晓天的脸，“舒净和白文凯发生性关系，是舒净主动的。”

方晓天完全混乱了。

倪远诚显然很享受方晓天的混乱，笑笑地说：“想不通吧？完全没有逻辑对吧？当时我和你现在的想法一样，完全想不通啊，怎么已经拒绝得白文凯没有非分之想了、已经乖乖地当了很久朋友了，舒净又突然赐给白文凯这么大的福分呢？”他眼里含着泪说，“我想啊想啊，想得头都快破了，也没想清楚这到底是为什么。”

倪远诚盯着方晓天：“直到我知道，舒净回上海的第一天，就去见了你……”

倪远诚说：“……舒净就是在回国的前一天，和接了她的电话、匆匆赶到纽约的白文凯发生了关系。”

倪远诚冷笑了一声：“然后，她下飞机的第一件事，就是去见你。”

就像终于布完杀局的棋手，倪远诚成竹在胸地说：“当你出现在我的视线里，一切谜团就都有了合理的解释。舒净回国，不是因为白文凯，不是因为创作枯竭，而是因为想念你，疯狂地想念你。我不知道当年你和舒净之间发生过什么，但你的存在，你在舒净心里的存在，是诠释一切事件唯一的关键。”

方晓天的头都快炸了，说不清是极度愤怒还是极度迷惑。他叱着倪远诚：“一派胡言，在舒净和你去美国之前，我和舒净只见过一次。”

倪远诚笑了：“一见之下误终身的事，这世间可还少吗?”他闲庭小坐般慢悠悠地说，“如果，舒净必须躲开你，那她跟我去美国，无疑是当时最好的决定；如果，为了强迫自己不和你有所纠葛，她和白文凯发生关系，同样是那时最好的选择。”

倪远诚的话音铿锵有力：“就是这样。”

倪远诚说：“正是因为我洞悉了白文凯不过是一个玩具，不过是舒净为了转移对你的注意力的玩具，我才不得不控制住自己的愤怒。甚至到后来，我对白文凯心怀感激，毕竟，她选择白文凯，就说明我和她的婚姻关系对她的道德束缚力已经没有功效了，她不得不再为自己寻求一个非道德的束缚力。直到白文凯带来的非道德束缚力也没办法阻止舒净对你的情感了，我意识到再没有阻止她奔向你的希望了，然后——”倪远诚耸了耸肩，“事情就变成现在这样了。”

倪远诚饶有兴致地看着方晓天：“你可能注意到了，舒净这个女人让人看不懂的做法，在把你加入整个环节之后，它就因果清晰，完美、闭合，毫无瑕疵。”

方晓天头痛欲裂。舒净在他世界里的一举一动、越来越明媚的笑容、羡慕烟火人间的言谈……都在他的脑海中不断地翻腾放映，像一部被胡乱剪辑的电影。他只能承认，倪远诚找到的原因，同样也能解释那些方晓天不能解释的片段。

舒净，你一直爱着我，一直那么明显又那么默默地爱着我吗?

方晓天悲伤地呻吟了一声。

看着方晓天痛楚的样子，倪远诚的表情只能用“心花怒发”来形容了。他正想继续刺痛方晓天，却不防方晓天突然猛地抬起头来，目光炯炯：“不，不是那样的。”

方晓天的话掷地有声：“不可能是这样的。这么多年，包括第一次遇见舒净时，我始终是单身，我也始终具备过上有品质生活的能力，而且最重要的是——是的，我承认，我始终把舒净看成世上独一无二的女人，我也始终没有掩饰过对她的这种特别对待。如果她爱我，如果她像你所说的那样爱我，她可以从一开始就和我在一起，当时只要她稍有表现，以我的敏锐，我会第一时间觉察。对，我承认，如果她稍有表现，我会毫不犹豫地变成她的男人，连一秒钟的思考都不需要，我就会决定要成为她的男人。”他清醒地说，“所以，你的推论只有一个漏洞，却是致命的——舒净没必要大费周章地阻止她自己对我的爱，一点儿都没必要。”

倪远诚脸色苍白地乱了阵脚：“这不能说明什么，舒净为什么那样做和舒净是不是那样做了，这是两回事……”

方晓天说：“一个绝对无法成立的论点，不可能推论出一系列对的事实。”

倪远诚固执地说：“只是一个还没找到合理缘由的论点。”

方晓天怜悯地看着倪远诚：“你就没有想过，可能是你全错了吗？”

倪远诚脸色大变，气势全消。

一子错，满盘输。

这大概是自以为洞悉了风云变幻、自以为稳操胜券的棋手，最大的痛苦。

倪远诚面如死灰，却挣扎着。他阴险地笑着，刺进了方晓天心里一枚毒刺：“你爱舒净。”

方晓天愤怒了：“你还在胡说！”

倪远诚就像想把整个世界拽入水底的绝望溺水者，他冷笑着呼喊：“你说只要舒净稍有表现，你就会连一秒钟的思考都不需要，就决定要成为她的男人。这简直是我听过的最直白的爱的宣言。”

方晓天真的气疯了，他揪住倪远诚的领口，又狠狠地甩了他一个耳光：“那只是一种假设！”

倪远诚嘴角鲜血横流，冷冷地啐了一口血痰：“你自己就没意识到，在这种所谓的假设后面，存在着怎样的真实吗？”

方晓天忍无可忍，连续扇了倪远诚几个耳光。

带队的警察忍无可忍，他果断地对张仃雄说：“这样对嫌犯造成的身体损伤，我们是没办法解释的，很多人都会因此承担责任。我们必须带他走了。”他一挥手，随时注意着他的其他属下，就迅速一拥而上，拉开了方晓天。

这些人一冲过来，倪远诚的神情就变了。他脸上那种隐藏在冷笑背后的凶残，突然就变成了一种凄凉，一种落寞。他木然地看着方晓天，既像在和他说话，又像是在自言自语：“有人说话真好，可以聊聊舒净真好……”他的眼珠忽然一弹，像是梦中惊醒一样惊骇地看着方晓天，“舒净没事吧？舒净一定会没事的，一定会没事的。”他急促地说，“我要走了，我不能亲眼看到舒净脱离危险了，就拜托你等在这里了，谢谢你替我守着她，谢谢！”

倪远诚说变就变的情绪，以及突然的冷静，在方晓天眼里，就是一个疯子最大的疯狂。

倪远诚双眼失焦：“一个人守着不可知的未来，真可怕，真是可怕……”

方晓天不知道他说的是在拘留室里的时间，还是和舒净充满动荡的婚姻，他也懒得去问，他只想这个疯子快点儿消失，好让他去清清净净地为舒净祈祷，等待舒净微笑着回来。

倪远诚忽然扬了扬手，手铐带动他的另一只手也跟着上扬。他哽咽着说：“方晓天，其实我不恨你，也不恨舒净。舒净给了我夫妻的名分，给了我一生中最快乐的五年时光，谢谢你没有爱上她，也谢谢你没有发觉她对你的爱。谢谢你。”

押解人员很快带走了倪远诚，张仃雄紧随其后。

在电梯门即将关上时，倪远诚泪流满面：“我不想伤害舒净的，产生伤害她的念头时，我都胆战心惊。可我太害怕了，害怕她会说她要离开我。如果，她的离开是不可避免的，那我希望，是我亲手做的选择……”

最后一刻，倪远诚真心实意地鞠下了一躬：“对不起。”

方晓天再也无力支撑摇摇欲坠的身体，他脚下一软，后背结结实实地撞在了墙上。然后，整个人软绵绵地坐了下去。

舒净，你一定要安然无恙，一定要！

看着周身笼罩悲伤的方晓天，钟司晨觉得连去扶他都是一种打扰。他不忍心再看这个原本魁梧现在却缩成一团的大男人。他打算去找明蓓等人。他想，如果他想通的那件事情没错的话，白文凯会和倪远诚做一样的事情——他会要求和方晓天单独谈谈。

方晓天捂着眼睛，为自己那流不出来的泪水而悲哀、而痛苦。这时，他听见楼梯间传来脚步声，很沉，很稳。听这脚步声，来人若不是背负着千斤重负，就是他在下很大的决心。

随着楼梯间的门响，白文凯的声音传了过来："方晓天。"

方晓天抹了下脸，苦笑着问："你也想和我单独谈谈？"

白文凯远远地站着，无限痛苦地说："我不想谈。我只想告诉你一件事，说完我就走。"

方晓天烦躁地揉了几下光头："你说的事能让舒净平安无恙吗？如果不能，我根本不想知道。你现在就可以走了。"

白文凯带着哽咽疲惫地说："我是要走了，在这里等待，就像信徒守在无边无际的黑暗里，守着生死未知的神，不但伤心，而且承负着整个宇宙即将坍塌的恐惧……"他摇了摇头，苦笑着，竭力平静地说，"方晓天，舒净第一次和我在一起时，是她的第一次！"

不管是说在此时此地，还是它本身的表述方式和所指内容，这句话，都带着不合时宜的突兀。

方晓天愕然地看着白文凯。

白文凯深吸一口气，忍住刚刚停住、又将一触即发的泪水，直白地说："我是舒净的第一个男人。"

方晓天脑海里就像被猝然爆发的深海火山悍然搅动的庞大水域，涌动着暗红的岩浆、翻滚着灼热的巨浪、蒸腾着滚滚的烟气。他震惊地看着白文凯。

按照倪远诚谈及的时间，白文凯和舒净发生关系时，舒净和倪远诚已经结婚三四年了。

方晓天想起倪远诚临走时说起的"夫妻名分"，原来，舒净和倪远诚，真的只有"名分"。

方晓天想起倪远诚说拿着舒净的照片在卫生间里自慰。

方晓天想起倪远诚哭着嚎叫自己他妈的根本就不是人！

……

方晓天想起，在倪远诚假设了舒净对方晓天的情感后，他完美地解释了所有不合理的细节。

白文凯是在佐证着倪远诚所说的一切？

倪远诚疯狂的假设难道是真的？

方晓天心惊肉跳。

白文凯的话，依然没有回答“如果舒净爱方晓天，那她为什么要避开他”的原始疑问，但它无疑有力地证明了倪远诚分析出的“道德束缚力”和“非道德束缚力”，而且同样的，这个百分之百有悖于常理的事实，同样只有用倪远诚的假设才能解释。

舒净，爱着方晓天！

因为深埋心底的某种原因，让她无法表白。为了让方晓天讨厌，她甚至逼自己学会了方晓天最憎恶的抽烟。她是在绝望地为自己设置一个又一个障碍，逼迫自己，一次又一次地远离方晓天！

白文凯神色黯然：“从那一刻开始，我就清楚了，我只不过是她用来逃避什么的工具，不知什么时候，就会被她丢在一旁。我没有怨她恨她，我是心甘情愿的，是高高兴兴的，甚至庆幸自己有机会被她利用，可是——”他凄然一笑，“这并不意味着我不怕最后被她抛弃的那一刻……”他再次摇了摇头，打断自己，换了叙述的内容，“我是想守在这里的，一直守在这里，不管是等她苏醒，还是陪她到最后。可我明白，如果她可以选择，选择一个人等她苏醒，或是陪她到最后，那个人只会是你。”

白文凯说完，转身拉开楼梯间的门。

方晓天摇摇晃晃地站起来，吃力地叫住他：“白文凯。”

白文凯转身看着他。

方晓天扶着墙，有气无力地问：“你说的，是什么意思？”

白文凯没有立即回答。过了好一会儿，他才说：“请原谅我的自私。其实我也后悔，也恨自己——明明已经看懂所有，却没有完满舒净的心之所向。如果，在峨边时，我少一点儿贪心，多一点儿勇气，把舒净的心事告诉给你，也许，今天就不会是这样的结果。对不起，是我害了舒净，害了舒净和你，对不起！”

方晓天用尽最后的力气，对白文凯吼出来：“告诉我，你说的，是什么意思？”

白文凯说：“舒净爱你，一种我不曾见过也无法理解的深爱！”

楼梯间的门，“砰”地一下关上。

而手术室的门，毫无表情地伫立在那里。

现实残酷。现实的残酷逼得方晓天只能让自己清醒。

方晓天软软地坐在长椅上，慢慢地抱住了自己的头。

舒净的冷，舒净的笑，舒净抽烟时微蹙的眉头，舒净说话时明净的眼神。

此刻，这些美好细碎的片段，竟沉重无比，压得方晓天喘不上气来。

舒净，你一直深爱着我！

舒净，我怎么会没看出来，你一直深爱着我！

你的气息，与我那样相近；你的频率，与我那样相符；我们相近而不相斥，相符而不雷同，你就像上天所造的另一个我！又像上天所造的一个与我互补的我！和你在一起，我满足而欢喜，我疼爱你，珍惜你，这些你都知道，可你为什么不告诉我，你爱着我?!

这就是你说要再等一夜就告诉我的秘密吗？

难道就像我的恩师和你的姑姑那样，这就是只因为再等一夜就会永生错过的秘密吗？

方晓天拼命地张开嘴，用力地深吸了几口气。

就在方晓天终于不再眼前发黑、终于觉得身体有了一点儿力气时，手术室的灯突然变绿了。

方晓天腾地一下跳了起来。

俄尔，门开了。

一个护士走了出来。尔后，是一个医生。

方晓天看见的，是他们凝重的表情。

医生缓缓地摇了摇头。

舒净。

方晓天的身躯和四肢，都绵软得像柔嫩的蒲草。地在旋，人在转，方晓天跌落进长椅。可他再无倚靠，也再无力倚靠，他就像被潮水冲散的沙塔，四分五裂地散开。随着仰起的后脑沉重地砸在冰冷的墙体上，他清晰地听见，曾经支撑着自己精神的某种东西，就像是一块酥松的脆骨，咔嚓一声断裂了。

在黑暗席卷一切时，方晓天眼前只有一副清晰的画面。

——白文凯转身逃走之前，满眼满脸的、奔涌而出的泪水。

在彻底沦陷入黑暗之前，方晓天心里的最后一个念头是——会流泪，真好！

在被驱散前的那一刻，黑暗是彩色的，镶着金色粉色的边，嵌着蓝色绿色的点。

方晓天醒过来时，走廊里依然静悄悄的。他摊开着身体，凝视着天花板上的灯光。他多么希望，这只是辽阔海滩上的短暂休憩。他很快就会恢复精力，事情也会很快回到正轨。

可是，舒净呢？

方晓天疲劳酸痛的身体，突然就绷紧了。他失声发出一声撕心裂肺的叫喊："舒净！"

方晓天在手术室门口摇晃了一会儿，再也无法忍受，猛然冲向了顶楼平台。他不愿再去经历一次告别，他宁愿舒净如多年前一样不辞而别，在某个月朗星稀的夜晚，她又会闪亮着幽幽的眼睛，出现在他面前。

在绝望的奔跑中，方晓天终于明白，在舒净被推进手术室的最后一刻，自己真正想喊出的话是什么。

"我爱你。"

舒净，我爱你。

舒净，我从第一眼开始就爱上了你。

舒净，我不愿你对白文凯、对倪远诚那样决绝、那样狠心，从来不是因为我希望你和他或他在一起，我只是生怕这份决绝、这份狠心，最终会落在我的身上。

舒净，我以为是对何莲的爱让我单身了那么久，其实不是。其实，我只是在等你。

等待遇见你。

不是我在生命最精彩的时刻遇见你，而是遇见你，我生命中最精彩的时刻才开始。

可是，我舍不得爱你。

我的潜意识，害怕这份爱是唐突的，害怕这份爱会提前结束天赐的精彩。

太怕。

怕到自己把自己的爱催眠成一段仅是知己的友谊。

我以为它会地久天长。

为了这份能与你朝夕相对的地久天长，我宁愿永不说爱。

舒净。

可是，我没料到，你的心里，藏着和我同样的秘密。

甚至，你藏得比我还用心，藏得比我还辛苦。

我为什么竟没有想到，你对实习老师的爱与苦心了如指掌，并不是你有勘察天地的神通，那只不过是因为，那是你自己完全经历过一遍的痛楚——你舍不得让情感或阻碍或束缚我所谓的天才！和我舍不得爱你一样，你也舍不得爱我！

舒净。

可是舒净。

我从来没想过要当什么天才，我只想好好守在你的身旁。

我宁愿这个世界上少两个天才的艺术家，多一对彼此倾慕的恋人。

舒净。

我说过，只要我遇到深爱了，就不会放手，可命运偏偏有这样恶趣味的残忍，让我遇到深爱却无知无觉，直到我们生死两处，只留给我一段余生茫茫。

舒净。

你能不能回来?！能不能回来，让我们像所有的有情人那样，好好地相爱?！

一如多年前那场暴虐的雨，浓密的雨箭瀑布一样急促地射下来，砸在水泥地上，激起一层散发着腥味的水花，如受伤大地胸口喷溅出的鲜血。

方晓天颓然跪倒在幕天席地的滂沱大雨中，仰天号啕，隐身了二十四年的泪，终于伴着这哭声，混混沄沄地奔涌而出。

如果当初我们爱下去会怎样？会不会地久天长？